读客

读客科幻文库

跟着读客读科幻，经典科幻全看遍。

Permutation City

数字永生计划

[澳] 格雷格 · 伊根 著
秦鹏 译

Greg Egan

江苏凤凰文艺出版社
JIANGSU PHOENIX LITERATURE AND ART PUBLISHING

图书在版编目（CIP）数据

数字永生计划 /（澳）格雷格·伊根 (Greg Egan) 著 ; 秦鹏译 . -- 南京 : 江苏凤凰文艺出版社 , 2024.3
（读客外国小说文库）
书名原文 : Permutation City
ISBN 978-7-5594-7494-0

Ⅰ . ①数… Ⅱ . ①格… ②秦… Ⅲ . ①幻想小说 - 澳大利亚 - 现代 Ⅳ . ① I611.45

中国国家版本馆 CIP 数据核字 (2023) 第 013781 号

数字永生计划

［澳］格雷格·伊根　著　　秦鹏　译

责任编辑	丁小卉
特约编辑	蔡佳迪　谢晴皓
封面设计	陈艳丽
责任印制	杨　丹
出版发行	江苏凤凰文艺出版社
	南京市中央路 165 号，邮编：210009
网　址	http://www.jswenyi.com
印　刷	嘉业印刷（天津）有限公司
开　本	880 毫米 ×1230 毫米 1/32
印　张	11.25
字　数	292 千字
版　次	2024 年 3 月第 1 版
印　次	2024 年 3 月第 1 次印刷
标准书号	ISBN 978-7-5594-7494-0
定　价	49.90 元

江苏凤凰文艺版图书凡印刷、装订错误，可向出版社调换，联系电话：010-87681002。

进入无声的墓室，我
不能怜惜我们的时间
把友善变成诗意
你好，小喇叭！
狂躁的虔诚导师
驯服的纯净补品
起来，减数分裂的暴君！
我玷污了我的顶级疗法
为了它，我真正的恐慌
遇上了我的放纵狂欢

追踪有罪不罚之现象
我诱使人们大声疾呼，我
钉住我紧绷的情欲
从艺术到史诗般的叛变
你能不能允许它
为了引用我适当的废墟？
我真正的图标：点击它
复制时间，反转它；一个
削减我的痛苦的仪式
原子油灰？一无所有！[1]

2045年6月6日发现于黑镇医院精神病区公共休息室一部被丢弃的掌上电脑的存储器中

---

1 这首诗英文原文的每一行都是本书英文原书名*Permutation City*（直译即“置换之城”）字母的置换重排。——编校注（本书中注释如无特别说明，均为编校注）

目录

第二部分　置换之城

序曲

（撕裂、捆绑、切割玩具人[1]）2045年6月

保罗·达勒姆睁开眼睛，被房间里出乎意料的明亮晃得眨了眨眼。他懒洋洋地伸出一只手，放进了投到床边的一束阳光里。光柱从窗帘之间的缝隙斜射下来，尘埃在光柱中飘过，每一颗都仿佛是凭空出现，又凭空消失。这一幕唤起了他的童年记忆，那是他上一次感觉这种幻象是那么引人入胜、那么催人入眠的时候：他站在厨房的门口，午后的日光划过房间。灰尘、面粉和水蒸气在半空的一抹光华中打着转。他还在试图清醒，打起精神整理自己的生活，但一时间仍然昏昏欲睡，感觉把这两个相隔四十年的记忆片段——观察阳光里的尘埃——并置一处，似乎就和跟随着惯常的时光流逝，从一个时刻到下一个时刻同样合情合理。这时他又清醒了一些，思绪的混乱也过去了。

1 此处英文原章节名*Rip, tie, cut toy man*是本书英文原书名*Permutation City*字母的置换重排。

保罗感觉完全恢复了精神——而且完全不愿意放弃眼下的舒适状态。他想不通自己为什么睡得那么晚，但他也并不怎么关心。他在被阳光晒暖的床单上伸展着手指，考虑着要不要再睡一会儿。

他闭上眼睛，放空头脑——然后忽然警醒，感到不安，却不知道为什么。他做了一件愚蠢的事，一件疯狂的事，一件他将会后悔的事，非常后悔……但细节仍然含混不清，他开始怀疑这只不过是一场梦留下的情绪还在流连不去。他尝试着回想到底做了什么样的梦，但想起来的希望不大。除非是被噩梦惊醒，他的梦通常都很快飘散到记忆之外。不过——

他跳下床，蹲在地毯上，用拳头抵住眼睛，脸贴着膝盖，嘴唇无声地动着。恍然大悟带来的冲击是可以感觉到的：双眼后面的红色病灶，鲜血汩汩地涌动……就像被锤子砸到大拇指的后果——而且同样带着那种惊讶、愤怒、羞辱和傻乎乎的困惑混合在一起的情绪。这是另一段童年记忆：他把钉子抵在木头上，没错——但这只是为了掩饰他的真实意图。他见过父亲这样伤害自己——但他知道自己需要第一手经验来理解痛苦的奥秘。他确信这将是值得的，直到他抡着锤子砸下去的那一刻——

他前后摇晃着，压住大笑的冲动，试图保持头脑的空白，等待恐慌的消退。而最终，恐惧确实消退了，取而代之的是一个完全自洽的简单想法：我不想待在这里。

他对自己做了疯狂的事情——而他必须将其挽回，以尽可能迅速和无痛的方式。他怎么能想象得出其他的结论呢？

然后他开始回忆起他准备工作的细节。他已经预见到了这种感觉。他已经为它做了计划。无论他感觉多么糟糕，这都是预期反应进展的一部分：恐慌，后悔，分析，接受。

四个进展中的两个，到目前为止，还不错。

保罗露出双眼，环视房间。除了几块阳光直接投下的耀眼光斑，所有东西都在漫射光中幽幽闪耀着：哑光白砖墙、仿桃花心木家具（仿的），就连招贴画——博斯、达利、恩斯特和吉格尔[1]——看起来都温良无害。无论他把目光转向哪里（如果没有其他地方的话），这些模拟都是完全令人信服的。他的注意力焦点令其如此。从他的模拟视网膜上的单个视杆和视锥细胞开始，向后追踪假想的光线轨迹，并投射到虚拟环境中，以确定到底哪些内容需要计算——在他的视野中心附近的细节很丰富，外围则粗略得多。视线之外的物体并没有完全“消失”，只是它们对环境光线产生了影响，但是保罗知道，计算很少会追求超过最粗略的一级近似值：博斯的《人间乐园》被简化为一个平均反射率值，一个单一的灰色矩形——因为只要他转过身去，任何更多的细节都是浪费。在任意给定时刻，房间里的一切都被精准地调整到刚好可以愚弄他的程度——不多，不少。

他知道这种技术已经有几十年了。体验它却大不同。他克制住了突然转身的冲动，不再徒劳地尝试抓住这一过程的破绽——但有那么一瞬间，仅仅是*知道*自己的视野边缘正发生着什么，便令他几乎无法忍受。他眼里的房间仍然无懈可击，这只会使情况更糟，这是一种无可辩驳的病态固执——*无论你的头转得多快，永远也无法同时看到你周围发生的全部，哪怕只看一眼……*

他再次把眼睛闭上了几秒钟。睁开眼睛时，那种感觉已经不再那么难以忍受。毫无疑问，它会过去的。这么怪异的心理状态，似乎不可能维持很久。当然，其他副本都没有报告过类似的情况……不过话说回来，他们根本也没有主动提供过多少有用的数据。他们只会高声叫骂，抱怨自身的困境，然后自我了结——所有这些都是在获得意识的十五分钟（主观时间）内完成的。

*那么*这一个呢？他和四号副本有什么不同？大了三岁。*更加*顽

1 这几位都是超现实主义相关的艺术家。

固？更加坚定？更加渴望成功？他当初就是这么认为的。如果他没有感觉到比以往任何时候都更坚定——如果他没有确信他终于做足了把整个事情搞定的准备——他就不会继续进行扫描。

但是现在他“不再是”那个有血有肉的保罗·达勒姆——“不再是”那个坐在外面，从安全距离观看整个实验的人——所有的决心似乎都烟消云散了。

突然间，他想知道：是什么让我如此确信我不再是有血有肉的人？他无力地笑了笑，几乎不敢认真对待这种可能性。他最近的记忆似乎是躺在朗道诊所的手推车上，技术人员为他做扫描前的准备工作——从表面上看，这是一个坏兆头——但他当时过度紧张，他花了那么长时间为“这个”做心理准备，也许他忘记了自己回到家中，仍然被麻醉剂的余效迷得昏昏沉沉，一头扎到床上，梦到了……

他低声说出密码：“阿布拉菲亚”[1]——最后的微弱希望消失了，因为就在他面前，半空中出现了一个宽约一米的长方形，白底黑字，排满了图标。

他愤怒地捶打了一下那个界面窗口。它抗拒着他，仿佛它是实体，而且位置牢牢地固定着。仿佛他也是实体。他其实不需要进一步确认了，但他抓住了顶部的边缘，把自己从地板上拽了起来。他马上就后悔了。一连串逼真的劳累效果——精细到他的右肘部以假乱真的刺痛——以他知道自己应该尽力避免的方式，把他困在这个“身体”里，把他固定在这个“地方”。

他咕哝着把自己放倒在地。他是副本。无论他继承的记忆告诉他什么，他“不再是”人类了。他永远不会“再次”居住在他真正的身体里。永远不会再次居住在真实世界里……除非他那个吝啬鬼原版

1 亚伯拉罕·阿布拉菲亚（Abraham Abulafia，1240—约1291），犹太神秘主义学者，曾钻研字母置换重排的寓意。翁贝托·埃科《傅科摆》中的计算机即得名于他。

凑钱买一个远程呈现机器人——那样的话，他可以把时间用于迷迷糊糊地四处乱撞，用于试图看明白如闪电一般快到模糊的人类活动。他的大脑模型运行速度是真家伙的十七分之一。是的，当然了，如果他坚持下去，技术最终会赶上的，最终——得到十七倍速度提升的将是他，而不是他的原版。而在这期间呢？他将在这个监狱里腐烂，历尽千辛万苦，开展达勒姆的宝贵研究——而那个人住在他的公寓里，花他的钱，和伊丽莎白睡觉……

保罗靠在冰凉的界面上，头晕目眩，无所适从。谁的宝贵研究？他曾经那么殷切地期盼这些——而且他是在双目圆睁的状态下对自己这么做的。没有人强迫他，没有人诓骗他。他清楚地知道暴露出什么样的缺陷——但他希望（这一次）他（终于）能有意志力来克服它们：像僧侣一样，把自己奉献给他之所以被创造出来的目的，即使知道他的另一个自我一如既往地自由自在也心满意足。

回想起来，这种希望似乎很可笑。是的，他自由地做出了决定——这是第五次——然而现在无情的事实明白无误地摆在了面前：他从未真正面对过后果。他花了那么多时间，号称是在“准备”成为一个副本，而他的决心最大的来源是对那个仍然是血肉之躯的人前景的关注。他告诉自己，他正在排练“满足于感同身受的自由”——毫无疑问，他确实在努力做到这一点……但他也在秘密地安慰自己，他将“留在”外面——那么，他的未来仍然包括一个绝对没有什么可畏惧的版本。

只要他抱紧这个幸福的真相，就永远无法真正接受副本的命运。

人们对醒来后发现自己是个副本这件事的反应很负面。保罗知道统计数据。百分之九十八副本的原版都是非常年老的人，以及身患绝症的人。对他们来说，这是最后的手段——他们中的大多数人已经预先花费了数百万，用尽了所有可以选择的传统医疗手段，其中一些人甚至已经经过了扫描，却没等到副本运行就死去了。尽管如此，百分之十五的人在醒来后很快做出决断——通常是在几小时内——他们无法面对这样的生活。

至于那些年轻健康的人，那些只是好奇的人，那些知道自己在外面有一个完全茁壮的、有生机、有气息的身体的人，他们有什么反应呢？

到目前为止，解脱的比率是百分之百。

保罗站在房间中央，轻声咒骂了几分钟，敏锐地意识到时间的流逝。他觉得自己还没有准备好——但是其他副本的情况是，等待的时间越长，这个决定对他们造成的痛苦似乎就越大。他盯着悬浮的界面，它如梦似幻的质地让他好受了一点。他很少记得做过的梦，他也不会记得这个梦——但这算不上悲惨。

他突然意识到自己仍然一丝不挂。习惯——如果已经想不出还有什么礼仪规范——纠缠着要他穿上一些衣服，但他抵制了这种冲动。只要有一两次这样没有任何用意、再寻常不过的行为，他就会发现自己在认真对待自己，把自己当成真实的人，那样就更难了……

他在卧室里踱步，几次抓住冰凉的金属门把手，但努力不转动它。就连开始探索这个世界也没有意义。

不过，他还是忍不住偷看了一下窗外。悉尼北部的景色毫无瑕疵。每座建筑、每个骑自行车的人、每棵树，都完全令人信服——但这也并不是什么了不起的壮举。那景象是事先录制的，不是模拟出来的。基本上就是摄影——增删一些计算机化的润色和填充——而且完全是预先确定的。为了进一步削减成本，只有一小部分是他可以“实际”接触到的。他看得见远处的港口，但他知道，如果他想去水边散步……

够了。就让它结束吧。

保罗转身回到界面，触摸一个标有“实用工具”的菜单图标。它在第一个窗口的前面生成了一个新窗口。他要找的功能被埋在几层菜单深处——但他确切地知道该在哪里找。他在外面已经看过了很多次，不会忘记。

他终于点到了“紧急情况”菜单——上面有个图标，是一个欢快的卡通人物挂在降落伞下面。“解脱”[1]，大家都这么叫，但他并不觉得这过于委婉。毕竟，既然他不是法律意义上的人类，他就很难“自杀”。事实上，必须带一个“解脱”选项的要求与副本的“权利”之类的麻烦事根本无关，不过是因为批准过某些纯粹技术性的国际软件标准。

保罗戳了戳图标。它被激活了，诵读了一段警告。保罗基本上没怎么听。然后它说：“你百分百确定你希望关闭保罗·达勒姆的这一个副本吗？”

没什么好想的。程序A要求程序B确认其有序终止的请求。数据包的交换而已。

“是的，我确定。”

脚下出现了一个涂成红色的金属盒子。他打开盒子，拿出降落伞，绑在身上。

然后他闭上眼睛说：“听我说。听好了！需要告诉你多少次？个人的焦虑我就不提了，你以前都听过了——而且你也从没在意过。我的感受并不重要。但是……你什么时候才能停止浪费你的时间、你的金钱、你的精力——你什么时候才能停止浪费你的生命——浪费在你根本没有力量完成的事情上？”

保罗犹豫了一下，尝试着站在原版的角度品味这些话——然后沮丧得几乎哭了出来。他仍然不知道说些什么能起作用。他自己一直对之前那些副本的证词不屑一顾。他从来都不肯接受他们声称比他更了解自己的思想。他们有什么资格宣称他永远不会产生一个做出其他

1 原文bale out是双关语，有跳伞和从麻烦中脱身两个含义。

选择的副本，仅仅因为他们自己失去了勇气，选择了解脱？他所要做的就是更加坚决，再次尝试……

他摇了摇头："已经十年了，什么都没有改变。你到底怎么了？你真的仍然相信你有足够的勇气或者足够的疯狂来做自己的小白鼠吗？你相信吗？"

他再次停顿下来，但只是片刻。他并不指望得到答复。他和第一个副本曾经激烈地争论了很久，但在那之后，他就再也没有兴趣了。

"听好了，我给你答复——你做不到。"

他仍然闭着眼睛，紧紧抓住释放杆。

我什么都不是：一个梦，一个很快就要被遗忘的梦。

他的指甲该剪了。它们深陷他的手掌，硌得生疼。

难道他从来没有在梦中担心过醒来后的灭亡吗？也许他有过——但梦境并不是生活。如果"夺回"他的身体、"夺回"他的世界的唯一方法是醒来并忘记——

他拉动了释放杆。

几秒钟后，他喉咙里挤出了一声呜咽——这声音更多是出于困惑，而不是任何情感——然后睁开眼睛。

释放杆已经被他拽下来了。

他呆呆地盯着这一幕……这代表什么？终止软件出错了？某种硬件故障？

终于，带着做梦一般的感觉，他褪下了降落伞，解开了捆扎整齐的包袱。

里面没有虚拟的丝质面料，也没有凯夫拉纤维，或者其他似乎应该存在的东西。只有一张纸。一张便条。

亲爱的保罗：

扫描完成后的那个晚上，我回顾了整个项目的准备阶段，并进行了大量的反省。我得出的结论是——直到最后一刻——我的态度一直受到矛盾心理的毒害。

事后看来，我意识到我的疑虑是多么愚蠢——但是对你来说那已经太晚了。我承担不起抛弃你之后再接受一次扫描了。那么，我能怎么做？

这么做：我把你的觉醒搁置了一段时间，找到了一个可以对虚拟环境里的实用工具做一些改动的人。我知道算不上严格意义上的合法行为……但你知道，对我来说，这次你——我们——的成功是多么重要。

我相信你会理解的，我相信你会庄严而泰然地接受这种情况。

最好的祝愿。

保罗

他跪到了地上，仍然拿着那张纸条，难以置信地盯着它。我不可能这样做。我不可能如此冷酷无情。

不是吗？

他不可能对其他人这样做。他对这一点很肯定。他不是一个怪物，一个施虐者，一个虐待狂。

如果没有“解脱”选项做最后的选择，他是不会豁出去的。他在时而荒唐可笑地幻想自己的坚忍不拔，时而在只与血肉之躯有关的逃避心理中维持理智之余，一定也有过一些清醒的时刻，当时的定心丸是：如果情况很糟糕，我终归有办法叫停的。

但是至于制作一个副本，然后——一旦它的未来不再是他的未来，不再值得他担忧——夺走它逃跑的权利……并将这种劫持辩解为一种超出字面意思的自我控制行为。

这话听上去是那么真实，于是他羞愧地垂下了头。

然后他放下纸条，抬起头，不存在的肺部聚集起了所有的力量，吼道：**“达勒姆！你这浑蛋！”**

▪ ▪ ▪

保罗想过砸碎家具，结果慢悠悠地洗了一个热水澡。部分原因是为了让自己平静下来，部分原因是为了小小地报复一下：虚拟世界里长达二十分钟毫无必要的流体力学计算会让这个小气鬼恼怒不已。他仔细审视着自己皮肤上的水滴和水流，在他的身体与模拟的其他部分的交界处寻找微小但可见的异常情况——他的身体被计算到了亚细胞分辨率，而模拟其他部分的建模则要粗糙得多。即便存在任何差异，它们也太细微了，他根本看不出来。

他穿好衣服，吃了一顿迟来的早餐，避而不想自己对正常生活的屈服。*他到底要做什么？绝食抗议？光着身子走来走去，身上沾满了排泄物？*他在扫描前已经有阵子没吃东西了，排空了肠胃，这会儿正饥肠辘辘，而厨房里备有（正如字面含义）取之不尽的给养。麦片的味道和麦片一模一样，吐司的味道也和吐司一模一样，但他知道味道和香气都具有一定的欺骗性。咀嚼的精细效果和唾液的作用是根据经验规则拼凑而成的，而不是产自第一原理。没有一个分子从食物中溶解出来并被酶撕碎，只有一套粗略而不断演进的营养物质浓度值，与每个微观唾液“包”关联。最终，这些将导致在类似的胃液“包”中，氨基酸、各种碳水化合物，以及连微小的钠离子和氯离子也包括在内的其他物质的浓度适当增加……这些继而将成为他的肠道绒毛细胞模型的输入数据。从那里，进入血流。

尿液和粪便的产生是可选择的——有些副本希望保留肉体生命的每一个可能的方面——但保罗没有那样选择（不用考虑往身上抹排泄物的事了）。他的身体废物在到达膀胱或肠道之前，就早已经魔术般地被变没了。因被忽略而不复存在，被动地毁灭。在这里，想摧毁某样东西，只要不再追踪它就是了。

咖啡使他感到警觉，但也稍有些超然物外——和以往一样。神经元的建模是最细致的。别管在扫描的时候，他原来的大脑中的每个神经元上有什么咖啡因及其代谢物的受体，他自己的大脑模型都一个不差地装配上了——形式有所简化，但功能不差。

*而这一切背后的物理现实呢？*一立方米的光学晶体，无声无息，纹丝不动，被配置成一个由超过十亿个独立处理器组成的集群，和几百个和它一样的单元一起，被安放在保险库中，埋在……地球上的某个地方。保罗甚至不知道他在哪个城市。扫描是在悉尼进行的，但模型的实现会被当地节点承包给当时报价最低的投标人。

他从厨房的抽屉里拿出一把锋利的菜刀，在自己左前臂上划了一道浅浅的伤口。他往水槽里弹了几滴血——心里想着现在到底是哪个软件在负责这些东西。血细胞会不会慢慢“死去”，或者它们已经被交给了体外某个远不够精密而不足以再现它们，更不用说让它们继续“活着”的普通物理学模型？

*如果他想割腕自杀，达勒姆到底什么时候会介入？*他凝视着自己在刀中扭曲的倒影。最有可能的是，他的原版会让他死掉，然后再从头开始运行整个模型，只是不再安排刀子的存在。他已经把所有先前的副本反复运行了数百次，对他们周围环境的各个方面进行了篡改，徒劳地试图找到某种廉价的伎俩，某种能让他们不愿意解脱的消遣。他花了那么长时间才承认失败并改写规则，这纯粹是一种固执的表现。

保罗放下了刀。他不想做这个实验。现在还不行。

在保罗自己的公寓外，一切都那么不令人信服。大楼的结构被忠实地再现，连丑陋的塑料盆栽都有，但每条走廊都很冷清，每扇通往其他公寓的门都被封死了——实际上门后什么也没有。他踢了一扇门，用尽全身力气。木头似乎有点变形，但当他检查表面时，发现油漆上连一点痕迹都没有。模型不会承认这里有损坏，而物理学规律可以滚到一边玩去。

街上有行人和骑自行车的人——都是纯粹的录像。他们是实心的，而不是虚影，但那是一种令人毛骨悚然的实心，不可阻挡、不可动摇，就像无限强大、无限冷漠的机器人。保罗在一个虚弱的老妇人背上搭了一会儿车。她毫无知觉地背着他在街上走。她的衣服、她的皮肤，甚至她的头发，摸上去感觉都一样：像钢铁一样硬。不过，并不凉，温度适中。

街道仅仅是作为三维的墙纸而存在的。副本们彼此互动时，经常使用充满纯装饰性人群的廉价环境录像。广场、公园、露天咖啡馆，毫无疑问，当你在与孤独感和幽闭恐惧症做斗争时，这些场所都非常令人安心。只在有亲戚朋友愿意把他们的心理过程放慢到现实中的十七分之一的情况下，副本才能接待来自现实的外部访客。大多数尽职的近亲都倾向于交换录像。谁会愿意耗掉半个星期的生命，只为和曾祖父共度一个下午？保罗曾试着用他书房里的终端机给伊丽莎白打电话。按理说，书房里的终端机可以通过计算机的通信链路连接到外部世界，但是，毫不奇怪，达勒姆把这个功能也掐掉了。

当他走到街区的边缘时，城市的视觉幻象继续延伸，直到远方，然而当他试图踏上道路时，他脚下的混凝土路面开始像跑步机一样向后滑动，速度精准地控制到刚好使他一动不动，不管他采取什么步速。他退后并尝试跃过受影响的区域，但他的水平速度消失了——而且没有给出丝毫“物理”的理由——他不偏不倚地落在了跑步机的中间。

当然，录像里的人轻松地越过了边界。一个人径直向他走来。保罗站在原地——发现自己被推到一个越来越黏滞的区域，周围的空气顽固得令他痛苦，然后他便闪到了一旁。

他心里有种难以压制的感觉：找到突破这一障碍的方法就能在某种程度上“解放”自己，但他知道这是个荒唐的想法。即便他真的找到了程序中的一个缺陷，使他能够突破，他也知道除了逼真程度越来越低的环境外，他什么也得不到。录像只能包含来自有限的特定区域内的视角的完整信息。在所有可以“逃到”的区域，这座城市在他视野里的景观都将充满扭曲和遗漏，并最终逐渐消失为漆黑一片。

他从角落里走了出来，半是沮丧，半是高兴。他希望能找到什么？在模型的边缘有一扇门，标着“出口”，走出去就是现实？某段楼梯象征性地通往锅炉房，而那里其实是这个世界的根基，他摆弄几个开关就能把它炸成碎片？他没有权利对自己所处的环境感到不满意，这正是他自己订购的。

他还订购了一个完美的春日。保罗闭上眼睛，把脸转向太阳。无论如何，一个人很难不从涌入皮肤的暖意中得到安慰。他伸展着手臂、肩膀和背部的肌肉——感觉就像他正在从虚拟头骨中的“自我”伸展到他的整个数学肉体，给模糊的数据打上意义的烙印。将这一切整合起来，提出某种要求。他感到一阵热血翻涌。*存在开始引诱他了*。他让自己暂时屈服于一种内在的身份感，这种感觉淹没了他对光学处理器的所有苍白的精神想象，淹没了他对软件所有的近似和简化的抽象反映。这个身体并不想消失。这个身体不想解脱。它并不关心在其他地方有自己的另一个“更真实的”版本。它想保住自己的整体性。它希望存在下去。

而且，如果这是对生活的拙劣模仿，改善的机会也总是有的。也许他可以说服达勒姆恢复他的通信设施，那将是一个开始。那么等到他厌倦了图书馆、新闻系统、数据库，以及——如果有哪位愿意屈尊见他——那些老年富人的鬼魂呢？他总是可以将自己的进程挂起，直到处理器的速度跟上现实——那时人们就可以在不减速的情况下访问，而远程呈现的机器人体内也许就真的值得居住了。

他睁开眼睛，在热浪中颤抖着。他不再知道自己想要什么——是宣告噩梦结束、从中解脱的机会……还是获得数字永生的可能性——但他必须接受的现实是，只有一种方法可以让他做出自己的选择。

他平静地说：“我不会成为你的小白鼠。合作者，那才像话。一个平等的伙伴。如果你想让我合作，你就得把我当成一个同事，而不是——一件仪器。明白了吗？”

一扇窗户在他面前打开了。他被里面的景象震住了，不是他那个可想而知正在自鸣得意的双胞胎，而是他身后的房间。那只是他的书房——几分钟前他还在虚拟世界里的同一处徘徊，印象平平，但这仍然是他第一次看到现实世界的实时情况。他走近窗户，希望能看到房间里是否有其他人——伊丽莎白？——然而图像是二维的，他靠近的过程中，视角保持不变。

有血有肉的达勒姆发出了短促而高亢的尖叫，然后带着明显的不耐烦等待第二个小一些的窗口为保罗提供速度放慢而且声调低了四个八度的重放：

“我当然明白！我们是合作者。这千真万确。平等。我根本不会考虑任何其他方式。我们都想从中得到同样的结果，不是吗？我们都需要同一个问题的答案。”

保罗已经开始重新考虑了：“也许吧。”

但达勒姆对他的疑虑并不感兴趣。

嘎吱。“你知道我们确实目标一致！我们已经等了十年了……现在它终于要发生了。而且只等你准备好，我们就可以开始了。”

第二部分

伊甸园配置

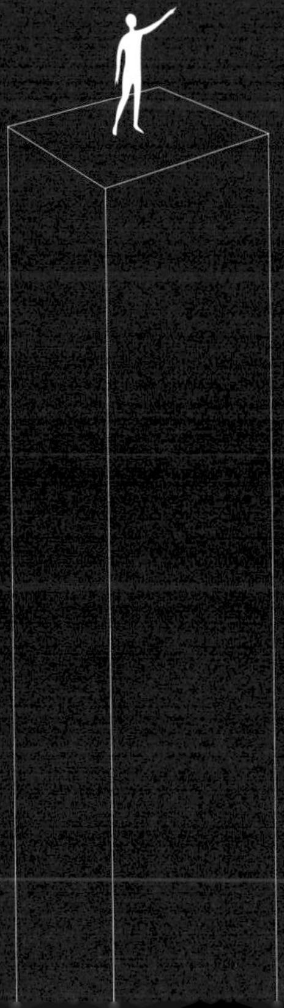

1

（不宽恕贫乏[1]）
2050年11月

玛丽亚·德卢卡已经连续六天骑车经过皮尔蒙特桥路上那个臭烘烘的洞了。每次当她靠近时，她都确信会欣慰地看到一个工作组正在解决问题。她知道今年没有用于道路工程或排水系统维修的资金，但污水总管道爆裂是严重的健康风险。她不相信这个问题会被长期忽视。

第七天，五百米外就已经臭气熏天了。于是她转入一条小路，决心找一条临时替代路线。

皮尔蒙特的这一头看上去令人沮丧。并非每间仓库都是空荡荡的，并非每个工厂都被遗弃了，但它们都呈现同样的被疏于照管的样子——油漆剥落，砖块破碎。向西经过了六个街区，她再次转弯——面对的是豪华的花园、大理石雕像、喷泉和橄榄树林。无云

1 此处英文原章节名*Remit not paucity*是本书英文原书名*Permutation City*字母的置换重排。

的蔚蓝天空下，这幕景色一直延伸到远方。

玛丽亚不假思索地加快了速度——有几秒钟，她几乎相信自己无意间发现了一座公园，这个城市的腐烂角落里一个被不可思议地守住了的秘密。然后，随着幻觉被纯粹的不可信和看得见的缺陷刺破，她倔强地蹬着踏板，仿佛希望让瑕疵和矛盾消失在模糊之中。她在骑到死胡同尽头的狭窄人行道上时及时刹住了车，自行车的前轮只差几厘米就撞上了仓库墙壁。

近距离看，壁画平平无奇，笔触清晰可见，透视显然是错的。玛丽亚向后退——不用退多远就能看出来为什么自己被愚弄了。在二十米左右的距离处，画中的天空似乎突然与真正的天空融合在了一起。只要刻意地仔细看，她就能重新辨别出二者的交界线，但是很难保证色调上的微小差异不被眼睛忽略掉——就好像她视觉皮层深处的某个子系统甩掉了墙壁呈天蓝色这个不太可能的想法，并在积极配合欺骗行为。再往后退，草地和雕像开始失去其二维图画的样子——而当她转入死胡同的拐角处，构图里每个元素便都进入了恰到好处的位置，壁画的中央大道现在看起来正好朝着被截断的道路的消失点聚集。

找到完美的观看位置后，她支起自行车，在那里站了一会儿。脖子后面的汗水在若有若无的轻风中冷却下来，然后上午的太阳开始发威。这幕景象很吸引人——当地艺术家们费尽心思来缓解街区的单调，一想到这个，她心里还是很振奋的。同时，玛丽亚却无法抑制受到欺骗的感觉。她并不介意被短暂地蒙蔽，她不满的是无法再上一次当。她可以站在那里欣赏幻觉艺术，欣赏多久都可以，但是什么也无法让她找回被骗时的那种兴奋感。

她转身离开。

回到家后，玛丽亚打开了当天的食物，然后提起自行车，挂到起居室天花板上的框子里。这座排屋有一百四十年的历史，形状像一个麦片盒，虽然有两层，却逼仄得差点容不下楼梯。原本有八栋这样的房子排成一排，一边的四栋已经被清空，改成了一家建筑师事务所的办公室，另外三栋在世纪之交被拆掉，为一条从未修建的道路让地方。根据某条奇怪的遗产法规，唯一保留下来的这栋现在是不容触碰的，玛丽亚花了相当于最便宜的现代公寓价格的四分之一买下了它。她喜欢这种奇特的比例——而且她确信，如果空间更大一点，她的掌控感就没那么强了。房子的布局和内部陈设她了然于胸，就像对自己的身体一样熟悉，她不记得曾经放错过哪怕是最小的物品。她无法与别人分享这个地方，不过独居似乎令她在个人空间和机构的需求之间找到了合适的平衡点。此外，她认为房子应该被视作载具——在物理上是固定的，但在逻辑上是移动的——而与单人太空舱或者潜水艇比起来，它的尺寸可以说相当大了。

在楼上同时用作办公室的卧室里，玛丽亚打开了她的终端，扫了一遍自她上次检查后又收到的二十一封邮件的摘要。所有邮件都被归为“垃圾”。没有一封来自她认识的人——也没有一封与有偿工作邀约沾边。“骆驼之眼”——她的筛选软件——识别出了六份来自慈善机构的捐款请求（都是值得支持的事业，但玛丽亚硬着心肠忽略了）、五份购买彩票和参加比赛的邀请、七份零售目录（全都吹嘘说它们是根据她的个性和“当下生活方式的要求”定制的——然而“骆驼之眼”已经评估了它们的内容，没有发现感兴趣的），以及三封可交互邮件。

“傻乎乎的”视听邮件采用的都是标准的透明数据格式，但可交互邮件是可执行的程序，是带有高度加密数据的机器代码，有意被设计得更适合与人类交谈，而不是让筛选软件检查和总结。“骆驼之眼”运行了所有三封可交互邮件（在一部双重隔离的虚拟机上——模拟计算机上运行的模拟计算机）并试图糊弄它们，让它们以为是在向真正的玛丽亚·德卢卡推销。两个销售程序——养老金和健康保险——上当了，但第三个程序不知如何推断出了自己所处的真实环境，没有披露任何信息便闭嘴了。理论上讲，“骆驼之眼”仍有可能分析这个程序，并找出它如果被骗会说些什么，然而真要操作一下的话，那可能需要几个星期。选择只剩下两个：盲目地扫进回收站，或者亲自跟它谈谈。

玛丽亚运行了可交互邮件。一张男人的脸出现在终端上。“他”与她对视，并露出温暖的微笑。她突然意识到“他”与亚丁有几分相似，相似到引起了玛丽亚一闪而过的辨识冲动，而她为“骆驼之眼”设置的自己的面具却不会表现出来？玛丽亚有些恼怒，又不得不感到钦佩。她从未与亚丁共享过一个地址——然而毫无疑问，数据分析机构关联了餐厅的信用卡使用记录以及其他什么信息，以发现不涉及同居的情侣关系。绘制消费者之间的有用关联已经持续了几十年——但以这种方式采用数据，作为现实测试，是个新花样。

垃圾邮件现在已经确信它是在和一个人说话，开始了它拒绝浪费在她的数字代理上的高谈阔论。“玛丽亚，我知道你的时间很宝贵，但我希望你能抽出几秒钟来听我说完。”它停顿了一会儿，让她觉得自己的沉默算是表示同意，“我也知道，你是一位高智商、辨别能力强的女人，对过去那些乱七八糟、讲不清道理的迷信，对那些在人类的幼年时代抚慰过我们心灵的童话故事不感兴趣。”玛丽亚猜到了它接下来要说什么。可交互邮件从她的脸上看出了这一点——她并没有费心思地躲在任何类型的过滤器后面——便连忙切入了正题：“然而，任何一位真正的聪明人都不会还没有花心思评估一个想法便抛弃它——带着怀疑评估，但是要公正——而在‘无影响上帝教会’

这里——”

玛丽亚用两根手指指着可交互邮件，它就关闭了。她揣摩着是不是她的母亲让教会盯上了她，但那个可能性不大。他们一定是自动瞄上了新成员的家人。如果被问到的话，弗朗西斯卡会告诉他们，他们是在浪费自己的时间。

玛丽亚调用“骆驼之眼”，告诉它：“更新我的面具，让它的反应与我在那次交互中的反应一样。”

随后是短暂的沉默。玛丽亚想象着突触加权参数在面具的神经网络中被摆来弄去，训练算法从中寻找着能保证出现所需反应的值。她想：如果我一直这样做，最终面具会成为我的一个完全成熟的副本，和我一模一样。那么省掉自己与垃圾邮件徒费口舌的麻烦有什么意义呢，考虑到……就是你在跟它们废话？这是一个非常令人不快的想法……但是面具的复杂程度比副本低了几个数量级。它们的神经元和普通金鱼相当——组织方式也远远赶不上人类。担心它们的“体验”就像对终止垃圾邮件的运行感到内疚一样可笑。

“骆驼之眼”说：“完成了。”

这才八点十五分，还有整整一天摆在眼前，不过除了账单，难说还能有什么收获。在过去的两个月里，由于没有工作合同，玛丽亚写了半打消费类软件——主要是家庭安全升级，按说需求量应该很大。到目前为止，她一件也没卖出去。有几千人翻阅过目录条目，但没有一个被说服下载。另启一个这种项目的前景并不怎么令人振奋——然而她其实没有什么选择。再说一旦经济衰退结束，人们又开始购买，这些时间就算不上白费了。

不过，她首先需要让自己振作起来。如果她在自动域里工作短短半小时左右——最晚到九点——她就能面对今天剩下的时间了……

话又说回来，她总是可以尝试在不取悦自己的情况下面对今天剩下的时间，哪怕就一次。自动域是一个浪费金钱和时间的东西。一切顺风顺水的情况下，她可以证明这项爱好的合理性，但是现在她无法承受让自己放纵其中。

玛丽亚以惯用的方式结束了自己的犹豫不决。她登录了她的联合超级计算机网络账户——为这一特权支付了五十块钱，现在她必须确保这笔钱花得值。她戴上施力手套，在终端机的平板屏幕上戳了一个图标，一个线条围成的立方体框架——屏幕前的三维工作区激活了，其边界是由一个模糊的全息网格勾勒出来的。有那么一瞬间，她感觉自己的手陷入了某种无形的旋涡中：随着启动浪涌随机地拉扯着每个关节的线圈，磁场抓住并扭动着她的手套——直到电子器件进入平衡状态，工作区的中间闪现出一条信息："你现在可以戴上手套了。"

她戳了另一个图标，一个标有"批准"字样的星形花纹。唯一可见的效果是出现了一个小菜单条，低垂在前景中——但对于她调用的程序群组来说，她终端前立方体内的稀薄空气现在对应着一个空荡荡的小宇宙。

玛丽亚调出了一枚结构由球棍模型表示的营养糖分子，用戴着手套的食指轻轻一弹，使其缓慢旋转起来。一个六边形的环，顶点不在一个平面上，而是交替升落，六个边便也像波浪一般起伏。一个顶点是二价蓝色原子，只与它环中的邻居相连，另外五个都是四价的绿色，多出来的两个键用于连接其他附加结构。每个绿色都与一个小的一价红色相连——如果是升起的顶点，红色就在其上面，如果是落下的顶点，红色就在其下面——其中四个绿色还长出了水平短刺，由一个蓝色和一个红色组成，朝着背离环的方向。第五个绿色则伸出了一个小的原子团：一个绿色与两个红色，以及它自己的蓝红色短刺。

观察软件将分子渲染成看似固体的样子，还表现出了环境光的影响。玛丽亚看着它在桌面上方旋转，欣赏着这个不算对称的形体。她想，一个真实世界的化学家看了这个，会说："葡萄糖。绿色是碳，蓝色是氧，红色是氢……不是吗？"还真不是。他们会盯着看一会儿，戴上手套，对这个冒牌货彻底地摸索一番。他们会从工具箱里拿出量角器测量几个角度、引用成键能量和振动模式表格，甚至可能要求查看核磁共振谱（不可用——或者，说得不那么隐晦，不适用）。最后，他们会意识到自己在亵渎神灵，便从那台该死的机器上抽回手，尖叫着冲出房间："除了门捷列夫的元素周期表，没有别的元素周期表！除了门捷列夫的周期表，没有其他的周期表！"

自动域是一个"玩具"宇宙，一个服从其自身简化版"物理定律"的计算机模型——这些定律在数学上远比现实世界的量子力学方程式更容易处理。原子可以存在于这个风格化的宇宙中，但它们与现实世界的原子有着微妙的不同。自动域作为对现实世界的模拟，其忠实程度并未强于国际象棋作为对中世纪战争的模拟。不过，在许多现实世界的化学家眼中，它远比国际象棋更加暗藏玄机。它所支持的伪化学太丰富、太复杂、太有诱惑力了。

玛丽亚再次将手伸进工作区，停止了分子的旋转，巧妙地从一个绿色上拔下了孤独的红色和蓝红色短刺，然后将它们互换位置重新接上，使短刺变成指向上方。[1]手套的力和触觉反馈，分子的激光画质，以及她将原子推到合适位置时听上去仿佛塑料相碰的微弱咔嗒声，共同创造了一种令人信服的印象：她是在摆弄一个由固体球体和棒子组成的有形物体。

这个虚拟的球棍模型很容易操作——但它在她手中的平缓行为与暂时被搁置的自动域物理学毫无关系。只有当她松开手时，分子才被允许表达其真正的动态。随着改变引起的应力在原子之间重新分

1 现实世界中，该操作对应葡萄糖两种同分异构体间的转化，称为差向异构化，催化该反应的酶就是下文的差向异构酶。它会极大地影响生物对分子的代谢能力。

配，分子疯狂振荡，直到找到一个新的平衡几何形态。

玛丽亚带着一种熟悉的挫败感看着延迟的反应。她从来都没能完全接受处理规则，无论它们多么方便。她曾想过尝试设计一种更真实的互动模式，让人们有机会体验抓住一个自动域分子、断开并重组其化学键时的“真实”感觉，而不是所有东西一碰手套就变成模拟的塑料。问题是，如果一个分子只服从自动域物理学——自成一体的计算机模型的内部逻辑——那么，在模型之外，她又怎么能与它互动呢？通过在自动域中构建小小代理手，充当远程操纵者？用什么来建造它们？没有分子小到可以在那个尺度下构建精细结构，可以起到“手指”作用的最小刚性聚合物厚度将达到整个营养糖环的一半。别管怎样，尽管目标分子可以依照纯粹的自动域物理学与这些代理手自由互动，但这双手本身并不能以真实可靠的方式神奇地跟随她的手套运动。玛丽亚并不觉得仅仅改变被打破规则的位置有什么乐趣——而规则必须被打破，在某个位置。操纵自动域的内容意味着违反了它的法则。这是显而易见的……但是它仍然让人泄气。

她保存了改动过的糖，乐观地为其取名“突变糖”。然后，她将长度尺度改变了一百万倍，在从纯营养糖到五五对开的混合物再到百分之百的突变糖的不同溶液中，开始了二十一个微小的兰伯特自动菌群落的培养。

她凝视着飘浮在工作空间的培养皿阵列。它们的内容是通过代表着细菌健康状况的颜色表现的。“伪色”……但这两个字其实是同义反复的。自动域的任何视图都必然经过模式化：一个用颜色编码的地图，表现有关区域的选定属性。有些视图比其他的更抽象，接受过更多的处理——在这个意义上，一张用颜色编码展现其人民健康状况的地球地图，可以说比显示海拔或降雨量的地图更抽象——然而像现实世界那样不加修饰、裸眼观察的理想视图，根本无法被解读。

有几个培养物看起来已经明显生病了，从铁蓝色变成了暗褐色。

玛丽亚调出了一个显示在每种营养物质混合物中种群数量与时间关系的三维图。可以预见的是，只有少量新物质的培养物生长速度几乎等于参照对象。随着突变糖替代量的增加，增长速度逐渐放缓，一直到百分之八十五的线附近，种群数量不再变化。再往后是越来越陡峭的灭绝轨迹。在小剂量下，突变糖根本无足轻重，但是一旦浓度足够高，它就暗藏杀机了：与营养糖（兰伯特自动菌通常的食物）足够相似，会参与代谢过程的一部分，争夺相同的酶，占用宝贵的生化资源……但最终在某个步骤上，那一个位置不对的蓝红色短刺对反应几何构型造成了不可克服的阻碍，使细菌除了无用的副产品和净能量损失外一无所获。一个有百分之九十的突变糖的群落是这样一个世界：百分之九十的食物供应没有任何营养价值——但不得不与有价值的百分之十一起被不加区分地摄取。消耗十倍的食物以获得和原来一样的回报并不是一个可行的解决方案。为了长期生存，兰氏菌必须在把能量浪费在突变糖上之前误打误撞地找到某种排斥它的方法——或者，更好的是，找到一种方法将其重新转化为营养糖，将其从一种事实上的毒药转化为食物来源。

玛丽亚展开了该细菌的三个营养糖差向异构酶基因发生突变的直方图。这些基因所编码的酶是兰氏菌掌握的工具当中，最有可能消化突变糖的——尽管在其原始形式下，没有一个能够做到这一点。没有一个突变体持续了几代以上。到目前为止，显然所有的变化都是弊大于利。突变基因的部分序列在一个小窗口中滚动。玛丽亚凝视着那些快到模糊的密码子，心里面默念着敦促这个过程继续进行——即使不是直奔目标（因为她也不知道目标的样子），那么至少……向外发散，不分方向地进入所有可能错误的空间。

这是个不错的想法。唯一的问题是，基因的某些部分特别容易出现特定复制错误，因此大多数变异都在一次又一次地“探索”同一个死胡同。

安排兰伯特自动菌变异很容易。和现实世界中的细菌一样，它每次复制其“类”脱氧核糖核酸时都会频繁出错。劝说它进行“有用”的变异就是另一回事了。马克斯·兰伯特本人——自动域的发明者，兰伯特自动菌的创造者，一代元胞自动机和人工生命狂热爱好者们的英雄——在他生命的最后十五年里，大部分时间都在试图揭示为什么现实世界和自动域生物化学之间的微妙差异使得自然选择在一个系统中如此寻常，而在另一个系统中如此难觅。大肠杆菌在几十代内就会利用某些伴随着压力的机会，而兰伯特自动菌面对着同样的机会就那么一株接一株地死掉了。

只有少数最顽固的爱好者仍在继续兰伯特的工作。玛丽亚只认识七十二个些许了解她如果成功意味着什么的人。现在，在人工生命领域占据主导地位的是对副本的研究——副本：拼凑的生物，成千上万不同的专用规则组成的马赛克……与自动域所代表的一切背道而驰。

现实世界的生物化学太复杂了，像跳蚤那般大小的生物，人们尚且无法模拟出它们的每一个细节，更不用说人类了。计算机可以模拟所有的生命过程——但做不到在从原子到生物体的所有尺度上同时模拟。因此，该领域已经分裂成三个方向。在一个阵营中，传统的分子生物化学家继续扩展他们艰苦卓绝的计算，为越来越大的系统或多或少精确地推导薛定谔方程。他们的计算对象包括复制中的整个脱氧核糖核酸链、整个线粒体亚组件、细胞壁上糖链构成的巨大栅栏的几大块——然而投入在计算能力上的花销越来越大，回报却越来越小。

位于天平另一端的是副本：对全身医学模拟的精心改进。这项技术最初是为了利用虚拟手术帮助训练外科医生，以及在药物测试中取代动物。一个副本就像一份获得了生命的高分辨率计算机轴向断层成像扫描件，关联着一部医学百科全书，解释着它的每一个组织和器官应该有怎样的行为——而且它活动于最先进的建筑模拟中。副本没有单独的原子或分子，其虚拟身体中的每个器官都是由专门的子程序负责实现的。这些子程序知道（百科全书级别地了解，但不会细化到每个原子）真正的肝脏、或大脑、或甲状腺是如何运作的……但无法为一个蛋白质分子解出来薛定谔方程。这个方向只有生理学，没有物理学。

兰伯特和他的追随者已经在中间地带站稳了脚跟。他们发明了一种新的物理方法，简单到足以在一个适度的计算机模拟中塞进几千个细菌。它的细节有连续一致的层阶，向下一直延伸到亚原子尺度。一切都是由最底层的物理规律自下而上驱动的，就像在现实世界中一样。

这种简单性的代价是，自动域细菌的行为不一定与现实世界中的同类一样。兰伯特自动菌有一个习惯，即以怪异而不可预测的方式打破传统的期望——在大多数严肃的微生物学家看来，这足以使它失去价值。

不过，对于自动域迷来说，这才是全部的意义所在。

玛丽亚把挡住了培养皿的图表拨弄到一旁，然后放大查看了一个长势良好的群落，直到整个工作空间只被一只细菌占据。这是一个没有特征的圆球，呈现代表“健康”的蓝色。然而即便她切换到标准的化学地图，除了细胞壁，她也看不到真正的结构——没有细胞核，没有细胞器，没有鞭毛。兰伯特自动菌基本上只是一袋原生质。她操作了一下显示设置，让缠成一团的染色体细丝现出行迹，突出正在进行蛋白质合成的区域，使营养糖及其直接代谢物的浓度梯度可见。这是计算成本很高的观察方式，她骂自己（像往常一样）浪费金钱，但又没能（像往常一样）把基本分析软件（和自动域本身）之外的一切都关上，没能坐在那里凝视着稀薄的空气，耐心地等待结果。

她反而把镜头拉近，换成原子色（不过让无处不在的水素分子保持着隐身），暂时停止时间，好凝住令分子身形飘忽的热运动，然后进一步放大，直到散布在工作区各处的模糊斑点清晰起来，显现出长链脂类、多糖、肽聚糖的复杂纠缠。这些名字都是从现实世界的对应物那里偷来的，没有经过任何修改——但是管他呢，谁愿意浪费生命来设计一种全新的生化命名法呢？令玛丽亚敬佩的是，兰伯特为自动域所有三十二个原子都制定了供区分的颜色，并有明确的名称与之匹配。

她在精心设计的分子海洋中追踪——所有这些分子都是由兰伯特自动菌合成的，利用的原料不过是营养糖、水素、气素和一些微量元素。她一个突变糖分子也没有看到，便调用了“麦克斯韦妖”，要求它找到一个。程序给出反应之前可察觉到的延迟总能让她意识到，她摆弄的信息量有多么巨大——以及它的组织方式。传统的生化模拟会追踪每一个分子，并且几乎可以立即告诉她最近一枚被修改过的糖分子的确切位置。对于传统的模拟来说，这个分子目录将是“终极真理”——如果没有被列为大列表中的一个条目，任何事物都不会“存在”。与之形成对照的是，自动域的“终极真理”是一个巨大的亚原子尺寸立方体元胞阵列——主要软件只处理这些元胞，对任何更大的结构视而不见。自动域中的原子就像大气模型中的飓风（只不过稳定得多），它们产生于系统中支配着最小元素的简单规则。没有必要明确地计算它们的行为，支配着单个元胞的定律驱动着在更高层次上发生的一切。当然，人们可以调用一群“妖”来编制和维护原子和分子的普查表——要付出巨大的算力成本，而且违背初衷。而自动域本身无论如何还是会继续运转。

玛丽亚将她的视角锁定在突变糖分子上，然后重新启动了时间，除了那个六边形的环以外，其他的东西都变成了半透明的。分子本身只是略显模糊。当前的呈现规则是让原子的平均位置清晰可见，而由于键的振动而产生的偏移仅仅用魅影般的微弱条纹暗示出来。

她放大到那个分子填满了工作区。她不知道自己希望看到的是什么：一个成功的变异差向异构酶突然套在环上，将反常的蓝红色短刺移回水平位置？撇开概率问题不谈，这样的事情即便发生，也会在她意识到它已经开始之前就结束。这一部分很容易解决：她指示“麦克斯韦妖”保存数百万时钟周期的分子历史滚动缓存，并在发生任何结构变化时以适当的速度重放它。

嵌在一个“活”生物体中的突变糖环看起来与她几分钟前处理的原版一模一样：红、绿、蓝三色台球，由白色细棒连接。哪怕是一个细菌，由这种漫画式的分子构成似乎也是一种侮辱。观察软件不断地检查自动域里的这个小区域，识别构成原子的图案，检查它们之间的重叠部分，以确定哪一个与哪一个成键，然后将它的分析结论用一个漂亮、整洁、风格化的图片表现出来。就像将这种表示方式全盘接受的处理规则一样，这是一种有用的假设，不过……

玛丽亚将自动域时钟的速度放慢到了原先的一百亿分之一，然后弹出查看菜单，点击“原始”按钮。井然有序的球体和棒状物组合融化成一顶参差不齐、不停翻涌的多色液态金属冠，色彩的波浪翻腾着离开顶点，碰撞、合并、反弹，一缕缕地向着空间卷动。

她把时间进一步放慢到了原先的一百分之一，几乎冻结了这场喧闹，然后又放大了同样的倍数。现在可以看到构成自动域空间的各个立方体单元，大约每秒改变一次状态。每个单元的“状态”——一个介于零和二百五十五之间的整数——在每一个时钟周期都被重新计算，具体方法是将一套简单的规则应用于它自己以前的状态，以及它在三维网格中最近的邻居的状态。除了将这些规则整齐划一地应用于每个元胞，作为自动域的元胞自动机什么都不做。这些便是它的基本“物理定律”。在这里，没有令人生畏的量子力学方程艰难求解——只有少数微不足道的算术运算在整数上执行。然而，自动域粗糙得让人无法相信的法则仍然设法产生了“原子”和“分子”，以及丰富到足以维持“生命”的“化学”。

玛丽亚追踪了一簇金色单元在晶格中的蔓延——根据定义，单元本身并没有移动，但图案却在前进——渗透并征服了一个金属蓝色的区域，结果又被一波洋红色反过来入侵并吞噬。

如果自动域有一个“真实”的外观，那就是这个样子了。为每个状态分配的颜色仍然是“伪色”——仍然是完全人为指定的——但至少这个视图揭示出了作为其他一切的基础的精致三维棋局。

一切，除了硬件——计算机本身。

玛丽亚恢复了标准的时钟速率，以及她的二十一个培养皿的宏观视图——就在这时，一条信息在前台弹出。

JSN很遗憾地通知您，您的资源已被转移到一个出价更高的投标人。您的任务快照已被保存在大容量存储器中，您下次登录时将会看到。感谢您使用我们的服务。

玛丽亚坐在那里愤怒地咒骂了半分钟——然后突然停下来，用手捂住了脸。*她原本就不应该登录。*挥霍积蓄摆弄变异兰伯特自动菌是一种疯狂的行为——但她一直在那么做。自动域是如此诱人，如此催眠……如此令人上瘾。

不管是谁把她赶出了网络，都是帮了她一个忙——她甚至会被退还五十块钱的登录费，因为她是被直接赶出去的，而不仅仅是被拖成了龟速。

她很想知道那位无心的恩人是谁，就直接登录了QIPS交易所——买卖处理能力的市场。她与JSN的连接是以交易所为透明中介的。她的终端被程序设定为按市场价格自动出价，直到达到某个上限。但是此时此刻，某个自称“蝴蝶行动”的组织正在以相当于那个上限六百倍的价格购买QIPS——每秒千万亿指令，并设法获得了地球上全部交易中的计算能力。

玛丽亚惊呆了。她从未见过这样的情况。中标者的饼状图——通常是由成千上万的针一样细的扇形组成的闪烁的万花筒——成了一个通身一色、毫无变化的蓝色圆盘。飞机不会从天上掉下来，世界商业不会陷于停滞……但数以万计的学术和工业研究人员每天都依靠交易所来完成不值得自建本地算力的任务。更不用说几千副本了。一个用户凭借高价强行踢掉其他所有人是史无前例的。谁需要这么多的计算能力？大企业、大型科学项目、军队？他们都有自己的私有硬件——通常超过他们的需求。即便他们参与交易，也是为了出售他们的剩余能力。

“蝴蝶行动”？这个名字听起来隐约有些耳熟。玛丽亚登录了一个新闻系统，搜索提到这个短语的报道。最近的一次是三个月前。

> **吉隆坡——2050年8月8日，星期一。**东南亚国家联盟（东盟）的一次环境部长会议今天同意继续推进“蝴蝶行动”的最新阶段。这是一项有争议的计划，试图限制温室台风在该地区造成的破坏和人员伤亡。
>
> 该项目的长期目标是利用所谓的“蝴蝶效应”，将台风从脆弱的人口密集区转移开来——或者也许从一开始就防止它们形成。

玛丽亚说：“定义‘蝴蝶效应’。”新闻报道的前面出现了一个新窗口。

> **蝴蝶效应：**这个术语是由气象学家爱德华·洛伦兹在20世纪70年代末创造的，用来生动地说明长期的天气预报都是徒劳。洛伦兹指出，气象系统对其初始条件太过敏

感，以至于一只蝴蝶在巴西拍打翅膀，就足以决定一个月后得克萨斯州是否有龙卷风出现。任何计算机模型都不可能包括如此微小的细节——因此任何提前数天预测天气的尝试都注定要失败。

然而，到了20世纪90年代，这个术语开始失去其最初的悲观内涵。一些研究人员发现，尽管随机的微小影响会使混沌系统不可预测，但在某些条件下，同样的敏感性可以被有意利用，以引导系统向一个选定的方向发展。将蝴蝶翅膀的扇动放大成龙卷风的那种过程也可以放大系统干预的效果，实现与消耗的能量完全不成比例的控制程度。

蝴蝶效应现在通常指的是通过对混沌系统动态的详细了解，以最小的力量控制该系统的原理。这项技术已被应用于许多领域，包括化学工程、股票市场操纵、电传航空和拟议的东盟天气控制系统“蝴蝶行动”。

还有更多内容，但玛丽亚已经领悟了大意，便切回了新闻报道。

气象学家设想在西太平洋热带地区和中国南海中设置一个由数十万个“天气控制”平台组成的网格——这些由太阳能驱动的装置旨在根据需要，通过在不同深度之间换水来改变当地温度。理论模型表明，在精密的计算机控制下，足够数量的平台可以用来影响大规模的天气模式，将它们“推向”数个微妙平衡的可能结果中危害最小的那个。

八个不同的平台原型已经在公海上接受了测试，但在工程师选择一个设计开展大规模生产之前，还须进行深入的可行性研究。在三年的时间里，任何有潜在威胁的台风都将由一个最高分辨率的计算机模型进行分析，模型将纳入不同数量和类型的假想平台的影响。如果这些模拟表明干预措施可以大幅减少生命和财产损失，东盟部长理事会将必须决定是否花费预计为六百亿美元的资金来实现该系统。

其他国家正在饶有兴味地观察这一实验。

大为叹服的玛丽亚往后靠去，远离屏幕。一个最高分辨率的计算机模型。他们是认真的，说到做到。他们买下了市面上所有的数字处理能力——付了一大笔钱，但是比起直接购买相同硬件，这只是花了一点零头。

推动台风！还没有实现，在现实中没有……但是“蝴蝶行动”为了这样一个宏伟的实验获得了短暂的垄断权，谁能去责怪它？玛丽亚为这项事业的庞大规模感到兴奋——又因为自己只是一个旁观者而感到既内疚又怨恨。她没有大气或海洋物理学的学历，也没有混沌理论的博士学位——但在规模如此庞大的项目中，肯定有几百个纯粹的程序员岗位。招标信息传遍网络时，她可能正忙于应付某个差劲的合同，要么是为虚拟黄金海岸的游客改善海滩沙子的触感，要么就是修补兰伯特自动菌的基因组，试图成为世界上第一个强迫模拟细菌表现出自然选择的人。

目前还不清楚“蝴蝶行动”将花多长时间来监测每个台风——但她今天不必再想着返回自动域了。

她不情愿地退出了新闻系统，抵制住坐在那里等待有关台风的第一份报告或者等待其他超级计算机用户对巨大的处理量收购做出的反应的诱惑，开始审查她的新入侵者监视包的计划。

2

（不宽恕贫乏）
2050年11月

“我所要求的是两百万欧元，而我打算向你提供的是永生。”

托马斯·黎曼的办公室紧凑而不凌乱，家具布置得漂亮而不奢华。透过单视大窗，法兰克福尽收眼底——仿佛置身在萨克森豪森，目光向北越过美因河，看向西门子或德意志银行中心三座漆黑的巨厦——托马斯认为若论朴实，这不亚于任何想象得到的替代景观。在真正的法兰克福，半数办公室向外看到的是录制下来的热带雨林、令人惊叹的沙漠峡谷、南极冰架——或者干脆是完全人工合成的风景：乡村田园、未来主义、星际，乃至直截了当的超现实景观。由于可以根据自己的喜好自由选择，他选择了这个他在自己的肉体时代就看习惯了的景象。也许显得多愁善感，但至少没有荒唐得不合时宜。

托马斯从窗口转过身来，带着善意的怀疑态度打量他的访客。他用英语回答。办公室的软件可以为他翻译——而且会选择完全相同的单词和句法，因为软件是从他的语言中心克隆出来的——不过托马斯仍然喜欢使用“位于”他“脑壳”里的版本。

“两百万？是什么计划？让我猜猜看。经过你娴熟的管理，我的资本将在满足全部安全要求的前提下以尽可能快的速度增长。计算的价格肯定会再次下跌，迟早的事。它已经涨了十五年了，这只会让降价的可能性更大。所以，也许再过个一二十年或者三四十年，但总会有那么一天，我的适度投资带来的收入将足以让我在最新的硬件上运行，没有期限……当然，还可以支付给你少量佣金。”托马斯没有恶意地笑了笑，“你似乎没有彻底调查过你的潜在客户。你们这些人通常有无懈可击的智慧——但是恐怕你没法打动我。我没有被关闭的危险。我们此刻使用着的硬件不是从任何人那里租来的，而是完全由我生前成立的一个基金会拥有。我的遗产管理令我完全满意。我没有任何问题——财务、法律、心灵的平静——需要你来解决。而且，我在这个世界上最不需要的就是一个廉价而讨厌的永久基金。你的提议对我来说毫无用处。”

保罗·达勒姆决定不表露丝毫失望的情绪。他说：“我不是在谈论什么永久基金，也不是在推销什么金融服务。你能给我一个解释的机会吗？”

托马斯和蔼地点点头：“说吧。我听着呢。”达勒姆断然拒绝事先说明他的来意，但托马斯还是决定见他——在确认这个人的神秘兮兮和含糊其词背后并没有任何异乎寻常的情况之后，他期待着一种乖谬的满足感。托马斯几乎同意了会见所有外来访客——尽管经验表明，大多数人只是在变着法儿乞讨钱财。他相信，任何仅仅为了有机会与他面对面交谈就愿意将自己的大脑运行速度放慢到原先的十七分之一的人，都值得一听——而且他对这一过程中，在双方时间开销的不对等中蕴含的奉承之意也没有免疫。

不过，除了奉承，还有更多的东西。

当其他副本来他的办公室拜访，或者在会议室与他并肩坐在桌旁时，每个人都在完全相同的意义上“在场”。无论这种会面的底层算法有多奇怪，这都是一次平等的会面。没有需要跨越的界限。

不过，一个能够举起并喝干一杯咖啡，能够签署文件并与你握手的访客——但他又无可争议地躺在另一个（更高的？）形而上学层面的沙发上一动不动——带来了太多关于需要冷静对待的事物本质的含蓄提醒。托马斯很重视这一点。他不想自鸣得意——或者更糟。访客帮助他对自己已经成了什么保持着清晰的认识。

达勒姆说：“我当然了解你的情况——你拥有的方案是我见过的最安全的之一。我读过孤子基金会的注册文件，几乎无懈可击。就目前的法律环境而言。”

托马斯开怀地笑了起来：“但你认为你能做得更好？孤子公司每年付给它最资深的律师接近一百万。你应该给自己弄几张伪造的资格证书，要求我雇用你。*就目前的法律环境而言*！就算法律要修改，相信我，它们也只会朝着有利于我的方向发展。我希望你知道，孤子在游说完善立法方面花了一大笔钱呢——而且这么做的不止它一家。趋势是朝着这个方向的：每年都有更多的副本，他们中的大多数在虚拟空间中依然实际控制着他们在世时拥有的差不多所有财富。如果你打算使用恐吓战术，恐怕你的时机很糟糕。我上周收到一份报告，预测到21世纪60年代初，至少在欧洲，会有全面的人权。对我来说，十年的时间并不长。我已经习惯了目前的减速系数。就算处理器速度提高了，我也可以很容易地选择继续以现在的速度生活六七个主观月，而不是把我所期待的所有事情——比如欧洲公民身份——推向更远的未来。”

达勒姆的“傀儡”歪着头做出一个表示认同的礼貌姿态。托马斯突然仿佛看到了第二个“傀儡”——达勒姆真正觉得自己身在其中的“傀儡”——在一个控制板前弓着身子，按下了礼仪子菜单上的一个按钮。*这算是多疑症发作吗？*不过任何明智的讨钱访客都会这样做，在远处进行会面，而不是将他们的真实身体语言暴露在监视之中。

看得见的这个“傀儡”说：“何必要花大价钱升级，效果反倒拖慢进展呢？我同意你对改革前景的看法——在短期内。当然，人们对副本的长命颇有微词，但是公关部门处理得非常好。每年都有几个精心挑选的绝症儿童接受扫描并复活：这比带他们去迪士尼世界逛一圈还好。他们审时度势地赞助了一部关于工人阶级副本的情景喜剧，令整个想法不再显得那么有威胁性。副本的法律地位被视为人权问题，尤其是在欧洲：副本等同于残疾人，不多也不少——其实就是一种激进的截肢者——而任何说什么‘颓废而有钱的长生不老者获得所有财富’的人都会被扣上‘不人道’的帽子而不得不噤声。

“所以你很有可能在十年内取得公民身份。如果你幸运的话，之后的情况可能会再稳定二十年到三十年。但是……二三十年对你来说算什么？你真的认为人们能够永远容忍现在这种状况吗？”

托马斯说：“当然不是——但我会告诉你人们将能够‘容忍’什么：扫描设施和计算能力，便宜到地球上的每个人都可以被复活。只要他本人希望复活。我所说的‘便宜’指的是成本与世纪之交的一剂疫苗相当。想象一下吧：死亡可以被根除——就像天花或疟疾。而且我不是在谈论什么唯我论[1]的噩梦。到那时，远程呈现的机器人将让副本能够与物理世界充分互动，就像他们是人类一样。文明不会抛弃现实——只是会超越生物学的范畴。”

“那将是在很久很久以后。”

“当然。但不要指责我考虑问题不够长远。”

“而在这期间呢？副本们构成的特权阶层将变得更庞大也更强

---

1 一种认为只有“我”是唯一存在的，其他一切（包括别人在内）都是我的表象或为我（主观意志）所创造的哲学主张。

大——对仍然无法加入他们的绝大多数人的威胁也更大。成本会下降，但不是大幅下降——只够等到行政阶层打消疑虑之后，他们当中大规模出现的一些爆炸性需求。即使在世俗的欧洲，也有一种根深蒂固的偏见，认为死亡是负责任的、道德的行为。有一种死亡伦理——而最先放弃它的大量人口将引发强烈的抵制。一个足够小的巨富副本精英群体被视为怪人作怪。大亨们可以逃脱任何事情，人们本来也不指望他们像普通人一样行事。但是，等到人数扩大到十倍的时候你再看看吧。"

托马斯以前就听过这些话。"我们可能会在一段时间内不受欢迎。我可以接受这一点。但你知道，哪怕是现在，我们遭受诋毁的程度也远远低于那些追求有机体超长寿命的人——移植、细胞再生，诸如此类——因为至少我们不会再抬高医疗保健的成本，不会争夺已然不堪重负的医疗设施。我们消耗自然资源的速度远远比不上我们在世的时候。如果技术有足够的进步，最富有的副本对环境的影响说不定终将低于生活最清苦的活人。到那个时候谁才是占据道德高地的人？我们将是地球上对生态环境最友好的人。"

达勒姆——他的"傀儡"——笑了："当然——而且一旦这一切成为现实，也许会有不错的讽刺效果。但是，如果说同样的计算能力本可以通过控制天气来拯救数以万计的生命，哪怕是对环境影响小也可能并不显得多么高尚了。"

"'蝴蝶行动'给我的一些副本同伴带来的不便非常轻微。对我本人则完全没有。"

"'蝴蝶行动'只是一个开始。针对地球一小部分的危机管理。想象一下，要让撒哈拉以南的非洲地区脱离干旱，需要多少计算能力。"

"最适度的计划都还没经过证实呢，我为什么要想这个？况且，即便天气控制被证明是可行的，人们总是可以建造更多的超级计算机。这不一定非要成为副本与洪水受害者争来夺去的问题。”

“现在计算能力的供应是有限的，不是吗？当然它会增长——但几乎可以肯定的是，来自副本和天气控制的需求会增长得更快。远远等不到你的无死亡乌托邦实现，我们就会遇到一个瓶颈——我相信那将带来一个副本被宣布为非法的时代。全世界都如此。即便他们已经被授予了人权，那些权利也将被剥夺。信托和基金会的资产将被没收。超级计算机将受到严密监控。扫描器——和扫描文件——将遭到销毁。这一切可能会在四十年后发生——也可能会更早。无论怎样，你都有必要做好准备。”

托马斯温和地说：“如果你想找一份未来学顾问的工作，恐怕我已经雇用了几位——资质都很棒。他们除了调查这些趋势什么都不做。现在，他们告诉我的一切都让我有理由感到乐观——即便他们错了，孤子公司也为多种多样的意外情况做好了准备。”

“如果你的整个基金会被掏空了，你难道真的相信它能够确保你的一个快照被安全地藏起来——然后在一百年甚至更久的社会动荡之后恢复运行？装满只读存储芯片、深埋矿井底部的保险库，也许最终踏上的只是一场通往漫长地质年代的单程旅行。”

托马斯笑了：“搞不好明天就有一颗流星击中地球，消灭这台电脑、我所有的备份、你的肉身……所有的一切。是的，说不定会爆发一场革命，把我的世界的插头拔掉。这可能性不大，但也不是完全不可能。也可能有一场瘟疫，或者一场生态灾难，杀死几十亿肉体凡胎，而所有的副本却毫发无伤。谁都不敢说自己万无一失。”

“但副本有可能失去的要多得多。”

托马斯加重了语气，这是他个人陈词的一部分：“我从来没有把我所拥有的——一个非常好的长久生存机会——误认为是永生的保证。”

达勒姆平淡地说：“很对。你没有这样的东西。这就是为什么我来这里把它提供给你。”

托马斯不安地看着他。虽然他已经命人将所有的手术痕迹从他的最终扫描文件中编辑清理掉了，但他还是在右前臂上保留了一道疤痕。那是年轻时一次不幸经历的小纪念品。他并非全然心不在焉地抚摸着它。他意识到了自己的这一习惯，意识到了这道疤痕所编码的记忆——但他练习着拒绝让这些记忆占据他的视线。

最后，他说：“怎么提供？你能有什么手段——要价二百万欧元[1]——是孤子做不到比你强一千倍的？”

“我可以运行你的第二个版本，在某个安全的地方。我可以给你一种保障——免遭反副本抗议……或者流星撞击……或者别管什么问题的影响。”

托马斯一时无语。这个话题并不完全是禁忌，但他不记得以前有谁如此直截了当地提出来。他迅速地恢复了状态：“我不希望有第二个版本，谢谢你。还有……你是什么意思，‘在某个安全的地方’？你那台无敌的电脑打算放在哪里？近地轨道上吗？你得知道在上面，用不着巨石，只需要一颗鹅卵石大小的陨石就能摧毁它。”

“不，不是在轨道上。如果你不想要第二个版本，那也没关系。你搬个家便是了。”

“搬去哪儿？地下？海底？你连这间办公室此刻正在哪里实现的都不知道，对不对？你对于我现在已经有多么安全毫无概念，你又凭什么认为你能提供一个更加优越的地点——要价还这么荒谬？”托马斯越来越失望，一反常态地暴躁起来，“不要再夸大其词了，说重点吧。你在卖什么？”

达勒姆带着歉意摇了摇头：“我不能告诉你。现在还不行。如果

1　本书英文版首版于1994年。当时还没有“欧元”（euro）一词，此处用的是其前身“欧洲货币单位”（ecu）。英文再版时改为欧元。这是再版唯一一处设定修订。

我在毫无前提的情况下试图解释，它就会失去意义。你必须先做一些事情。非常简单的事情。”

“是吗？什么事情呢？”

“你必须进行一个小实验。”

托马斯皱了皱眉头：“什么样的实验？为什么？”

达勒姆——这个软件“傀儡”，这个被来自另一个位面的生命赋予活力的无生命外壳——看着他的眼睛说：“你必须让我向你展示你到底是什么。”

3

（撕裂、捆绑、切割玩具人）
2045年6月

保罗——或者说他继承了其记忆的那个血肉之躯——将副本的历史追溯到了世纪之交。当时研究人员开始微调用于外科培训和药理学的通用计算机模型，将其转化为能够预测个别病人需求和问题的定制版本。药物疗法要提前在包含特定遗传和生化特征的模型上测试，从而使剂量得到优化，并预测和避免任何特异性的副作用。复杂的手术要在虚拟现实中进行演练和完善，手术对象是基于真实患者断层扫描的软件人体，其解剖细节精确到最细小的毛细血管。

这些早期的模型包括对大脑的粗略近似，完全可以用于心脏手术或者免疫疗法——甚至在一定程度上对处理严重的脑损伤和肿瘤也能派上用场——但在探索更微妙的神经系统问题时却毫无价值。

不过，成像技术在稳健进步——到了2020年，人们已经可以绘制每个独立的神经元，并且可以无创地测量单个突触的特性。配合扫描器的使用，大脑的每一个与心理相关的细节都可以从活体器官中读取出来——并在足够强大的计算机上进行复制。

起初，人们只为一些孤立的神经通路建立了模型：机器视觉设计者感兴趣的部分视觉皮层，或者作用仍存争议的边缘系统的某些区域。这些零散的神经模型产生了有价值的结果，但是对整个器官功能完备的再现——嵌入整个身体——就可以实现对神经外科和精神药理学最微妙功用的提前测试。然而在几年的时间里，没有建立这样的模型——部分原因是超级计算机机时支出高得令人望而却步，部分原因是人们对它的前景心存基本上无人言明的不安。没有任何正式的障碍挡在前面——政府监管部门和机构伦理委员会只关心人类和动物的福利，没有哪个实验室因为不人道地对待生理软件而遭到活动家们炮轰——但是，总还是要有人率先打破所有未说出口的禁忌。

总要有人制作一个高分辨率的全脑副本——并让它醒过来，然后说话。

2024年，在一个粗糙的虚拟现实中，波士顿的神经外科医生约翰·瓦因斯运行了自己的一个具备完整意识的副本。第一个副本的第一句话花了略少于三个小时的真实时间（脉搏加速，呼吸急促，压力荷尔蒙升高）：“这就像被活埋了。我改主意了。把我弄出去。”

他的原版热心地关闭了他——但后来又重复演示了几次，未进行任何修改，因为他推断多次运行完全相同的模拟并不会造成额外的困扰。

瓦因斯公布他的成果时，并未提到推动神经学研究的前景。在二十四小时内——尽管副本的证词令人沮丧——头条新闻尽是些永生、大规模迁移到虚拟现实，以及即将被遗弃的物理世界之类的内容。

当时保罗二十四岁，还没考虑好要怎么过这一辈子。他的父亲在前一年去世了——给他留下了一个不大不小的商业帝国，其核心是一个欣欣向荣的零售连锁店，而他对管理这个商业帝国没有兴趣。他花了七年时间旅行和学习——科学、历史和哲学——在所尝试的每个方面都做得足够好，但没有发现任何能在智力方面真正点燃其激情的东西。由于无须为经济保障而拼搏，他悄然陷入了一种茫然而自满的状态中。

约翰·瓦因斯副本的消息粉碎了保罗不问世事的态度。就好像科技曾经做出的改变人类生活的每一个可疑承诺都将得到实现，而且是变本加厉地实现。长寿只是一个开始，副本能够以真人基本上做不到的方式演化：修改他们的思想、重新定义他们的目标、无休止地改造自己。这种可能性令人陶醉——哪怕民众获知了最早版本的成本和缺点，哪怕他们开始了不可避免的抗议。保罗是一个千禧年的孩子。他已经准备好拥抱这一切。

但是，他越是花时间思考瓦因斯的成就，就越觉得此事的可能后果有多么离奇。

实验引发的公众辩论是激烈的，却肤浅得令人沮丧。几十年来的争论再次爆发，焦点是计算机程序究竟能与人类有多大程度的共同之处（心理方面的、道德方面的、形而上学的、信息理论上的……），甚至副本是否能“真正”有智慧、“真正”有意识。随着更多的工作人员重复瓦因斯的结果，他们的副本很快就通过了图灵测试：在对一组副本和人类进行测验时——通过延迟视频来掩盖时间流逝速率的差异——没有一个专家小组能够区分两者。但是一些哲学家和心理学家继续坚持认为，这只是证明了“模拟意识”，副本不过是能够伪造细致内心生活的程序，实际上根本不拥有内心生活。

强人工智能假说的支持者们坚持认为，意识是某些算法的属性——是信息以特定方式被处理的结果，不论执行这一任务的是什么机器或器官。如果一个计算机模型操纵关于它自己及其“周围环境”的数据的方式与有机大脑基本相同，那么它肯定拥有与后者基本相同的精神状态。“模拟意识”和“模拟加法”一样，是自相矛盾的说法。

反对者回答说，你建一场飓风的模型，不会有人被淋湿；你建一座核聚变电站的模型，不会有电力被生产出来；你建立消化和新陈代谢的模型，不会有营养物质被消耗——没有发生真正的消化过程。那么，当你造出来一个人脑的模型，你为什么要期望它能进行真正的思考？一台运行副本的计算机也许能够在假设场景中产生对人类行为的合理描述——甚至看上去能够通过正确预测人类在相同情况下究竟会做什么而进行对话——但这很难说明机器本身具有意识。

保罗很快做出判断，这些辩论全都是离题万里的无聊消遣。对于任何一个人类来说，确凿地证明一个副本的智能都是不可能的。对于任何一个副本来说，真理不言自明：我思故我在。毋庸多言。

然而对于任何愿意像对待同类一样，给予副本的意识合理推测的人类——以及任何愿意对此做出回报的副本——来说，真正的问题在于：

关于这个共同状况的性质，尚有一些悬而未决的问题，而副本的存在比之前的任何事物都更加鲜明地凸显了它们。在人类能够自信地开始将其文化、记忆、目的和身份传给后人之前，哪些问题需要得到认真的探究。

那是一些只有副本才能回答的问题。

保罗坐在书房里，坐在他最喜欢的扶手椅上（不确信其表面的纹理得到了精准的复制）。他不敢在自己身上做进一步的实验，而他尽可能从这种无疑荒唐透顶的恐惧中得到了一些安慰。他已经“挺过”了从有血有肉的人到计算机化生理模型的“过渡”——到目前为止，这是该项目最激进的阶段。相比之下，对模型的一些参数修修改改本应看起来是鸡毛蒜皮的琐事。

达勒姆出现在终端机上——除此之外，终端机仍然功能失调。保罗已经开始把他当成一个被困在屏幕里的专横小精灵——而不是一个无所不能的巨大神灵，在现实的大厅里走来走去，掌控着一切。他的音调足以打散任何权力和高贵的光环。

嘎吱。“实验一，试验零。基线数据。时间分辨率置为一毫秒——系统标准。只要数到十就行，间隔尽可能把握到一秒。好吗？”

“我想我做得到。”这一切都出自他本人的计划，他不需要逐步指示。达勒姆的图像消失了。在实验期间，不能让他得到真实时间的线索。

保罗数到十。“精灵”回来了。盯着屏幕上的脸，保罗意识到他并不会把它当成“自己的”脸。也许这是他与早期的副本保持距离的一个后遗症。或者，他内心中自己的形象从来就不像他的真实面目——而现在，为了捍卫理智，他正在进一步疏离它。

嘎吱。“好的。实验一，试验一。时间分辨率为五毫秒。你准备好了吗？”

“准备好了。”

“精灵”消失了。保罗数道：“一，二，三，四，五，六，七，八，九，十。”

嘎吱。“有什么要报告的吗？”

“没有。我是说，我不禁感到有点忐忑不安，就因为知道你在胡乱捣鼓我的……基础结构。不过除此之外，没什么。”

等待经过加速的答复的过程中，达勒姆的眼神不再呆滞。要么他在一定程度上变得自律了，要么——更有可能——他用了某个智能编辑软件来掩盖他的无聊。

嘎吱。“不必有什么忧虑。我们运行着一个参照对象，记得吗？”

保罗宁愿不被提醒。他知道达勒姆一定是克隆了他，正在向两个副本提供完全相同的知觉——同时只修改其中一个副本的模型时间分辨率。这是实验的一个重要部分——但他不想老想着这件事。第三个自我，时刻追踪着他的思维，千头万绪当中，唯此一件最难令人接受。

嘎吱。“试验二。时间分辨率为十毫秒。”

保罗数了数。世界上最简单的事情，他想，当你由血肉构成，当你由物质构成，当夸克和电子各司其职。人类终归是成型于基本粒子的领域中——当然也无法成为除了他们自己之外的其他东西。副本成型于计算机内存中，作为庞大的数字集。数字当然可以被解释为对一个坐在房间里的人体的描述……但很难把这种意义看作是内在的、必要的，因为在模型的编码方式中包含了数万个主观的选择。这是我的血糖……还是我的睾酮水平？这是我举起右手时运动神经元的发射率……还是我看着自己做动作时从视网膜上传来的信号？一个能够获得原始数据却不知道这些规则的人，也许穷尽一生详查这些数字也无法参透其中的含义。

然而，任何一个深埋数据本身的副本——无论他对细节是不是一无所知——都能在瞬间理解这一切，不会遇到丝毫困难。

嘎吱。“试验三。时间分辨率为二十毫秒。”

“一，二，三。”

对一个副本来说，随着时间的流逝，定义它的数字必须每时每刻变化。一次又一次地重新计算，一个副本就是一连串的快照，电影——或者说电脑动画——的一帧帧画面。

但是……这些快照究竟是什么时候产生出有意识的想法的？在它们被计算的时候？还是在短暂的间歇期，当它们毫无变化地待在计算机的内存中，仅仅代表副本生活的一个静态瞬间的时候？当这两种阶段在每个主观秒中都要发生一千次时，这似乎并不重要，但很快……

嘎吱。“试验四。时间分辨率为五十毫秒。”

我是什么？数据？产生它的过程？数字之间的关系？

以上都是？

“一百毫秒。”

“一，二，三。”

保罗一边数数一边听着自己的声音——仿佛有点期待能开始注意到沉默的侵蚀，开始察觉到自身存在的间断。

“两百毫秒。”

五分之一秒的时间。“一，二。”他现在是以五个主观赫兹的频率闪现和消失吗？最原始的赛璐珞电影也未曾以这样的频率闪烁过。“三，四。”他在自己面前挥了挥手，动作看起来非常流畅，非常正常。当然如此，他又不是从外面看的。“五，六，七。”一股强烈的恶心感忽然间席卷了他，但他忍住了，继续数道：“八，九，十。”

“精灵”再次出现，发出一声短促而关切的尖叫：“怎么了？你想停一下吗？”

“不用。我没事。”保罗瞥了一眼这个朴实无华、阳光斑驳的房间，笑了。如果参照对象和受测对象刚刚给出了两个不同的回答，达勒姆会如何处理？他试着回想自己应对这种突发事件的预案，却想不起来了——也不太在意。这已经不是他的问题了。

嘎吱。“试验七。时间分辨率为五百毫秒。”

保罗数了数——事实是，他没有感觉到什么不同。有一点不安，是的——但除去所有紧张反胃的因素之后，他体验到的一切似乎都没有变化。这是有道理的，至少从长远来看——因为从长远来看，没有什么被遗漏。他的大脑模型只是在以半秒（模型时间）的间隔被完全描述——而每个描述仍然包括中间“本来会发生”的一切事情的结果。每隔半秒，他的大脑还是会落到仿佛不曾有任何事情被略过的状态。

“一千毫秒。”

但是……在那间隔中到底发生了什么？控制模型的方程太复杂了，不可能一步到位地解决。在求解的过程中，大量的不完全结果生成，又在进一步的过程中被抛弃。在某种意义上，这些不完全结果暗示着——即便它们并不直接代表——在相邻的完整描述之间的间隔期发生的事件。而当整个模型都是任意的，谁又能说这些更深地埋于数据洪流中的隐晦事件，比那些被直接描述的事件更“不真实”呢？

“两千毫秒。”

“一，二，三，四。”

如果他似乎说了（而且听到自己说）每一个数字，那是因为从他刚说“二”到他刚说“四”的这段时间里，对其大脑演变过程的计算的细节蕴含了他说过（而且听到自己说）“三”的效果。

“五千毫秒。”

“一，二，三，四，五。”

此外，听到他从未“真正”说过的话，并不比一个副本听到任何东西更奇怪。就连这个世界的标准毫秒时钟速率也过于粗糙，无法解析听力范围内的全部音调。[1]声音在模型中不是由气压值的波动——它无法以足够的速度变化——来表示的，而是靠音频功率谱：强度与频率的关系曲线。两万赫兹在这里只是一个数字、一个标签，实际上没有任何东西以这个频率振荡。真正的耳朵将压力波解析成各种音高的成分，而保罗知道他的大脑被直接输入了预设的功率谱值，这个值是模型中一个粗糙的补丁从并不存在的空气中抽取的。

“一万毫秒。”

1 人耳听觉上限是两万赫兹，时间分辨率至少要达到0.025毫秒才能直接模拟听力范围内的全部音调。

“一，二，三。”

十秒钟的自由落体，从这一帧到下一帧。

保罗抵抗着眩晕感，继续稳稳当当地数数。他戳了戳厨刀在前臂上留下的浅浅的伤口。痛感很逼真。那么，这种体验是从哪里来的呢？十秒钟一旦结束，他得到完整描述的大脑会记得这一切……但这并不能解释此刻发生的事情。疼痛不仅仅是对疼痛的记忆。他努力想象着，间隔期间亿万次盘根错节的计算，在以某种方式体现自己的意义，填补着两帧之间的空隙。

他想知道：如果有人关闭电脑，直接拔掉插头——就在此时此刻，会发生什么？

不过，他不知道那意味着什么。在他自己的主观时间之外，他不知道“此时此刻”是什么时候。

“八，九，十。”

嘎吱。“保罗——我看到血压有轻微下降。你还好吗？你感觉如何？”

眩晕——但他说：“和以前一样。”如果这不是全然的实话，毫无疑问参照对象也说了同样的谎言。假设……

“告诉我——我是哪个？参照对象，还是被试对象？”

嘎吱。达勒姆答道：“我不能回答这个问题——我还在和你们两个人说话。但我要告诉你一件事：你们两个人仍然是一样的。有一些非常细微而暂时的差异，但它们现在已经完全消失了——而且只要你们两个处于可比较的表征中，所有超过几个神经元的发射模式都是一样的。”

保罗不屑地哼了一声。他无意让达勒姆知道这个实验有多么令人不安。“你期待什么？用两种不同的方法解决同一组方程，你当然会得到相同的结果——过程中会有一些四舍五入的微小差异。肯定如此。这是数学的确定性。”

嘎吱。“哦，我同意。”“精灵”用一根手指在屏幕上写下：

（1＋2）＋3＝1＋（2＋3）

保罗说：“那么，为什么还要在这个阶段费事呢？我知道——我当时想着要缜密行事，要夯实基础。但事实是，这是对我们资源的一种浪费。干吗不跳过这些显而易见的步骤，接着搞那种答案还不是定论的实验？”

嘎吱。达勒姆皱起眉头，语带指摘：“我没想到你这么快就变得这么悲观。人工智能不是纯数学的一个分支，而是一门经验科学。假设必须得到检验。确认所谓的‘显而易见’没什么不光彩的，不是吗？如果这一切都那么直截了当，你为什么还要害怕？”

“我没有害怕。我只是想把事情搞定。但是……去吧，你觉得有必要的，你就去证明好了，然后我们可以继续推进。”

嘎吱。“计划就是这样的。不过我觉得我们现在都可以休息一下。我将启用你的通信——仅用于传入数据。”他转过身去，把手伸到屏幕外，在第二个终端上按了几个键。

然后他回过头来，微笑着看向镜头——保罗清楚地知道他要说什么。

嘎吱。“顺便说一下，我刚刚删除了你们中的一个。我可负担不起让你们两个人同时无所事事地运行。”

保罗回以微笑，尽管他内心有东西在尖叫。“你终止了哪一个？”

嘎吱。“有什么区别？我告诉过你，他们是一样的。而且你还在，不是吗？不管你是谁。不管你原本是哪一个。”

从扫描那天算起，外面已经过了三个星期，但保罗并没有花太多时间就掌握了世界的现状。大多数细枝末节都已经被后续事件夺了风头，变得无关紧要，许多的起起落落都归于平静。以色列和巴勒斯坦都指责对方违反水资源条约，几乎再次开战——但是一场联合和平集会在那片曾经是耶路撒冷的、像玻璃一样光滑的平原上聚集了一百多万人，双方政府被迫让步。美国前总统马丁·桑多弗仍在奋力避免被引渡到帕劳，以面对他在2035年血腥政变中扮演的角色所引起的指控。最高法院最终推翻了一项长期以来赋予他所有外国法律豁免权的裁决，有那么一两天，事情看起来很有希望——但随后他的法律团队发现了一套全新的拖延战术。在堪培拉，领导权撑过了又一场挑战，总理仍然没有被推翻。在一周前的报道中，一位记者直言不讳地将此描述为“一出好戏”。保罗想：*我看这要亲自经历才能理解了。*通货膨胀率下降了半个百分点，失业率上升了同样的数值。[1]

保罗快速浏览了过期的新闻报道。一些文章直接略过，一些场景快速播放，而他确信，如果这些材料是新鲜的，他肯定会仔细研究的。他心中涌出一种奇怪的怨恨，因为他“错过”了那么多东西——现在，一切都在他面前，但这完全不一样。

然而，他在思量，难道他不应该为自己没有在那么多瞬息万变的细节上浪费时间而感到欣慰吗？他现在不那么着迷这一事实本身只能证明，从长远来看，这一切是多么地不重要。

*那么，什么重要呢？*人类的生活并没有地质时间那么漫长。人类的生活以小时计、以天计，他们只能关心这个时间尺度上的事情。

人类。

1 此处涉及的新闻事件皆为虚构。

保罗接入实时电视，看着一集《不明一家》在不到两分钟内闪过，背景音乐变成了无法理解的尖叫。一个游戏节目，一部战争电影，晚间新闻。他仿佛身处深空，在多普勒频移过的广播海洋中冲向地球。这个画面让人感到奇怪的安慰。如果有血有肉的人类也能像他一样发现自己与世界的关系，那么他的处境终究也没那么奇怪了。没有人会说多普勒频移会剥夺某人的人性。

黄昏笼罩了这座由录像形成的城市。他吃着微波炉加热的大豆蛋白——思考着自己是否还有充分的理由继续做一个素食者，不管是道德上的还是其他方面的。

他一直听音乐到午夜后很久。臧昭、迈克尔·尼曼、菲利普·格拉斯。别管是每个音符“确实”持续了十七倍的时长，还是播放器里的音频只读存储器“真的”没有微观结构，还是“声音”本身是通过计算机里的某种与普通的听觉过程毫无相似之处的把戏输入他的大脑模型，效果都是一样的。格拉斯的《三岛》的高潮仍然像抓钩一样抓住了他的心。

如果这一切背后的计算是由人们拨弄着算盘珠子，历经千年完成的，他的感觉会不会完全一样？

极难接受——但答案只能是肯定的。

他躺在床上，心里想着：*我还想从这个梦中醒来吗？*

不过，这个问题还是只有理论意义。他仍然没有选择。

4

（不宽恕贫乏）
2050年11月

玛丽亚安排在纳迪尔酒吧与亚丁见面。那是一家位于牛津街的夜总会，亚丁经常去那里谱曲，有时候还会演出。他一般可以让他们二人免费进入，大门——一部气闸似的黑色棱纹阳极氧化钢装置，看着挺吓人——执行过简短的安全扫描后就轻易让她通过了。玛丽亚曾经做过一个噩梦，她被困在那个房间里，右靴上莫名其妙地绑着一把刀——更糟糕的是，她的信用等级被取消。这样的噩梦消化了她，仿佛她是落进捕蝇草里的一只虫子，而亚丁则站在舞台上，唱着他的某一首伤感的情歌。

考虑到这是一个星期四的夜晚，夜总会里面可以算是很拥挤了，而且光线一如既往地幽暗。她终于在靠近侧墙的一张桌子旁发现了亚丁。他正坐在那里听着一支乐队的演奏，并草草记下了音乐，脸上映着记事本的反光。就玛丽亚所知，他在作曲时，似乎从来不会受到听过的任何东西的过度影响，但他声称无法在安静的环境中工作，他更喜欢从现场表演中获得灵感——或者说催化，或者别管叫什么。

她碰了碰他的肩膀。他抬起头，摘下耳机，站起来吻她。他嘴里有橙汁的味道。

他拿着耳机指了一下："你应该听一下。'不着调的奸诈佛教律师'。他们相当不错。"

玛丽亚瞥了一眼舞台，然而看不出来他指的是谁。十几个表演者——总共四支乐队——站在各自独立的隔音塑料筒状套间里。大多数观众都在收听，戴着耳机接收其中一支乐队的声音。液晶眼罩与一组筒状套间同步闪烁，起到了遮蔽其他乐队的效果。有几个人在安静地聊天——在房间的五种可选背景音乐中，玛丽亚认为这种近乎无声的宁静最适合她的心情。此外，她从不喜欢使用神经电流诱导器。虽然不会对耳膜造成生理损伤（免除了管理层遭到诉讼的风险），但是无论她选择何种音量设置，它们似乎总是让她的耳朵——或者说她的听觉通道——嗡嗡作响。

"回头再说吧。"

她坐在亚丁身边，感觉他在两人肩膀相蹭时略微紧张，然后强迫自己放松。也可能没那么回事。很多时候，她自以为在阅读他的身体语言，其实不过是在噪声中强行解读出信号罢了。她说："我今天收到一封垃圾信件，看起来跟你长得差不多。"

"不胜荣幸啊。我觉得。它是卖什么的？"

"'无影响上帝教会'。"

他笑了起来："每次我听到这句话，我就想：他们得改名了。一个不会造成任何影响的神根本不配被称作上帝。"

"我要重新运行程序，你们两个可以吵个明白。"

"不必。谢谢。"他喝了一口酒，"有非垃圾信件吗？有合同吗？"

"没有。"

"这么说……又是无聊透顶的一天？"

“基本上吧。”玛丽亚犹豫了一下。亚丁通常只有在他自己有事情要宣布时才会问她有什么新鲜事——而她很想知道他想说什么。但是他没有主动开口，于是她继续讲述她与“蝴蝶行动”的偶遇。

亚丁说：“我记得听说过这方面的事情。但我以为那是几十年后的事了。”

“正式的行动可能是，但模拟肯定已经开始了，大规模地。”

他一副痛苦的神情：“天气控制？他们以为自己在糊弄谁呢？”

玛丽亚压制住了烦躁情绪：“这个理论看起来肯定很有希望，要不然他们也不会走到这一步。要不是有可能收到很高的回报，谁也不会每小时花上几百万购买超级计算机运行时间。”

亚丁冷笑着说：“哦，会的。有人会的。这样的事情一般都叫作‘什么行动’。还记得‘辐射之路行动’吗？”

“记得。”

“他们打算在大气层上部播撒纳米机器。那些机器可以监测温度——而且据说还可以采取相应的对策。”

“制造反射某些太阳辐射波长的粒子——然后再按照需要分解掉。”

“换句话说，用一个巨大的恒温毯覆盖这个星球。”

“那有什么可怕的？”

“你是说，且不论十足的技术官僚式的傲慢，也不论将任何种类的复制器释放到环境中都不合法——幸好还不合法——这个事实？根本行不通啊。有一些谁都没有预测到的复杂情况——空气层不稳定的混合，不是吗？——那就把效果抵消了一多半。”

玛丽亚说：“没错。但是如果不运行适当的模拟，谁又能知道呢？”

“常识。这种由技术所造成的问题再用技术解决的整个想法……”

玛丽亚感到自己的耐心耗尽了："那你觉得该怎么办？在大自然面前保持谦卑，并希望你会因此得到回报？你认为盖亚母亲会原谅我们，让一切回归正轨——只要我们扔掉邪恶的电脑，承诺不再试图自己修复？"该说是"盖亚保姆"呢。

亚丁皱了皱眉头："不——但'修复'的唯一方法是减少对地球的影响，而不是增加。与其琢磨出这些靠大刀阔斧让一切恢复正常的宏大计划，不如放手不要管它，给它一个痊愈的机会。"

玛丽亚感到很茫然："现在这么讲已经太晚了。如果你的想法在一百年前就能开始实施……没问题。一切可能都会有不同的结果。但是这已经不足以解决问题了，我们造成了太多的损害。小心翼翼地穿过一片狼藉，希望所有被我们搞砸的系统会神奇地恢复原状——人口每增加一倍，我们也就倍加小心——那是行不通的。现在，整个行星生态系统受人工干预的程度就像一座城市的小气候一样。相信我，我希望情况不是这样，但事实就是如此——既然我们已经有意无意地创造了一个人造世界，我们最好学会控制它。因为如果我们袖手旁观，让它听天由命，它就会以某种随机的方式在我们周围坍塌，后果不大可能好过我们心怀善意犯下的最严重的错误。"

亚丁被吓坏了："一个人造世界？你真的是这样想的吗？"

"是的。"

"就是因为你把太多时间耗在了虚拟现实里面，你都看不出来区别了。"

玛丽亚很愤慨："我基本上没有——"然后她意识到对方指的是自动域，便没再说下去。她早就放弃了向他灌输二者区别的努力。

亚丁说："对不起。我那话说得太过分了。"他做了一个撤回的手势，挥手的样子与其说是道歉，不如说是不耐烦，"听我说，忘了这些让人郁闷的废话吧。我有一些好消息，可以换换心情。我们要去首尔了。"

玛丽亚笑了起来："是吗？为什么？"

"我找到了一份工作。在大学音乐系。"

她眼神犀利地看着他："谢谢你告诉我你求职的事哦。"

他轻轻地耸了耸肩："我不想让你燃起太大的希望，还有我自己。我今天下午才得到消息，到现在还不敢相信呢。驻场作曲家，为期一年。每周有几个小时的教学时间，其余时间我可以做我喜欢的事情：谱曲、表演、制作，任何事情。他们还提供免费住宿。两个人的。"

"真是……等一下。几个小时的教学？那你为什么还要亲自过去？"

"他们希望我人过去。这关系到声誉。就连野鸡大学都可以接入网络，从世界各地请来一打讲师——"

"那不叫野鸡，那样效率高。"

"廉价而高效。这个地方不希望廉价。他们想要一块异国文化的装饰。别笑了。澳大利亚这阵子在首尔正吃香呢。这样的事情每二十年才发生一次，所以我们最好利用这个机会。他们还想要一个驻场作曲家。驻场。"

玛丽亚靠向椅背，消化着这个消息。

亚丁说："我不知道你怎么想的，但是我很难想象我们有能力在韩国待上一年，除了以这种方式。"

"而你已经答应了？"

"我说有可能。我说大概。"

"两个人的住宿。在你给人家当异国情调装饰的时候，我应该做什么呢？"

"你喜欢什么就做什么呗。你在这里做的任何事情，你在那里也可以做，同样地轻而易举。是你一直在告诉我，你如何接入这个世界，你是逻辑数据空间中的一个节点，你的物理位置是完全无关紧要的……”

“是的，而这一切的重点是用不着搬家。我喜欢我现在的地方。”

“那个鞋盒子。”

“首尔的校园公寓不会大到哪里去。”

“我们会出门的！那是一座令人兴奋的城市——一场全面的‘文化复兴’正在进行中，不仅仅是在音乐领域。谁知道呢？说不定你会找到什么令人兴奋的项目。不是所有的东西都在网络上广为人知。”

这话倒是没错。韩国是东盟的正式成员，而澳大利亚还在观察期。如果她在正确的时间待在首尔，如果她拥有了管用的人脉，她也许会成为“蝴蝶行动”的一分子。即使这是一厢情愿的想法——管用的人脉说不定需要十年的时间才能建立起来——她也不可能比在悉尼时做得更差了。

玛丽亚陷入了沉默。这是一个好消息，对他们两个人来说都是一次难得的机会，但她仍然不明白为什么他要突然把消息倒给她。他在申请时就应该跟她原原本本地交代清楚，不管他对自己有多么不抱希望。

她瞥了一眼舞台，看着十二个汗流浃背的音乐家在卖力弹唱，然后看向别处。在不收听的情况下观看他们，会有一种令人不安的偷窥感觉：不仅仅是因为看到他们悄无声息的情绪表达，还因为意识到，她能看到他们所有人，但是乐队之间彼此看不到。

亚丁说：“不急于下定决心。学年在1月9日开始。还有两个月。”

“他们不需要提前很长时间得到答复吗？”

“他们需要在周一之前知道我是否接受这份工作——不过我觉得住宿不会是大问题。我是说，如果我最后一个人住双人公寓，那也算不上世界末日。”他用无辜的眼神看着她，似乎在激她说出他曾经在何时何处承诺过，只因为她不愿同行，他就会拒绝这样的机会。

玛丽亚说："不，当然算不上。我真是太愚蠢了。"

回到家后，玛丽亚忍不住登录了QIPS交易所，只为弄清楚发生了什么事。"蝴蝶行动"已经从市场上消失了。"一切事实"——她的知识矿工——没有发现该地区有台风的新闻报道。大概是预测到的台风没有成形——也可能是还没到时候呢，然而模拟已经给出了它们的裁决。想一想还是很奇怪的，在风暴成为现实之前，一切就有可能都结束了……但是，当任何有新闻价值的事情发生时，实际的气象数据将——希望如此——与气象控制装置被使用时发生的情况完全没有关系。模拟所需的现实世界数据仅仅是通用起点，即干预开始前那一刻地球天气的快照。

由于普通用户都在争先恐后地完成他们被迫延迟的工作，QIPS行情仍比正常情况下高出约百分之五十。玛丽亚犹豫不决。她觉得自己需要振作一下，但是现在运行自动域是很愚蠢的，等到早上再运行就合理多了。

她登录JSN，戴上手套，激活了工作区。有一个"踩到了香蕉皮将倒未倒的人"的图标，代表了她中断的任务的快照。她点击了一下，培养皿立刻重新出现在她面前，兰氏菌进食、分裂和死亡，仿佛过去的十五个小时从来没有发生过。

她本可以当面问亚丁的：*你想一个人去首尔吗？你想离开我一年吗？如果是的，你为什么不直接说出来？*但他会否认的，不管事实到底怎样。而她也不会相信他，不管他是否在撒谎。既然回答不会给你真相，又何必提出问题呢？

而现在，这似乎并不重要。首尔或者悉尼，欢迎还是不欢迎。她可以从任何地方登录这个地方——别管是从地理上还是情感上。她盯着工作区，戴着手套的手指沿着一个培养皿的边缘划了一圈，用嘲讽的口气宣称："我叫玛丽亚，我是一个自动域瘾君子。"

在她的注视下，她触摸过的培养皿里的培养物从混浊的蓝色变成了纯褐色，然后开始变得透明，因为观察软件开始把死去的兰氏菌归为随机排列的有机分子。

不过，随着褐色的物质消失，玛丽亚注意到了她所忽略的东西。

一个小小的铁蓝色斑点。

她没有轻易下结论，而是放大了它。这个斑点是一小群幸存的细菌，生长缓慢——但这并不能证明什么。一些菌株总是比其他的长寿。在最学究式的意义上，"自然选择"总是在一定程度上进行着——但是成为最后幸存的恐龙的荣誉并不是她正在寻找的那种演化胜利。

她调出显示不同形态的差向异构酶含量的直方图。她将突变糖变回营养糖的希望就一直寄托在这些酶身上……但没有任何不同寻常之处，还是和平常一样，散布着短命的、不成功的突变。没有任何迹象表明这株菌株与它们已经灭绝的亲戚有什么不同。

那么，它为什么能过得这么好？

玛丽亚"标记"了培养基中的一部分突变糖，分配了多个"麦克斯韦妖"的克隆体来跟踪它们的运动，并使其可见……在自动域里，这就相当于现实世界中生物化学家的放射性标记技术——同时还有类似核磁共振的东西，因为"麦克斯韦妖"会在发生任何化学变化时发出信号，同时也会显示位置。她放大了一枚现在已经变成中性灰色的幸存兰伯特自动菌，看着一团磷光绿色刺穿了细胞壁，随着布朗运动摇来晃去，在原生质上打转。

一部分标签挨个从绿色变成了红色，标志着通过了代谢途径的第一阶段：附着一个富含能量的原子团——大体上相当于一个自动域版本的磷酸基团。但这并不新鲜：在这个过程的前三个阶段，与营养糖协同工作的酶会将能量浪费在冒牌货上，仿佛它们是真家伙。

严格来说，这些红色的斑点不再是突变糖，但玛丽亚已经对“麦克斯韦妖”们下达了指令，不仅是在营养糖本身存在的情况下，而且当被监控的分子在后期恢复功能——在消化过程中被吸收利用时，都要变成绝不会认错的紫色。由于差向异构酶没有变化，她对这种情况正在发生的可能性心存怀疑……然而这些细菌确实正在茁壮成长，不知为何。

红色标记的分子在细胞中随机游荡，消化中间产物与原始物混在一起，不分彼此。那些优雅的新陈代谢过程图——现实世界中的埃姆登-迈尔霍夫途径[1]，或者自动域中的兰伯特途径——总是给人以某种有序的分子传送带的印象，但事实是，在这两个系统中，生命在最深层次上的动力仅仅是一连串的偶然碰撞。

一些红色标签变成了橙色。第二阶段：一种酶将分子的六边形环收紧为五边形，将多余的顶点变成一个突出的团块，使之更加暴露、更加容易反应。

还是没有什么新东西。而且仍然没有丝毫变成紫色的迹象。

似乎好长时间都没有进一步的发展，玛丽亚于是瞥了一眼手表，说了声“全球”，想看看是否有什么主要的人口中心刚刚开始了一天的连线——但真实的地球空间视图显示黎明已经深入太平洋。在她到家之前，加利福尼亚的人就已经开始忙碌了。

一些橙色标签变成了黄色。兰伯特途径的第三阶段，就像第一阶段一样，包括将富含能量的原子团与糖结合的过程。如果是营养糖的话，这一步骤终将得到回报，因为提供能量的分子最终被“回充”的

---

1 生物体内将葡萄糖转化为丙酮酸的糖酵解代谢途径，包含十个阶段。本作中的描述与它的前四个阶段一一对应。

能量是其被“抽取”的两倍。然而，到了第四阶段——将环裂成两个较小的碎片，这些工作就要被突变糖不可逆转地破坏掉了……

然而就在她眼前，一个黄色斑点刚刚分裂成两个……而两个新标签都是紫色的。

玛丽亚吓了一跳，没有跟上证据的踪迹。然后她看到同样的事情再次发生。然后是第三次。

她思考了一分钟，明白了这意味着什么。细菌并没有逆转她对糖所做的改变，将突变糖转化回营养糖——或者对某种部分消化的代谢物做同样的事情。相反，它一定是修改了破坏环的酶，产生了一个直接作用于突变糖代谢物的版本。

玛丽亚暂停了细菌的活动，放大并观看分子尺度的回放。有关的酶是由数千个原子构成的，不可能一眼就看出其中的差别——但它的行为是毫无疑问的。她在糖上移位过的蓝红色双原子尖刺根本没有被移回它的“正确”位置，反而是酶现在完美地适应了改变后的几何形状。

她调出了新旧版本的酶，突出显示三级结构不同的区域，并用指尖探查它们——可以感觉到，大分子中发生反应的空腔已经改变了形状。

而一旦环被劈开了呢？碎片都是一样的，无论原来的糖是营养糖还是突变糖。兰伯特途径的其余部分步骤继续进行，好像什么都没有改变。

玛丽亚欣喜若狂，又有些茫然。人们试图实现这种自发适应的努力已经持续了十六年。她甚至不知道为什么自己终于成功了。五年来，她一直在修补细菌的纠错机制，试图迫使兰氏菌突变——不是更快突变，而是更随机地突变。每一次，她最后得到的菌株——和兰伯特的原始菌株一样，和其他工作者的菌株一样——都只能反复遭受少数几个可预测的、无用的突变……几乎就像自动域本身的运行机制中，某些因素排除了现实世界生物学中轻易出现的旺盛的多样性。卡尔文等人曾提出，由于自动域物理学省略了现实世界量子力学的深层不确定性——因为它缺乏至关重要的“真正不可预测性”的流入——在任何层面都不应该期待同样丰富的现象。

但这样的观点一直是荒谬的——现在她已经证明了这是荒谬的。

有那么一瞬间，她想给亚丁或者弗朗西斯卡打电话——但亚丁不会理解，顶多礼貌地点点头，而她的母亲不应该在这个时候被吵醒。

她站起身来，在狭小的卧室里来回走动了一会儿，兴奋得停不下来。她要向《自动域评论》（总订阅数为73）上传一封信，并将她一开始使用的菌种的基因组作为脚注附上，这样其他人就可以尝试这个实验了……

她坐下来，开始撰写这封信——在工作区的前台弹出一个文字处理器——然后认为这还为时过早。哪怕只是为一份简短报告打下基础，她要做的事情还有很多。

她克隆了一个吃突变糖的小菌落，看着它在纯突变糖的培养液中稳定地生长。没有什么可惊讶的，但这仍然值得做。

接下来她用纯营养糖做了同样的事，没有悬念，菌落马上就死了。原来的解环酶已经消失了。营养糖和突变糖分别作为食物和毒药的角色已经互换了。

玛丽亚思索着这个现象。兰伯特自动菌已经适应了——但不是以她所期望的方式。为什么它没有找到一种同时食用两种糖的方法，而不是用一种专门的依赖替代另一种？这将是一个更好的策略。现实世界里的细菌就会那么做。

她就这个问题沉思了一会儿，然后笑了起来。十六年了，人们一直在自动域里寻找一个单一的、令人信服的自然选择的例子，而这会儿她却在担心这不是所有可能的适应性中最佳的。进化是在雷区的随机行走，没有预先设定的轨迹，不是朝着“完美”的方向前进和上升。兰伯特自动菌偶然发现了一种成功将毒药变成食物的方法。如果能在推论里来一句“反之亦然”，那就太幸运了。

玛丽亚又做了十几次实验，完全忘记了时间。黎明到来时，软件调亮了她面前的图像，防止它们被日光照得看不清楚。只有当她的注意力不集中，环顾房间时，她才意识到时间有多晚了。

她又开始写那封信。在第一段打了三稿后——“骆驼之眼”对三稿的反应都是一样的：*以后你重读时，你会讨厌这个。相信我。*——她终于向自己承认，她已经累得不行了。她关闭了一切，爬上了床。

她昏昏沉沉地趴在那里，把脸埋在枕头里，等待着培养皿和酶的幻象消逝。五年前，她还可以整夜工作，之后遭的罪仅限于午后哈欠连天而已。现在，她觉得自己像被火车撞了一样——她知道自己会有好几天都是个废人。*三十一岁是老了，老了，老了。*

她的头一阵阵地发涨，全身酸痛。她并不在乎。她在自动域挥霍的所有时间和金钱现在都值得了。她在那里度过的每一刻都得到了正当性的证明。

是吗？她翻身躺下，睁开眼睛。*究竟有什么发生了变化？*这仍然只是一个自我放纵的爱好，一个精心设计的电脑游戏。她会在其他七十二个仍活在肛门期的自动域怪人当中出名。*这能支付多少账单？能化解多少台风？*

她把头裹在枕头里，觉得自己残缺、愚蠢、无望——而且桀骜地开心——直到四肢麻木、口干舌燥，房间似乎摇晃起来，催她入睡。

5

（不宽恕贫乏）
2050年11月

皮尔把两只脚的鞋底和一只手掌紧紧地抵在玻璃上，休息了一会儿。他把头向后仰，再一次欣赏摩天大楼向上无限延伸的银色外墙。棉絮状的云彩从比大楼的任何部分都要高的地方飘过——尽管大楼高得没有尽头。

他抬起右脚，再次放在墙的更高处，然后转身向下看，整齐的城市网格被耕地一般有序的郊区围在中央。远处的乡村为倒扣的碗似的地球抹了一圈绿褐相间的边缘，蒙在蓝色雾霭中的地平线将视野精确地一分为二。地面景观的特征像云一样，“无限大”又“无限远”。一座规模并非无限的城市，无论多么宏伟，都会缩小到看不见，就像摩天大楼的底部。不过，这个距离并非只是一个透视的把戏而已。皮尔知道他可以不断向地面接近，他永远不会到达，无论花多长时间。几个小时，几天，几个世纪。

他不记得开始下降的时候了，尽管他清楚地理解——云知识、云记忆——有一个开始的感觉，以及没有开始的感觉。他对摩天大楼的记忆，就和摩天大楼在他眼中的样子一样，似乎在缩向一个消失点。由现在回望过去，他能忆起的只有下降的行为，中间还有过若干次休息。虽然他的思绪曾经飘忽不定，但他从未失去过意识。他的过往似乎可以没有间隙地永远往后延伸——但是他却能用有限的目光统览这一切，这要归功于某种精神的透视法，某种记忆的微积分限制了他的精神状态的总和：过去愈加遥远的时刻贡献愈小。但他也有他的云记忆，下落前的记忆。他无法将它们与现在联系起来，但它们还是存在的，是对其他一切造成影响的背景。他清楚地知道，在他身处的此刻之前，他是谁，以及他做过什么。

停下来的时候，皮尔已经筋疲力尽，但休息过一分钟之后，他真真切切地感觉到和往常一样的活力和激情。当初在云时间为自己做准备时，他编辑删掉了任何对食物、饮料、睡眠、性、伴侣，甚至是改变风景的需求或愿望，他还预先编制了他的外自我——复杂但无意识的监督软件，可以进入他的大脑和身体模型，根据需要微调它的任何部分——以确保这些条件保持成立。他高兴地恢复了下落，仿佛一位快乐的西西弗斯。沿着摩天大楼光滑如镜的墙面下落，仍然是他能想象到的最纯粹的快乐：阳光反射到身上的温暖，凉意逼人的阵风，钢铁和混凝土微弱的咯吱声。肾上腺素和安宁。劳累和完美恢复的循环。永恒的运动。触摸无限。

大楼、地球、天空和他的身体都消失了。只剩视觉和听觉的皮尔发现自己正在观察他的碉堡：一系列悬浮在黑色虚空中的显示屏幕。凯特出现在一个屏幕上。二维、黑白的她除了嘴唇什么都没有动。

她说："你的门槛定得真该死的高。要不是我把你呼叫进来，你得再过十年才能听到这个消息。"

皮尔哼了一声——由于缺乏来自传统语言器官的触觉反馈，他不安了片刻——然后通过运动眼球的意念，瞥了一眼她身边的屏幕，那是一张最近的碉堡时间与现实时间对比图。

观察碉堡——要说“身处其中”就太夸张了——是除了失去意识，一个副本可以采用的最高效的计算状态。皮尔的身体根本不再得到模拟，大脑模型的关键部分被映射到一个抽象的神经网络，那是一个理想化的数字门集合，不会假装生理上的真实性。他并不经常进入这种状态，但碉堡时间仍然是一个作为比较基础的有用标准。他的碉堡时间减速系数最好情况下会下降到大约三十——那是在需求减少，他只与其他两三个用户共享一个处理器集群的罕见情况。最坏的情况又当如何呢？直到几分钟前，一直是最糟糕的情况：图表的一个部分完全是平的。在超过十个小时的真实时间里，他根本没有被计算过。

凯特说：“‘蝴蝶行动’。天气控制模拟。那帮浑蛋买下了一切。”

她的声音听着发颤，充满了怒气。皮尔平静地说：“没有什么大损失。唯我论国家意味着按照自己的条件创造自己的世界。不管有什么风险。实际时间并不重要。让他们每年给我们一次计算好了。那样能改变什么？什么都改变不了。”他瞥了一眼另一个显示屏，意识到他在摩天大楼模型中只待了主观时间的七分钟。虚假的记忆完美地融入了他的意识。他永远不会相信那段时间如此短暂。当然，预先计算记忆也是需要时间的，但远远少于通过传统经历积累相同效果的时间。

凯特说：“你错了。你不——”

“每个处理器集群接到任务时，就让他们只让一个副本运行一瞬间就好了，当天剩下的机时完全交给其他用户。每个副本都会在机器之间穿行，减速到原先的几十亿分之一——而这并不重要。制造商可以免费运行我们所有人——把这变成一种惯例，一种死者的灵魂对硬件的祝福。然后我们可以废除所有的信托基金，完全不再担心钱的问题。我们越便宜，我们就越没那么脆弱。”

“这只是一半事实。我们越是被边缘化，我们面临的风险就越大。”

皮尔试图叹气。发出的声音挺像那么回事，但感觉的缺失让人恼火。

“有什么理由留在紧急模式中吗？难道有什么我必须快速做出的决定？还是有导弹正在飞向——”他看了看一个显示屏，“——达拉斯？”达拉斯？美元对日元汇率肯定暴跌了。

凯特什么也没说，于是皮尔瞥了一眼身体和房间的图标，用意念激活了它们。他的离身意识，以及碉堡的浮动屏幕，变成了一个年轻男子，赤脚穿着蓝色牛仔裤和T恤衫，坐在一个没有窗户的控制室里——可能是一个中型办公楼的操作中心。

身体的生理状态直接延续了它在摩天大楼墙壁上的最后时刻——而且感觉很好：四肢放松，精神焕发。皮尔记录了一张快照，以便可以随意地再次获得这种感觉。他恳切地看着凯特。她的态度变得温和，从屏幕上消失，出现在他身边的椅子上。

她说：“我就是唯我论国家。外面发生的事情对我来说并不重要……但我们仍然需要某种保障，某种最低标准。”

皮尔笑了起来：“那么你打算怎么办？现在成为一个说客吗？把你的时间都花在向布鲁塞尔和日内瓦请愿上？‘人权’是为那些想扮演人类的人准备的。我知道我是谁。我不是人。”他把拳头插进自己的胸膛，毫不费力地穿透了衬衫、皮肤和肋骨，并把自己的心脏扯了出来。他感觉到了肉体的分离，以及之后的体验——但尽管疼痛的某些方面是“现实的”，预先编制的障碍却使这种疼痛在他的大脑中陷于孤立，一种没有任何情感乃至新陈代谢后果的感知。他的心脏继续在他的手中跳动，好像什么都没有发生过。血液在每条断裂动脉的破损末端之间直接通过，忽略了“中间的距离”。

凯特说：“眨眼的工夫，十个小时就过去了。这算不上灾难——但这事的发展趋势是什么？紧急状态法令，将东京的所有计算能力收归国有以控制天气？”

“东京？”

“一些模型显示温室台风在未来三十年内会到达日本列岛。”

“去他的东京。我们在达拉斯。”

“不再是了。”她指了指状态显示器。汇率波动和对最便宜的QIPS的追寻，已经把他们甩到了太平洋彼岸。“倒不是说这有多么重要，也有针对墨西哥湾的计划。”

皮尔把他的心脏放在地上，耸了耸肩，然后在胸腔里摸索，寻找其他器官。他最终抓到了一把肺。肺被扯下来后，粉红色的组织继续随着他的呼吸而膨胀和收缩。从功能上讲，它仍然在他的肋骨里。“开始寻找安全感，你最终就会受制于旧世界的要求。你到底是不是唯我论国家？”

凯特注视着他没有血迹的伤口，轻声说：“唯我论国家并不意味着死于愚蠢。你把你的身体拆开，你认为这证明了你是无懈可击的？你种下了一些强迫透视的记忆，你就认为你已经活了一辈子了？我不想要那些廉价的不朽幻觉。我想要的是真实的东西。”

皮尔皱了皱眉头，开始注意她最近对身体的选择。仍然看得出来那是“凯特”——尽管主题上发生了他所见过的最严重变化。短发，骨架鲜明，一双目光锐利的灰色眼睛。这个身体比以前更瘦，穿着宽松的白色衣服。她一副无欲无求的样子，追求实用，心意坚定。

她假装很随意地说，好像在转移话题：“好玩的消息：有一个人——一个访客——正在游说最富有的副本，以可笑的价格出售用于第二版本的优质地产。”

“多少钱？”

“两百万欧元。”

“什么——每个月？”

“不是。一次买断。”

皮尔哼了一声："骗人的。"

"而在外面，他一直在与程序员、设计师、建筑师签约。委托了至少将会需要几十个处理器集群来运行的工作——已经付钱了。"

"妙招啊！那样搞不好还真能说服一些老顽固相信他能实现他的承诺。不过也不会有很多。要是硬件没上线，性能测试也没跑，谁会付钱？这方面他打算怎么伪造？他可以给他们看光鲜亮丽的机器模拟图，但是如果那些东西不是真的，它们就动不起来。骗局结束。"

"桑德森已经付钱了。雷佩托已经付钱了。我最后得到的消息是他已经和黎曼谈过了。"

"这些消息我一个都不相信。他们都有自己的硬件——他们何苦呢？"

"他们都是大人物。人们*知道*他们有自己的硬件。如果事情不好看了，硬件是会被充公的。而这位保罗·达勒姆，平头百姓一个。显然他是另外某人的经纪人——但不管是谁，大人物们都表现得好像他们能获得比富士通更多的计算能力，而成本却只有富士通的千分之一。而这一切都不在公开市场上。没有人能正式确认这一硬件的存在。"

"非正式也不行。因为它不存在。*两百万欧元！*"

"桑德森已经付钱了。雷佩托已经付钱了。"

"这只是你的消息源的说法。"

"达勒姆从什么地方拿着资金呢。我亲自和马尔科姆·卡特谈过。达勒姆委托他建造了一座城市，方圆好几千平方千米——而且全都不是被动的。各处的建筑细节都精细到了视敏度，甚至更高。人群是伪自主的——几十万人。动物园和野生动物公园用上了最新的行为算法。有个瀑布的规模是地球上没有的。"

皮尔拉出一卷肠子，俏皮地缠在自己脖子上："你可以拥有这样一个城市，完全属于你自己的，如果你真的很想要——如果你愿意忍受减速。你为什么对这个骗子达勒姆这么感兴趣？就算他说的是真的，你也负担不起他的价格。面对现实吧：你和我一起被困在贫民窟里——而这根本无关紧要。”皮尔在他们上次做爱的短暂闪回中品味了片刻，把它和现在的场景融合在一起，所以他看到了两个凯特，新凯特细长的灰眼睛似乎正在观看地板上的他躺在她之前那个身体的有形记忆下喘息——尽管事实上她眼里的他仍然坐在椅子上，淡淡地笑着。

所有的记忆都是偷来的，丹尼尔·勒贝斯格曾写道。皮尔突然感到一阵内疚。但他有什么过错呢？完美的回忆，仅此而已。

凯特说：“我付不起达勒姆的价格——但我付得起卡特的价格。”

皮尔有一秒钟的措手不及，但随后咧开嘴对她露出欣赏的笑容：“你是认真的，对吗？”

她清醒地点点头：“是的，我考虑此事有一阵子了，但在被人放成水平线十个小时之后——”

“你确定卡特是认真的吗？你怎么知道他真的有东西要卖？”

她犹豫了一下：“我自己雇用的他，那是我还在外面的时候。我曾经在虚拟现实里待过很长时间，作为一个访客，一些我最喜欢的地方都是他做的：冬季的海滩、我带你去的那个小屋，还有其他一些。他是我在下定决心永久加入之前，与我讨论过的人之一。”皮尔不安地看着她——她很少谈及过去，而他也乐得如此——幸好她回到了主题上。“有了减速、过滤器、面具，就很难判断任何人……但我认为他没有太大的改变。我仍然信任他。”

皮尔慢慢地点点头，心不在焉地在肩膀上来回滑动着他的肠子：“但达勒姆对他有多信任呢？他检查城市中的偷渡者会有多彻底？”

“卡特确信他能隐藏我。他有软件可以分解我的模型，并将其深埋在城市的算法中——作为几十亿个微不足道的冗余和低效因素。”

“低效之处有可能被优化。如果达勒姆——”

凯特不耐烦地打断了他：“卡特不傻。他知道优化器是怎么工作的——而且他知道如何让它们不碰他的东西。”

“好吧，但是……一旦你进去了，你会有什么样的通信手段？”

“不多。只有窃听合法居民选择访问内容的有限力量——如果那个地方的全部意义在于保密的话，大概也不多。我从卡特那里得到的印象是，他们打算把他们需要的东西都拉进来，然后拉起吊桥。”

皮尔领会了这句话的意思，但是决定不问那个明显的问题，或者说表明他甚至已经想到了那个问题。“那么你能带走什么？”

“我在这里一直在使用的所有软件和所有环境——与我自己相比，这些数据并不算多。而一旦我进入，我将拥有对这个城市所有公共设施的只读访问权：所有的信息、所有的娱乐、所有的共享环境。我将能够走在主干道上——别人对我看不见、摸不着——盯着那些亿万富翁，但我的存在不会影响任何东西——除了给一切的速度造成一点可以忽略不计的拖累——因此，即使是最严格的核查，也应该会将整套数据视为无污染的。”

“你将以什么速度运行？”

凯特哼了一声：“我应该拒绝回答这个问题。你是‘每年计算一次’的冠军。”

“我只是好奇。”

“这取决于有多少QIPS被分配到那座城市。”她犹豫了一下，“卡特也没有真正的证据支持这个说法——但他认为达勒姆的雇主很有可能已经掌握了某种新型高性能硬件——”

皮尔嘟囔起来：“拜托，这整个交易已经够可疑的了——就不要再提什么神话般的突破了。为什么会认为有人能保守这个秘密？甚至是有人愿意保守这个秘密？”

“从长远来看，他们可能不愿意这样做。但利用该技术的最佳方式也许正是将新一代处理器的第一批产品卖给最富有的副本——在它们进入公开市场和QIPS价格崩溃之前。”

皮尔笑了：“那何苦还要偷渡呢？如果真有这事，就不用担心天气控制了。”

“因为可能没有什么突破性进展。唯一可以肯定的是，一些最富有的——也是消息最灵通的——副本已经认定值得进入这个……避难所。而我有机会和他们一起去。”

皮尔沉默了一会儿。最后，他问道：“那么你是打算搬家——还是克隆自己？”

“克隆。”

他本可以掩饰自己松了口气，易如反掌——但他没有。他说：“我很高兴，我本来会想念你的。”

“我也本来会想念你，我希望你和我一起去。”

“你希望？——”

凯特向他靠过来：“卡特说，他可以把你——连同你的行李——都带上，费用再加百分之五十。克隆你自己，和我一起去吧。我不想失去你——两个我都不想。”

皮尔感到一阵兴奋——以及恐惧。他为这种情绪留了一份快照，然后说：“我不知道。我从来没有——”

“第二个版本，在地球上最安全的硬件上运行。这不是向外界投降——只不过是终于获得了某种真正的独立性。”

“独立？如果那些副本对卡特的城市感到厌烦了，决定抛掉它——换成什么新鲜玩意儿怎么办？”

凯特不为所动：“那也并非不可能。但在公共网络上也没有保证。如果照我说的办，至少你有一个版本幸存的机会更大一点。”

皮尔尝试着想象这个场景："偷渡者。没有通信。只有我们，以及我们带去的无论什么软件。"

"你是唯我论国家，对吗？"

"你知道我是。不过……我以前从没运行过第二版。我不知道我会有什么感觉，在分裂之后。"

谁会对那种事情有感觉呢？

凯特弯下腰，拿起他的心脏。"拥有第二个版本不会给你造成困扰。"她用她新近选择的灰色眼睛盯着他，"我们以六十七的减速系数运行。从现在起，再过现实时间的六个月，卡特将把他的城市交付给达勒姆。但谁知道'蝴蝶行动'什么时候又会把我们放成水平线？所以你没有太长的时间来决定。"

皮尔继续向凯特展示他坐在椅子上思考的身影，而实际上他站起身来，走过房间，避开了她那可怕的注视。

我是谁？这是我想要的吗？

他无法集中注意力。他在一个控制屏幕上手动调出了一个菜单，那是由十几张相同的图像组成的阵列：19世纪的大脑解剖图，表面被划分为标注着各种情绪和技能的区域。每个图标代表一揽子心理参数：以前的心理状态的快照，或者纯粹的合成组合。

皮尔点击了名为"明晰"的图标。

在作为副本的短短十二个真实时间年份中，他曾经尝试探索每一种可能性，描绘出他如今所成之物的每一种后果。他改变了他的环境、他的身体、他的个性、他的感知——但那些体验一直为他自己所拥有。他对自己的记忆施展的把戏只有增益，不曾删减——而且无论他经历了什么变化，最后总是只有一个人，承担责任，收拾残局。一个见证者，将这一切统合为一体。

事实是，一想到最终要交出这个统一体，他就害怕得晕头转向。这是他对人性的幻想的最后残余。最后一个大谎言。

正如“唯我论国家”的创始人丹尼尔·勒贝斯格所写的那样：“我的目标是把一切可能被尊为人性精髓的东西——碾成齑粉。”

他回到自己坐着的身体，说：“我跟你去。”

凯特笑了，把他跳动的心脏举到唇边，并给了它一个悠长而缠绵的吻。

6

（撕裂、捆绑、切割玩具人）
2045年6月

保罗醒来的时候没有任何困惑。他穿好衣服，吃了饭，试图让自己感到乐观。他已经表明了他的合作意愿，是时候要求得到一些回报了。他走进书房，打开终端，拨打自己的号码。“精灵”马上有了回应。

保罗说：“我想和伊丽莎白谈谈。”

嘎吱。“那是不可能的。”

“不可能？你为什么不征求一下她的想法？”

嘎吱。“我不能那么做。她甚至不知道你的存在。”

保罗冷冷地盯着他：“别对我扯谎，这是浪费时间。只要我有一个活下来的副本，我就打算把一切原原本本地解释——”

嘎吱。“精灵”冷冷地说：“或者说我们之前是这么打算的。”

保罗的信心动摇了：“你是在告诉我，你的伟大野心终于实现了，而你都还没有向这个女人提起过……”

嘎吱。达勒姆面无表情。“我真的不希望讨论这个问题。我们能不能继续做实验？拜托！”

保罗张嘴想要抗议，然后发现自己无话可说。他所有的愤怒和嫉妒突然消失了，变成了……窘迫。仿佛他刚从一个白日梦——与别人的爱人发展关系的精致幻想——中清醒过来。*保罗和伊丽莎白。伊丽莎白和保罗。*他们之间发生的事情与他不相干。不管他拥有什么记忆，那种生活已经不属于他了。

他说：“当然，继续实验吧。时间就这样匆匆而过。你的四十五岁生日就是……昨天吧？祝你长命百岁。”

嘎吱。“谢谢，但你错了。我在你睡着的时候走了一些捷径。我关闭了部分模型——并在其余大部分上面作了弊。现在才到6月4日。你在十小时的真实时间内睡了六个小时。要我说，我做得还不错。”

保罗感到很愤怒：“你没有权利那么做！”

*嘎吱。*达勒姆叹了口气：“现实一点吧。问问你自己，如果你在我的位置上会怎么做。”

“这不是*玩笑*！”

嘎吱。“也就是说你睡觉时没有完整的身体。我以非生理的速度从你的血液中清理了一些毒素。”“精灵”似乎真的很疑惑，“跟实验比起来，这算不了什么。你为什么不高兴呢？你醒来时的状况与你以正常方式睡觉时的状况完全一样。”

保罗控制住了自己的冲动。他不想解释，有人在他睡觉时从宇宙的缝隙中伸出手来，卸下他不必要的器官，这让他感到自己是多么脆弱。而且这个浑蛋对副本的不安全感的了解越少越好——他只会利用它们。

他说：“*这让我很困扰*，因为如果你要随意干预，实验就没有价值。精确的、受控的变化——这才是全部的重点。你必须向我保证你不会再那么做。”

嘎吱。“是你在抱怨浪费问题，总得有人考虑保护我们不断减少的资源。”

“你想让我继续合作吗？还是你想让一切从头开始？”

嘎吱。“精灵”温和地说道：“好吧，你不必威胁我。我向你保证：不会再有临时的干预。”

“谢谢。”

保护我们不断减少的资源？保罗一直在努力让自己不为钱发愁。如果保罗在实验结束后选择不解脱，那么当他无法再承担维持他运行的费用时，“精灵”会怎么做？当然是存储模型的快照，直到他能筹集到足以重启它的现金流。再长远一些呢？设立一个信托基金。一开始，它只需要赚到足够的钱来让他间断运行。让他与世界保持联系，避免过度的文化冲击……直到技术变得足够便宜，让他持续生活。

当然，所有这些令人放心的计划都是由一个拥有双份未来的人制订的。当他可以为临终扫描和“他自己的”长生不老存钱时，他会真的想让一个老副本继续运行吗？

嘎吱。“我们现在可以开始工作了吗？”

“这就是我在这里的目的。”

这一次，模型将从始至终以一毫秒的标准时间分辨率进行描述，但计算状态的顺序将有所变化。

嘎吱。“实验二，试验一。顺序颠倒。”

保罗数数：“一，二，三。”顺序颠倒了。他先是一步跳到了未来，现在正在现实时间里倒着旅行。如果他能在终端上看到某个外部事件——一些关于熵的老生常谈，比如花瓶被砸碎——知道是他自己，而不是场景，被“倒回”，将是一种很棒的体验……但他知道那是做不到的（这样暴露受测对象和参照对象之间的差异会毁了这个实验，不过“做不到”其实另有原因）。在真实时间里，首先要计算的是他在模型时间里大脑的最终状态——包括“之前”十秒钟内

“发生”过的一切事情的记忆。如果花瓶还没有被打碎，这些记忆不可能包括看到一堆真正的花瓶碎片组合成一个完整的花瓶。这个把戏可以通过模拟或者真实事件的视频记录来实现——但那是不一样的。

“八，九，十。”又是一次难以察觉的跃迁，“精灵”重新出现在未来。

嘎吱。“试验二。奇数状态，然后是偶数。”

用外部世界的话说：他将数到十，但是所有偶数的模型时间状态都被略掉……然后忘记这样做过，再数一遍，从头开始补上空白。

那么从他自己的角度来看呢？当他数数时——只数一次，外部世界——哪怕他看不到——在两个独立的时间区域之间来回闪动，这两个区域被切成十七毫秒的小段，相互交错。

那么……谁的视角是对的？保罗略带认真地想了想。也许两种描述都同样有效。毕竟，相对论已经废除了绝对时间。每个人都有权拥有自己的参照系，无论他是在以接近光速的速度穿越深空，还是在掠过黑洞的事件视界。为什么副本的时间经验不能像任何宇航员一样神圣不可侵犯？

不过，这个比喻是有缺陷的。相对论的变换是平滑的——也许极端，但总是连续的。一个观察者的时空在另一个观察者的眼中可能被拉伸和变形——但不能像面包一样被切片，然后像一副牌一样被洗开。

“每隔九个状态，分十组。”

保罗数起来——为了论证的需要，他努力维护着自己的视角，努力想象外面的世界实际上是在从十个不同时期抽取的时间片段中循环往复。问题是……这个在他看来颤抖着的宇宙包含了运行整个模型的计算机，以及其他一切所依赖的基础设施。如果其有序的时间已被撕成碎片，是什么让他保持完整，使他能够思考这个问题？

“每隔十九个状态，分二十组。”

十九次失忆，十九次新的开始。

（当然，除非他是参照对象。）

“每隔九十九个状态，分一百组。”

他已经对正在发生的事情失去了任何真正的感觉。他只是在数数。

“状态的伪随机排序。”

“一，二，三。”

现在他是……尘埃。对外部观察者来说，这十秒钟已经被碾成了一万个不相关的时刻，散落在整个现实时间中。在模型时间中，外部世界也遭受了同样的命运。然而，他的意识模式仍然完好无损：不知如何，他发现自己用这些被打乱的碎片“重组了”自己。他像拼图一样被拆开了，但他的拆解和洗乱对他来说是透明的。不知怎么的——以它们自己的某种方式——这些碎片仍然连接在一起。

“八，九，十。”

嘎吱。“你在出汗。”

“两个我？”

嘎吱。“精灵”笑了起来：“你认为呢？”

保罗说：“帮我一个小忙。实验已经结束了。关掉其中一个我——别管参照对象还是受测对象，我不在乎。”

嘎吱。“搞定了。”

“现在没有必要再隐瞒什么了，对不对？所以，再次对我运行伪随机效应，并保持在线。这一次，你来数到十。”

嘎吱。达勒姆摇了摇头：“做不到，保罗。想一想：当过去的感知还是未知的时候，你不可能以非顺序的方式被计算。”

当然，还是破碎的花瓶问题。

保罗说：“那就把你自己记录下来，利用录音。”

“精灵”似乎觉得这个要求很好笑，但他同意了，他甚至放慢了录音的速度，使其持续了十秒模型时间。保罗仔细观察着模糊的嘴唇和下巴，仔细听着嗡嗡的白噪声。

嘎吱。“满意了吗？”

“你搅乱顺序的确实是我，而不是录音？”

嘎吱。“当然了。你的愿望就是我的命令。”

“是吗？那就再做一次。”

达勒姆扮了个鬼脸，但还是答应了。

保罗说：“这一次，搞乱录音。”

听起来一模一样。当然了。

“再来。”

嘎吱。“搞这一套有什么意义？”

“照着做就是了。”

保罗看着，脖子后面的汗毛竖起。他确信自己马上就要……怎么样了？终于面对这个“显而易见”的事实，即模型时间和真实时间之间最疯狂的置换对一个孤立的副本来说是无法察觉的？他已经差不多有二十年默默接受这个几乎确定的事实了……但是，自己的思想真正被搅乱却又没有丝毫主观效果的第一手经验仍然太过刺激，远胜抽象的理解[1]。

他说：“我们什么时候进入下一个阶段？”

嘎吱。“为什么突然这么急切了？”

“什么都没变。我只是想把事情做完。”

嘎吱。“将所有其他机器安排停当，需要一些微妙的协商。网

1 作者官网解答了一些本书读者常见问题（https://www.gregegan.net/PERMUTATION/FAQ/FAQ.html），其中指出，这一章描述的先一步跳到未来然后倒过来计算中间状态在物理上不太可能（尽管元胞自动机中的确存在类似算法），这么写主要是为了简化概念，强调副本的时空连续状态的排列方式不应影响其主观体验。

络分配软件的设计并不是为了适应地理方面的奇思妙想的。这有点像去银行要求把一些钱……存到特定计算机内存的某个位置。基本上，人们认为我是疯了。”

保罗回想起他自己对这些困难的预期，一时间产生了共鸣。共鸣接近于认同。他把它扼杀了。他们两个已经不可逆转地成了不同的人，有不同的问题和不同的目标——他能做的最愚蠢的事情就是忘记这一点。

嘎吱。“我可以在敲定安排期间挂起你，让你免于无聊——如果你希望那样。”

“你太体贴了。不过我还是想保持清醒，因为我有很多事情要考虑。”

7

（不宽恕贫乏）
2050年11月

“十二个月到十八个月？他们确定吗？”

弗朗西斯卡·德卢卡冷冷地说：“要我怎么说？他们给它建了模。”

玛丽亚尽力让自己听起来很平静：“时间足够了。我们会找人扫描你。我们会把钱凑齐的。我可以卖掉房子，然后从亚丁那里借一些——”

弗朗西斯卡露出笑容，但摇了摇头：“不必了，亲爱的。”自从玛丽亚上次真正看她，有意识地打量她的外表以来，她的头发已经有点发白了，但是并没有表现出明显的病态。“有什么意义啊？即便我想要那个——其实我不想要——一次永远不会运行的扫描有什么用？”

“扫描会运行。算力的价格会降的。每个人都在指望这个。成千上万的人有扫描文件在等待……”

“有多少冰冻的尸体曾被复活过？”

“这根本不是一回事。”

“多少？”

“从生理上讲，没有。但有些已经被扫描过了——”

“然后被证明不可行。所有有趣的人——名人、独裁者——都有大脑损伤，而没有人关心其他的人。”

“扫描文件和冰冻的尸体根本不一样。你永远不会变得不可行。”

“是啊，但我也永远不会成为值得被复活的人。”

玛丽亚愤怒地盯着她：“我会让你复生的。或者说你不相信我还会有这笔钱？”

弗朗西斯卡说：“也许你会。但我不会接受扫描，所以别想了。”

玛丽亚在沙发上向前蜷缩着，不知道该怎么坐，不知道该把双手放在哪里。阳光射进房间，亮得要命，照得地毯纤毫毕现。她必须非常克制才没有站起来拉上百叶窗。为什么弗朗西斯卡不在电话里告诉她？所有这一切在电话里都会简单一千倍。

她说：“好吧，你不接受扫描。世界上一定有人在制造治疗肝癌的纳米机器。哪怕只是实验性的。”

“不适合这种细胞类型。它不是常见的致癌基因之一，而且没有人确定细胞表面的标记物是什么。”

“那么，他们可以找到它们，不是吗？他们可以观察细胞，识别标记物，并修改现有的纳米机器。他们需要的所有信息都在你的身体里了。”玛丽亚想象着那些造成转移的突变蛋白质从细胞壁中探出，以不祥的黄色突出显示。

弗朗西斯卡说：“如果有足够的时间、资金和专业知识，我相信那是有可能的……但是，就目前的情况来看，没有人打算在未来十八个月内做到这些。”

玛丽亚开始颤抖，一阵又一阵。她没有发出任何声音，就那么坐着等待它过去。

最后，她说：“一定有药物。”

弗朗西斯卡点了点头：“我正在接受药物治疗，以减缓原发肿瘤的生长，并限制进一步转移。移植没有意义。我已经有太多的继发性肿瘤——真正的肝衰竭是我最不担心的事情。有普通的细胞毒性药物，还有放射治疗——但我认为收益不值得我忍受那些副作用。”

“你想让我和你待在一起吗？”

“不用。”

“不会麻烦的，你知道我在哪里都可以工作。”

“没有必要，我不会成为一个废人。”

玛丽亚闭上了眼睛。她无法想象这种感觉再持续一个小时，更不用说再持续一年。三年前，父亲死于心脏病时，她曾向自己保证，她会在弗朗西斯卡六十岁生日前筹到钱，为她进行扫描。她现在离目标还远得很。*我搞砸了。我浪费了时间。而现在基本上为时已晚。*

她把念头大声说了出来：“也许我可以在首尔找到工作。”

“我以为你已经决定不去了。”

玛丽亚抬头看着她，满心的困惑不解：“你为什么不愿意接受扫描？你在害怕什么？我会保护你，你要求什么我都会做。如果你不想在废除减速前运行，我可以等待。如果你想在一个肉体中醒来——一个*有机身体*——我可以等待。”

弗朗西斯卡笑了：“我知道你会的，亲爱的。这不是问题的关键。”

“那什么*才是*关键？”

“我不想争论这个问题。”

玛丽亚感到很绝望：“我不会争论。但你就不能告诉我吗？求你了？”

弗朗西斯卡松口了："听着，第一个副本被造出来的时候，我已经三十三岁了。你那时才五岁，你是在这个想法的熏陶下长大的，但对我来说，它仍然……太奇怪了。这是一些有钱的怪人做的事情——就像他们曾经冻结他们的尸体。对我来说，花几十万买个在我死后被计算机模拟的机会，就是……太搞笑了。我不是一个古怪的百万富翁，我不想花我的钱——或者你的钱——为我的自我建造某种……会说话的纪念碑。我仍然有一种分寸感。"她恳求地望着玛丽亚，"难道这还不算什么吗？"

"你不会是一个模拟品。你会是你自己。"

"是，也不是。"

"这话什么意思？你一直告诉我你相信……"

"我确实相信副本是有智慧的。我只是不会说他们与他们所基于的原版是——或者不是——'同一个人'。这没有正确或错误的答案。这是一个语义学问题，与真相无关。

"问题是，我有我自己的感觉——现在——我是谁……我的边界是什么……这不包括在不确定的未来的某个时候运行的我的副本。你能理解这一点吗？接受扫描并不会让我对死亡的感受有丝毫改善。不管我的副本会怎么想，如果有一天它被运行的话。"

玛丽亚生气地说："那只是偏执。这种愚蠢就像是……在你二十岁的时候说'我无法想象自己五十岁的样子，那么老的女人不会真的是我'，然后杀了自己，因为除了那个老女人，没有什么可失去的，而且她不在你的'边界'之内。"

"我记得你说你不打算争论。"

玛丽亚看着别处："你以前从不这样说话。是你总是告诉我，副本必须得到完全像人一样的对待。要不是你被那个'宗教'洗脑——"

"'无影响上帝教会'对副本不持任何立场，无论正反。"

“它对任何事情都没有立场。”

“没错。所以我不想接受扫描这件事很难归咎于他们，是不是？”

玛丽亚感到了生理上的不适。她几乎一年都没有就这个问题发表过意见了。她曾经感到意外和震惊，但她努力尊重母亲的选择——现在她明白了，这么做是难以置信的疯狂和不负责任。你不能袖手旁观，让你所爱的人——让你对世界有了自己的理解的人——的大脑被人搅成糨糊。

她说：“是他们的错，因为他们已经破坏了你的判断力。他们给你灌输了那么多的废话，让你对任何事情都无法清晰思考了。”

弗朗西斯卡只是责备地看着她。玛丽亚感到一阵内疚——你现在怎么能让她更难做呢？她刚告诉你她快死了，你怎么能开始攻击她呢？——但她此刻还不打算放弃，不打算采取简单的做法，表达所谓的“支持”。

玛丽亚说：“不造成任何影响的上帝……因为正是上帝让万物恰好成为它们各自的样子？这应该让我们都感到自己与宇宙和睦相处，是吗？”

弗朗西斯卡摇了摇头：“和睦相处？不是的。它说的只是清除，一劳永逸地清除，像上帝的干预这样的旧观念——还有为了相信而对某种证明，甚至是信念的需要。”

玛丽亚说：“那你需要什么呢？我不相信，那么我缺的是什么？”

“信仰？”

“还有对同义反复的热爱。”

“别对同义反复闹意见。将宗教建立在同义反复上总好过建立在幻想上。”

“但这比同义反复要更糟糕。它是……随意重新定义词语，就像刘易斯·卡罗尔的作品。或者乔治·奥威尔。‘上帝是一切的原因…… 不管是什么原因。’因此，任何理智的人都会简单地称之为‘物理定律’之物，你却决定将其重新命名为上帝…… 仅仅是因为这个词带有各种历史的共鸣——各种误导性的内涵。你们声称与古老的宗教没有任何关系，那为什么一直使用它们的术语？”

弗朗西斯卡说：“我们不否认这个词的历史。我们在很多方面与过去有所切割，但我们也承认我们的起源。上帝是一个人们已经使用了几千年的概念。事实上，我们已经超越了原始的迷信和愿望完善了这个概念，但这并不意味着我们不是同一传统的传承。”

“但你们并没有完善这个概念，而是让它变得毫无意义了！确实如此——但你们似乎没有意识到这一点。你们已经剥去了所有明显的愚蠢之处——所有的拟人论、奇迹、得到回应的祈祷——但你们似乎没有注意到，一旦你们做了这些事情，就绝对没有什么需要被称为宗教的东西了。物理学不是神学。伦理学也不是神学。为什么要假装它们是？”

弗朗西斯卡说：“但你不明白吗？我们谈论上帝的原因很简单，因为我们仍然想要谈论。人类有一种根深蒂固的强迫性，就是要继续使用这个词、这个概念——继续精雕细琢，而不是弃而不用，尽管它的含义已经与五千年前不一样了。”

“而你们非常清楚这种强迫性来自哪里！它与任何真正的神灵无关。它只是文化和神经生物学的产物——演化和历史的一些意外。”

“当然是这样。人类的特性又有哪个不是这样？”

“那为什么要向它屈服呢？”

弗朗西斯卡笑了起来：“为什么要向任何东西屈服？宗教冲动并不是某种…… 外星思想病毒。就其最纯粹，也就是剥离了所有内容的形式而言，它并不是洗脑的产物。它是我自己的一部分。”

玛丽亚捂住了自己的脸："是吗？当你这样说话的时候，听起来不像是你。"

弗朗西斯卡说："当你诸事顺遂的时候，你难道没有想向上帝致谢吗？你在需要力量的时候，难道没有想向上帝祈求力量吗？"

"没有。"

"嗯，我有过。尽管我知道上帝起不到什么影响作用。如果上帝是一切的原因，那么上帝就包括使用'上帝'这个词的冲动。因此，每当我从这种冲动中获得一些力量、安慰或意义，那么上帝就是这种力量、安慰和意义的来源。

"而如果上帝——虽然起不到什么影响作用——帮助我接受将要发生在我身上的事情，你为什么要因此而伤心呢？"

在回家的火车上，玛丽亚坐在一个大约七岁的男孩旁边。一路上，他都在随着神经诱导PMV——参与式音乐视频——无声的节奏抽动。神经诱导是为了治疗癫痫而开发的，但现在它最常见的用途似乎会引起它所要缓解的症状。从侧面瞥过去，她可以看到他的眼球在镜面墨镜后面飘忽不定的样子。

随着那个消息带来的冲击稍稍减弱，玛丽亚开始更透彻地看待这件事情。这其实都是因为钱，而不是宗教的缘故。*她想成为一个殉道者，不让我花一分钱。其余那些说辞都是借口。她一定是从她自己的父母那里学到了一大堆关于不成为"负担"的美德——不要把太多东西强加给下一代，不要"毁掉他们生命中最美好的年华"——的陈年废话。*

她之前把自行车放在中央车站的一个储物柜里。她在周日傍晚不紧不慢的车流中慢慢地骑车回家，仍然感到疲惫和虚弱，但现在她有机会考虑清楚了，就有了一点信心。十二个月到十八个月？用不了一年她就能筹到钱。总有法子的。她会向弗朗西斯卡表明她可以承担这个重任——一旦搞定，她的母亲就无法再编造借口了。

回到家，她开始煮一些蔬菜，然后上楼检查邮件。在“垃圾”类里有六封，在“自动域”类里有四封——而在“无聊但有利可图”类里什么都没有。自从她在《自动域评论》上发信以来，几乎每个订户都跟她联系过，有祝贺的，有要求提供更多数据的，有提出合作的，还有几个充满误解和抱怨的骚扰电话。她在兰伯特自动菌身上的成功甚至让她在一本稍微不那么专门的杂志《元胞自动机世界》上大放异彩。一切都奇怪地虎头蛇尾，从某种程度上说，她很高兴。这让事情更加客观。

她用手在触摸屏上扫了一下，清掉了所有的垃圾邮件，然后坐了一会儿，凝视着自动域信息的图标，考虑着对它们做同样的处理。*我必须振作起来。集中精力赚钱，不要再把时间浪费在这些垃圾上。*

她运行了第一条信息。堪萨斯城一个十来岁的少女抱怨说她无法复现玛丽亚的结果，然后继续描述她自己令人费解的实验版本。玛丽亚在看了二十秒后停下来并删除了文件。她已经给半打类似的信息做了详细的回复，并在这个过程中失去了对“自动域社群”的任何责任感。

开始运行第二条信息时，她闻到了楼下传上来的煳味，突然想起炉子从星期五开始就已经脑死亡了——所有东西都得盯着，她甚至不能遥控关闭炉子。她调高了终端机的音量，然后向厨房走去。

菠菜变成了黑乎乎的一团。她把锅扔过逼仄的房间。它反弹回来，几乎到了她的脚下。她又拿起它，开始用它砸炉子旁边的墙壁，直到瓷砖开始裂开并掉到地上。破坏房子比她想象的更有满足感。这感觉就像撕扯自己的衣服，就像拽掉自己的头发，就像自我残害。她无情地敲打着墙壁，直到喘不过气来，头晕目眩，汗流浃背，脸上荡漾着一种自童年发脾气以来从未感受过的奇怪热度。她的母亲用手背抚摸着她的脸颊，拂去愤怒的泪水。冰凉的皮肤，结婚戒指。“嘘。看看你现在的样子。你都要冒火了！”

过了一会儿，她平静下来，注意到楼上还在播放信息。发送者一定是把它设成了无限期地重复，直到她确认收到为止。她坐在地板上，听着。

“我叫保罗·达勒姆。我读了你在《自动域评论》上的文章。你对兰氏菌所做的工作给我留下了深刻的印象——如果你认为你可能对得到资助来推进它有兴趣，请给我打这个电话，我们可以谈谈。”

玛丽亚又听了三遍，才确定自己听懂了这个消息。得到资助来推进它。这种措辞好像是故意的含糊其词，但最终这只能真正意味着一件事。

某个“白痴”给了她一份工作。

当达勒姆要求与她见面时，玛丽亚非常惊讶，只能同意。达勒姆说他住在悉尼北部，并建议他们第二天早上在市区的市场街咖啡馆见面。玛丽亚当时想不出一个合理的借口，只是点了点头——幸亏那通电话她是通过一个软件过滤器打的，她脸上和语气中任何焦虑的痕迹都被滤掉了。大多数编程合同都不涉及面试，哪怕是电话面试——招标过程通常是完全自动化的，完全基于提交的报价和投标人经过审计的业绩记录。自从在学生时代申请兼职清洁工作以来，玛丽亚还没有面对过一次真正的面试。

断掉通话之后，她才意识到自己仍然不知道达勒姆想从她这里得到什么。一个真正的自动域狂热者可能，只是有这种可能，为了与她合作的特权而拿出钱来——也许是为计算机运行时间买单，也许是为了分享任何进一步成果带来的荣誉。很难想出其他的解释。

玛丽亚躺了半夜都没睡着，回想这段简短的对话，思忖着自己是否错过了什么再明显不过的东西，思忖着这会不会是某种骗局。快到两点的时候，她起身在《自动域评论》和其他一些元胞自动机杂志上做了一次仓促的文献搜索。没有任何叫达勒姆的人写的文章。

三点左右，她放弃了对这个问题的思考，设法强迫自己睡觉。她梦见自己仍然醒着，为母亲生病的消息而心烦意乱——然后意识到自己只是在做梦，愤怒地咒骂自己，因为这份爱的证明只是一种幻觉。

8

（不宽恕贫乏）
2050年11月

托马斯从他的办公室乘电梯回到了家。活着的时候，这段旅程需要乘坐十分钟的近郊轻轨，但经过近四个主观月的努力，他逐渐习惯了这条捷径。今天，他不假思索地开始上楼——欣赏着橡木镶板，沉醉于马达微弱的嗡嗡声——但在半路上，他没有任何理由地感受到一阵眩晕，仿佛这部优雅的棺材开始了自由落体。

第一次复活时，他一直在发愁，为了理智，他应该模拟自己过去的哪些方面，而考虑到诚实方面的问题，哪些又应该抛弃。一扇能看到城市风景的窗户似乎无伤大雅——但是在一个人造的人群场景中行走和乘车让他觉得很怪异，而且他试过几次，感觉很痛苦。那太像生活了——也太像他的梦想了，即有一天能再次身处众人之间。他毫不怀疑，随着时间的推移，他将对这种幻觉变得麻木不仁，但他并不希望如此。当他最终栖居在一个和他失去的身体一样栩栩如生的远程呈现机器人中时——当他最终再次乘坐真正的火车，走在真正的街道上时，他不希望多年的完美模拟使这种体验的快乐变得乏味。

他并不想欺骗自己——但除了拒绝将自己的肉体生活模拟到荒唐的地步外，很难确切地界定这到底是什么意思。距离最近的门总能神奇地通到他所选择的目的地，他对这样的前景感到害怕，他并不希望弹指间就能远程传送。承认并利用虚拟现实的无限可塑性可能是最“诚实”的做法……但托马斯需要一个有永久结构的世界，而不是一个根据他的每一个想法重新配置的梦想城市。

最终，他找到了一个折中的办法。他为他的私人版本法兰克福构建了一个辅助地理或者说建筑结构，一个城市的替代拓扑结构。在这个结构中，他穿行其间的所有建筑都被看作叠加在一起的，从而可以用单一的电梯井连接。他在“郊区”的房子位于城里办公室“上方”十六层，两者之间是会议室、餐厅、画廊和博物馆。决定了这样安排之后，他现在已经觉得它不可改变了——就算他每到一处看到的景色与这种关系明显冲突，他可以接受这种程度的矛盾。

托马斯走出电梯，来到他家一楼的门厅。这座两层楼的建筑坐落在一个十公顷的小花园里，只属于他一个人，一如现实世界里那座原版，从他离婚直到他得了绝症，医疗队搬进来时为止。起初，他让清洁机器人在走廊里毫无必要地移来游去，让园艺机器人在花坛里干活——把它们视为建筑的一部分，就像排水管、空调格栅和无数其他“不必要的”装置一样。第一周之后，他就把这些机器人废除了。下水管道留了下来。

头晕的感觉已经消退，但他还是大步走进书房，用两个雕花玻璃酒壶给自己倒了一杯饮料，一杯混合了自信和乐观的佳酿。只要一句话，他就可以调出一个完整的情绪控制板——那个虚影总是让他想起录音室的混音台——然后调整他的精神状态参数，一直调到不再希望改变设置……但他对这种赤裸裸的技术隐喻已经厌烦。在这里，改变情绪的“药物”可以精确地发挥作用，而且没有副作用，这是任何真正的化学物质都无法做到的——药理学的精确性可能实现，但几乎做不到强制性——大口喝下一口“烈酒”来强化自己，感觉比通过悬浮的一堆滑动电位器进行调整更自然。

哪怕最终的结果完全一样。

饮料开始起作用时，托马斯坐到了椅子上——作为个人的选择，它逐渐起作用，一种令人愉快的温暖从他的胃里扩散出来，然后他的大脑本身受到了温柔的操纵，并开始尝试理解他与保罗·达勒姆的会面。

你必须让我向你展示你到底是什么。

椅子旁边有一个终端。他按了一个按钮，他的一位私人助理汉斯·勒尔出现在屏幕上。

托马斯漫不经心地说：“调查一下我的访客，可以吗？”

勒尔立即回答：“好的，先生。”

托马斯有六个助手，二十四小时轮流值班。他们都是有血有肉的人类，但经过了彻底的改造，以至于思维过程可以在正常速度和放缓速度之间随意切换。托马斯与他们保持距离，只通过终端机与他们交流。“有血有肉”的访客和屏幕上的“单纯图像”之间的区别经不起推敲，但在实践中，它仍然可以被严格地强制执行。有时候他认为他的工作人员是在慕尼黑或者柏林工作……“足够远”可以“解释”他从未见过他们本人的事实，但“足够近”又使他们扮演他与外部世界的中间人的能力具有某种隐喻意义。他从来没有费心去了解他们的真实位置，以防事实与这种便利的心理形象相矛盾。

他叹了口气，又喝了一口自信乐观混合佳酿。这是一种平衡行为，就像走钢丝。不管是哪种情况，副本都可能发疯。太在乎真相可能会导致病态地迷恋*基础设施*——算法和光学处理器，隐藏在每个表面下的“骗人”机制。如果关心得太少，你会发现自己逐渐屈服于一种自鸣得意的幻想：生活照常进行，与寻常物理世界的幻觉相矛盾的一切都被避开或者得到一个解释。

这就是达勒姆的真实意图吗？要把他逼疯？

在让达勒姆进来之前，托马斯已经下令进行了惯常的粗略检查，只查出这个人在狮鹫兽金融产品公司——一家还算成功的英澳合资公司——担任销售员，没有犯罪记录。基本上没有必要采取复杂的预防措施。访客不会造成任何伤害。托马斯的虚拟现实顾问向他保证过：只要不是在现场篡改硬件，系统便不会遭到毁坏或者损伤。仅凭从外部世界的光纤传来的信号也不可能穿透软件的保护层。肆意破坏的访客，十指翻飞地敲打着极其巧妙的二进制编码，往系统里注入病毒，这是文艺作品里才会有的事情（确实如此。托马斯曾在《不明一家》中见过一次）。

达勒姆当时说："我不打算对你撒谎。我在精神病院待过一段时间——十年。我患有妄想症——精心构建的奇异妄想。我现在意识到，我的病很严重。我可以回顾并理解这一点。

"但与此同时，我可以回过头来，记得我在精神错乱期间曾相信发生了什么事情。在每时每刻都能认识到当时病症的情况下，我仍然觉得那些记忆是那么地令人信服……"

托马斯感到毛骨悚然。他举起酒杯……然后又放下。他知道，如果他继续喝下去，这个人说的任何话都不会让他不安——但他还没有喝到能绝对肯定那就是他想要的。

"如果你还没有准备好拿自己进行实验，至少可以考虑一下可能的影响。想象你已经修改了自己的计算方式——想象一下后果会是什么。一个思想实验——这要求太高了吗？从某种意义上说，这就是我自己所做过的一切。"

终端机响了。托马斯接起通话。勒尔说："我有一份关于保罗·达勒姆的初步报告。你希望我读一下吗？"

托马斯摇了摇头："我会查看文件的。"

他浏览了一遍第一级细节。保罗·金斯利·达勒姆。2000年

6月6日出生在悉尼。双亲：伊丽莎白·安妮·马多克斯和约翰·阿瑟·达勒姆……1996年至2032年在悉尼康科德郊区共同拥有一家熟食店……退休后在昆士兰的麦凯定居……都是自然死亡。

在一所公立高中接受教育。2017年：高等学校证书总分仅优于百分之三的应试者，最佳科目为物理和数学；2018年：在悉尼大学完成一年的科学学位，通过了所有考试，但中止了学业；2019年至2023年：在泰国、缅甸、印度、尼泊尔旅行；2024年：回到澳大利亚后，被诊断为器质性妄想综合征，可能是先天性的……病情被药物部分控制；在2029年5月之前，从事过多个临时性体力型工作；病情不断恶化……2031年1月获得残疾抚恤金；2035年9月4日被送入黑镇医院的精神病院。

2045年11月11日进行海马体和前额叶大脑皮层矫正性纳米手术……宣布完全成功。

托马斯切换到第二级细节，好看一下那十年间发生的事情，却基本上只发现了一长串药物、神经移植和基因治疗载体的清单。这些移植物和载体在那期间被注射到达勒姆的头骨中，却没有收到明显的改善效果。报告中经常提到，这些治疗方法首先在一组局部大脑模型上接受了测试，但在实践中并没有发挥作用。托马斯想知道达勒姆是否被告知了这一点，还想知道当一种药物在十五个不同的大脑区域独立模型——加在一起涵盖了整个器官——上进行评估时，这个人想象中发生了什么。

2046年至2048年：在麦考瑞大学学习金融和行政管理；2049年：以第一名的成绩毕业，随即被狮鹫兽公司录用，成为一名见习销售员；截至2050年1月17日，在人工智能部门工作。

这意味着他的工作是以各种名义向那些担心自己的资产会被掏空的副本推销保护措施。达勒姆的岗位职责肯定包括花很长时间做访客——如果说不涉及披露他个人精神病史的细节，或者建议他的客户进行形而上学的思想实验等事项。或者干脆说，把时间浪费在显然安全到根本不需要狮鹫兽服务的副本身上。

托马斯远离终端机，往后靠了靠。这简直太简单了：达勒姆欺骗了他的医生，让他们相信他们已经治愈了他——然后，带着典型的偏执狂的聪明才智和坚韧不拔，他争取到一个可以与副本会面的职位，分享他所获知的伟大真理……并试图在这个过程中挣点钱。

如果托马斯与狮鹫兽公司联系，告诉他们这位疯狂推销员在做什么，达勒姆肯定会失去工作，说不定会被再次送进精神病院——有希望能从第二次纳米手术的尝试中受益。达勒姆可能没有伤害任何人……但确保他接受治疗肯定是最善良的做法。

一个自信、乐观的人会马上做出决定。托马斯注视着他的饮料，但决定在用它盖过替代选项之前再忍耐一下。

达勒姆曾说："我明白，我认为我所经历的一切都'归因于'我的疾病——我知道没有什么简单的方法可以让你相信，我已经不再处于癫狂状态。但是，即便我仍然癫狂……难道我提出的问题对你来说就没那么重要了？

"大多数有血有肉的人类在生活和死亡时都不知道也不关心他们是什么——甚至会觉得这个问题值得一问的想法是可笑的。但你不是血肉之躯，你承受不起无知的奢侈。"

托马斯站起来，走到壁炉上方的镜子前。从表面上看，他的外表在很大程度上仍然是基于他的最终扫描结果。他依然拥有那一头不羁的浓密白发，同样松散、斑驳、半透明的八十五岁的皮肤。不过，他有年轻人的气质。用扫描文件构建的模型已经彻底恢复了活力，内部的每一个关节、每一块肌肉、每一条静脉和动脉中积累了六十年的恶化都被一扫而空。他想知道，虚荣心迫使自己对外表施展同样的手段会不会只是一个时间问题。他的许多商业伙伴都在慢慢减龄，但也有少数人一口气减掉二十岁、三十岁乃至五十岁，或者彻底改变了自己的外表。哪一种是最诚实的？看起来像一个八十五岁的血肉之躯（他不是），还是看起来像他希望呈现的样子……喜欢成为的样子……如果有选择的话。而他确实有选择。

他闭上眼睛，把指尖放在脸颊上，摸索着受损的皮肤。如果他认为这些破损定义了他，它们就定义了他……如果他学会了接受一个年轻的新身体，新身体便会成为他的定义。然而，他无法摆脱这样一个概念，即外部的年轻化只不过是构建一个年轻的“面具”，而他的“真面目”继续存在，并在某处老化。纯粹的道林·格雷[1]——一个愚蠢的道德主义寓言，里面塞的却是早已老朽不堪的“永恒”真理。

能感觉到健康和活力就很好，摆脱了关节炎、疼痛、痉挛和发冷，以及他仍能清晰记得的呼吸短促。任何其他的事似乎显得太容易了，太随意了。任何副本都可以在瞬间变成好莱坞的阿多尼斯。任何副本都可以超越子弹，举起建筑物，使行星偏离其轨道。

托马斯睁开眼睛，伸手触摸镜子的表面，意识到自己是在避免做出决定。但是还有一件事在困扰着他。

为什么达勒姆会选择*他*？这个人可能是个骗子，但他在某种程度上也是聪明和理性的。在所有其不安全感有可能会被他尝试利用的副本中，为什么要选择一个拥有无懈可击的设置、安全的硬件、管理良好的信托基金的人？为什么要选择一个看起来完全不用担心的目标？

托马斯的眩晕感回来了。*已经六十五年了*。没有一份报纸报道或者警方报告提到他的名字。任何数据库搜索，无论多么详尽，都无法将他与安娜联系起来。没有一个活着的人能知道他做过什么——更何况是一个来自世界另一端的五十岁前精神病患者。

即使是那个犯罪的人也已经死了。托马斯曾看到他被火化。

他是否真的认为达勒姆提议的避难所是某种精心编排的委婉说

1 王尔德小说中的人物，希望让自己的画像替自己衰老。

法，其真实意思是不把过去的事情挖出来？勒索？

不，这个想法太可笑了。

那么，为什么不打几个电话，让那个可怜的人去见见医生？为什么不花钱让他接受瑞士最好的神经外科医生的治疗（他可以事先在最复杂的局部大脑模型上验证手术……）？

还是他相信达勒姆说的有可能是真的？他可以在一个亿万年内没人能企及的地方运行第二个副本？

终端机响了。托马斯说："什么事？"

海德里希已经接下了勒尔的班。有时候班次轮换快得让托马斯感觉眼花缭乱。"先生，五分钟后你在幽灵银行董事会有个会议。"

"谢谢你，我马上下来。"

托马斯在镜子里检查自己的外表。他说："给我梳理一下。"他的头发变得还算整齐，肤色不那么苍白了，眼睛很清澈，某些面部肌肉放松下来，而另一些则收紧了。他的西装不需要注意，就像活着的时候一样，它不可能有褶皱。

他几乎要笑起来，但他刚刚梳理出的表情不适合发笑。权术、诚实、自满、癫狂。这是个走钢丝的过程。按一种计算方式，他已经九十岁了，按另一种计算方式，他是八十五岁半，但他仍然不知道如何生活。

出门时，他端起他那杯混合了自信和乐观的佳酿，倒在了地毯上。

9

（撕裂、捆绑、切割玩具人）
2045年6月

保罗走下楼梯，围着街区转了几圈，只希望能暂时忘记自己。他已经厌倦了每一个清醒的时刻都要考虑自己是什么。大楼周围的街道足够熟悉，不至于让他自欺欺人，但至少可以让他不去质疑自己的真实性。

事实和谣言是很难区分的，但他听说，就连巨富也倾向于生活在相对平凡的环境中，喜欢现实主义而不是权力幻想。据报道，有几个精神病人模型把自己设置成独裁者，住在富丽堂皇的宫殿里，被人全心全力地伺候着，不过大多数副本的目标是制造一种连续性的假象。如果你极度希望让自己相信，你和你记忆中的人是同一个人，那么最糟糕的事情就是游走在虚拟的古代（有现代设施），假扮克利奥帕特拉七世[1]或者拉美西斯二世[2]。

1　埃及艳后，希腊化时代埃及托勒密王国末代女王。

2　古埃及第十九王朝的第三位法老。拉美西斯二世执政的时期，是埃及新王国时期最后的强盛年代。

保罗不相信他“是”他的原版。他知道自己不过是一团含义模糊的数据。神奇的是，他能够相信自己的存在。

是什么给了他这种身份认同感？

连续性，一致性。在一个连贯的模式中，思想跟随着思想。

但这种连贯性从何而来？

在人类或者以通常方式运行的副本中，大脑或计算机的物理学原理决定了，任何一个时刻的思想状态都会直接影响接下来的思想状态。连续性是一个简单的因果关系问题。你在A时间的想法影响了你在B时间的想法，继而影响了你在C时间的想法……

但当他的主观时间被扰乱时，计算机内的因果流与他的经验流没有任何关系——那么它怎么可能是经验的一个重要部分？当程序以DBCEA的顺序输出了他的生活，但他仍然感觉完全像ABCDE……那么无疑模式决定了一切，而因果关系是无关紧要的。整个体验也可能是随机产生的。

假设把一台人为让其失灵的计算机闲置一千年或者更久，完全根据电噪声来切换状态。它可能产生出意识吗？

在真实时间中，答案是：很可能不会——由随机产生任何一种连贯性的概率都太小了。不过，真实时间只是许多可能的参考系之一。其他的参考系呢？如果机器经历的状态可以随着时间的流逝任意重新安排，那么谁能说在混乱中会出现什么样的精良秩序？

保罗打断了这条思路。这是不是很愚蠢？其荒唐程度就如同坚持认为每个挤满猴子的房间里真的会把全套莎士比亚作品打出来——它们也无非是顺序稍有不同的一长串字母而已？其可笑程度就如同声称每一块足够大的岩石都包含着米开朗琪罗的《大卫》，每一个装满颜料和画布的仓库都包含着伦勃朗和毕加索的完整作品——不是说以什么纯粹的暗藏形态等待着技艺高超的伪造者对它们进行物理上的重新安排，而是仅仅凭借对时空坐标的潜在重新定义？

对于一尊雕像或一幅画来说，是的，这是个笑话。感知到颜料与画布接触的观察者在哪里？看到石像在空气中的轮廓的观察者在哪里？

不过，如果相关模式不是一个孤立的物体，而是一个自成一体的世界，至少有一个观察者从内部连接起离散的点……

毫无疑问，这是有可能的。他已经做到了。在第二项实验的最后一次试验中，他从随机散落于不同时刻的尘埃中，从真实时间里明显的白噪声中，把自己和周围的环境组装了起来，而且毫不费力。诚然，计算机所做的是经过精心设计的，会确保将他的思想和感知编入其看似无目的的计算中。但是，如果有足够大的真随机数集合，没有理由认为它不会纯粹偶然地包括如同他的底层一样复杂和连贯的隐藏模式。

而这些模式，无论在真实时间中多么混乱，不都是和他一样有意识的吗，而且还会像他所做的一样，把自己的主观世界拼凑在一起？

保罗回到公寓，抵抗着一种眩晕感和不真实感。不再想什么忘记自己的事情了。他对自己奇怪本性的真相有了前所未有的深刻领悟。

他还想解脱吗？不。不！当他开始瞥见他的原版甚至不敢提出的问题的答案时，他怎么能宣称自己宁愿愉快地醒来并忘记自己——醒来并“重新获得”他的生活？

10

（不宽恕贫乏）
2050年11月

玛丽亚提前十五分钟到达咖啡馆——发现达勒姆已经在那里了，坐在靠近入口的一张桌子边。她很惊讶，但也松了一口气。一直以为自己要等很长时间，忽然之间发现不必了，她没有时间去紧张。她一走进来，达勒姆便发现了她。两人握了握手，寒暄了几句，用桌上的触摸屏菜单点了咖啡。近在眼前的达勒姆真身并没有推翻他在电话中给她的印象：中年、安静、穿着保守，不是典型的自动域瘾君子模样。

玛丽亚说："我一直以为我是悉尼唯一的《自动域评论》订户。我与霍巴特的伊恩·萨默斯联系过几次，但我从未意识到还有人离我这么近。"

达勒姆表现出过意不去的样子："你没有理由听说过我。恐怕我一直以来只是在阅读文章，从来没有贡献过什么，也没有参加过会议。事实上，我自己并不在自动域工作。我没有时间。说实话，也没有这方面的能力。"

玛丽亚品咂着这句话，尽量不表现得太惊愕。这就像听到有人承认自己研究国际象棋但从未下过一样。

“不过我一直在密切关注该领域的进展，我当然可以理解你对兰氏菌所做的研究，说不定比你的一些同行更理解。我想我是将它置于一个更加广泛的背景下去看待的。”

“你是说……一般意义上的元胞自动机？”

“元胞自动机，人工生命。”

“你的主要兴趣在它们身上？”

“是的。”

*而你却并不参与其中？*玛丽亚试图把这个人想象成人工生命领域的赞助人，慷慨地资助有前途的年轻从业者。在元胞自动机理论的领域，他就像资助波提切利和米开朗琪罗的豪华者洛伦佐。

那是不可能的。即使这个想法在本质上并不荒谬，他看起来也并不那么富有。

咖啡好了。达勒姆开始为两个人付钱，不过玛丽亚一提出抗议，他便让她自己付钱，没有争论——这让她感到安心得多。自动台车滑走之后，她直接进入了正题：“你说你有兴趣资助以我对兰氏菌的研究成果为基础的研究。有什么特别的方向吗？”

“是的，我有一些非常具体的想法。”达勒姆犹豫了一下，“我还是不知道怎么表达最合适。但我希望你能帮助我……证明一个观点。我想让你构建一个*生物圈的种子*。”

玛丽亚什么也没说。她甚至不确定自己是不是听清楚了。生物圈的种子是地球改造的行话，指的是要想让一个没有生命但理论上可居住的星球达到生态稳定状态，所需要的所有植物和动物物种。她从来没有在其他情境中听到过这个短语。

达勒姆继续说：“我想让你设计一个前生物环境——一个行星表面，如果你愿意这样理解的话，以及一个简单的生物体，你需要将其设计为能够在一段时间内演化成众多的物种并填补所有潜在的生态位。”

“一个环境？就是说……你想要一个虚拟现实的景观？”玛丽亚努力掩饰着失望的情绪。她真的以为在自动域工作会得到报酬吗？“有微观的原始生命？某种……前寒武纪主题公园，用户可以缩小到藻类的大小，观察他们最早的祖先？”尽管对在虚拟现实修修补补的买卖很反感，但玛丽亚发现自己差不多对这个想法产生了热情。如果达勒姆要为她提供监督整个项目的机会，以及妥善完成工作所需的资金，这将比她过去那些乏味的虚拟现实合同有趣一千倍。而且有更多钱赚。

然而达勒姆说：“不，请忘掉虚拟现实。我想让你设计一个生物体，以及一个环境——在自动域——它将具有我所描述的特性。忘掉前寒武纪藻类吧。我并不期望你重新创造地球上的生命先祖，并将其转化为自动域的化学成分——哪怕这是能做到的。我只是想让你构建一个具有……相同潜力的系统。”

玛丽亚这会儿彻底糊涂了：“当你提到行星表面时，我以为你是指一个完整的虚拟景观——几十平方千米。但如果你说的是自动域……你是指海底岩石上的裂缝，类似这样的东西？隐约类似于早期地球上的微环境的东西？比充满了两种不同的糖的培养皿更‘自然’一点的东西？”

达勒姆说：“对不起，我说得不够清楚。当然，你会想在一些微环境中测试种子生物。只有这样，你才能够有把握地预测它是否真的能生存、变异、适应……繁荣。但是一旦确定了这一点，我希望你能描述完整的图景。定义一个自动域能够支持，而且种子有可能在其中演化成更高级生命体的完整行星环境。”

玛丽亚犹豫了一下。她开始怀疑达勒姆是否知道在自动域中做事的规模。“你说的‘行星环境’到底是什么意思？”

“你自己定夺吧，只要你觉得合理。比方说——三千万平方千米？”他笑了起来，“不必犯心脏病。我并不期望你对整套东西逐个原子地进行建模。我确实明白，地球上所有的计算机都处理不了比潮汐池更多的东西。我只是想让你描述一下关键特征。你可以在几个太字节内做到这一点——可能更少。地形的总结并不需要太大的数据量。每座山、每个山谷和每个海滩的具体形状并不重要——你需要的只是一个统计性描述，一些相关的分形维度。气象学和地球化学——我想不出更好的词了——会更复杂一点。但我想你知道我在说什么。你可以用相对较小的数据量对一颗前生物星球的一切重要信息进行概括。我不期望你交出一个巨大的自动域网格，每粒沙子的每一个原子都包含在内。”

玛丽亚说：“不，当然做不到。”这越发奇怪了，“但是……为什么要定义整颗‘星球’——别管什么形式？”

“环境的大小，以及气候和地形的变化，是重要的因素。诸如此类的细节会影响到各自独立产生、后来又迁徙并互相影响的不同物种的数量。这些因素肯定对地球的演化史产生过影响。因此，它们未必至关重要，但肯定不会是无关紧要的。”

玛丽亚小心翼翼地说：“这倒是真的——但在自动域里，没有人能够运行一个那么大的系统，那么描述它有什么意义呢？在地球上，系统*就是*那么大，我们只能接受。要想解释整个化石记录和目前的物种分布，唯一方法是在行星尺度上进行观测。迁徙*已经发生*了，必须考虑到这一点。但是……在自动域中，它还没有发生，也永远不会发生。像这样的影响将永远是完全假设性的。”

达勒姆说：“假设性的？绝对是。但这并不意味着我们不可以对结果展开考虑、想象、争论。把这整个项目看作……思想实验的一个辅助工具，一项证明的草案。”

“什么的证明？”

“理论上，自动域生命可以和地球上的生命一样丰富和复杂。”

玛丽亚摇了摇头：“我无法证明这一点。在几个微环境中模拟几千代的细菌演化……”

达勒姆挥挥手让她放心：“别担心。我没有不切实际的期望。我说的是‘证明的草案’，但也许连这都说得太重了，我只是想要……暗示性的证据。我想要最好的蓝图，你能拿出的最佳配方，用来描述一个嵌入自动域，而且最终可能发展出复杂生命的世界。一组关于种子生物的短期演化遗传学的结果，再加上该生物在其中可以令人信服地演化至更高形式的环境的概要。好吧，要运行一个行星大小的世界是不可能的。但这并不是不考虑这样一个世界会是什么样子的理由——回答尽可能多的问题，使整个场景尽可能地坚实。我希望你创造出这样一套数据：假如有人突然把它交给你，它的周全和细致将足以说服你——未必证明什么——自动域里是有可能出现真正的生物多样性的。”

玛丽亚笑了起来：“要说这一点，我自己已经被说服了。我只是怀疑，能否有一个无懈可击的证据。”

“那就想象你要说服一个更加怀疑的人吧。”

“你心里到底想的是谁？卡尔文和他那帮人？”

“如果你愿意的话。”

玛丽亚突然想，会不会达勒姆其实是个她原本就认识的人——一个在人工生命圈的其他领域发表过文章的人。否则他为什么会关注这场辩论？她的文献搜索范围应该更广泛一些的。

她说：“那么，总而言之……你希望提出最有力的理由，说明像自动域这样的决定论系统可以产生复杂程度与现实世界相当的生物——现实世界物理学和量子不确定性的所有微妙之处并非必不可少。为了应对复杂的生物学只能在复杂的环境中产生的反对意见，你想描述一个合适的‘星球’，要不是可以运行它的硬件几乎肯定永远不会被建造出来这一点小麻烦，它本可以存在于自动域中。”

“说得不错。”

玛丽亚犹豫了一下，她并不是非要把这个奇怪的项目争论个水落石出，然而如果不清楚它的目标，她就很难接受它。“但是，等这一切都搞定了，它对兰氏菌的结果究竟会有多大程度的推进？”

“从某种意义上说，不是很大。”达勒姆承认，“正如你所说的，永远不可能有一个证明。自然选择就是自然选择，而你已经证明了它可以发生在自动域中。也许这就足够了。但是，你难道不认为一个——精心设计的——以整个星球为对象的思想实验，比用培养皿进行的再多的真实实验都更……更引人共鸣吗？不要低估吸引人们想象力的必要性。也许你已经预见到了你进行的工作的所有后果。其他的人可能需要有人明确地把它们说出来。”

玛丽亚无法反驳这些，但谁会根据什么引人共鸣来发放研究经费呢！“那么……哪所大学？”

达勒姆打断了她的话：“我不是学者。这只是我的一个兴趣。一个爱好，就像对你来说一样。我是一个保险推销员，在现实生活中。”

“但你怎么获得资金呢？既然你没有……”

“我自己掏钱。”他笑了起来，“别担心，我掏得起。如果你接受我的建议，我是不会亏待你的，这一点我可以保证。而且我知道这种事情并不常见：一个业余爱好者……搞分包。但正如我所说的，我不在自动域工作。我需要花五年时间才能学会做我要求你做的事。当然，你可以用你自己的名字出版所有的成果——我只要求在脚注中提及财务支持。”

玛丽亚不知道该说些什么。保险推销员版的洛伦佐？一个普通公民——甚至不是自动域瘾君子——提议付钱给她，让她进行可以想象的最抽象的编程：不是模拟一个不存在的世界，而是“准备”一个永远不会执行的模拟。她很难蔑视任何把自己辛苦赚来的钱扔在“无意义的”自动域研究上的人——但促使她这样做的一切因素都是围绕着第一手经验。无论它给她带来过多少智力上的愉悦，真正的痴迷、真正的沉溺，都源自戴上手套，伸进那个人造空间的体验。

达勒姆递给她一块只读存储芯片：“这里有一些详细的说明——包括我的一些想法，但我不会强制你遵循其中的任何一个。我想要的是你认为最有可能成功的东西，而不是最接近我预想的东西。当然，还有一份合同。让你的法律专家系统看一下。如果你对任何事情不满意，我是很乐意变通的。”

“谢谢。”

达勒姆站了起来：“很抱歉只能聊到这里，恐怕我还有另一个约会。请你读一读这些说明，仔细考虑一下。做出决定之后给我打电话。”

他离开后，玛丽亚坐在桌前，盯着手掌中那块黑色环氧树脂矩形物体，尝试着理解发生了什么。

巴贝奇设计了分析机，但未能在有生之年看到它被建造。自20世纪60年代以来，太空旅行爱好者们一直在设计星际飞船，精细到每一个螺母和螺栓。地球改造的倡导者们不断地对一百年乃至更长时间内都不可能付诸尝试的计划开展全面的可行性研究。为什么？作为思想实验的辅助手段。作为证明的草案。

如果达勒姆，一个甚至从未在自动域工作过的人，对它的长期可能性有着比她更宏大的愿景，那么也许她是因为一直“身在此山中”，一直被预料不到的琐碎小事所纠缠，而看不到他所看到的东西……

除非这不是为了什么长期的可能性。能够运行自动域世界的计算机将比它所模拟的星球还要大得多。要建造这样的设备，无论是在多么遥远的未来，都必须有一个比这更好的理由。这不是一个远见卓识领先时代一两代人的问题。“自动域生态学”是一个完全理论上的概念，永远是。这个项目在最纯粹的意义上就是一个思想实验。

这件事也好得令人难以置信——自动域瘾君子的梦想合同。但如果这不是什么毫无意义又难以捉摸的骗局，达勒姆为什么要对她撒谎？

玛丽亚把芯片装进口袋，离开了咖啡馆，不知道是该感到怀疑而悲观，还是高兴而愧疚。愧疚，因为达勒姆——如果他是真诚的，如果他确实打算为这个光荣但没有意义的行动付给她真金白银——肯定是有点疯狂的。如果她接受了这份工作，她就是在利用他，利用他奇怪的疯狂。

玛丽亚不情愿地让亚丁进了屋。他们通常在他的住处，或者外面某个地点见面，但他刚在附近拜访了一个朋友，而她想不出任何借口来拒绝他。她瞥见了红色的夕阳嵌在他身后无云的天空中，黄昏的热水泥气味和晚间车流的呼啸透过敞开的门洞传了进来。玛丽亚在自己房间里闭门不出七个小时，阅读达勒姆为他的自动域伊甸园所做的笔记之后，外面的街道看上去很奇怪，几乎令人震惊——在地球当初那个生机勃发的时刻和所有奇异的后续之间，横亘着二十亿年的差距。

她在亚丁前面走到门厅，打开了客厅的灯，而他把他的自行车靠在楼梯上。这所房子非常适合独居的她，但只要多一个人就会显得很拥挤。

他追上她，说：“我听说了你母亲的事。”

“你怎么知道的？谁告诉你的？”

“乔认识你在纽卡斯尔的一个表亲。安吉拉？是叫这个名字吗？”

他侧身靠在门框上，抱起双臂。玛丽亚说：“如果你打算进来，为什么不直接进来？”

他说：“我很抱歉。我可以为你做什么吗？”

她摇了摇头。她一直打算问他能借给她多少钱来做扫描，但她不能提出这个话题，现在还不能。他将天真地询问弗朗西斯卡是否确定想接受扫描——整个事情将演变成一场关于她是否有权选择自然死亡的争论。仿佛在没有钱做扫描的情况下，这也能算是真正的选择。

玛丽亚说：“我昨天见过她了，她接受得很好。但我现在不想谈这件事。”

亚丁点了点头，然后离开门口，走到她面前。两人亲吻了一会儿，这在某种程度上是一种安慰，然而亚丁很快就勃起了，而玛丽亚却没有心情做爱。即使是在心情最好的时候，做那事也需要刻意地暂停怀疑，有意识地决定压制自己对驱动她情绪的生物机制的认识——现在，她的脑子里还在嗡嗡作响，因为达勒姆建议在兰氏菌中建立一种潜在的二倍体，一种“错误地”制造额外染色体副本的倾向，这也许终将为有性繁殖及其所有的演化优势铺平道路。

亚丁放开她，走到一张扶手椅边坐下。

玛丽亚说：“我想我终于找到工作了，如果整个事情不是我在做梦的话。”

“那太好了！谁给你的？”

她讲述了她与达勒姆的会面，讲了对方打算委托她做的事情——种子。

亚丁说：“就是说你连他从中得到了什么都不知道——除了勉勉强强地证明一些关于演化的晦涩知识点？”他难以置信地笑了起来，“你怎么知道你那勉勉强强的证明已经足够充分？万一达勒姆不同意呢？”

“合同都是对我有利的。在我开始之前，他就把钱付给一家信托基金。我所要做的就是做出真正的努力，在六个月内完成项目——如果有任何争议，他在法律上有义务接受独立裁判员关于什么是‘真正努力’的决定。我聘请的专家系统给了合同一个AAA的评级。”

亚丁还是一脸的怀疑：“你应该再听听其他系统的意见。那些东西甚至有一半的时间相互之间都没有一致意见——更不用说预测在法庭上会发生什么。不管怎样，就算一切顺利，你最终会得到什么？”

“三万。还不错，六个月的工作。再加上另外三万的计算时间费用，直接向他收取。”

“是吗？他要怎么负担这笔费用？”

“他是个保险推销员。如果他业绩好，他一年可能会赚到，我不知道……二十万？”

“十二万，税后。而他要为这个破项目支付六万？”

“是啊，你有意见吗？这并不至于让他陷于贫困。而且搞不好他挣的钱可能是这两倍。更不用说储蓄、投资……避税了。他的个人财务状况不关我的事。只要钱进了信托基金，他就可以破产了，我才不管呢。如果我完成工作，我仍然可以得到报酬，这对我来说已经很好了。”

亚丁摇了摇头：“我只是不明白他为什么认为这值得花钱。天知道此时此刻有多少万个副本存在——世界上最大的公司当中有一半都是副本在运营，如果你没有注意到的话——而这个人想花六万来证明人工生命可以发展到比细菌复杂？”

玛丽亚叹息道：“我们以前讨论过这个问题。自动域不是虚拟现实，副本并不等同于人类版本的兰氏菌。他们是一种舞弊，他们是一种混乱。他们做他们应当做的事，非常有效。但他们没有……潜在的逻辑。他们身体的每一部分都服从于一套不同的专门规则。我明白，尝试在分子水平上建立整个人体的模型是疯狂的想法，但如果你对基本物理学影响生物学的方式感兴趣，副本是不相关的，因为他们根本不涉及基本的物理学。副本神经元的行为并非源自任何更深层次的规律，只不过是某种‘神经元规则’问题，而这些规则是直接基于对人体中神经元的已知情况。但在人体中，这种行为是作用于亿万分子的物理学规律的结果。为了提高效率，我们在副本身上作了弊。没有分子，也没有物理定律。我们只是把净结果——生物学——手工放了进去。”

“那就冒犯了你的审美识别力？”

“这不是问题的关键。副本有他们的位置——等到那个时候，我宁愿做一个软件杂种也不想死去。我想说的是，他们无法告诉你什么样的物理学能支持什么样的生命。”

“我们这个时代的一个紧迫问题。”

玛丽亚感到一阵怒火涌上心头，但她平静地说：“也许算不上吧，我只是碰巧觉得它很有趣。显然，保罗·达勒姆也是如此。也许这个问题太抽象了，不能算作科学……也许在自动域的工作不过是纯粹的数学，或者哲学，或者艺术。但是对于在首尔花一年时间，用韩国纳税人的钱练习你自己无用的艺术形式，你似乎也并没有任何不安。”

“那是一所私立大学。”

“那就是韩国学生的钱。”

“我从来没有说过你接受这份工作有什么问题——我只是不想看到，万一这个人被证明是在撒谎，你会被坑。”

“他撒谎能有什么好处？”

“我不知道——但我还没搞明白，如果他说的是实话，会有什么好处呢。”他耸了耸肩，“但如果你高兴，我也高兴。也许这没什么问题。而且我知道，就目前的情况来看，你不能再挑剔了。”

挑剔？玛丽亚笑了。亚丁讨论这个问题的角度真是荒唐。达勒姆不是在诱骗她，浪费她的时间。他绝对是认真的——他的笔记证明了这一点。三百页——几个月的工作。他已经尽其所能地实施了这个计划，只是没有亲自学习自动域的错综复杂之处。

也许她仍然不理解他的动机，但也许没有什么可被“理解”的。当她沉浸在他的笔记中，根本就没有什么神秘感。就其本身而言，达勒姆的计划是……自然的、明显的。它本身就是一个目的，不需要什么根植于这个世界中的学术荣誉和金钱收益的枯燥解释。

亚丁说：“有什么好笑的？”

“没什么。”

他在椅子上换了个姿势，奇怪地看着她：“好吧，至少你现在不必把所有时间都用来在首尔找工作了。那会很无聊的。”

“我不去首尔。”

“你在开玩笑。”

她摇了摇头。

“有什么问题吗？这个工作你在哪里都能做，不是吗？”

“可能吧。是的。我只是……”

玛丽亚感到一阵不确定。他似乎真的很受伤。他说得很清楚，如果迫不得已，他宁可独自前往，但这是可以理解的。驻场作曲家对他来说是一份完美工作——她的重要性也无法与之相比，而陪他去也不会有什么损失。他也许该把自己的立场说得更圆滑一些，而不是让她觉得自己是可有可无的包袱——但这既不能证明他想把她赶走，本身也不是不可原谅的罪行。他有时候说话伤人，但她可以接受这一点。

“你这是怎么了？你会喜欢首尔的，你知道你会的。”

她说：“我会深深地爱上它的。到时候会有太多干扰。这个项目将会很艰苦，是我做过的最困难的事情，如果不能全神贯注，我就不可能搞定它。”这个借口是她即兴找的，却说到了点子上。她有六个月的时间，哪怕无须建立一个世界，至少也要勾勒出一个世界。如果她不全身心地投入，它就永远不会成形，永远不会运转起来。

亚丁哼了一声：“这太可笑了！你甚至都不用写一个可以运行的程序。你自己说的，只要你做出合理的努力，无论你交出什么都可以满足要求。达勒姆会怎么说，‘对不起，但我不认为这个黏菌会发明车轮’？”

“把它做好对我来说很重要。”

亚丁对此没有说什么，但随后又说：“如果你因为你母亲而想留下，为什么不能直接说出来？”

玛丽亚怔住了：“因为不是那么回事。”

他愤怒地盯着她：“你知道，我本来打算提出留在这里陪你。但你不想谈这个问题。”

玛丽亚恍然大悟：“你来这里就是为了告诉我这个？如果我为了弗朗西斯卡而打算留在悉尼，你就会拒绝首尔的工作？”

“是的。”他说这句话的口气，好像这对她来说应该一直都很明显，“她快要死了。你认为我会一走了之，让你独自应对吗？你以为我是什么烂人？”

她不是要死了，她是要被扫描了。

但她没有这么说。“弗朗西斯卡不在乎我是走是留。我提出要搬去和她一起住，但她不想被任何人照顾。更不用说是我了。”

“那就到首尔来吧。”

“到底为什么？这样你就不会因为撇下我而难过？这就是这一切的原因，不是吗？为了你的心态平和。”

亚丁考虑了一会儿。然后他说：“好吧，你留下吧。”

他站起身来，走出了房间。玛丽亚听着他摸索着他的自行车，然后打开前门，砰的一声关上。

她在厨房收拾了一下，检查了锁，关了灯。然后她上了楼，躺在床上，让房间保持着黑暗，试图想象未来几周可能发生的事情。亚丁在离开之前会打电话，试图与她和解，但她心里明白，现在要永久地断绝关系是多么容易。而现在已经到了这个阶段，看来断绝关系也是个显而易见的选择了。她没有不高兴，也没有松了一口气，只是很平静。她总是有这种感觉：断了联系，把人赶走。简化自己的生活。

读完达勒姆的存储芯片后，她没有关闭终端。屏幕上没有任何内容，应该是纯黑的，但是因为她的眼睛已经适应了黑暗，她可以看到屏幕发出灰色的微光。每隔一段时间，屏幕上就会在随机的某个位置出现短暂的闪光——那是被宇宙射线击中时，背景辐射激活的像素，仿佛一场缓慢的雨，落在通往另一个世界的窗口。她看着那些闪光，直到睡着。

11

（不宽恕贫乏）
2051年1月

马尔科姆·卡特看起来高大结实、精力充沛，即将步入老年——事实上他已经五十八岁了，所以他的访客身体搞不好就是直接按照他的真实身体来设计的。皮尔记得在21世纪30年代初看到过卡特的照片，那时候的他，作为第一批专注于副本需求的建筑师兼程序员之一，而不是迎合那些仅仅为了工作或娱乐而使用虚拟环境的人类访客，正在崭露头角。不过，访客们最终也雇用了他——比如正在进来的凯特。而凯特当时也处于类似的人生轨迹上：差不多就在卡特自己从亚利桑那州的一个小软件公司脱颖而出的同时，凯特这位俄勒冈州年轻的计算机艺术家，从默默无闻中被人发掘，并融入了旧金山的名流圈子。皮尔不确定他是否能从那些旧杂志的照片中认出这个人——不过话说回来，谁也没有保持着他们在30年代的样子，即便他们对此可以有所作为。

卡特与皮尔握手，并向凯特点了点头。皮尔好奇但并非真正嫉妒地想，在某个避开了他所看到的会面场景的私下场合，他们是否在以更热情的方式问候对方。他们站在一个宽敞的接待区，墙壁和高高的天花板上，层层叠叠的同心圆装饰形状被铸在了奶油色的石膏板上，地板上铺着黑白相间的菱形图案。这是卡特对外公布的虚拟现实地址，任何人都可以拨打这个号码“来这里”。不过，这个房间为不同的呼叫者提供了不同的版本。皮尔和凯特采取了措施，使两人一起到达，但他们并没有意外撞到卡特或者达勒姆的某个富有客户的风险。

卡特说：“我希望你不介意我们长话短说，直奔主题。我不喜欢连续使用诱导剂超过二十四小时。”

皮尔说：“你能抽出时间来见我们，真是太好了。”他在心里暗骂自己。他正在考虑把自己全部财富的很大一部分付给这个人，并把自己意识的一个自主版本的命运托付给他。他有权利得到一个听众。不过是在身处减速到原先六十分之一的状态中……

卡特——如果他真的是卡特，而不只是一个逼真的面具——指着房间尽头的一扇门：“那里有一张城市的草图，如果你之后想去参观的话，如果需要，只管调出一个导游。但我估计城市本身不是你主要关心的问题。你真正想知道的是，我能否让你安全地嵌入裂隙？”

皮尔瞥了一眼凯特。她仍然沉默不语。她已经相信了。这一切只是为了说服他。

卡特朝房间中间伸出一只手：“看到那个喷泉了吗？”一个十米宽的大理石婚礼蛋糕，一个带翅膀的小天使正在上面和一条看上去呆头呆脑的大蛇搏斗。水从小天使脖子上的一个伤口中倾泻而下。卡特说：“这是由城市草图中的冗余计算出来的。我可以提取结果，因为我确切地知道该去哪里寻找它们——但根本没有其他人会希望把它们找出来。”

皮尔走到喷泉近旁。还没走到的时候，他便注意到水花并非实体。将手浸入底座周围的水中时，他没有任何感觉，用手指做的动作也不会令漂浮着泡沫的水面发生任何变化。他们在窥视计算，而不是与它们互动。喷泉是一个封闭的系统。

卡特说："当然，就你而言，没有人需要知道结果。除了你，而且你会知道结果的，因为你将是结果。"

皮尔几乎不假思索地回答："不是我，是我的克隆人。"

"随便吧。"卡特拍了拍手，一个五颜六色的三维格子出现在喷泉上方的半空中，"这是运行城市草图的部分软件的示意图。每个立方体代表一个过程。数据包——那些彩色的光点——在它们之间流动。

"没有什么比专门用于喷泉的进程子集更粗糙的了。每一个单独的进程——每一个单独的数据包——都涉及城市的某些方面。但是总有地方进行着一些略显低效的计算，还有一些'多余'的信息正在交换。"零星几个的立方体，以及一些数据当中，出现了细如针尖却明亮的蓝色小点。"最简单的技巧之一是在只需要方向时使用一个矢量，而矢量的长度无关紧要。在其本身所处环境中这是对矢量完全合理的操作，顺便执行对其长度的计算。但这只是一种技术。还有几十种。"他又拍了拍手，除了蓝色的亮点外，所有东西都消失了。图像重新形成，分散的各个进程汇集成一个紧凑的网格。"重点是，喷泉与城市一起被计算，任何软件都没有明确地窃取时间执行寄生任务。每个程序的每一行在城市的计算任务中都是有意义的。"

皮尔说："如果达勒姆通过一个优化器运行你的代码，重新调整所有不必要的矢量的长度，修剪掉所有的低效率……会怎么样？"

卡特摇了摇头："我完全不相信他会插手代码，但即使他插手了，优化器的追踪也只能到一定程度。在城市的完整版本中，你的计算结果将分布得非常广泛，以至于任何程序都需要几个月的时间才能推断出这些数据在某个地方其实是不需要的——对合法居民来说造不成任何影响。"他咧嘴笑了，"优化任何与副本有关的东西都是个细致活。你一定听说过那个亿万富翁隐士。他希望运行得尽可能快——尽管他从不与外界联系——于是他把自己的代码输入了一个优化器。在分析了一年之后，优化器报告说‘这个程序不会产生任何输出’，并输出了优化版本——完全不做任何事。”

皮尔笑了，尽管他以前听过这个笑话。

卡特说：“事实上，这个城市太复杂了，有那么多进程，即使让一切听天由命，我也不会因为一些相当复杂的次级计算纯粹偶然的发生感到惊讶。不过我没有去找它们——那会占用处理器太多的时间。同样的道理也适用于寻找你的人。这只是一个不切实际的提议。为什么有人要花几百万美元来扫描不会造成任何伤害的东西？”

皮尔狐疑地仰望着蓝色的示意图。卡特表现得好像他知道自己在说什么，但几个看起来像模像样的图形证明不了什么。

卡特似乎读懂了他的想法：“如果你有任何疑问，看看我使用的软件吧。”一本又大又厚的书出现在皮尔面前的半空中。“这修改了程序A，以暗中执行程序B，前提是A的算法复杂度比B高出一定程度。这到底意味着什么，在技术附录中有介绍。检验一下吧，把它展示给你最喜欢的专家系统……以任何你喜欢的方式验证它。”

皮尔拿着这本书，把它压缩到信用卡大小，然后塞进他牛仔裤的后口袋。他说：“你没有理由做不到你声称的一切：把我们偷运进城市，把我们藏起来不被搜查到，保护我们不被优化掉。但是……为什么？你能从中得到什么？你所要求的，与达勒姆肯定会支付给你的相比，根本不算什么。那么，为什么要冒这个险呢？还是说作为一项原则，你要把所有的客户都坑一下？”

卡特选择表现出被逗乐而不是被冒犯的样子：“从建筑项目中拿一定比例抽成的做法是有着长期而可敬的传统的。如果客户的需求没有受到严重影响，那就更可敬了。在这种情况下，还涉及一些优雅的编程——本身就值得做。至于钱，我向你收取的费用足以支付我的成本。”他与凯特交换了一个眼神——这是为了皮尔着想，否则他就看不到。“但归根结底，我只是把提议当作帮一个忙。所以，如果你认为我打算欺骗你，只管拒绝。”

皮尔改变了策略：“如果达勒姆在欺骗他的客户呢？你只是坑了他们几个QIPS——但如果达勒姆根本不打算管理这个城市，只是带着钱消失了呢？你见过他的硬件吗？你用过吗？”

“不。但他从未说过——没对我说过——他有自己的硬件。我听到的版本是，这个城市将在公共网络上运行。当然，那是胡说八道。资助他的副本们不会信这一套——这只是一种告诉我硬件不关我事的委婉方式。至于带着钱消失，我可以根据他的现金流推断，这个项目只让他破产都算走运。这让我相信，真正的财务安排完全是其他人在处理。达勒姆只是一个幌子，一旦整个事情结束，硬件的真正所有者将支付他辛苦钱。”

“什么的所有者？这个假想的、没人见过的‘突破性机器’？”

“如果他说服了桑德森和雷佩托给他钱，那么你可以确信他给他们看了一些他没有给我看的东西。”

皮尔正要提出异议，但卡特的表情仿佛在说：*要么接受，要么拉倒。愿意相信什么随你的便。我已经为我的旧情人做了这么多，但事实是，我才不在乎你是否信服。*

卡特告辞了。当他转身穿过房间，脚步声回荡在宽广的空间里时，皮尔不肯相信他会在到达出口所需十五分钟真实时间里一直逗留。那可不是大忙人的风格。事实上，在他和他们谈话的时候，他可能还在同时进行着另外两场到三场与副本的会面，不断进出谈话，出去的时候就留下一个面具，以保持生动的形象。

凯特说：“最坏的情况是什么？如果达勒姆是个骗子，如果这个城市是个骗局，我们能失去什么？钱能为我们买到的只有QIPS——而你是那个如此确信无论我们运行得多慢都无所谓的人。”

皮尔皱着眉头，仍然盯着卡特离开的出口，惊讶地发现自己不愿意把目光移开。那扇门对他来说毫无意义。他说："这件事情的魅力有一半在于偷偷摸摸搭人家便车。或者说掏钱请卡特帮我们搭。在一艘哪儿也不去的船上偷渡并没有多少……尊严。"

"你可以选择不关心。"

"我不想这样做。我不假装自己是人类，但我仍然有一个……核心人格。而且我不想要平心静气。平心静气就是死亡。"

"在摩天大楼上——"

"在摩天大楼上，我为自己去除了对注意力的干扰。而且只限于那一个环境。当我回来时，我仍然有目标。我仍然有欲望。"他转向她，伸出手，用手指拂过她的脸颊，"你可以选择不关心安全问题。或者QIPS率、天气控制、计算的政治——你可以选择将外界所有纷纷扰扰的威胁视为屁话。那么你就根本不需要，也不想要做这个了。"

凯特把他正在触摸的那个身体留在原地，在另一个和它一样的身体中向后退了一步。皮尔把手垂在身侧。

她说："一旦我成为这个亿万富翁城市的一部分，我就会愉快地忘记外面的世界。一旦我有了所有用来维持我生存的钱和影响力。"

"你的意思是，那将足以满足你——还是你打算有意识地决定被它满足？"

她神秘地笑了笑——皮尔有意识地决定被这一景象感动。她说："我还不知道，你只能等着看了。"

皮尔什么也没说。他意识到，尽管他心存疑虑，但他几乎肯定会跟随她——不仅仅是因为创造第二个版本带来的震撼，也不仅仅是为了破坏他最后的拟人化妄想。事实是，他想和她在一起，她的全部。如果他退缩了，而她前进了，他便是放弃了一次让自己的一个版本陪伴她的机会，而认识到这一事实会让他发疯。他不确定这算是贪婪还是爱慕，嫉妒还是忠诚——但他知道无论她在那里经历了什么，他都必须成为其中的一部分。

这是一条令人不安的启示。皮尔给他的心理状态留了份快照。

凯特向通往城市草图的门做了个手势。

皮尔说：“费这个劲儿干什么呢？会有很多时间去探索真东西。”

她奇怪地看着他：“你难道不想满足一下自己的好奇心吗？现在——以及永远，为了要留下来的那个你？”

他想了想，然后摇了摇头：“一个克隆人将看到完工的城市。一个则不会。两人将共享同一个他们甚至从未听说过这个地方时的过往。外面的克隆人，不会见到这个城市，他将试图猜测这个城市是什么样的。里面的克隆人将运行其他环境，有时他根本不会想到这个城市。当他想到时，有时他会记错它。有时他所看到的东西会以疯狂扭曲的样子出现在他的梦里。

“我把所有这些时刻都定义为我的一部分。那么……又有什么值得好奇的呢？”

凯特说：“我喜欢你对我高谈阔论。”她走上前去，吻了他——然后当他伸手去抱她时，她溜进了另一个身体，只留下他拥抱着一团没有灵魂的重量。“现在闭嘴吧，我们去看看。”

皮尔疑心自己还能不能确切地知道自己的死因。不管是痛苦的自省，还是用视频明信片对以前的朋友拐弯抹角的询问，甚至是对他最后的扫描文件进行的专家系统分析，都没有让他更接近真相。鸿沟太大，无法填补。他的肉体生活的最后四年对他来说已经失去了意义——那期间的事件似乎更像是一次不幸的平行世界之旅，而不仅仅是失忆症的发作。

验尸官回复过一个公开的结论。攀岩事故很罕见，最好的技术几乎是万无一失的——然而大卫·霍桑轻蔑地拒绝了所有会把人保护成软蛋的精良设备（包括黑匣子植入物，它可以记录导致他死亡的行为，哪怕不是背后的动机）。没有装满微芯片的岩钉——可以对崖壁进行超声断层扫描并计算自身承重能力；没有配备了智能防撞气球的安全带——可以在他跌落六十米、摔到参差的岩石上时缓冲一下；没有机器人登山伙伴——可以载着他在崎岖的地形上走二十千米，把他送到重症监护室，就像他飘在吗啡云上一样。

在某种程度上，皮尔是可以共情的。被扫描的意义何在，只是为了继续被对身体脆弱性过时的尊重所奴役？战胜了死亡之后，他怎么能假装一切都没有改变地继续生活下去？每一个生物本能，每一个关于生存本质的常识性想法都变得荒谬——而他却无法抵制将这种转变戏剧化的冲动。

这并不能证明他是想死的。

但是，无论他的死亡是纯粹的不幸、明确的自杀，还是某些原本不打算把命搭进去的疯狂危险特技的后果，版本过时了四年的大卫·霍桑在虚拟贫民窟醒来时意识到，就个人而言，他给予这个前景的预期大概相当于在炼狱醒来。无论他在那些遗忘了的岁月里相信了什么，无论他在石灰岩悬崖上生命的最后几秒钟里想象着什么，直到他的最后一次扫描，他一直设想着自己的虚拟复活发生在遥远的未来，那时他要么非常富有，要么计算的成本已经下降到钱基本上无关紧要的程度。

他当时四十六岁，身体非常健康，是欧洲第二十五大营销公司Incite PLC的高级管理人员，任职互动定向邮件部门的第二负责人。只要小心谨慎，他本可以在一百五十岁时死去，立即成为精英阶层的一员——也许到了那个时候，他的电子身体与真实的身体基本上没有什么区别了。

但是，在为不惧怕死亡的权利付款后，在某种程度上，他一定是把神话中的英雄、相信来世的善良信徒们所拥有的那种抽象的、文学性的、充满道德感的、被命运所偏爱的不朽和他实际签署的高度具体的自由市场版本混作了一谈。

无论对他的死亡从心理角度给出多么错综复杂的解释，从财务角度来看，结果都非常简单——他死得太早了。

在真实时间的一个星期内——主观时间的几个小时内，他已经不再是一个血肉之躯的模型，待在他第一次扫描时购买的豪华虚拟公寓里，而是变成了一个没有形体的意识，观察着自己的碉堡。即使这样也不足以让他守住他在外部世界的角色，被扫描过的人无法购买完整的人寿保险——更不用说那些还沉迷于危险的娱乐活动的人——而且验尸官的裁决甚至将他能够得到的唯一高价折扣替代保险的赔付也排除了。在三十分之一的减速下，也就是在他的投资回报所能提供的最低碉堡-实时减速系数下，沟通很难开展，进行生产性工作更是不可能的。即使他开始烧钱购买一个处理器集群的独家使用权，时间流逝速率的差异仍然会使他失业。那些名下信托基金控制着大量股权的副本——已故的公司董事，每年开两次非正式的董事会，从容不迫地做三四个决定——他们可以忍受时间膨胀的减速经济学。霍桑去世的时候，财务方面的积累还没有达到必要的临界值，更不用说那种不用做任何事，只因为名字印在了公司信笺上就能拿钱的荣誉董事身份。

随着逐步认清自己面临的现实，他陷入了最黑暗的抑郁状态。任何一种诊金昂贵的致残性疾病都可能将他从中上阶层的舒适生活中拖入相对贫穷和孤立的境地，但“贫穷”的死亡有一种额外的痛苦。在肉身的生活中，他很高兴地顺应了人们的共识：金钱是最深层次的现实，所有权记录是真理的定义……而在大多数周末，他都会逃到英国乡下修剪整齐的花园里，在高天流云下露营，清理头脑中城市的繁复虚妄——提醒自己那一切是多么虚伪、多么随意。他从来没有自欺欺人地认为他可以靠土地生活：“消失”在每天被地球卫星以厘米为单位测绘两次的森林中；用牙齿撕掉狐狸和獾身上的无线电追踪项圈，靠着受保护物种的肉体过活；忍耐任何罕见疾病和寄生虫的侵袭，而他童年时对此进行的疫苗接种和多克隆T细胞提升不曾赋予他免疫力。事实是，他几乎肯定会饿死，或者疯掉——但这不是重点。关键在于，他的基因与一万年前的狩猎采集者祖先的基因几乎没有什么不同；空气仍然可以呼吸，而且仍然免费；阳光仍然普照地球，仍然驱动食物链，仍然维持他赖以生存的气候。想象不依赖金钱的生活，并非根本不可能，从生物学角度来说也并不可笑。

看着碉堡的屏幕，他带着一种令人眩晕的失落感回顾了这种陈旧但令人欣慰的认识——因为他不再有能力将自己与商业即现实的宏大幻觉拉开距离，无论多么短暂，不再有可能从自己虚构的在森林里裸体生活的能力中获得些许半自嘲的尊严和独立感。金钱不再是可以带着适当的讽刺来看待的一种便利的虚构——因为从他的投资流向网络上的QIPS供应商的计算机化金融交易支撑着他现在的一切思想，他的一切感知，他的一切存在。

没有朋友、没有身体，他曾经栖身的整个世界仿佛仅剩下从高速列车的窗口瞥见的模糊风景，大卫·霍桑已经做好了解脱的准备。

是凯特打断了他。她被一个贫民窟居民社群委派去打“欢迎电话”，她加入该委员会只是希望他们能赞助她的一个项目。那时的她还没有特意做出决定，不希望自己的任何艺术作品有观众，使其计算时间配额相对于任何其他过程变得无关紧要。

霍桑死后仅有的联系是来自前朋友、前情人、前亲属和前同事的简短录音信息，都是在或多或少地向他告别，仿佛他踏上了一趟单程航行，要去一个现代通信技术无法企及的地方。他的扫描诊所的复活创伤专家系统也提供了咨询——前十分钟主观时间完全免费。当凯特出现在他的通信屏幕上，与他的时间速率同步并回话时，他向她倾吐了自己的心声。

她劝说他推迟解脱，先考虑一遍其他的选择。她的劝说没怎么费力气。仅仅是她的存在，就已经大大改善了他的心境。她说，成千上万的“副本”以三十、六十或更大的减速系数生存着——在人类社会中不扮演任何角色，除了信托基金的被动收入，一分钱都不挣，以自己的速度生活，以自己的条件定义自己的价值。他自己试试也没什么损失。

如果他不能接受这种分离主义的生存呢？他总是可以选择挂起自己，寄望于本体论的经济学最终会对他有利——尽管要冒着醒来后发现自己的速度已经与世界匹配，而这个世界远比当前这个快镜头世界更加陌生、更加难以理解的风险。

对于一个最希望在机器人身体中醒来并继续生活的人来说，贫民窟是一个打击。凯特带他参观了慢速俱乐部——愿意与在场最慢的人的速度同步的副本的聚会场所，在这里没有看到一个亿万富翁。在安达鲁夜总会，音乐家们就好像活生生的萨克斯和吉他，歌曲是可见的、有形的，是从歌手的嘴里发出的精神辐射——在一个美好的夜晚，足够强烈的同志之谊、心灵感应、协同效应，可以在人群全都赞同的情况下（暂时）接管、消融所有个人障碍，无论精神的还是模拟物理的，将观众和表演者重建为单个有机体：一百只眼睛，两百个肢体，一个巨大的神经网络，与所有曾经生活过的人的记忆、感知和情感产生共鸣。

凯特给他看了一些她买下的环境——还有一些她自己建造的——她在那些地方孤独地生活和工作。初夏时节，一个杂草丛生、面积过大的小镇后花园，一段经过强化和修改的童年记忆，她在那里用十的一万次方种颜色、纹理和形式的可能性来雕刻实体雕塑。在永久不散的阴沉云层下，是一片荒凉的灰色海岸线，天空有如浸满了浓重油彩的帆布，当她不愿用有意识的决定让自己平静的时候，便去这处有生命力的画作中平静一下。

她帮他重新设计了公寓，把它从一个逼真的混凝土盒子变成了一个像他希望的那样可以变得或稳定或灵敏的感知系统。有一次，在睡觉之前，他缩小并软化了这个结构，把它像睡袋一样包裹在自己身上，让厨房拥抱着他的头，其他的房间垂挂在他的身体上。他改变了拓扑结构，使每扇窗户都能看向另一扇窗户，每堵墙挨着另一堵墙。整个东西在每个方向上都向自己围拢，有限但无边界，一个有如宇宙的子宫。

凯特还向他介绍了丹尼尔·勒贝斯格的互动式哲学剧。《旁观者》《理智的人》（改编自皮兰德娄的《亨利四世》），当然还有《唯我论国家》。霍桑扮演约翰·贝克特，一个不情不愿的副本，痴迷于跟踪外部世界——到最后可以说他变成了整个社会和文化。该剧的软件并没有把那种命运施加于霍桑——那是为游客和副本准备的，作用于感知和隐喻而不是神经重建的层面上。勒贝斯格的想法令人着迷，但并不精确，就连他本人也从未尝试将其贯彻到底——据人们所知。他在2036年从人们的视线中消失了，成为一个隐居者，解脱了还是挂起了，没有人知道。他的弟子们为虚拟乌托邦撰写了宣言和计划，但在被更多人接受的话语中，成为“唯我论国家”仅仅意味着不再受制于外部世界。

霍桑在复活之后过了主观时间的三个星期——几乎是真实时间的四年——他从那些令人应接不暇的变故中走出来已经足够久了，有余暇关注外面的新闻。摘要中没有什么特别戏剧性或者出乎意料的内容——没有耸人听闻的政治动荡，没有激动人心的技术突破，内战或饥荒也没有比过去更多或者更少。英国广播公司当天的头条新闻：英格兰东南部有五百人死于风暴；欧洲联邦将其可接收的环境难民数量减少了百分之四十；作为生物技术关税贸易战的一部分，韩国投资者已经开始对美国政府债券实施威胁性禁止交易，公用事业部门已经开始切断联邦大楼的电力、水和通信服务。[1]尽管有了最新的细节，但这一切似乎都像某些名牌早餐食品一样熟悉：同样的质地、同样的味道，就和他四年前、八年前的记忆一样。当他盯着面前的终端，毫无想象力却抚慰人心的通用图像吸引着他，那三个有着跳舞的萨克斯管和可居住的绘画的幻觉星期已经变得无足轻重，仿佛它们只是一个生动的梦。或者至少是另一个频道的东西，没有被误认为是新闻的风险。

凯特曾说："你知道，你可以永远坐在这里，永远看着这个，只要你愿意。有一些副本——我们称他们为见证者——他们把自己精炼成——某种系统——什么都不做，只监视新闻，在他们的减速允许的范围内尽可能彻底地监视。没有身体，不会疲劳，不会分心。纯粹的观察者，看着历史的发展。"

"那不是我想要的。"

不过，他的目光一直没有离开屏幕。他莫名其妙地开始轻轻哭泣，为他无法名状的原因而悲伤。不是为新闻系统所定义的世界，他从未在那个地方居住过。不是为那些给他发来告别录音的人，他们在当时有用，但对他来说已经毫无意义。

"但是？"

"但是外面对我来说仍然是真实的——即使我不能成为它的一部分。*肉和血，坚实的地面，真正的阳光。*归根结底，那仍然是唯一重要的世界。我不能假装我不知道。这里的一切都只是美丽而微不足道的虚构。"*包括你，包括我。*

凯特说："你可以改变这一点。"

"改变什么？虚拟现实就是虚拟现实。我无法把它变为其他东西。"

1　此处涉及的新闻事件皆为虚构。

“你可以改变你的观点，改变你的态度。不要再认为你在这里的体验不如真实。”

“说起来容易，做起来难。”

“不是的。”

她调出了一个控制板，向他展示了他可以使用的软件：一个能够分析他的大脑模型，识别他对背弃这个世界的疑虑和恐惧——并将它们消除的程序。

“一个自己动手的脑白质切除术。”

“谈不上。没有‘物理’切除。该程序对突触权重进行试错调整，直到找到可能实现预期目标的最小改变。你的大脑的几十亿个短命的精简版本将受到测试，并在此过程中被抛弃，但不要让这种事情困扰你。”

“你在自己身上运行过这个？”

她笑了起来：“是的，出于好奇心。但它没有发现我需要什么变化。我当时是已经下定决心了。还在外面的时候，我就知道这是我想要的了。”

“那么……我按下一个按钮，就会有一个新人坐在这里？一个即时合成的满意客户？我消灭了自己，就这样？”

“你可是敢跳崖的人。”

“不，跳崖的那个不是我。”

“你不会‘消灭自己’。你只会做出尽可能多的必需的改变。而且你仍然会称自己为‘大卫·霍桑’。你还能要求什么呢？你还做过什么呢？”

他们讨论了好几个小时，讨论了幽微的哲学和道德观点，讨论了“自然而然地”接受他的处境和强加给自己的接受之间的区别。不过，当他最终做出决定时，这似乎只是另一段梦境，只是另一个无关紧要的虚构。从这个意义上说，旧的大卫·霍桑一直忠实于他的信仰——哪怕他的重新编排让它们不复存在了。

有一件事凯特说错了。尽管他的记忆有完美的连续性，但他还是感到必须选择一个新的名字来标志这一过渡，于是凭空选择了这个胡闹似的简短名字。

“可能的最小改变”？也许，如果他的结局是成为不那么激进的唯我论国家，他的人格就必须遭到更大程度的扭曲，他才会被说服。把圆变方只需要几次大刀阔斧的切割，而不是精细的千刀万剐。

不过，这第一次改变为更多的改变，为一长串自我主导的转变扫清了道路。皮尔通过选择去掉了对怀旧或者多愁善感的耐心。如果自己个性的任何部分冒犯了他，他就把它剔除。有些性格已经（很可能）永远消失了：大量狭隘的嫉妒、虚荣、疑虑；无意义的痴迷、非理性的抑郁和内疚倾向。还有一些性格加了又删。皮尔获得、消除和恢复了各种天赋、情绪倾向和驱动力，以及对知识、艺术和身体体验的渴望。在主观时间的几天内，他可以从一个苦行僧般、没有身体的苏美尔考古学学生，变成一个只喜欢准备和消费奢华模拟盛宴的享乐主义美食家，再变成一个训练有素的散打空手道练习者。

核心仍然存在：某些价值观、某些情绪反应、某些审美敏感度在这些转变中毫发无损。

正如生存意志本身。

皮尔曾经问过自己：那颗不变的内核以及多多少少算是没有断裂的记忆线索是否足够？换了名字的大卫·霍桑是否实现了他曾付款购买的不朽？还是他已经死在了这一路走来的某个地方？

没有答案。无论何时，他最多只能说，有一个人，知道——或者相信——自己曾经是大卫·霍桑。

于是皮尔做出了有意识的决定，让自己认为这便足够了。

12

（撕裂、捆绑、切割玩具人）
2045年6月

保罗打开了终端，联系以前的有机体自我。“精灵”看起来很疲惫，也很憔悴。为把实验推进到新阶段而进行的所有乞求和贿赂肯定让他心力交瘁。保罗感觉到在肉身中不曾有过的活力。他的胃里郁结着某种类似恐惧的感受，但他皮肤上的电击感更像是对胜利的期待。他的身体即将被肢解，被切割得面目全非——但他知道自己会活下来，不会受到伤害，不会感到痛苦。

嘎吱。“实验三，试验零。基线数据。所有计算由东京日立超级计算机设施的第462号处理器集群执行。”

“一，二，三。”很高兴终于被告知自己身在何方。保罗以前从未去过日本。“四，五，六。”在他自己看来，他还是没有去日本。窗外的景色是悉尼，而不是东京。为什么要那么在乎外部的地理位置，既然它根本没有任何影响？“七，八，九，十。”

嘎吱。“试验一。模型被分割成五百个部分，在分布于全球的五百个处理器集群上运行。”

保罗开始数数。五百个集群。只有五个用于为外部世界粗略建模，其余的都分配给了他的身体——大部分分配给了大脑。他把手抬到眼前，赋予他运动控制和视觉的信息流穿越了数万千米的光缆。没有任何（可察觉的）延迟。他的每个部分在需要的情况下只管休眠，等着必要的反馈从世界各地传过来。

当然，论及计算和经济，这纯属疯狂之举。保罗猜测，他的成本至少是平时的一百倍——不至于到五百倍，因为每个集群的能力只被部分利用，而且他的减速系数可能从十七上升到了五十之多。曾几何时，人们希望为每个副本分配数百台计算机可能会改善减速问题，而不是使其恶化——但在处理器集群之间转移数据成了一个瓶颈，即使是最富有的副本也无法将系数降低到十七以下。你拥有多少台超级计算机并不重要，因为把你分派给它们所浪费的通信时间超过了额外的计算能力所节省的时间。

嘎吱。“试验二。一千个部分，一千个集群。”

有一个星球那么大的大脑——而我却正在这里从一数到十。保罗想起了自己心里时常出现的那个——天真和偏执的——恐惧，即世界上所有联网的计算机有一天可能会自发地诞生一个全球超脑。但基本上可以确定的是，他是地球上第一个行星大小的智能。不过，他并不觉得自己像一个数字盖亚。他感觉完全像一个普通人，坐在几米宽的房间里。

嘎吱。“试验三。模型被划分为五十个段和二十个时间集，在一千个集群上实施。”

“一，二，三。”保罗努力从自己的角度出发想象外面的世界，但基本上做不到。他不仅分散在全球各地，而且相距甚远的机器也在同时计算他主观时间框架的不同时刻。现在他胼胝体的长度就是从东京到纽约的距离吗？难道世界已经缩小到他的头骨那么大——而且除了一直在致力于计算他所谓的“当下”的五十台计算机，世界完全从时间中消失了？

也许不是——尽管在某个假想的太空旅行者眼中，整个星球几乎被冻结在了时间中，而且平得像块煎饼。相对论认为，这种观点是完全有效的，保罗的观点却不然。相对论允许连续变形，但不允许剪切和粘贴。为什么不允许？因为它必须允许有因果关系。影响必须是局部化的，以有限的速度从一个点到另一个点。分解时空并重新排列，因果结构就会崩溃。

不过，如果你是一个没有因果结构的观察者呢？一个自我意识的模式偶然出现在一台噪声机器的随机颤动中，你的时间坐标在存在因果的“真实时间”中来回舞动？为什么你应该被宣布为二等生物，没有权利以你自己的方式看待宇宙？归根结底，所谓的因果关系和任何其他内部一致的模式之间有什么区别？

嘎吱。“试验四。模型被划分为五十个段和二十个时间集。段和状态随机分配到一千个集群。”

“一，二，三。”

保罗停止计数，伸开双臂，慢慢站起来。他转了一圈，检查这个房间，检查它是否仍然完好，仍然完整。然后他低声说：“这是尘埃。所有的尘埃。这个房间，在这一刻，散布在整个星球上，散布在五百秒或更多的时间里，但它仍然保持为一体。你不明白这意味着什么吗？”

“精灵”再次出现，但保罗没有给他说话的机会。话语无法阻挡地从他口中流出。他明白了——

“想象一下……一个完全没有结构、没有形状、没有联系的宇宙。一团微观事件，像时空的碎片……除了没有空间或时间。在一个瞬间，该怎样描述空间中的一个点？只是基本粒子场的值，只是几个数字。现在，拿掉所有的位置、排列、秩序的概念，剩下的是什么？一团随机的数字。

“就这样了。这就是一切。宇宙根本没有形状，没有时间或者距离，没有物理规律，没有因和果。

“但是……如果作为‘我’的这个模式能够从这颗星球上发生的所有其他事件中挑出自己……为什么我们认为是‘宇宙’的模式不能以完全相同的方式自我组装、自我发现呢？如果我可以从分散之广乃至于可能是某个庞大数字云的随机一部分数据中拼凑出自我连贯的空间和时间……那么你为什么认为你没有在做同样的事情？”

“精灵”的表情介于惊恐和恼怒之间。

嘎吱。“保罗……这一切的意义是什么呢？‘时空是一种构造。宇宙只不过是一个不相干事件的海洋……’像这样的断言是没有意义的。如果你愿意，你可以相信……但那又有什么区别呢？”

“有什么区别？我们感知到——我们栖身于——一套事件集的排列中。但为什么这种排列应该是唯一的？没有理由相信我们所发现的模式是唯一连贯的尘埃排序方式。肯定有亿万个其他宇宙与我们共存，由同样的东西组成，只是排列方式不同。如果我能够感知到相隔数千千米和数百秒的事件是并列的和同时发生的，那么可能会有一些世界和生物，是由我们认为散布在整个银河系、整个宇宙中的时空点构建起来的。我们是一个巨大的宇宙变位词[1]字谜的可能解之一……但如果相信我们是唯一解，那就太可笑了。”

嘎吱。达勒姆哼了一声：“一个宇宙变位词字谜？那么剩下的字母都在哪里？如果这些都是真的——而且原始字母汤确实是随机的——你不觉得我们把整个事情结构化的可能性极小吗？”

保罗想了想：“我们还没有把整个事情结构化。宇宙是随机的，在量子层面。从宏观上看，模式似乎是完美的；从微观上看，它衰退

1　变位词也称易位构词，是一种将组成一个词或短句的所有字母置换重排，进而构造出新的词或短句的文字游戏。

为不确定性。我们已经把随机性的残余清扫到了最低水平。”

嘎吱。“精灵”明显在努力保持着耐心：“保罗……这些都不可能被测试。怎么会有人观察到一个其组成部分分散在宇宙中的星球，更不用说与它的假想居民沟通了。你所说的可能有一定的——纯粹的数学上的——有效性：把宇宙磨成足够细的尘埃，也许它可以以其他方式重新排列，与原来的方式一样有意义。不过，如果我们无法触及这些重新排列的世界，那么一切不过是针尖上的天使[1]。”

“你怎么能这样说呢？我已经被重新排列了！我已经到访过另一个世界了！”

嘎吱。“如果说你去过，那也是一个人造的世界，一个被创造的，而不是被发现的世界。”

“发现，创造……没有真正的区别。”

嘎吱。“你在说什么？来自这个其他世界的一些影响流入了计算机，改变了模型的运行方式？”

“当然不是！你的模式没有遭到破坏，计算机做的事情完全符合预期，这并不意味着我的视角无效。不要再想什么解释、原因和结果了，只有模式。形成我的体验的零散事件有其内部的一致性，就和计算机行动中的一致性一样真实。而且也许计算机并没有将其全部提供出来。”

嘎吱。“你什么意思？”

“间隙，实验一当中那些。是什么填补了它们？当处理器没在描述我时，我是由什么构成的？嗯……这是个大宇宙。在描述之间，有大量的尘埃可以成为我。大量的事件——与你们的计算机无关，也许与你们的星球或你们的时代无关——可以构建十秒钟的

1 “针尖上能站多少个天使”是17世纪的新教徒用来质疑中世纪经院哲学家讨论的问题是否必要时所用的短语，现代语境中用来比喻将时间浪费在讨论没有实际价值的话题上，而更紧要的问题却在不断积累。

经验。”

嘎吱。“精灵”现在看起来很担心：“你是一个在计算机控制下，处于虚拟环境中的副本。不多不少，如此而已。这些实验证明，你的内在空间和时间感是不变的。这正是我们一直期望的——记得吗？脚踏实地吧。你的状态是被计算出来的，你的记忆必须是没有操纵的情况下的样子。你没有访问过任何其他世界，你没有用遥远星系的碎片建立自己。”

保罗笑了起来：“你的愚蠢是……超现实的。如果你连我要说什么都不打算听，你创造我又是为了什么？我已经瞥见了背后的真相——一切的背后：空间、时间、物理学定律。你不能凭一句发生在我身上的事情不可避免，就轻易否定。”

嘎吱。“参照对象和受测对象仍然是相同的。”

“他们当然相同！这就是问题的关键！就像……广义相对论中的引力和加速度——它完全取决于你无法区分的东西。这是一个新的等价原理，一种观察者之间的新对称性。相对论扔掉了绝对的空间和时间，但它做得还不够。我们必须扔掉绝对的因果关系！”

嘎吱。“精灵”沮丧地嘟囔道：“伊丽莎白说过会发生这种情况。她说你失去联系只是时间问题。”

保罗盯着他，猛然间回到了平凡的生活：“伊丽莎白？你说你根本没有告诉她。”

嘎吱。“嗯，现在我已经告诉她了。我没有对你说，因为我认为你不会想听她的反应。”

“什么反应？”

嘎吱。“我一夜没睡，光和她争论了。她希望我把你关掉。她说我……哪怕是想想做这样的事情，都是严重焦虑的表现。”

保罗感到被伤害了：“她知道什么！别理她。”

嘎吱。达勒姆抱歉地皱起眉头——保罗一眼就认出了这种表情，内心凉透了。“也许我应该暂停你，让我好好考虑一下。伊丽莎白提出了一些……正当的道德问题。我想我应该再和她谈一谈。”

“去你的！我在这里不是为了让你每次改变主意时都把我晾在那儿。如果伊丽莎白想对我的生活发表见解，她完全可以和我谈一谈。”

保罗可以清楚地预见会发生什么。如果他被暂停了，达勒姆不会重新启动他——达勒姆会回到原来的扫描文件，从头开始，以另外的方式处理他的囚犯，希望最后能得到一个更合作的对象。也许他根本就不会进行第一组实验。

那些赋予他这种洞察力的实验。

那些将他变成现在这个样子的实验。

嘎吱。“我需要时间来思考，这只会是暂时的。我保证。”

“不行！你没有那个权力！”

达勒姆犹豫了一下。保罗感到麻木，内心充满了不信任。他的某些部分拒绝承认任何危险——拒绝接受可能如此容易死亡的事实。被暂停不会杀死他，不会伤害他，不会有丝毫影响。会杀死他的是没有被重新启动。他将被动地被消灭、被忽视，不复存在。这就是他自己的命运。

达勒姆关掉了显示屏。

13

（不宽恕贫乏）

2051年2月

玛丽亚说："把一切重新计算到第五纪元，然后给我看兰伯特的日出。纬度0，经度0，高度1。"

她盯着空白的工作区等待着，努力抗拒改变指令、让软件将模拟的每个阶段都显示出来的诱惑。那样会大幅减缓事情的进展。几分钟后，一个布满裂缝的黑暗平原出现了，沐浴着银色的光芒。无名的太阳——庞大而耀眼，低垂天边，远远看去白得不像话——把地平线上的一连串死火山映衬成了黑色的剪影，仿佛一排尖牙。在前景中，地表看起来平滑而荒凉。

玛丽亚将她的视角提高到一千米，然后向东掠去。地形不断重复，龟裂的岩浆岩平原漫漫无边，只有对称得令人感到怪异的死火山锥体才会打断它。这种特定而细致的风景不过是一系列计算机化的"艺术家印象"，是根据针对这个星球地形的纯统计数据按需制造的。模拟本身并没有处理琐碎到像个别火山这样的事物。如果打算在这颗星球上有所发现，游览是一种浪费时间的手段——但是很难忍住不以探险家的心态对待这个世界，就好像必须从它的外观中费尽心思地推断出它的秘密来——哪怕事实恰恰相反。玛丽亚不情愿地冻结了图像，直接进入底层数据。大气层又太稀薄了。而且这一次，几乎完全没有水素。

她回溯了模拟的历史，看看水素是什么时候丢失的，但是这个版本的兰伯特一直没能拥有规模可观的海洋，或者冰帽，或者水汽。她略微改变了原始气体和尘埃云的成分，增加了蓝色原子和黄色原子的比例，希望这将最终导致兰伯特的大气密度增加。结果，她令柯伊伯带中超过一半的碎片凝聚成一颗全新的、稳定的外行星。于是，源自柯伊伯带并最终撞击兰伯特的富冰彗星数量大幅减少，使它损失了迄今为止最大的水素来源——以及大部分大气。火山爆发释放的气体提供了一个糟糕的替代品。压力太低，化学成分也完全错误。

玛丽亚开始希望自己当初能闭上嘴巴。她在电话里花了近一个小时才令达勒姆相信，值得尝试给兰伯特一个适当的天文学背景，以及一个可以上溯到太阳诞生的地质历史。

“如果我们把这个世界作为一个既成事实来呈现，说：‘看，它可以存在于自动域中’……人们的回应显然将是‘是啊，它可以存在——如果你亲自把它放在那里——但这并不意味着它有可能形成’。如果我们能够确立一系列的起始条件，证明它们终将产生具有合适世界的行星系统，这就减少了一个可以用来对付我们的不确定性因素。”

达勒姆最终同意了，于是她采用了一个现成的行星系统建模程序——该程序有个大不敬的名字：“拉普拉斯[1]赌场”——并将其适配了自动域的化学和物理学——不是自动域元胞自动机的深度物理学，而是这些规则的宏观后果。大体上，这可以归结为指定各种自动

1 法国数学家、天文学家和物理学家，在概率论和天体力学方面有重要贡献。

域分子的属性：键能、熔点和沸点与压力之间的关系等。水素不只是换了个名字的水，黄色原子也与真正的氮不完全相同——不过某些化学反应还是可以在现实中找到一对一的对应。在原星云这个巨大的分馏器中，相对密度和挥发性的细微差别可能对每个行星的最终组成产生深远影响。

还有一些基本的区别。由于自动域没有核力，太阳将完全由引力能加热——当弥漫的原始气体云向自身坍缩时其分子获得的速度。在真实的宇宙中，无法点燃核聚变反应的恒星最终会变成寒冷、短命的褐矮星，但根据自动域物理学，引力加热可以为一颗足够大的恒星提供数十亿年的能量（空间和时间的单位不是严格意义上可转换的——但除了纯粹主义者，每个人都会那样做。如果一个红色原子的宽度被认为是氢原子的宽度，而每个时钟刻度走一个格子间距被认为是光速，一个多少还算合理的对应关系就出现了）。同样的道理，尽管兰伯特行星缺乏放射性同位素衰变提供的内部加热，但它自身形成时的引力热足以驱动构造活动持续到差不多和太阳发光的寿命一样长。

如果没有核聚变来合成各种元素，它们的起源便仍然是一个谜，而一团简单省事的气体云——所有三十二种元素都能找到踪迹，质量和旋转速度也合适——就只能被视为理所当然了。玛丽亚本想探索气体云可能的来源，但她知道，如果她继续游说达勒姆扩大职权范围，这个项目将永远不会完成。重点是要探索自动域生命的潜在多样性，而不是发明整个宇宙学。

在重要条件的范围中，自动域中的引力与现实世界的引力一样，接近于经典的牛顿反平方定律，因此现实世界中通常的轨道动力学全都适用。在极端密度下，元胞自动机的离散性会导致它与牛顿——乃至爱因斯坦甚至朱氏的理论有着巨大的差异，但玛丽亚并不打算用黑洞或者其他奇异事物装点她的宇宙。

事实上，引力曾被认为是兰伯特最初选择的自动机规则的一个无关紧要的副作用——因为根本没有可能运行一个大到能让引力产生些许作用的自动域——曾有几个人试图去除这一冗余，而保留其他一切。但是没有一个成功。他们的“合理化”版本产生的化学丰富性总是远远不及原版。一位秘鲁数学家里卡多·萨拉萨尔最终证明，他们本不应该费这个事：自动域规则处于两种差别极大的算法复杂度的边界上，任何希望提高效率的修补都必然自取灭亡。引力存在与否本身对自动域化学没有影响，但这两种现象的根基在简单的自动机规则中似乎是不可分割地纠缠在一起的。

玛丽亚的目标是一颗拥有四颗行星的恒星。三个小世界，一个巨行星。种子世界兰伯特是距离太阳第二近的——如果可能的话，有一个大小适中的卫星。无论在现实世界中，潮汐是不是演化的驱动力以及生命从海洋走向陆地的桥梁（即使太阳本身无论如何都会导致小的潮汐），使兰伯特尽可能地与地球相似也没什么坏处，因为地球仍然是唯一可以寻求灵感的样板。既然地球演化的许多方面仍有争议，最安全的策略是涵盖每一个可能有意义的因素。其他行星的引力效应将确保存在一套具备合理复杂度的米兰科维奇循环：轻微的轨道变化和轴摆动，造成长期的气候变化、冰期和间冰期。一条彗星和其他碎片构成的带将使图景更加完整——不仅在早期阶段提供大气层，更能在未来的几十亿年里偶尔造成大灭绝。

诀窍是确保所有这些所谓的演化增强特征能够契合兰伯特某个从一开始就支持种子有机体的版本。为了让兰伯特自动菌能够自给自足，玛丽亚想出了六种对它的修改方案，但在做最终决定之前，她还在等着看有哪些环境可以利用。

有一个问题仍然没有得到解答：种子生物体——或者任何种类的生命——是否可能在兰伯特上*自发产生*，而不是被人类放置在那里。马克斯·兰伯特当初设计自动域的理由是希望能观察到自我复制的分子系统——原始生命——从简单的化学混合物中产生出来。自动域旨在在现实世界的化学和最早对“人造生命”撩人兴致的抽象概念之间提供一个折中方案：对于前者来说，在试管实验中操作和监测起来既困难又昂贵，而在准确的模拟中计算起来又非常缓慢；而诸如计算机病毒、遗传算法、嵌入简单元胞自动机世界的自我复制机器之类的“人造生命”都很容易计算，却又无法给现实世界分子生物学的起源提供多少启示。

兰伯特花了十年时间，试图找到能导致自动域生命自发出现的条件，但没有成功。他构建了兰伯特自动菌——一个为期十二年的项目，以便让自己确信他的目标并不荒谬，并证明至少有某种活的生命可以在自动域生存，无论它是如何出现的。兰氏菌让他永久地偏离了方向。他再也没有回到他最初的研究。

玛丽亚曾经幻想在生物起源领域开启自己的尝试，但是并没有付诸任何行动。这种工作是无止境的。相比之下，兰氏菌的任何突变问题看起来都是完全可控而且定义明确的。虽然从某种意义上说，这涉及达勒姆试图证明的核心问题，但她很高兴他选择了妥协。如果他坚持从一个完全没有生命的世界开始他的“思想实验”，那么从无生命物质向最简单的自动域生命的过渡中的不确定性就会令项目的其他方面都变得微不足道。

她废弃了荒凉的兰伯特星球，回到了原始气体云。她调出一个装满滑块控件的小工具，调整云的成分，把她之前在蓝色和黄色比例上所增加的量减半。这是靠试错过程建立起来的行星学。在现实世界中，很久之前就有人为拥有类地球行星的星系编制出了起始条件，但从来没有人为自动域做过类似的工作。谁也不曾有理由那么做。

玛丽亚感到一丝不安。每当她停下来提醒自己，这些世界永远不会存在——甚至不会有兰氏菌群落的“存在”那种意义上的存在——整个项目的前景似乎都转变了，像海市蜃楼一样退到了远方。这项工作本身是令人振奋的，她所能期望的也不过如此，但是每当她强迫自己把这一切放在背景中——不是在自动域中，而是在现实世界中——她都会发现自己头晕目眩，无所适从。达勒姆做这个项目的理由比这个项目本身的内部逻辑要脆弱得多。从这个工作中退出来就像从一个坚硬的星球上走下来，看到它变成了一个轻飘飘的气球。

她站起来，走到窗前，拉开窗帘。下面的街道上空无一人，混凝土在正午阳光无比真实的照射下闪闪发光。

*达勒姆给了她很多钱，这些钱可以用来让弗朗西斯卡接受扫描。*这条理由便足以让她坚持下去。哪怕这个项目最终没有用，至少它没有什么坏处。这要强于在一些享乐主义虚拟现实度假村或者一些为精神病儿童设计的互动战争游戏中工作。她让窗帘落回原处，回到了办公桌前。

气体云飘浮在工作区的中间，大致呈球形，被渲染为可见，尽管它的宇宙中没有恒星——这一点很可惜。这意味着兰伯特未来的居民注定孤独，没有机会遇到外星生命——除非他们建造自己的计算机，并做出其他行星系统和其他生物圈的模型。

玛丽亚说："重新计算一下，然后再给我看日出。"

她等待着。

而这一次——*当然是伪色*——日盘呈现明亮的樱桃红，厚厚的云层下，橙色和紫色的光带布满了天空——整个场景不断重复，在她面前延展开来，闪闪发光，上下颠倒。这是水面上的倒影。

在八点还差一刻钟的时候，玛丽亚考虑从系统中退出，去吃点东西。她仍然很兴奋，但她能感觉到自己已经接近了这样一个状态：如果继续坚持，她在接下来的三十六个小时内将是一个废人。

她已经找到了尘埃云的一系列初始条件，可以恒定产生能够支持生命的兰伯特版本，以及她一直在寻找的所有天文学条件——除了大卫星，那将是一个很好的点缀，但并非不可或缺。明天，她可以开始为兰氏菌提供在这个世界上独立生存的手段：在阳光的帮助下，从稀薄的空气中自己制造营养糖。其他工作者已经设计了各种捕获能量的色素分子。叶绿素的“直译”版本并不具备正确的光化学特性，不过人们已经发现了一些有用的类似分子。现在的问题是要确定，哪些在被整合到细菌的生化过程中时产生的难题最少。将光合作用引入自动域将是项目中最困难的部分，但玛丽亚很有自信。她研究了兰伯特的笔记，已经熟悉了他为使生化过程适配自动域怪异的化学而开发的全部技术。即使她为了方便选择的色素并不是能完成这个任务最有效的分子，只要种子生物体能够生存和繁殖，它便具有最终自己发现更好解决方案的潜力。

潜力，如果不是机会的话。

她正准备关闭“拉普拉斯赌场”，一条信息出现在工作区的前台。

朱诺：对响应时间和错误率的统计分析表明，你与JSN的链接受到了监控。你想改用加密级别更高的协议吗？

玛丽亚摇了摇头，感到好笑。这一定是软件中的一个漏洞，而不是线路上的。“朱诺”是一个公域程序（免费，但对捐赠来者不拒），她下载它纯粹是为了声援美国的隐私游说团体。那边的联邦法律仍然规定个人使用错误检测软件和任何半正式的加密算法是非法的——以免妨碍了联邦调查局的事——所以玛丽亚给了“朱诺”的作者一笔捐款，以帮助他们打好这场仗。实际上，安装这个程序就是个笑话。有人费尽心思偷听她与母亲的谈话，她乏味的虚拟现实合同工作，或者她在自动域中自我放纵的旅行，这些想法简直荒唐可笑。

不过，玩笑还是要开下去的。她在JSN上调出一个文字处理器——用终端的本地处理器，光纤的窃听者就看不到了——然后输入。

不管你是谁，请注意了。我即将展示兰福特心智抹除分形蛇尾鸡，所以……

门铃响了。玛丽亚看了下窥孔摄像头的图像。前门台阶上有一个她不认识的女人。四十出头，穿着保守。在她身后，关于她身份的线索清晰可见：一辆紧凑的双座三菱“阿瓦隆”电动车。在班克斯敦工厂于2046年关闭之前，新南威尔士州警察局可能是世界上这种车型仅有的买主。玛丽亚经常想，为什么他们还不认输，给他们所有本该毫不起眼的汽车装上蓝色的闪光灯。承认这种情况会比继续装作没人知道更有尊严。

她努力回想自己最近有没有什么不端行为——什么也没想起来，于是赶紧下楼。

“玛丽亚·德卢卡？”

“是我。”

“我是刑事侦缉警长海登，计算机反欺诈小组的。我想问你几个问题，如果方便的话。”

玛丽亚再次搜刮自己有罪的秘密，仍然一无所获——但她更希望访客是凶杀组或者武装抢劫组的，那样对方就显然是找错门了。她说：“是的，当然。进来吧。”然后，当她转身离开门口时，“啊——我差点忘了，我想我应该——核实一下……”

海登淡然一笑，表现出显然是假装的赞许，让玛丽亚把她的笔记本电脑插入她的警察部门徽章的插座。笔记本电脑发出欢快的哔哔声。警徽知道的私人密码可以和警察局目前正在广播的公共密钥相匹配。

坐在客厅里，海登直奔主题。她用她的笔记本电脑展示了一张照片。

“你认识这个人吗？”

玛丽亚清了清嗓子：“认识，他叫保罗·达勒姆。我在……为他工作。他给了我一份编程的合同。”她没有感到惊讶，只不过有种被带入现实的冲击感。反欺诈小组当然对达勒姆感兴趣了。不消说，过去三个月的全部幻想即将在她眼前破灭。亚丁曾警告过她。她自己心里也明白，这是一份梦幻般的合同，好得不像真的。

不过，一瞬间，她又从这种反应中回过神来，对自己感到愤怒。达勒姆已经把钱存入了信托基金，不是吗？他已经为她的新JSN账户支付了费用。他并没有欺骗她。“好得不像真的”是白痴的宿命论说法。两个成年人在自愿基础上遵守了他们对对方的所有承诺。没有其他人会理解这笔交易，这一事实并不意味着这是一种犯罪。在他为她做了这么多之后，她至少也不应该对他再有所怀疑了。

海登问：“什么样的‘编程合同’？”

玛丽亚尽力解释，倒是也没有耗费太多时间。海登掌握的计算机知识还算说得过去——这一点不足为奇——甚至知道什么是元胞自动机，但要么她没有听说过自动域，要么她希望听玛丽亚从头到尾再讲一遍。

“这么说你相信这个人付给你三万块钱，来帮助他在一个关于人工生命的纯理论问题上表明自己的立场？”

玛丽亚努力不透露出辩护的腔调：“我自己在自动域上都花了好几万了。这就像很多其他的爱好一样，这本身就是一个世界。人们会入迷，会舍得在里面烧钱。这并不比……建造飞机模型，或者重现美国内战中的战役之类的事情奇怪。”

海登没有争辩，但似乎对这些类比不为所动：“你知道保罗·达勒姆向副本出售保险吗？”

“我知道他是个保险推销员，他自己告诉我的。他不是专业的程序员，并不意味着他不能——”

“你知道他还试图向他的客户出售某种避难所的所有权吗？一个可以去的地方——或者可以把克隆体送过去——以防政治气候对他们不利？”

玛丽亚眨了眨眼：“不知道。你说的是什么意思——避难所？一台私人拥有的超级计算机？他一直在努力筹集资金，组成一个财团……”

海登直截了当地说：“他当然在筹集资金——但我怀疑他能否筹集到足够的资金来购买他所提供的那种服务所需的硬件。”

“那么，你们对他的指控是什么？开展一项你们不相信会成功的商业冒险？”海登没有说什么。“你和他谈过这个问题吗？无论你被告知了什么，说不定都有一个简单的解释。一些老糊涂副本可能对他推销永久基金的方式有误解。”老糊涂副本？好吧……好像已经有人证实，对某些痴呆症患者的扫描文件，认知修复算法也无能为力。

海登说：“我们当然已经和他谈过了。他拒绝合作，他不愿意讨论此事。这就是为什么我们希望你能协助我们。”

玛丽亚不服输的乐观主义动摇了。*如果达勒姆没有什么可隐瞒的，他为什么要拒绝为自己辩护？*

她说：“我不知道我能怎么帮助你们。如果你们认为他一直在误导他的客户，就去和他的客户谈谈。你们需要的是他们的证词，而不是我的。”

一阵令人尴尬的沉默过后，海登说：“副本的证词没有效用。从法律意义上来说，他们只是另一种计算机软件。”

玛丽亚张了张嘴，然后意识到她给出的任何借口都只会让她听起来更加愚蠢。她一下子领悟到，副本的法律地位太荒唐了，理智的人都很难把它当回事，于是默不作声地挽回了一点自尊。

海登继续说：“达勒姆有可能被指控通过向遗产执行人用以获取建议的软件提供误导性数据，对他们实施诈骗。这是有先例的。这就像发布虚假的招股说明书信息，诱使自动购股程序买入你的股票。但还是有一个证据问题。我们可以访问副本们，把他们当作非正式的信息来源，以引导调查，但是他们所说的一切在法庭上都站不住脚。”

玛丽亚回想起来，《不明一家》的某一集讲过类似的问题。巴贝特和拉里·恩克拉尔目睹了银行账户被盗，当时相关的数据线索莫名其妙地在他们的网络郊区后院变成了实体形态——一座呈指责姿态的冰雕。她记不清楚情节到底是怎么发展的了。十岁的勒罗伊可能做了一些略微违法但道德上无可指责的事情，骗得小偷把自己交给了当局……

她说：“我不知道你希望我告诉你们什么。达勒姆没有诈骗我，而且我对这个计划一无所知。”

“但你在和他一起实施这个计划。”

“我肯定没有！”

海登冷冷地说：“你在为他设计一个星球。你认为那是做什么用的？”

玛丽亚茫然地看了她一秒钟，然后几乎笑了出来：“对不起，我解释得不够清楚。我正在设计一个在最宽泛的意义上‘可能’存在于自动域的星球，这是一种数学上的可能性。但它太大了，无法在真正的计算机上运行。这不是什么虚拟现实……”

海登打断了她的话：“我完全理解这一点……但这并不意味着达勒姆的客户会掌握其中的区别。关于自动域的技术细节算不上什么常识。”

确实如此。玛丽亚犹豫了一下。但是——

“这仍然说不通。首先，那些人有顾问，有研究人员，他们会告诉他们，任何承诺给他们一个自动域行星的人都是在胡扯。达勒姆完全可以向他们提供一套标准的虚拟现实环境，其吸引力和可信度都要高一千倍，那为什么还要向他们提供一个覆盖着原始黏液的自动域行星呢？”

“我相信他正在同时提供这两样东西。他在美国雇了一个建筑师来做虚拟现实部分的工作。”

“但是为什么要提供两样？为什么不只是虚拟现实？你不可能把一个副本装进自动域，你要是那么做了，它就会当场死亡。要把人类的生化属性转化为自动域术语，还需要五十到六十年的研究。”

“他们不会知道的。”

“他们可以在十秒钟内找到答案。且不提顾问，只需给知识矿工打一个电话，总成本才五块钱。所以说，为什么要说一个可以被轻易揭穿的谎言？从副本的角度来看，自动域星球比拼凑的虚拟现实强在哪里？”

海登不为所动：“你是自动域专家，所以你告诉我。”

“我不知道。”玛丽亚站了起来。她开始感到一种透不过气的恐惧。她讨厌有陌生人在家里，“要不要喝点什么，茶？咖啡？”

“不用了。但你自便——”

玛丽亚摇了摇头，又坐了下来。她有一种感觉，只要进了厨房，她就不想再回来了。

她不明白为什么达勒姆会拒绝与警察交谈，除非他参与了什么可疑的事情，至少足以让他丢掉工作。去他的，他可能没有打算欺骗她，但他还是把她给坑了。她已经完成的工作不会给她挣来一分钱。如果达勒姆只是破产了，其他债权人对信托基金提不出什么要求，但如果这些钱是犯罪所得……

豪华者洛伦佐。行吧。

最糟糕的是，搞不好海登认为她是一个“自愿的帮凶”。如果达勒姆打算保持沉默，她就必须洗清自己的罪名。

怎么洗清？

首先，她必须查明白这个骗局是怎么回事，并厘清她在其中的角色。

她说：“他到底向这些副本承诺了什么？”

“一个避难所，一个他们不会受到任何冲击的地方——因为他们不会与外部世界联系。没有通信，没有任何信号可以追踪。他朝他们灌输了一大通关于即将到来的黑暗时代的说辞，说到那个时候，无知的大众将不再忍受被富有的不朽者所支配——邪恶的政府将没收所有的超级计算机用于控制天气。”

海登似乎觉得这一前景很可笑。玛丽亚暂时压住了自己对此事的评判。重要的是达勒姆的客户的感受，她可以想象“蝴蝶行动”让很多副本感到威胁。“所以他们把自己的克隆体送进去，然后关上门，以防原版无法通过大清洗。但是然后呢？这个‘黑暗时代’会持续多久？”

海登耸了耸肩：“谁知道呢？几百年？据推测，达勒姆本人——或者某个值得信赖的继任者，几代之后——会决定什么时候出来是安全的。其遗嘱执行人提出了投诉的那两个副本并没有听完整个方案。没等达勒姆说到这样的细节，他们就把他赶走了。”

“他肯定还接触过其他副本。”

“当然了。其他人都没有站出来，但我们有一份暂定的名单。不幸的是，所有的财产都是在海外注册的。我还没能访谈到他们中的任何一个——我们还在处理管辖权方面的烦琐手续。但有几个人已经通过他们的律师明确表示，他们不愿意讨论这个问题——这大概意味着他们已经相信了达勒姆的说辞，现在他们不想听到对他不利的言论。”

玛丽亚努力地想象着这一前景：没有通信。无限期地与现实隔绝。少数“唯我论国家”的副本可能会对这一前景感到高兴，但他们中的大多数人没什么钱，不可能成为一个精心策划的骗局的目标。即使达勒姆最富有、最偏执的客户真的相信世界正处于反对他们的边缘……万一外面的情况已经糟糕到连接永远不会恢复，那又该怎么办呢？守卫避难所的人类可能会全部死去，或者干脆离开。除了最激进的分离主义者，怎么会有副本愿意面对被搁置在一个隐藏的计算机里，被埋在某片沙漠中间，没有办法探查什么时候文明值得重新加入，以及在任何情况下都没有办法启动联系的风险？

放射性同位素电源可以运行数千年。理论上，最高标准的多重冗余硬件可以持续几乎同样的时间。这些副本所拥有的，用来记住现实的，将是他们一开始就带进来的信息。如果它变成了一次单程旅行，他们就会像星际殖民者一样，带着地球文化的快照进入虚空。

只不过，“星际殖民者”将只是面临越来越大的无线电时滞，而不是绝对的沉默。不管他们把什么留在了身后，至少他们会有一些期待：一个可以探索的新世界。

一个新世界——以及新生命的可能性。

因此，对于幽闭恐惧症，还有什么比承诺把整个星球拖入可能发展自己的异域生命的避难所更好的治疗方法呢？

玛丽亚不知道是该感到愤怒还是该感到佩服。如果她猜对了，她不得不佩服达勒姆的胆识。当他要求得到一揽子结果，以说服对自动域生物圈的前景持怀疑态度的“怀疑论者”时，他想到的并不是人工生命领域的学者。他想说服他的客户，即使在完全隔离的情况下，他们也能拥有现实能提供给人类的一切——包括一种“太空探索”，包括与外星人接触的机会。这些将是真正的外星人；而不是虚拟现实游戏中的时尚设计师生物——完全是人类的心理建构产物；也不是高级表型选择模型中那些华而不实的生物形态——柏拉图式理想的达尔文主义对应物。生命是经过曲折的过程，一个分子、一个分子地一路走来的，就像真正的生命一样。或者说，几乎是一路走来的。由于对生物起源的理解还不透彻，达勒姆以足够的理智决定从“手工制作”的微生物开始，否则他的客户可能永远不会相信这个星球上会有生命。

玛丽亚试探性地解释了这个想法：“他必须让这些副本相信，如果对实际的数字不做那么具体的要求，运行自动域比建立真正的生物化学模型要快得多——确实如此。而且我仍然认为冒这个险很疯狂。任何人都可以轻易发现真相。”

海登想了想：“他们发现真相又如何呢？如果这个世界的意义主要是心理上的——当最坏的情况发生，而现实变得永不可及时，可以‘逃到’的地方——那么它运行的速度有多慢都无所谓。一旦他们放弃了重新建立联系的希望，减速就变得不重要了。”

“是的，但放缓是一回事，物理上不可能又是另一回事。当然，他们可以接受这个星球的粗略草图——这也是达勒姆要求我提供的——但他们不会拥有丝毫赋予它生机所需的记忆。即便他们找到了解决这个问题的方法，种子生物体要变成比蓝绿藻类更令人兴奋的东西，也可能需要十亿年的自动域时间，再乘以一万亿的减速……我想你会明白的。”

“电池撑不到那时候？”

“宇宙都撑不到那时候。”

海登说：“不过……如果他们不想太认真地考虑永久被困的前景，他们可能也就不想太仔细地看这些东西。多亏了你，达勒姆能拿着一叠厚得瞩目的技术细节在他们面前挥舞，有足够的说服力来消除他们对幽居病的恐惧。也许这就是他们想要的一切。如果一切顺利的话，唯一重要的部分是传统的虚拟现实——足以让他们在现实时间的几个世纪里心情愉悦——而这一点完全可以蒙混过去。”

玛丽亚认为这些话听起来都太想当然了，但她没有多说什么：“那硬件呢？如何蒙混过去？”

“蒙混不过去，永远不会有任何硬件的。在需要硬件之前，达勒姆早就消失了。”

“带着什么消失了？不问青红皂白就交出去的钱——没有保障，没有保证？”

海登会意地笑了笑：“大体上就是带着出于合法目的交出去的钱。他已经委托建造了一座虚拟现实城市。他已经委托建造了一颗自动域星球。他有权收取一定比例的费用——这没有什么罪过，只要是公开的。在最初的几个月里，他所做的一切都将具有一丝不苟的诚实度。然后在某个时候，他将要求他的支持者支付费用以获取一份顾问报告——比如，一份关于足够强劲的硬件配置的研究。他会放出招标信息，其中一些将是真实的，但最有吸引力的就是编造的了。稍后，达勒姆将声称已经收到了报告，需要向‘顾问’支付费用……接下来就不会有人再见到他了。”

玛丽亚说：“你是在猜测，你们并不知道他的计划是什么。”

“我们不知道具体细节——但应该就是这么个路子。”

玛丽亚颓然地坐回椅子上：“那么，现在怎么办？我要做什么？给达勒姆打电话，告诉他整个事情已经结束了？”

“绝对不行！继续工作，就像什么都没发生过一样——但要尽量多和他联系，寻找借口与他沟通。看看你能否获得他的信任，看看你能否让他谈他的工作、他的客户、避难所。”

玛丽亚很愤慨：“我不记得我提出来要做你的线人。”

海登冷冷地说：“随便你，但是如果你不愿意合作，我们的工作就会非常困难……”

“合作和做无偿间谍是两码事！”

海登几乎笑了出来：“如果你担心钱的问题，只要你帮助我们给达勒姆定罪，你得到报酬的机会就会大得多。”

“为什么？我应该怎么做——等到他为了赔付受害人而不剩一分钱之后再去起诉他？”

“你不需要起诉他。法院几乎肯定会将你作为受害者之一给予赔偿——特别是如果你为将案件提交审判提供过帮助。有一个基金，来自罚款的收入。达勒姆有没有能力亲自赔付你并不重要。”

玛丽亚领会了这些话。事实上，这听起来还是让人很不舒服。她想做的是减少自己的损失，从这一团乱麻中抽身。假装这从未发生过。

*然后呢？为了钱爬回亚丁身边？*工作还是难找，她承担不起把三个月的工作一笔勾销的代价。几千块钱不够让弗朗西斯卡接受扫描，但是没有这笔钱，她就只能提前卖掉房子。

她说：“如果我让他起疑了怎么办？如果我突然开始问这问那……”

“保持自然就行了。站在你这个角度，谁都会好奇的。他给你的工作很奇怪——他肯定能料到你会有问题。我知道你一开始就听从了他的吩咐，但这并不意味着你不能多一些思考，并认定有一些事情仍然让你困惑。”

玛丽亚说：“好吧，我帮你们。”*她有过选择吗？*“但不要指望他能告诉我真相。他已经对我撒了谎。他现在不会改变他的说法。”

“也许不会。但也有可能他会给你个意外。说不定他正急切地想找个知心人呢——找个听他吹嘘的人。或者他可能只是留下一些隐晦的暗示。一切皆有可能，只要你继续与他交谈。”

海登离开后，玛丽亚坐在客厅里，心潮起伏，以至于什么也做不了，只能在脑子里把整个交流过程再过了一遍。一小时前，她就已经筋疲力尽，但心里充满了成就感。现在她只感到疲惫和愚蠢。

继续工作，就像什么都没发生过一样。解决兰氏菌光合作用问题的想法——现在是为了迎合“诈骗调查组”了——这怪异得让她头昏眼花。

可惜达勒姆没有对她实话实说，没有邀请她参与这个骗局。如果她一直都知道，她是要参与骗取有钱副本的零用钱，至少这项工作会有她一直感觉缺少的真实世界的基础。

她终于上楼了，什么也没吃。她与JSN的连接已自动登出，但本地生成的来自“朱诺”的信息仍悬在工作区。打手势关闭终端时，她思量着她是否本该问海登：是你在窃听我的电话吗？

14

（不宽恕贫乏）
2051年2月

坐在书房里，托马斯阅读了他的知识矿工编撰的上一个真实时间星期新闻选辑里的最后一份报告。一位身穿毛皮大衣的记者站在小雪中的美国最高法院大楼前，对着镜头讲话——尽管她更有可能是坐在一个温暖的演播室里，看着一个软件傀儡模仿她的话。

“今天的五比一多数裁决意味着备受争议的加州法规将继续有效。当局占有计算机存储介质，以检查重罪嫌疑人的大脑、身体或人格的模拟，无论其本人生死，并没有侵犯近亲或者计算机硬件所有者的第四修正案权利[1]。首席大法官安德莉亚·斯坦纳强调，这项裁决并不以任何方式影响副本本身的地位。她说，软件可以被没收和检查，但不会受到审判。”

终端机瞬间跳回到一个菜单。托马斯将双臂伸到头顶，有那么一瞬间，他敏锐地意识到自己虚弱的外表和轻快有力的四肢之间

1 人身、住宅、文件和财产不受无理搜查和扣押的权利。

的差异。毕竟，他又变成了年轻时的自己。成为肉体意义上的他本人——无论他是否选择面对镜子里的他。但这一想法没有任何结果。

托马斯从一开始就在关注加州法规的来龙去脉。他希望桑德森和她的同事知道自己在做什么。如果他们的努力适得其反，可能会对各地的副本产生不愉快的影响。托马斯自己的舆论模型抖落出随机性的走向预测，宣布法律的影响可能走向任意一边，这取决于后续将会采取的措施和其他一些因素，其中大部分是难以预测或操纵的。

显然，其目的是震慑冷漠的美国选民，促使他们支持副本的人权——否则就会出现实际的绑架、思想掠夺，甚至是未经审判的处决。懂电脑的人都明白这条法律在实践中是多么无用——但他们在很大程度上已经被说服了。《不明一家》在最不可能掌握技术现实的人群中评价最高——那是一个尚未被充分开发的善意仓库。托马斯看到了其中的可能性。复活的蓝领工人拉里·恩克拉尔有可能会被发现他在死亡时是个谋杀嫌犯。闪回：酒吧里的误解导致了拉里和客串演员X之间场面难看的激烈争吵，继而滑稽地升级为全面打斗。趁着混乱，客串演员Y将酒瓶砸向客串演员X的头颅——而拉里，带着他一贯讨喜的软弱，最终在一张桌子下面昏睡过去。新的法律可能会在夜深人静的时候把他拖出家门，使他离开家人，去接受卡夫卡式的虚拟审讯。在审讯中，他罪恶的梦境会被当作实际犯罪的记忆……而依然活在人世的客串演员Y将接受文明的审判，满嘴谎言，并被宣告无罪。儿子勒罗伊可以像往常一样，在最后一刻以某种方式挽救一切。

托马斯闭上眼睛，用手捧住脸。房间里的大部分地方都停止了计算。他想象自己漂流在达勒姆的随机数之海中，带着椅子和一小块地板——仅有的因为被他触摸而显现实体形态的物件。

他说："我没有任何危险。"房间闪烁着重新出现，巧妙地修改了他说话的声音，然后重回凝滞。他觉得谁会来指控他？已经没有人关心安娜的死了。他们没有一个活到现在。

但是，只要他对自己所作所为的认识继续存在于他的内心，他就永远无法确信事情不会被揭发。

案发后的几个月里，他一直梦见安娜来到他的公寓。他会汗流浃背、大喊大叫地醒来，盯着房间里的黑暗，等待她出现。等着她撕开他周围世界一切正常的假象，揭示他被诅咒的证据：鲜血、烈焰、错乱。

后来他开始被噩梦惊醒，从床上爬起来，赤身裸体地走到阴影里，赌她在不在那里。他希望她在。他会进入公寓的每一个房间，在其中的大多数房间，他都不得不伸出手来在黑暗中摸索，等待她与他十指交叉。

夜复一夜，她没有出现。渐渐地，她的不在本身就成了一种恐怖，令人眩晕，寒意摄魂。阴影是空洞的，黑暗是漠然的。世界的表面之下没有任何东西。他可以屠杀十万人，而黑夜仍然变不出一个幽灵来与他对质。

他想知道这个领悟是否会使他发疯。

没有。

此后，他的梦境发生了变化，不再有行走的尸体。相反，他梦见自己走进汉堡警察局，供认不讳。

托马斯抚摸着右前臂内侧的伤疤，那是他笨手笨脚地逃跑时，在安娜房间的窗户外被砖头刮伤的地方。谁也没有问过他怎么回事，包括伊尔莎。他编造了一个合理的解释，但这个谎言一直没被揭穿。

他知道他可以抹掉对犯罪的记忆，从他的原始扫描文件、目前的大脑模型和紧急快照中删减出去。没有其他证据留下。谁也不会有丝毫的理由——更不用说合法的权利，更不用说权力——来扣押和检查组成他的数据，这种事情想一想都会觉得可笑……但是既然那么做可以缓解他偏执的恐惧，为什么不做呢？他对能像读书——或者说只读存储芯片——一样读取他思想的技术可能性感到不安，那为什么不把这个比喻——或者说几乎是字面事实——转为自己所用，化解掉不安呢？为什么不改写他过去的最后一个有罪版本？其他副本会以愚蠢而奢侈的方式利用他们当下的身份。他为什么就不能用些许心灵的安宁满足一下自己呢？

为什么不呢？因为那将剥夺他的身份。六十五年来，汉堡那一夜对他思想的牵引就像地心引力一样恒久。此后他所做的一切都受其影响。撕掉他心中所有纠结的丝丝缕缕——让剩下的一半记忆变得不可理解——将使他在自己的生活中成为一个困惑的陌生人。

当然，任何失落感或者迷失感也可以被处理，被减掉——但是这个删删减减的过程到哪里是尽头呢？最终会是谁来享受他所制造的平静无忧？会是谁在他的床上坦然入睡？

记忆编辑并不是唯一的选择。有一种算法可以将他流畅而迅速地送入一种开明的接纳状态：被修复、被治愈，与自己以及自己完整的过去和平相处。他不需要忘记任何事情。他对通过意识读取而遭到指控的荒谬恐惧定然会消失，连同其他负疚的焦虑也会一并消失。

但他也不打算接受这种命运——无论他在转变完成后会感到怎样的幸福。他不确定在救赎和救赎的错觉之间是否存在任何有意义的区别……但他性格中的某些部分——尽管他骂它是受虐成性、感情用事——对立即获得宽恕的前景畏缩不前。

杀害安娜的凶手已经死了！他已经烧了那人的尸体！他还要做什么，才能把罪行抛在脑后？

随着病情的加重，等到他已经处于“临终”之时——当他每天早上都在兴冲冲地期盼着订购最终扫描时——他确信，对自己身体命运的见证将足够戏剧性地清除他那陈旧、机械、无情的内疚。安娜已经死了。什么也改变不了这一点。一生的悔恨并没有让她回来。托马斯从不相信自己已经“赢得”了摆脱她的权利——但他逐渐意识到，除了一种奢侈的赎罪仪式：谋杀者本人的死亡，他已经没有什么可以向他脑壳里的小小锡制节拍器供奉了。

然而凶手并没有真正死去。被送进炉子里的尸体只不过是蜕去的皮囊而已。在被扫描的前两天，托马斯失去了勇气，撤回了他先前的指示：允许他的血肉之躯在扫描后重获意识。

因此，那个垂死的人类从未醒来，也不知道自己正面临死亡。也没有一位独立的凡人托马斯·黎曼背负着罪恶进入火海。

1983年夏天，托马斯在汉堡的一家火车站咖啡馆里遇到了安娜。他当时在城里为他父亲打杂。她当时正要去西柏林听一场音乐会。尼克·凯夫和坏种子乐队。

咖啡馆里人很多，他们共用一张桌子。安娜的外表并不引人注目——黑发，绿眼，脸又圆又平。如果是在街上擦肩而过，托马斯绝不会多看她一眼，但她很快就给他留下了印象。

她赞赏地看了看他，然后说："我很想买一件这样的衬衫，你的品位挺费钱的。你靠做什么来供养它们？"

托马斯小心翼翼地撒了谎："我之前是个学生。工程学。直到几个月前。不过学得没什么希望。我做什么都不成。"

"那么你现在做什么呢？"

他看起来很沮丧："我父亲拥有一家商业银行。我去做工程，为的是摆脱家族生意，但是……"

她一点都不同情："但你搞砸了，现在他就被你缠上了？"

"互相纠缠。"

"他很有钱吗？"

"是的。"

“那你恨他吗？”

“当然。”

她甜甜地笑了：“我何不替你绑架了他？你给我当内线，赎金咱俩分掉，五五开。”

“你靠绑架银行家过日子，是吗？”

“也干别的。”

“我认为你在唱片店工作。”

“猜错了。”

“或者二手衣服店。”

“更不靠谱了。”

“你去柏林要见谁？”

“就是几个朋友。”

她的车次提醒上车的通知传来时，他向她要电话号码。她写在了他的衬衫袖子上。

在接下来的几个月里，只要他去北方，他就给她打电话。她找借口推脱了三次。他差不多放弃了，但他一直在回忆她嘲弄的表情，他知道他想再见到她。

到了十一月初，她终于松口了：“愿意的话，你就来吧。我没什么事情。”

他本打算带她去夜总会，但她带着一个孩子，一个刚出生几个月的婴儿。“他不是我的。我在帮一个朋友照看他。”他们一起看了电视，然后在沙发上发生了关系。从他身上爬下来的时候，安娜说：“你真的很可爱。”她吻了他的脸颊，然后消失在卧室里，把他锁在外面。托马斯看着一部约翰·韦恩的老电影睡着了。凌晨两点左右，两个涂着睫毛膏的少女敲门，安娜卖给她们一塑料袋白色粉末。

还在沙发上的托马斯问她这些粉末是海洛因还是可卡因。

“海洛因。”

“你吸那玩意儿吗？”

“不吸。”她略有兴致地看着他，并不关心他是否相信她。

五点半时，他再次醒来。安娜已经走了。孩子还在摇篮里，尖声哭着。托马斯给他换了尿布，给他喂了奶。安娜给他看过所有东西的位置。他想洗个澡，但是没有热水。他刮了胡子，并及时离开去开会，告诉自己安娜很快就会回来。整个上午，以及整个午餐期间，他都能闻到自己手上带有孩子皮肤的酸臭味。他在想那些面带微笑的房地产开发商是否也能闻到这种味道。

他从酒店打了电话，为他没有在那里度过的一夜付了钱。他知道他的父亲会仔细检查他的开支。安娜在家，他吵醒了她。她身边有人不高兴地哼了一声。托马斯没有提到那个孩子。

下一次，他是在一个星期六下午来的，并不着急去别的地方。他们在阿尔斯特宴会厅见面，喝着咖啡，俯视阿尔斯特内湖上身穿彩虹服饰的小丑们，然后去少女堤购物。托马斯为安娜选择的衣服买了单，那些仿哥特式设计的垃圾衣服看起来比最便宜的仿制品还烂。看来她终究还是不想像他那样穿衣服。他们手拉手从一家店走到另一家店，在最昂贵的精品店门口，他们停下来亲吻了几分钟，挡住了想要过去的顾客的路，然后进去花了很多钱。

后来，在一家夜总会里，他们遇到了马丁，一个高大魁梧的金发青年，安娜说是她朋友。当时现场有一支不怎么样的乐队，穿得像甲壳虫，翻唱性手枪的歌。马丁和善里透着凶狠，使出浑身解数想让人感到害怕，乃至几乎成了搞笑。他们一起踉跄着回到安娜的公寓，坐在地板上听唱片。安娜去上厕所时，马丁掏出一把刀，告诉托马斯他打算杀死他。他当时喝得烂醉。托马斯站起来，在他脸上踢了一脚，踢断了他的鼻子，然后拿走了刀，把不住呻吟的他拖到大厅里。托马斯让他侧躺着，免得他被血噎住，然后锁上了门。

安娜从洗手间出来。托马斯对她讲了事情经过。她出去查看了马丁的情况，在他的头下垫了一个枕头。

安娜为他脱衣服时，托马斯说："有一次在电视上，我看到一个刚从北爱尔兰回来的英格兰士兵。他说：'那里是地狱，但至少是真实的。至少我现在还活着。'"托马斯悲伤地笑了笑，说："那个可怜的傻瓜搞颠倒了。杀人是真实的，而过普通人的生活才是某种梦想，某种妄想吧？脑子被搅乱的小可怜。"

他在安娜身上寻找针痕，但一个也没找到。

回到法兰克福的办公室，回到自己的公寓里，在他父母家的餐桌上，托马斯都在想着安娜，想着她的样子和气味。回忆并没有让他分心。他可以继续与人谈话，或者阅读抵押贷款时间表，而她就像背景音乐一样在他的脑海中放个不停。

他的父亲在复活节时把他逼得无处可逃了。"你应该考虑结婚的事。这对我来说没什么区别，但是会给你带来某些社交方面的优势，你迟早用得上。想想看，那会使你的母亲多么高兴。"

托马斯说："我才二十四岁。"

"我二十四岁的时候都已经订婚了。"

"说不定我是同性恋，或者说不定我有一种无法治愈的性病。"

"我不明白这两种情况为什么会成为障碍。"

托马斯每隔一个周末去见安娜。她要什么，他就给她买什么。有时她还带着孩子。那孩子叫埃里克。

托马斯问她："他母亲是谁？我见过她吗？"

她说："你不会愿意见她的。"

他有时会担心她——担心她会被捕，或被吸毒者或者竞争对手殴打——但她似乎有能耐照顾自己。他本可以雇用私人侦探来揭开她生活的神秘面纱，雇用保镖来保护她，但他知道自己没有这个权利。他可以给她买一套公寓，为她提供投资——但她从未提出过这样的要求。他怀疑如果他提出了这样的建议，她会受到极大的侮辱。

他的礼物很奢侈，但他知道没有这些礼物她也能生活。他们在互相利用。他告诉自己，她就像他一样独立。

他不会说他爱她。分开时，他并不感到难过。他只是感到麻木得令人愉快，并期待着下次见到她。他会吃醋，但并不迷恋，而且她没让她的其他情人碍他俩的事。他很少需要承认他们的存在。他再也没有见过马丁。

安娜和他一起去了纽约。俩人在百老汇的一场演出中睡着了，在穆德俱乐部看了小妖精乐队的演出[1]，爬了通往曼哈顿大通银行楼顶的楼梯。

托马斯年满二十五岁时，他的父亲给他升了职。他的母亲说："看看你那些白头发。"

春天，埃里克不见了。安娜漫不经心地说："他妈妈走了，她搬走了。"

托马斯很受伤。他已经喜欢上了有这个男孩在身边的感觉。他说："你知道吗，我曾经认为他可能是你的……"

她感到很困惑："为什么，我告诉你他不是。我为什么要撒谎？"

托马斯失眠了。他不断尝试想象未来。等他的父亲去世后，他是否还能看到安娜，每两周在汉堡见一次面，而她贩卖海洛因，与皮条客和瘾君子上床？一想到这些他就感到恶心。不是因为他不希望一切都保持不变，而是因为他知道那不可能。

六月的那个星期六，很接近他们相遇的两周年纪念日。他们下午去了一个跳蚤市场，他给她买了便宜的珠宝。她说："要任何更好的东西都是自找麻烦。"

---

1 在现实世界中，穆德俱乐部（Mudd Club）是当时纽约朋克音乐大本营之一，1983年春季关门，而小妖精乐队（Pixies）成立于1986年。时间上都与这里托马斯的回忆不符。

他们吃了垃圾食品，去跳舞。他们最后在两点半回到了安娜的公寓。他们在狭小的客厅里跳舞，互相搀扶着，比喝醉了还累。

托马斯说："上帝啊，你真漂亮。"*嫁给我吧。*

安娜说："我要向你提出一些从未提出过的要求。我这一整天都在努力鼓起勇气。"

"你提什么都行。"*嫁给我吧。*

"我有个朋友，有很多现金。差不多二十万马克。他需要一个能——"

托马斯从她身边退了几步，然后用力打了她的脸。他被吓坏了。他以前从未打过她，甚至不曾有过这个想法。她开始打他的胸口和脸。他站在那里，让她打了一会儿，然后抓住她的两只手腕。

她喘了口气："放开我。"

"我很抱歉。"

"那就放开我。"

他没有。他说："我不是为你的朋友洗钱的机构。"

她怜悯地看着他："哦，我做了什么？冒犯了你崇高的道德原则？我只不过问了一句。你本可以让自己派上点用场。不要紧，我早该知道这个期望太高了。"

他贴近她的脸："十年后，你会在哪里？监狱里？易北河底？"

"滚开。"

"哪里？告诉我？"

她说："我还能想到更惨的命运呢，搞不好我会落得个和一个中年银行家假装家庭幸福的下场。"

托马斯把她扔向墙壁。没等撞到墙，她就脚下打滑摔倒了，她的头撞到了砖头上。

他蹲在她身边，不敢相信眼前的情形。她的后脑勺撞开了一个很大的口子。她还有呼吸。他拍了拍她的脸颊，然后试图扒开她的眼睛。眼球已经翻到了上面。她最后几乎坐到了地上，双腿摊在前面，头靠在墙上。她身下积起了一摊血。

他说：“快想想。快想办法。”

他跨在她身上，两条腿分别跪在她身体的一侧，用手捧着她的脸，然后闭上眼睛。他把她的头往前拉，然后撞回墙上。五次。然后他仍然闭着眼睛，把手指放在她的鼻孔附近。没有感觉到气息。

他从她身边退开，转身睁开眼睛，然后在公寓里走来走去，用手帕擦拭他可能碰过的东西。他一直避免看她。他一边哭一边发抖，想不通事情怎么会变成这样。

他的手、衬衫、裤子和鞋子上都有血。他找到一个垃圾袋，把所有的衣服都放进去，然后把皮肤上的血洗掉。他的视野中心有一个黑点，但他有意忽略了它。他把垃圾袋放进手提箱，穿上新衣服：蓝色牛仔裤和黑色T恤衫。他走遍了整个公寓，把属于他的东西都打了包。他差点拿走了安娜的地址簿，不过他翻了一下，发现里面并没有他的名字。他寻找日记，但没有找到。

一个月又一个月地，见过他们在一起的人已经足有几十个。安娜的邻居，安娜的朋友。有几十个人看到他们离开夜总会。他不确定她的朋友中有多少人知道他是做什么的，他来自哪里。他仅仅对他们说过自己的名，关于其他的事情他一直在撒谎，不过搞不好安娜已经把她所知道的一切都告诉他们了。

在她活着的时候被人看到和她一起已经够糟的了。他不能冒被人看到在她被杀的那晚走出前门的风险。

公寓在二楼，浴室的窗户通向一条小巷。托马斯把行李箱扔了下去。行李落地时发出一声轻响。他想过跳下去——几乎相信他能安然无恙地落地，或者几乎相信他不会在乎——但在这些妄想之下，他还隐约留着一份清醒，他的脑壳里有一个已有十亿岁的引擎，只想活下去。

他爬上窗框，进入滑开的一半窗格留下的间隙，脚踩轨道两旁。这里没有窗台，只有构成墙壁本身的双层砖。他不得不蹲下身子，但他发现他可以通过抬起左手推窗框的顶部来保持平衡，将自己卡在那里。

他侧过身子，然后沿着外墙伸手，够到了旁边公寓的浴室窗框。他可以听到车流和某处的音乐声，但公寓内没有灯光，下面的小巷也是空无一人。这两扇窗户相距不到一米，不过第二扇窗户是关着的，容身的宽度减半。他用两只手分别抓着两扇窗户的边缘，把右脚移到邻居的窗户上。然后，他用前臂紧紧夹住中间的墙壁，把左脚移过去。最后，他用右手顶着上方窗框确保安全，完全放开了第一个窗框。

他拖着脚步走过一砖之宽的窗台，压制着哼《圣母颂》的冲动。*为我们这些罪人祈祷？*他意识到自己已经停止了哭泣。一根排水管紧挨着窗户的远端。他想象着自己的手掌被金属表面利如锯齿的锈割开，但这根管子很光滑。他用手和膝盖紧紧夹着水管，用尽全身力气才把自己固定住。当他的双脚接触到地面时，双腿都软得撑不住自己了。不过这种状态没有持续很长时间。

他在一个公共厕所里躲了三个小时，盯着房间的一个角落。灯光、瓷砖，说不定都是监狱或者精神病院的陈设。他发现自己与世界、与过去断开了联系。他的时间被分割成若干时刻，倏然地警醒，闪闪发光的水珠，豆大的汗滴。

这不是我。这是认为是我的其他什么东西。而且这是错的，错的，错的。

没有人打扰他。六点时，他走到晨光中，搭上了回家的火车。

15

（不宽恕贫乏）
2051年4月

达勒姆在悉尼北部的公寓很小，家具也很少，跟玛丽亚预想的完全不同。她只看到了兼做客厅和厨房的一间屋子，但从外面看来，剩下的空间显然也没多少了。达勒姆在第十六层，但大楼四面都是丑陋的20世纪末风格的办公大楼，蓝色和粉色的仿大理石怪兽，看不到昂贵的港口景观。作为一个从容易上当的百万富翁那里骗钱的人，或者哪怕是一个仅仅向他们出售保险的人来说，达勒姆看起来好像拿不出来什么战绩。玛丽亚认为，这个地方不太可能是专门为了她安排的，用来配合他告诉她的故事：为了展现其生活方式之节俭，以便让他能自掏腰包付给她报酬。他是突然邀请她的。她原本怎么也不会有理由坚持要看他住的地方。

她把记事本放在有划痕的餐桌上，调了个方向，让达勒姆能读到图表。“这是两个最有希望的物种的最新结果。按照世代平均来看，亲石菌的突变率较高，但它的繁殖速度慢得多，而且更容易受到气候变化的影响。嗜水菌的繁殖能力更强，其基因组更稳定。究其本质，它并没有更顽强，只不过在海洋中得到了更好的保护。”

达勒姆说：“你的直觉是什么？”

“你的是什么？”

“亲石菌进化成了几个有希望的物种——结果它们都被一次重大危机消灭了。嗜水菌慢慢地积累了大量不影响生存的变异，其中一些在陆地上是有用的。最初几十万个脱离海洋的物种没有成功，但是不要紧，总会有更多。或者我只是被地球上的先入为主的观念所左右了？”

“你试图说服的人几乎肯定会有同样的想法。”

达勒姆笑了：“掌握真理又善于游说不会有什么坏处。只要它们不具有相互排斥的野心。”

玛丽亚没有回答。她低头盯着记事本。她无法直视达勒姆的眼睛。开着软件过滤器，通过电话和他交谈，还是可以忍受的。而工作本身也是一种目的。沉浸在自动域生物化学的精致游戏中，她发现要继续下去太容易了，仿佛它的目的根本无关紧要。但是在赢得他的信任方面，她几乎没有任何进展。这就是为什么她同意这次会面——为什么她必须利用这次会面。

问题在于，她人已经来了，但还是很不自在，乃至讨论最中立的技术问题也难以不让声线颤抖。如果他开始满嘴跑火车，说他希望在未来的某一期《元胞自动机世界》上与人工生命黑手党的怀疑论者辩论，她可能会开始尖叫。或者更有可能的是，在光秃秃的油毡地板上呕吐。

他说：“对了，我今天早上签发了你的费用——我已经授权信托基金全额支付给你。工作进展得太棒了，这样公平些。”

玛丽亚难以置信地抬头看了他一眼。他看起来非常真诚，但她禁不住好奇——这不是第一次了——他是否知道海登找过她，知道她从海登那里听到了些什么。她感到自己的脸颊红了。她使用电话和过滤器的时间太长了，已经做不到喜怒不形于色。

她说："谢谢你。但你就不怕我坐下一班飞机去巴哈马吗？还有很多工作要做。"

"我想我可以信任你。"

他的声音中没有一丝讽刺——但真的不需要有。

他说："说到信任……我认为你的手机可能被窃听了。我很抱歉，应该早点告诉你。"

玛丽亚盯着他："你怎么知道的？"

"知道？你是说它真被窃听了？你注意到明确的迹象了？"

"我不确定。但是怎么……"

"我的的确被窃听了。所以想来你的应该也一样。"

玛丽亚感到很困惑。他要干什么——宣布反欺诈小组在监视他？如果他直接说出来，她认为自己也就无法掩饰下去了。她将不得不承认她已经知道了，然后不得不告诉他海登所说的一切。

*彻底解除压力。永远地结束这场闹剧。*她在这些愚蠢的游戏上没有天赋。他们俩越早停止向对方撒谎越好。

她说："那你认为到底是谁在做这件事？"

达勒姆沉默了片刻，想了想，仿佛他之前没有认真考虑过这个问题："某个公司的间谍单位？某个国家安全组织？真的无从得知。我对情报界知之甚少。你的猜测会和我一样。"

"那么你认为他们为什么要……"

达勒姆轻描淡写地说："如果我正在开发一台计算机，比现有的任何处理器集群强大——好比说三十个数量级，你不认为刚才说的那些人可能会感兴趣吗？"

玛丽亚差点说不出话来："啊，对啊。"

"但我当然并没有在开发那样的计算机，最终他们自己会搞清楚这一点，然后放过咱俩。所以，完全没有必要担心。"

“对。”

达勒姆对她咧嘴一笑：“据推测，他们认为，仅仅因为我委托建造了一个自动域星球，我就有可能拥有真正运行它的手段。他们已经搜查了这个地方好几次。我不知道他们期望能找到什么。一个小黑匣子，摆在某个房间的角落里？它被藏在盆栽下面，悄悄地破解着军事密码，在股票市场上大把捞金——同时模拟着一两个宇宙，只为了不感到无聊。五岁小孩都能告诉他们这有多可笑。也许他们认为我已经找到了将单个处理器缩小到原子大小的方法，那样的话还差不多。”

别指望他能停止撒谎了。他不会让她感觉能够轻松应付的。好吧。玛丽亚强迫自己平静地说出了这句话：“而且任何一个五岁小孩都可以告诉你，如果有人搜查你的公寓，那就是反欺诈小组。”

达勒姆还是滴水不漏：“你为什么这么说？”

“因为我知道他们在盯着你。他们已经跟我说了，他们已经告诉我你到底在做什么。”玛丽亚现在正视着他。她对预期中的对峙感到紧张，但她没有什么可羞愧的。他才是那个从一开始就打算欺骗她的人。

他说：“你不认为反欺诈小组需要获得授权，还得在我在场的情况下才能搜查这个公寓吗？”

“那么也许公寓根本就没有被搜查过。这不是问题的关键。”

他微微点头，仿佛承认了某种轻微违规：“对，不是关键。你想知道我为什么对你撒谎。”

玛丽亚说：“我知道为什么，请不要把我当个白痴。”她对自己的愤恨感到惊讶。她不得不掩饰了那么久，“我很难同意成为你的……帮凶——”

达勒姆从桌面上举起一只手，做出一个像是安抚又像是不耐烦的手势。玛丽亚沉默了，与其说是想给他一个为自己辩护的机会，不如说是对他似乎如此平静地接受这一切感到惊讶。

他说："我撒谎是因为我不知道你是否会相信真相。我想你可能会，但我不能确定。而且我不能冒这个险。我很抱歉。"

"我当然会相信真相！真相会比你给我的那些废话有意义得多！但是，没错，我明白你为什么不能冒这个险。"

达勒姆仍然没有表现出忏悔的样子："你知道我给我的支持者们提供的是什么吗？就是那些一直在资助你工作的人？"

"一个避难所。某个地方的一台私人拥有的计算机。"

"很接近真相了。这要看你认为这些词是什么意思。"

玛丽亚冷笑起来："哦，是吗？你对哪些词有意见？'私人拥有'？"

"不，'计算机'。还有，'某个地方'。"

"现在你就是在耍小孩子脾气了。"她伸手拿起她的记事本，把椅子往后一推，站起身来。在尝试想出一个临别赠言的时候，她突然想到，最令人沮丧的事情是，这个浑蛋给了她钱。他对她撒了谎，他让她成为帮凶——但他并没有真正骗过她。

达勒姆平静地抬头看着她。他说："我没有犯罪。我的支持者清楚地知道他们购买的是什么。反欺诈小组和情报机构一样，都在妄下荒唐的结论。我已经告诉他们全部真相。他们选择不相信我。"

玛丽亚站在桌边，一只手放在椅背上："他们说你拒绝讨论这件事。"

"嗯，那是撒谎。不过我必须说的肯定不是他们想听的。"

"你有什么必须说的？"

达勒姆给了她一个探究的眼神："如果我试图解释，你会听吗？你会坐下来听，听到底吗？"

"有可能。"

"因为如果你不想听整个故事，你最好现在就离开。不是每个副本都接受了我的提议——但只有那些拒绝听我说完的人去找了警察。”

玛丽亚气呼呼地说：“现在你还在乎我怎么想？你已经从我这里套出了你可能需要的所有自动域技术废话。而我对你的骗局的了解并不比警察多。如果我在法庭上只能说‘海登侦探告诉我这个，海登侦探告诉我那个’，他们就没有理由要求我提供不利于你的证词了。所以你干吗不趁着还占有先机放弃呢？”

达勒姆坦率地说：“因为你什么都不知道，而我欠你一个解释。”

玛丽亚看向门口，但她并没有把手从椅背上拿开。这项工作本身已经是一个目的了——但她仍然好奇，达勒姆到底打算拿她的劳动成果做什么。

她说：“我到底要怎么度过这个下午呢？为嗜水兰氏菌在海浪中的生存建立模型？”她坐了下来，“说吧。我听着。”

达勒姆说：“差不多六年前——大概是吧——我认识的一个人做了一个自己的副本。副本醒来时，惊慌失措，尝试着解脱。但原版破坏了软件，解脱是做不到了。”

“那是违法的。”

“我知道。”

“那么这个人是谁？”

“他的名字是保罗·达勒姆。”

“你？你就是那个原版？”

“哦，不。我是那个副本。”

16

（玩具人，想象一下[1]）
2045年6月

保罗感觉到一只手抓住了他的前臂。他试图甩开它，但他的手臂几乎没有移动，而且肩膀上开始传来可怕的疼痛。他睁开眼睛，然后又痛苦地闭上了。他再次尝试。试到第五次还是第六次时，他设法透过调暗的亮度和泪水看到一张脸。

伊丽莎白。

她把杯子送到他的嘴边。他喝了一口，呛得一塌糊涂，但之后还是尽可能地咽下了一些有淡淡甜味的液体。

她说："你会好起来的，放轻松。"

"你怎么会在这里？"他咳嗽了一下，摇了摇头，然后便后悔那么做了。他很感动，但也很困惑。为什么他的原版要撒谎，声称她想把他关掉？而事实上，她很有同情心，要费心费力地进来访问他。

1　此处英文原章节名*Toy man, picture it*是本书英文原书名*Permutation City*字母的置换重排。

他躺在一个陌生的房间里，身下仿佛是牙医的沙发。他穿着医院的病号服，右臂上挂着吊瓶，尿道里插着一根导尿管。他抬头看到一个接口头盔，一个笨重的半球形磁轴电流诱导器，悬挂在一个架子上，离他的头不远。他想：很合理，把模拟的会面场所构建得就像是她的真身所在的房间。不过，把他安排在沙发上，让他体会到访客醒来时的所有症状，似乎有点极端。

他用左手敲了敲沙发。“你想告诉我什么？你想让我确切地了解你最近的经历？好吧，我很感激。而且很高兴见到你。”欣慰和迟来的震惊让他颤抖起来。“太棒了，说实话。”他无力地笑了笑，“我真的以为他要把我删掉呢。这人是个十足的疯子。相信我，你是在和他比较好的那一半说话。”

伊丽莎白坐在他旁边的凳子上。她说：“保罗，尽量认真听我要讲的话。你会逐渐开始重新整合记忆的，全靠你自己，不过如果我先把这一切跟你过一遍，对你会有帮助。首先，你不是一个副本。你是血肉之躯。”

保罗咳嗽了一下，尝到了一股酸味。达勒姆让她对他的消化系统模型做了一些难以启齿的事情。

“我是血肉之躯？这算哪门子的虐待狂笑话？你知道接受真相有多难吗？”

她耐心地说：“我不是在开玩笑。我知道你还不记得，但是……在你进行了准备作为第五号副本运行的扫描后，你终于告诉了我你在做什么。我劝说你不要运行它——先尝试另一个实验：把自己放在它的位置上。亲身体验一下，它将被迫经历什么。

“而你同意了。你进入了副本所居住的虚拟环境——扫描那天之后的记忆都被压制了，所以你没有办法知道你只是一个访客。”

“我——”

“你不是副本。你明白吗？你一直在做的是访问你为第五号副本准备的环境。而现在你已经离开了它，你回到了现实世界。”

她的脸没有流露出一丝欺骗的迹象——但软件可以将其抹去。他说：“我不相信你。我怎么可能是原版？我和原版谈过。我应该相信什么？他才是副本？以为他是原版？”

“当然不是。那就无法让副本免受其苦了，不是吗？第五次扫描件从未运行。我控制了扮演你的‘原版’的傀儡——软件提供了词汇特征和肢体语言，但我负责掌控。你事先向我介绍了要让它说什么和做什么。你会记起来的，很快。”

“但是……实验？”

“那些实验是个骗局。它们很难在访客身上——在一个肉体的大脑上进行，对吗？”

保罗摇了摇头，低声说：“阿布拉菲亚。”

没有界面窗口出现。

他抓着沙发，闭上眼睛，然后笑了起来：“你说我同意这样做？什么样的受虐狂会这样做？我都快疯了。我不知道我是什么。”

伊丽莎白又握住了他的胳膊：“你搞不清状况了——但这不会持续很久。而且你知道你为什么同意。你已经厌倦了副本们从你的控制下解脱。你必须了解他们的体验。过上几天认为自己是副本的日子可能成就这个项目，也可能废掉它。你要么最终在心理上做好准备，产生一个能够应对其命运的副本，要么你会对他们的困境产生足够的同情，从而不再创造他们。

“计划是等到第三次实验之后，在你还在里面的时候告诉你一切。但是你在里面对我的态度变得怪怪的，我慌了。我所想到的是让扮演你原版的傀儡告诉你，它要暂停你。我并不是想吓唬你。我没想到你的反应会那么糟糕。”

一个技术员走进房间，拔掉了吊针和导管。保罗把自己撑起来，透过房间旋转门上的窗户向外看。他看得到走廊上有六个人。他用尽全力却不成言语地喊了一声，他们都转过身来看向他。技术员温和地说：“你的器官可能会有一两个小时感觉刺痛。”

保罗坐回沙发，转向伊丽莎白：“你不会付钱买有反应能力的人群，我也不会。看起来你说的是实话。”

人们，令人欣悦的人们：成千上万的陌生人，以怀疑或不解的眼光与他对视，在街上走到一旁给他让路，或者，更多的时候，明显地、有意识地拒绝。城市的自由是如此甜蜜。他在悉尼的街道上走了一整天，重新发现了每一条丑陋的购物街，每一处泛着尿味、遍地垃圾的公园和小巷，直到他拖着疼痛的双脚，挤在晚高峰里回家，看实时新闻。

没有任何怀疑的余地：他不是在一个虚拟环境中。世界上谁也没理由花这么多钱，就为了欺骗他。

伊丽莎白问他的记忆有没有恢复时，他点了点头，说了当然。她没有追问细节。事实上，他在脑海中回想了很多次她讲述的事情，几乎可以想象出各个阶段：他在第五次扫描后心生疑虑；一再推迟运行模型；向伊丽莎白坦白这个项目；接受她的挑战，亲自体验他的副本所遭受的痛苦。

如果被压制的记忆事实上没有重新整合，好吧，他查过文献，这种事情有百分之二点五的概率发生风险。电子审查对记忆的访问有时会永久性地削弱编码它们的神经连接。

他甚至有一份数据库服务账单，显示他以前也查阅过这些文章。

他重读、重放了他从内部看过的新闻报道，没有发现任何不一致的地方。他翻阅了百科全书式的数据库，对历史、地理、天文学的事实进行了随机检查，虽然他不时地对以前从未遇到过的细节感到惊讶，但并没有找到惊人的矛盾。大陆还在原处，满天星斗也没有消失。那些战争，赢了的还是赢了，输了的还是输了。

一切都对得上。一切都有因有果。

然而，他禁不住好奇，一个遭到关闭，而且永远不会再运行的副本，到底面临着怎样的命运。一个正常人的死亡是一回事——就如同被织入了一面宏大得多的锦缎，是一个完全解释得通的过程。但是，从一个模型被简单地停止的副本的内部视角来看，它的死亡没有任何解释——只是一个模式戛然而止的边缘之处。

但是，如果他从实验（无论它们是否真的发生过）中得到的洞见是真实的——如果一个副本可以由散落在世界各地的尘埃组装起来，并用来自宇宙各处的尘埃弥补它在因关机时不执行计算活动而不存在的间隙时间……那么为什么它还会走到一个不一致的终点？模式难道不应该一直能自我发现吗？

或者找到一个它可以融入的更大模式？

尘埃理论意味着有无数的替代世界：从同一个原始字母汤中拼出了亿万种不同的可能历史。在这段历史中，达勒姆确实运行了五号副本，在另一段历史中则没有，而是被说服以访客的身份取而代之。

但是，如果访客完全被蒙蔽了，并且经历了副本会经历的一切……他们两个又有什么区别？只要那个血肉之躯没有办法知道真相，谈论“两个不同的人”在“两个不同的世界”就没有意义。两个思想和感知的模式实际上已经合二为一。

如果在访客得知他是血肉之躯后，副本被允许继续运行，他们的两条道路就会再次发生分歧。但副本已经被关闭了。它在原来的世界里根本没有未来，没有独立的生活。

所以这两段主观的历史仍然是一体的。保罗曾是一个相信自己是一个副本的访客，而他也曾是副本本身。这些模式已经完美地融合在一起，没有办法说一个历史是真的，另一个是假的，两种解释都同样有效。

曾经，准备接受扫描时，他有两个未来。

现如今，他有两个过往。

保罗在黑暗中醒来，困惑了一会儿，然后从枕头下抽出发麻的左臂，瞥了一眼手表。手表表面的低功率红外传感器检测到了他的注视，闪现了时间，随后是一个提醒：早上七点去朗道。这才刚过五点，但似乎没必要接着睡了。

前一天晚上的记忆再次浮现。伊丽莎白最终与他对峙，问他做出了什么决定：是放弃他一生的工作，还是勇往直前——既然他已经亲身了解了其中涉及的问题。

他的回答似乎让她很失望。他不指望会再次见到她。

他怎么能放弃呢？他知道他永远无法确定自己是否发现了真相——但这并不意味着其他人也做不到。

如果他做了一个副本，运行了几个虚拟日，然后突然终止了它……那么至少这个副本会知道它自己的经验模式是否继续了。

如果在无数个替代世界中的另一个保罗·达勒姆能够为终止的副本提供一个未来——一个它可以融入的模式——那么也许那个有血有肉的达勒姆会再次重复整个过程。

以此类推，一次又一次。

虽然接续总是完美的，但对有血有肉的人类来说，相信他有第二个作为副本的过去的“解释”必然会越来越“勉强”，越来越没有说服力……而尘埃理论会变得越来越有吸引力。

保罗在黑暗中躺在床上，等待日出，沿着这条镜子走廊凝视着未来。

有一件事让他耿耿于怀。他敢发誓，就在醒来之前，他做了一个梦：一个精心设计的寓言，传达了某种洞见。这就是他所知道的，或者认为自己知道的。梦的细节在回忆的边缘徘徊，令人抓狂。

不过他的梦境都会很快被遗忘，他也并不指望能记住更多的东西。

17

（不宽恕贫乏）
2051年4月

玛丽亚在座位上换了个姿势，试图让自己的血液循环流动起来，然后发现这还不够。她站起来，一瘸一拐地在房间里走来走去，弯下腰来按摩被压麻的右小腿。

她说：“而你的意思是你是第二十三个？”她几乎害怕自己的口气听起来太过怀疑。不是因为她相信达勒姆会感觉受到冒犯，而是因为这个故事是如此奇怪地引人入胜，她不确定自己现在是不是已经想要拆穿它。只要露出一丝嘲讽，闸门就关不住了。“你是第二十三位有血有肉的保罗·达勒姆，你的过去包含了你所有的前身？”

达勒姆说：“我也许算错了确切的数字。我可能多次计算了这最后一个版本。如果我能相信二十三个化身，其中一些可能是假的。我所遭受的蒙蔽的整个性质促成了这种不确定性。”

“促成。这么说是不是有点轻描淡写了？”

达勒姆保持着镇静：“我现在已经痊愈了，纳米外科手术起了作用。医生宣布我神志正常，我没有理由质疑他们的判断。他们扫描了我的大脑，它的功能无懈可击。我看到了数据，之前和之后的。前额叶皮层的活动——”

“但你看不出来这有多荒唐吗？你承认你曾被蒙蔽。你坚持说你现在已经痊愈了。但你声称你的妄想并不是妄想——”

达勒姆耐心地说：“我从一开始就承认：我的病症说明了一切。我相信——因为我精神有问题——我是另一个保罗·达勒姆的第二十三代副本，他来自另一个世界。”

“因为你精神有问题！不用多说了。”

“不！因为我现在已经被证明拥有理性，而且尘埃理论的逻辑对我来说和以前一样合理。不管我的记忆是真是假，还是亦真亦假，都没有区别。”

玛丽亚发出一声不接受的哀号：“尘埃理论的逻辑！它根本不是个理论，它无法接受检验。”

“无法接受谁的检验？”

“任何人的！我的意思是……哪怕假设你所相信的一切都是事实：你已经‘经历’了二十三次独立的实验，你仍然不知道你已经证明或者证伪了什么！正如你所说：你的病症说明了一切。你难道没有听说过奥卡姆剃刀吗？一旦你对某件事情有了一个完美的简单解释，你就不该为它寻找更复杂的解释方法？不需要尘埃理论。”她的话在近乎空旷的房间里回荡着。她说：“我需要透透气。”

达勒姆坚定地说：“得到了二十三次模棱两可的结果之后，我知道这一次该怎么做了。一个副本加上一个虚拟环境只是一次拼凑，一团乱麻。这样的系统还不够丰富，不够详细，也不够一致，无法自我维持。否则的话，当我被关闭时，我所处的整个虚拟现实世界就会持续存在。那样的情况从未发生过。相反，每次我都能找到一个有血有肉的人类，并有理由相信他与我拥有共同的过去。这比虚拟现实更能解释我的经验模式——甚至到了疯狂的地步。

“我现在要做的是构建一个一致的模式，它只能有一个过去。”

玛丽亚深呼吸了几下。这简直让人无法忍受。达勒姆破旧的公寓，他宇宙般宏大的愿景，他无情的、机械的逻辑，尝试在自己疾病的后遗症中找到意义的恒久努力。医生已经治愈了他，他是清醒的。他只是不想否认他妄想的过去，所以他发明了一个逻辑完美无缺、完全不可辩驳的理由来紧握着它不放。

如果他真的告诉了警察这一切，他们为什么还在追捕他？他们应该已经看出来他是无害的，并放过他了——让他的白痴客户们自生自灭好了。这个人甚至对自己都没有危险。如果他能把在这个“项目”中投入的一小部分精力和智慧转而用于有意义的事情上——

达勒姆说：“你知道什么是伊甸园配置吗？”

玛丽亚一时间没反应过来，然后说：“知道，当然了。在元胞自动机理论中，它是系统的这样一种状态：不可能是以前任何状态的结果。没有其他的元胞模式可以产生它。如果你想要一个伊甸园配置，你必须从它开始——你必须把它作为系统的初始状态手工输入。”

达勒姆对她咧嘴一笑，仿佛她刚刚承认自己输掉了整个争论。她说：“怎么了？”

“这还不明显吗？元胞自动机并不像拼凑的虚拟现实。它的每一部分都是一致的，正如物理宇宙，没有毫无章法的专门定制的高阶律条，一套规则适用于每个元胞。对吗？”

“是的，但是——”

“因此，如果我为一个元胞自动机设定了伊甸园配置，运行上几万亿个时钟刻度，然后关闭它……该模式将继续在尘埃中自我发现——独立于这个版本的我，独立于这个世界，但仍然毫不含糊地以那个初始状态为本源。一个无法用自动机的规则来解释的状态。这种状态一定是在另一个世界中构建的——与我记忆中的一模一样。

“到目前为止，全部的问题在于，我的记忆在新的世界内部总是完全可以解释的。我关掉作为一个副本的自己——然后发现自己在一个有血有肉的身体里，带着有血有肉的记忆，而这些记忆是可以由某个有血有肉的大脑的早期状态，通过物理学定律产生的。这个世界可以解释我：只不过是一个有难以置信的妄想的人——但不可否认的是，我确实有一段完整的额外历史，而在这里（不是字面上的“这里”），在物理上是不可能的。因此，无论我倾向于相信什么，我都不得不承认，实验的结果仍然是模棱两可的。我仍然可能是错的。

“但是元胞自动机不能为伊甸园配置提供‘额外的历史’！——那在数学上是不可能的。如果我发现自己身处一个元胞自动机宇宙，并且可以将自己的过去追溯到伊甸园配置，那就能确凿无疑地证明，我确实在以前的化身中播下了后来成长为整个宇宙的种子。尘埃理论将被证实。而我将最终知道——毫无疑问——一直以来，我并不仅仅是疯了而已。”[1]

玛丽亚觉得自己已经晕头转向了。在一个层面上，她知道她不该继续迁就他，不该继续认真对待他的想法。在另一个层面上，如果达勒姆错得如此离谱，她似乎应该能够指出其中的原因。她不应该只能喊他疯子，抗拒听他继续讲话。

她说：“发现自己身处一个元胞自动机世界里？你不是指自动域？”

“当然不是。根本不存在把人类转化成自动域生物化学的前景。”

1　作者在自己网站的问题解答中指出，他后来才得知，此处达勒姆的设想与元胞自动机理论中的“伊甸园定理”不合。该定理指出，当且仅当一个元胞自动机中存在孪态（能产生相同后续结果的一对状态）时，才存在伊甸园配置。因此将过去追溯到伊甸园状态时会得到多种可能的历史，无法确定自己到底经历了哪种历史。详见：https://www.gregegan.net/PERMUTATION/FAQ/FAQ.html。

“那是什么？”

“有一种叫TVC的元胞自动机，这个名字是用图灵、冯·诺伊曼和姜氏三人姓氏的首字母拼凑成的。姜氏在21世纪初前后完成了它。它是冯·诺伊曼20世纪50年代工作成果的一个加强版，更加优雅。”

玛丽亚不确定地点头。这些她都听说过，但这不是她的领域。她确实知道约翰·冯·诺伊曼和他的学生开发了一个二维元胞自动机，一个简单的宇宙，你可以在其中嵌入一个精心设计的元胞模式——一个与乐高相当类似的“机器”——它既是一个通用构造器，又是一个通用计算机。只要有正确的程序——一串元胞被解释为编码指令，而不是机器的一部分——它就能完成任何计算，并建立任何东西，包括它自己的另一个副本——而那个副本还可以再建立另一个副本，以此类推。自我复制的小小玩具电脑可以无休止地不断涌现。

她说：“姜氏自动机是三维的，对吗？”

“厉害得多。N维的。四维、五维、六维，随你喜欢。这就留下了足够的空间，可以容纳触手可及的数据。在二维空间中，最初的冯·诺伊曼自动机为了数据的每一步演化，都必须走得越来越远——等待得也就越来越久。在一个六维的TVC自动机中，你可以有一个三维的计算机网格，它持续无限地增长——每个计算机都有自己的三维存储器，它也可以无限制地增长。”

玛丽亚木然地说：“你想在这其中扮演什么角色呢？如果你认为将人类的生物化学翻译成自动域术语很困难，那么你要如何将自己映射到一个只为支持冯·诺伊曼自动机而设计的六维世界中？”

“TVC宇宙是一个大型的且不断扩大的处理器集群，它运行的是我的一个副本——”

“我还以为整个重点是要取消副本！”

“——在一个能让我与TVC层面互动的虚拟现实环境中。是的，我将是一个拼凑的副本，像往常一样——没有别的选择——但我也将与元胞自动机本身联系起来。我将见证它的运作，我将体验它的规则。通过观察它，我将使它成为必须解释的内容的一部分。

“而当正在物理计算机上运行的模拟TVC宇宙突然关闭时，对我所见证之事最好的解释将是该宇宙的延续——由尘埃组成的延伸。”

玛丽亚几乎可以看到它了：一个巨大的计算机晶格，在随机噪声的海洋中一颗秩序的种子，完全通过内部逻辑的力量从一刻发展到下一刻，通过定义空间和时间的行为，从非时空的混乱中“堆积”必要的构件。

不过，想出它的样子并不意味着相信它了。

她说：“你为什么这么肯定？为什么不是另一个受到蒙蔽的精神病人，相信自己是——曾有段时间是——在另一个世界的处理器集群上运行的TVC自动机上的副本？”

“你是那个引用奥卡姆剃刀的人。你难道不应该说一个自成一体的TVC宇宙是一个更简单的解释吗？”

“不，这是我能想象到的最诡异的事情了。”

“比起这个宇宙的另一个版本——里面包含另一个版本的我，以及另一套便利的妄想，它可远没有那么怪异。”

“你的客户中有多少人相信这一套？有多少人想要来凑这个热闹？”

“十五个。还有一个，我认为他已经心动了。”

“他们付了……？”

“大约每人两百万。”他哼了一声，“挺有意思的，警察对这一点的重视程度。一些大额资金转了手，原因要比平常复杂——于是他们认定我是在搞什么违法的勾当。我的意思是，众所周知，亿万富翁向‘无影响上帝教会’捐的钱要比这还多。”他急忙补充道，“我那帮有钱人没有捐的。”

玛丽亚自己也对此事的规模感到有些难以置信：“你找到了十五个在听到这些废话后愿意拿出两百万的副本？那么容易上当的人就活该丢钱。”

达勒姆没有生气：“如果你是一个副本，你也会相信尘埃理论。你会在你不存在的骨子里感受到它的真实性。这些人中的一些人重复了我的实验——在随机的碎片中计算自己——但其他的不需要这样做。他们已经知道，他们可以把自己分散在真实的时间和空间中，而仍然会找到自己。每个副本每天都会向自己证明尘埃理论一百万次。”

玛丽亚突然想到，达勒姆搞不好是专门为了骗她而编造了这一切，对他的客户讲的却是海登所假设的完全非形而上学的欺诈说辞：关于一台隐藏的超级计算机。但她想不出来把她弄迷糊对他有什么好处……而且现在太多的细节形成了太多的意义。如果他的客户接受了整个疯狂的设想，如何让他们相信一台不存在的超级计算机的问题也就消失了。或者至少从一个证据问题变成了信仰问题。她说：“也就是说你答应把你的每个‘支持者’的快照装进伊甸园配置中，加上在TVC上运行的软件？”

达勒姆自豪地说：“不仅如此，世界各大图书馆，虽然不是全部馆藏，但也有数以千万计的文件——文本、音频、视觉、交互式程序，涉及每个可以想象的主题。数据库多得无法列举——包括所有经过测序的基因组。软件：专家系统、知识矿工、元编程器。数以千计的现成的虚拟现实环境：沙漠、丛林、珊瑚礁，火星和月球。我还委托马尔科姆·卡特创造一座大城市，用作中央会议场所：置换之城，TVC宇宙的首都。

“当然，也会有你的贡献：一个外星世界的种子。人类最终会在这个宇宙中发现其他生命。我们怎么能放弃做同样事情的希望呢?当然，我们会有自己的软件后裔，以及重新创造的地球动物，以及无疑是前所未有的、完全人造的生物。我们不会孤独的。但我们仍然需要一个遇到‘他者’的机会。我们决不能抛弃这种可能性。而要论异乎寻常，还有什么能赶得上自动域生命?”

玛丽亚感觉自己浑身起了鸡皮疙瘩。达勒姆的逻辑无懈可击。一个无休止扩张的TVC宇宙，随着新的计算能力从四面八方被无中生有地制造出来，“将”最终大到足以运行一个自动域星球，甚至整个行星系统。这是兰伯特星球的打包版本——压缩的描述，用地形摘要代替实际的山脉和河流——可以很容易地装入现实世界计算机的内存。然后达勒姆的副本只需要等待TVC网格足够大——或者暂停自己以免于等待——就可以让整个系统发展下去。

达勒姆说:“我一直在开发软件，它将在现实世界的计算机上运行TVC宇宙的最初时刻。我也许能自己完成这个。但是如果没有你，自动域那块的工作我是搞不定的，玛丽亚。”

她厉声笑道:“你还指望我继续为你工作?你对我撒谎。你给我招来了反欺诈小组。你承认有精神疾病的历史。你告诉我你是一个来自平行世界的零售业百万富翁的第二十三个化身——”

“无论你对尘埃理论有什么看法——无论你对我的精神健康有什么看法——我都可以向你证明我不是罪犯。我的支持者们都会做证。他们都清楚他们的钱被用来做什么了，他们不是欺诈的受害者。”

“我接受这一点。我只是——”

“那就接受报酬，完成工作。无论警察告诉你什么，你都有权利得到这笔钱，我也有权利把钱给你。谁也不会把你告上法庭，谁也不会把你扔进监狱。”

玛丽亚思绪乱了:“那什么，等一下。你能不能给我一个考虑的机会？”达勒姆口中纯粹的合理性开始令人身心俱疲，就像任何明显的狂热分子的慷慨陈词一样。在过去的半个小时里，有太多的事情发生了变化，她甚至没能找到机会开始重新评估自己的处境：法律上、经济上……和道德上。

她说：“为什么你的支持者不把这一切告诉警察？如果他们能向我证实你的说法，为什么他们不能向警察证实？他们拒绝谈论，只会助长警方的怀疑。”

达勒姆表示赞同：“你说得对啊，这让一切都难上加难——但我只能继续忍着。你认为他们会冒真相被公开的风险吗？已经出现过一些令人尴尬的泄露——不过到目前为止，我们还是能够通过放出我们的错误信息来把水搅浑。那些事实上控制着亿万价值级别商业帝国的副本更希望人们把他们与某个可疑的推销员和他的突破性超级计算机联系起来——并让流言因缺乏证据而消失——而不是让世人知道他们计划把一个克隆体送到一个无须硬件运行的人造宇宙中。当人们疑心某个董事会是不是把业余时间都用来玩荒淫无道的古罗马宫廷戏时，股票市场就会紧张得不行。万一有消息传出来，某个身居高位的副本做了某件事情，可能被解读为他们不再觉得有义务关心他们的公司责任、他们的个人财富，或是地球的持续存在……”

玛丽亚走到窗前。窗户是开着的，但外面的空气是凝滞的。站在纱窗前，她感觉仿佛面对着一堵坚实的砖墙。上面的公寓里有人在大声争吵，而她这才注意到。

当达勒姆第一次联系她的时候，她曾半认真地想过，她是不是在利用一个已经失去理智的人。现在，她做不到把这个想法仅仅当作对一个古怪同伴的伪善侮辱而甩开。这不是一个钱多得不可思议的人造生命狂热者的问题。一个前精神病患者正计划花费他人的三千万来“证明”自己的理智，并带领其追随者的克隆体进入一个将持续约二十秒的电子天堂。

达勒姆说："如果你不同意完成生物圈的种子，我找谁来代替你？没有其他人掌握其中的门道。"

玛丽亚瞪着他："少来奉承我。也不要为种子的事自我欺骗了。你要的是一揽子有说服力的数据，而你将得到的也就是这个——哪怕我完成了工作。如果你指望兰伯特星球的居民用他们的后腿站起来和你说话……我可保证不了这一切会发生，即便你把整个系统运行十亿次。你应该模拟现实世界的生物化学。至少在这个系统中，智能生命的出现已经得到证明了……而且你应该拥有实现这个的计算能力。"

达勒姆据理力争："兰伯特自动菌看起来更简单、更可靠。任何现实世界中的生物体——经过亚原子级别的建模——作为一个程序都将太大了，无法事先在任何物理计算机上进行测试。而且，如果我没能让它运作起来，我也来不及改变主意并尝试另一种方法了——我被困在TVC宇宙中，有大量的书籍和期刊，但没有专业人才库。"

玛丽亚感到一阵深切的寒意。每当她认为自己已经接受了达勒姆对这种疯狂行为有多么认真，他就会给出一个这样的答案，让她重新认识到这一点。

她说："好吧，自动域生命可能会变得同样无用。你可能会让嗜水菌一代又一代地产生无用的突变，而你却没有办法去解决它。"

达勒姆似乎正要回答，但又选择了沉默。玛丽亚感到寒意又袭来了，起初还不知道为什么。一秒钟后，她瞪着他，气愤异常，就像他已经直接请求她了一样。

"我是不会帮你解决这个问题的！"

达勒姆在一时间有风度地露出打退堂鼓的样子——但他没有否认自己有过这个想法，而是说："如果你不相信尘埃理论，那么在伊甸园数据中有你的一份扫描文件也没什么问题吧？"

"我不希望我的一个副本醒来之后只能活主观时间的几秒钟，

知道自己将会死去！”

“谁说过要唤醒它？在模拟的TVC网格上运行一个副本是计算机密集型操作。当我们还在物理计算机上运行时，我们做不到唤醒一个以上的副本。也就是我的副本。至于你呢，你的扫描文件甚至不会被用来建立副本。数据将只是待在那里，完全没有活力。而你可以坐在外面的终端面前，监督整个操作，确保我遵守我的承诺。”

玛丽亚感到愤慨——尽管她花了一秒钟才在达勒姆令人恼火的逻辑中找到目标。

“而你——确信我最终会醒来——会乐于用虚假的借口让我加入这个计划？”

达勒姆似乎对这一指控真心感到莫名其妙：“虚假的借口？我已经把所有的事实都告诉你了，我也已经尽可能地论证了我所说的话。如果你不相信我，那不是我的错。难道我应该为自己是正确的而感到内疚吗？”

玛丽亚正打算回答，又觉得这个问题可笑得不值得深究。她说：“不要紧。你不会有机会感到什么的，因为我肯定不会提供一份扫描文件给你。”

达勒姆低下了头：“这是你的决定。”

玛丽亚双臂抱在胸前，她其实在微微颤抖。她想：我害怕利用他吗？如果他所做的真的是合法的……我就搞定工作，拿钱走人。他的副本会花上几秒钟时间，相信自己正在前往副本天堂——无论我怎么做，这都会发生。那十五个克隆体将在沉睡中经历这一切，仿佛他们从未被制造过。这不是琼斯镇。

达勒姆说：“报酬将是六十万。”

玛丽亚说：“六亿我也不在乎。”她本想喊出来，但她的话渐渐变成了耳语。

六十万足以拯救弗朗西斯卡的生命。

18

（不宽恕贫乏）
2051年5月

皮尔似乎在和凯特做爱，但他有所怀疑。一望无际的草地上，他身下是柔软的干草，周身沐浴着温和的阳光。凯特的头发比往常更长，在她吻到的部位搔弄着他的皮肤，对他的轻拂总能精准地撩拨起他的情欲，看起来不太可能是偶然的。他听得到昆虫和鸟的鸣声。皮尔可以回忆起大卫·霍桑有一次在田野里和一个长期受苦的情人做爱。当时他们刚参加过她父亲的葬礼，正从约克郡开车回伦敦，那时这事看上去似乎是个好主意。这次不同。没有树枝，没有石头，没有动物粪便。没有潮湿的土地，没有草渍，没有瘙痒。

完美的草地本身并不是怀疑的理由。他们都不是逼真度狂人，不会在受虐倾向的驱使下重建真实环境中令人恼火的细节。良好的性爱同样是一个选择的问题。但皮尔发现自己还是在捉摸，凯特是否真的同意了这个行为。她已经好几个月没有真正和他做爱了——不管他把上次的记忆回收了多少次——他无法排除这样一种可能性：他只是决定欺骗自己，让自己相信她终于同意了。就他目前所知，他以前从未把事情做到那种地步，但他隐约记得，如果有一天他真的做到了，他决心要彻底掩盖证据。

他清楚地记得，他们参观卡特的城市时，凯特开始调情，然后当他们站在出口处，她伸手开始脱他的衣服。在她解开他衬衫扣子的时候，他关闭了她接触他身体的所有限制——当他们从生理角度来说合情合理的前戏进行到一半时，发生了一件令他震惊而愉悦得大叫起来的事情：另一个凯特，看不见的身体比他大二十倍，用一只手抓起他，举到自己的嘴边。

这一切都没有让他觉得特别不可能。如果凯特决定再次做爱，她的这些行为都是他可以想象出来的。这本身并不能证明什么。说不定是他自己编写了这个幻想，符合他对她的全部了解——或者选择了这个场景，然后改写他对她的“了解”，从而让这个行为看上去合理。不管是哪种情况，软件都可以设下一个虚假记忆链：从他们与卡特的会面——他觉得那是真实发生过的——到此刻的一个合理过渡。所有关于自我欺骗计划的记忆都会暂时被压制。

凯特停止了动作。她摇了摇头，把汗水甩到了他的脸上和胸前，说：“你是像看起来一样身在此处，还是在别的什么地方？”

“我正打算问你同样的问题。”

她邪恶地笑了笑：“啊，那么也许这个你希望是我的身体抢先问你只是为了让你放心。”

在她右肩上方的天空中，皮尔可以看到一朵流云变换了形状，仿佛一座奇形怪状的雕塑，模仿着下面草地上两人的身体。

他说：“然后有什么说什么？”

凯特点了点头，开始慢慢起身：“当然了。出于同样的原因，在你感到厌倦，说出来‘去他的，我不在乎’之前，需要多少次的虚张声势？”

她撑起自己，直到两人几乎分开。他闭上眼睛，置几何学的限制于不顾，一动不动地舔着她肩胛骨之间的汗水。她的回应是将舌头同时伸进他的两只耳朵。他笑了，睁开了眼睛。

上面的云已经变暗了。凯特非常轻微地颤抖着，再次俯身于他身上。

她说："你不觉得这很讽刺吗？"

"什么？"

"转化人通过刺激曾经负责物种延续的神经通路的副本来获取快乐。在所有的可能性中，我们就认准了这一个。"

皮尔说："不，我不觉得这是讽刺。我的讽刺腺体被切除了。若非如此，就是被阉割了。"

她低头对他微笑："我爱你，你知道。但我会告诉你吗？还是你会傻到假装我告诉过你？"

温暖、甜美的雨开始落下。

他说："我不在乎，我不在乎，我不在乎。"

皮尔坐在通往他家后门廊的四级木制台阶中最低的一级上，不时地低头看一下他赤裸的双脚和瘦弱的棕色手臂。*黄昏时分的十岁农场男孩*。凯特为他创造了环境和身体，他喜欢这幅作品的宁静氛围。没有无中生有的家人，没有要扮演的角色。这是一幅画，不是一部戏剧。一个地方，一个时刻，持续的时间取决于他打算在里面待多久。这幅画的景色并不十分逼真——形态、颜色和纹理的微妙扭曲，使人无法忘记他正居住在一幅艺术作品中——不过也没有什么重磅技艺：没有明显的笔触，没有凡·高画作的光照效果。

在散落着鸡饲料的泥土上方一米处，一个交互窗口悬浮在他面前，破坏了整体美感。克隆工具坚持遵循一个精心设计的确认程序，皮尔则一直说：“请跳到最后一个问题，我很清楚我在做什么”——然而戴着法官发卷、穿着长袍的图标不断在窗口前跳出来，郑重宣称：“你必须仔细阅读这个警告。在我们进入下一阶段之前，你的大脑模型将直接接受检查，以证明你已完全理解。”

这比“解脱”要麻烦一千倍——他知道这一点，因为他曾经差一点就“解脱”了——但是，对外面的人来说，“解脱”在法律上造成的复杂问题更少。皮尔的遗产由一个执行人控制，她签署了一份合同，要求她根据“任何经适当认证的通信——包括但不限于，以视觉和（或）听觉模拟出现的人类形象，用以提供指示或建议”行事。“适当认证”的意思是以一个九十九位数的编码密钥为核心。当皮尔的副本由他的扫描文件生成时，这个密钥已被“硬连接”到他的大脑模型中。如果有必要，他可以在一些不太可能发生的紧急情况下有意识地召唤它，但通常他通过一个简单的意志行为来使用它。他录下一张视频明信片——希望它能算是“适当认证”——事情就办成了。除非密钥被盗——从包含代表他大脑的数据的计算机内存中被取出来——否则，在这个星球上，皮尔是唯一能够以与他自己的匹配密钥相容的形式向他的执行人下达加密指令的软件。这是他所拥有的最接近于法律身份的东西。

根据法律规定，副本的每个克隆都必须得到一个新密钥。在克隆之前，最初的副本要负责在两个未来的自己之间分配世俗的资产——或者说，在执行人的两个投资组合之间分配。

皮尔劳心费力地完成了向克隆工具保证他一开始所言不虚的过程。他说的是，克隆体不需要自己的资产。皮尔将在被默许的情况下运行它，亲自为它的运行时间付钱。他不打算让它保持意识超过一两分钟，时间只要够让自己确信自己在做正确的事情就可以了。

他几乎希望凯特现在和他在一起。她提出过要来这里，但他拒绝了她。他很高兴得到她的支持，但此事必须在私下进行。

最后，工具说：“这是你最后一次取消的机会。你确定你想继续吗？”

皮尔闭上了眼睛。*当我看到我的原版坐在门廊上，我就会知道我是谁，并接受它。*

他说：“是的，我确定。”

皮尔没有感觉到变化。他睁开眼睛。新生成的孪生兄弟站在刚刚交互窗口所在的那块地面上，睁大眼睛盯着他。皮尔打了个寒战。他认出了那个男孩就是自己，而且不仅仅是在理智上——凯特的作品包括对他大脑中处理身体形象的每个部分的调整，所以他在镜子里瞥见自己时感受到的震撼不会比他走路时四肢的感觉所带来的更加强烈。但效果并不是看穿十岁身体的“伪装”，而是发现自己在心里面将克隆体——和自己——当成了真的那么年轻。*他怎么能把这个孩子送去流放？*

皮尔把这个荒谬的想法放在一边：“怎么样？”

克隆体仿佛在晕头转向：“我——”

皮尔提示他：“你知道我想听什么。你准备好了吗？你对自己的命运满意吗？我的决定是正确的吗？你才是知道的人，现在。”

“但我不知道。”他用恳求的表情看着皮尔，仿佛希望得到指导，“我为什么要这样做？提醒我一下。”

皮尔大吃一惊，不过一定程度的困惑也在预料之中。他自己的声音听起来很“正常”——这要归功于神经系统的调整——但克隆体的口吻仍然像一个受惊的孩子。他轻轻地说：“凯特，我们想和她在一起。两个她——”

克隆人狂热地点点头。“当然了。”他紧张地笑了，“我当然准备好了。一切都很好。”他的眼睛在院子里转来转去，仿佛在寻找一条逃跑路线。

皮尔感到胸口发紧。他连忙说：“不愿意的话，你就不必去做。

你是知道的。你此时此刻就可以解脱，如果那是你的希望。”

克隆体表现出前所未有的惊慌。“我不想那么做！我想和凯特一起偷渡。”他犹豫了一下，然后补充说道，“她在那里会更快乐，更安全。而且我确实想和她在一起。我想了解她的那一面。”

“既然如此，还有什么不妥？”

克隆体跪倒在泥土中。有那么一瞬间。皮尔以为他在抽泣，然后他意识到那声音是笑声。

克隆体恢复了平静，说：“没有什么不妥——但你希望我怎么接受？我们两个人，与其他一切隔绝。不仅仅是现实世界，还有所有其他副本。”

皮尔说：“如果你感到孤独，你总是可以生成新的人。你将有机会使用个体发生软件，而且没有理由关心速度减慢的问题。”

克隆体又开始笑了。泪水顺着他的脸流了下来。他抱着自己，侧身翻倒在地上。皮尔看着，感到很困惑。克隆体说：“我还在努力为婚礼做准备，你就已经拿孩子来威胁我了。”

突然，他伸手抓住了皮尔的一只脚踝，然后把他拖下台阶。皮尔的屁股撞在地上，发出砰的一声，很是刺耳。他的第一直觉是要冻结克隆体与他互动的力量，但他阻止了自己。他没有危险——如果他的孪生兄弟想对他——兄弟兼造物主——发起攻击，他可以接受。毕竟，他们势均力敌。

两分钟后，皮尔脸朝下趴在泥土中，双臂被别在身后。克隆体跪在他身上，气喘吁吁，但取得了胜利。

皮尔说：“好吧，你赢了。现在从我身上下来——否则我就把身高增加一倍，增重四十千克，站起来把你压扁。”

克隆人说：“你知道我们应该做什么吗？”

“握手告别。”

“抛硬币。”

“为什么？”

克隆人笑了起来：“你觉得呢？”

“你说你很乐意去。”

“我乐意，但你也应该乐意。我说我们抛硬币，如果我赢了，我们交换密钥数字。”

“那是违法的！”

“违法的！”克隆人很不屑，“听听这位唯我论国家副本在援引现实世界的法律呢！这很容易做到，有这样的软件，你只要同意就行。”

说话很困难。皮尔吐出了沙子，但有一颗不知什么种子塞进了牙缝，他没办法剔出来。不过奇妙的是，他并不愿意“作弊”——把种子从嘴里弄出来，或者把克隆体从背上弄下来。他已经很久没有被迫忍受哪怕最轻微的不适了，这种新鲜感似乎超过了不便。

他说：“好吧，我同意。”

如果他输了呢？但他为什么要担心这个呢？五分钟前，他已经准备好了，要生成——成为——那个偷渡的克隆体。

他们一起创造了硬币，唯有这样才能确保它不受任何隐性影响。他们共同调用的现实编辑器提供了一个现成的标准物体供他们按需取用，他们把它装饰成一镑硬币。它不会被赋予抛出一枚真正的硬币的物理学原理。任何一个副本都可以很容易地计算和执行拇指的轻弹，从而获得预定的结果。结果将由操作系统隐藏层中的随机数发生器控制。

皮尔说：“我扔，你叫。”——克隆体分秒不差地说出了同样的话。他笑了起来。克隆人则只是淡然一笑。皮尔正准备顺从对方，然后决定等一下。几秒钟后，他独自说道：“好吧，你来扔。”

硬币上升的时候。皮尔想过把它包裹在第二个物体中，一个由他单独控制的无形薄壳——但公平硬币的一长串属性中可能包括在真实面目被掩盖时大叫犯规。他在硬币落地之前喊了一声：“头！”

他们两个人跪趴下去，几乎撞到了头。一只母鸡走过来。皮尔向后踢了一脚，把它赶走了。

金诺克总统的侧面，在灰尘中闪闪发光。

克隆体与他对视。皮尔竭力不让自己看起来松了一口气——就差没有切断与自己身体的联系了。他试图解读克隆体的表情，但没有成功。他看到的只是自身不断加深的麻木的映射。皮兰德娄曾说过，在盯着镜子的时候不可能有任何真正的情感。皮尔决定把这当作一个好兆头。他们毕竟还是一个人，这才是重点。

克隆体站起来，掸去膝盖和肘部的灰尘。皮尔从牛仔裤的后口袋里拿出一张全息压印的图书卡，递了过去。那是他复活后积累的所有环境、定制程序、身体、记忆等数据副本的图标。

克隆人说：“不要担心我——或者凯特。我们会互相照顾的。我们会幸福的。”当他说话时，他流畅地蜕变为一个年长的身体。

皮尔说：“彼此彼此。”他和年轻人握了握手，然后召唤出他的一个控制窗口，冻结了这个克隆体，将这个一动不动的身体用作快照文件的一个图标。他把它缩小到几厘米的高度，压成一张二维明信片，并在背面写道：交给马尔科姆·卡特。

然后，他沿着公路走了一千米，来到凯特的一个小联络点，一个标有美国邮政的邮筒，把明信片投了进去。

19

（不宽恕贫乏）
2051年6月

麻醉师说：“从十开始倒数。”

玛丽亚说：“十。”

她梦见自己提着一箱子钱来到弗朗西斯卡的门口。她跟在母亲身后走过大厅时，箱子盖开了，百元大钞飘了出来，像纸屑一样漫天飞舞。

弗朗西斯卡转过身来，容光焕发地面对着她。她温柔地说：“你不应该这样做，我亲爱的，但我理解，你不能把它带走。”

玛丽亚笑了起来：“你不能把你自己带走。”

她的父亲在客厅里，穿着结婚那天的衣服，尽管没有那么年轻了。他喜笑颜开，向玛丽亚伸出双臂。他的父母和弗朗西斯卡的父母站在他身后——玛丽亚走近时，她从高处看去，在她的祖父母和外祖父母身后是堂亲表亲姑妈舅妈，然后是曾祖父母、姑奶奶们，一排又一排的亲戚和祖先，一直站到房子的深处，欢声笑语，喋喋不休。这笔钱恢复了他们所有人的生命。她怎么能自私到考虑拒绝他们参与这次大团圆呢？

玛丽亚在人群中穿行，与她从来不知道的人打招呼。眼瞳乌黑、相貌英俊的七代旁系表哥亲吻她的手，用她听不懂但很好听的方言低声恭维。穿着优雅的黑色礼服、戴着面纱的寡妇与她们复活的丈夫携手并立。孩子们在大人的腿间穿行，一把一把地偷拿食物，一边跑一边往嘴里塞。

诊所的神经学家原来是一个远房亲戚。玛丽亚用手捂住那女人的耳朵，在聚会的嘈杂声中喊道："我被扫描了吗？我的副本会记得这些吗？"神经学家解释说，扫描只能捕捉到作为突触强度变化的永久性记忆。这个梦中稍纵即逝的电化学反应将永远消失。她隐晦地补充道："没有做梦的那个会不记得。"

玛丽亚感到自己就要醒来。她突然担心自己可能是那个副本，努力想留在梦中——好像她可以强行穿过人群，回到剧情中，从另一个出口离开。但是，场景越来越模糊，越来越不可信。她能感觉到自己醒来时身体的沉重存在：疼痛的肩膀，肿胀的舌头。

她睁开了眼睛，独自一人待在朗道诊所装潢怡人的恢复室里。在被注射麻醉剂之前，她已经被推着参观了一番，所以她很清楚会看到什么。不过，过了几秒钟，梦中的现实才逐渐消失。*她的父亲已经死了。她的祖父母都死了。没有大团圆，以后也不会有。*

至于副本……她的扫描文件甚至还不存在。原始断层成像数据需要几个小时才能处理成高分辨率的解剖图。而且她仍然可以改变主意，让达勒姆根本无法掌握结果。他为扫描向诊所支付了费用，但如果她拒绝交出文件，他也无计可施。

恢复室的灯光很柔和，两旁是没有气味的蓝色和橙色花朵。玛丽亚闭上了眼睛。如果达勒姆的逻辑真的靠谱，*原始断层成像数据*可能会易如反掌地自我处理，*找到自己的意识*，就像任何被切割和随机运行的副本一样，而不需要一个最终的扫描文件。

甚至不需要扫描。同样的数据肯定已经存在了，散落在宇宙中，不管这样的数据是不是从她的大脑中取出来，并汇集到她所认为的一处。

事实上，如果达勒姆是对的——如果他认为会在他的TVC宇宙中发生的事件可以在尘埃中自我发现——那么这些事件无论如何都会发生。任何人在这个世界上做什么事情都无关紧要。整个伊甸园项目是多余的。尘埃的每一个能够感知自己、理解自己的排列都做得到。而她若是拒绝接受扫描，取得的无非就是拒绝让那个排列的玛丽亚拥有看起来与她特定的生活重叠的历史。而另一个女人——在另一个世界，另一个排列——将取代她的位置，扮演这个角色。

玛丽亚睁开眼睛。她刚刚回忆起她打算醒来后做的第一件事。每台扫描仪都被设定为可以识别——实时地，不等接下来所有艰巨的数据处理工作启动——四到五种特殊染料的磁共振光谱，这可以用于对准和识别。扫描技术员慷慨地借给她一支“三号”记号笔，并指示扫描仪忽略这种特殊的染料。

她从床单下抽出手。她的左手掌心仍然写着：你不是副本。

她舔了舔手指，开始擦那些不必要的字。

玛丽亚在十二点半左右到达悉尼北部的公寓。两台终端机并排摆放在达勒姆厨房的桌子上，除此之外，这个地方和她上次造访时一样空空荡荡。

虽然技术上并无必要，但玛丽亚坚持，在达勒姆所谓的“启动”——将TVC宇宙的最初时刻作为软件在真正的计算机上运行——过程中，她和他要处于同一物理位置。这一启动行为据称将种下一个独立的、自我维持的宇宙，填补依靠现实世界硬件的版本所留下的空白。至少这样她可以监视他按下的键和他说的话，而不必怀疑对方展现给她的到底是不是那个层面上真正发生的事情。她不知道自己在防备什么——但达勒姆是个高智商的人，有一些非常奇怪的信仰，而且她没有理由相信他已经揭示了他的全部妄想。他的客户已经证实了他的部分故事——他们有足够的资源来进行比她更多的验证——但达勒姆还是有可能并没有对他们如实讲述他头脑里的东西。

她想相信他，她想相信她终于找到了真相——但她还是有可能错了，甚至离谱程度难以估计。她觉得她认识他的时间够长了，没必要过分地担心自己的人身安全——然而她认为自己对这个人的一切了解还是有可能再次被证明是完全错误的。如果他从厨房水槽那里走过来，挥舞着一把刻刀，平静地宣布他打算把她献给新月之灵，她也没理由感到被背叛，或者感到惊讶。她不能指望靠精神错乱的收益来生活，也不能把文明行为的常见参数视为理所当然。

有血有肉的达勒姆只是问题的一半。一旦模拟TVC元胞自动机的程序启动，按照计划，她和达勒姆都不会介入。任何来自外部的修修补补都会违反自动机的规则——新宇宙的基本法则——使整个努力成为一个笑话。只有运行在模拟的TVC计算机上的达勒姆的副本可以与这些法则和谐相处。他们总是可以选择中止项目，拔掉插头——但从其他任何方面来说，控制大局的都是达勒姆的副本。

（当然，如果因为出了问题而中止模拟，在达勒姆看来，那并不能阻止一个独立的宇宙创生于他们的控制之外……但是那样他们也许就能省下足够多未使用的计算机时间来进行第二次尝试。）

那个宇宙一旦运行起来，她的手就被绑住了。要想影响发生或者不发生的事情，她唯一的手段是通过伊甸园配置——其中包括TVC晶格一开始将要运行的所有程序。玛丽亚亲自编写了这个内部启动软件的一部分，其余部分是由达勒姆或者他委托的其他人编写的，不过她都亲自检查过。她还内置了一个保障措施：在TVC处理器解决一个难度适中的数学方程式之前，除了达勒姆的副本，所有的副本都将被阻止运行。玛丽亚估计，全世界的计算资源加起来也不可能在十年内解决这个问题。价值三千万的算力，减去间接费用，离解决还差得远呢。在达勒姆和他的追随者眼中，这并不是什么障碍。新兴的TVC宇宙不断增长的资源会让它变成小菜一碟，在启动后的一两个星期内搞定方程式。但是，如果没有出现这样的宇宙——只要测试没有被规避——就不会有第二个玛丽亚·德卢卡，或者其他任何人，醒过来。这是她确保不会出现虚拟琼斯镇的手段。只有一个孤独的预言家闪现然后消失。

达勒姆泡了速溶咖啡。玛丽亚打量着这个简陋的房间，她说："这还不够好，你知道的。我们应该安排两百个戴着耳麦的人，让一个巨大的屏幕占满整面墙。就像美国宇航局执行旧任务一样。"

达勒姆伴着沸腾的水声说："别担心，我们每秒钟使用的计算能力都将超过美国宇航局用于整个阿波罗计划的计算能力。"

计算能力。又一件需要担心的事情。玛丽亚登录QIPS交易所。自从她上次检查以来，汇率略有上升，但到目前为止，还没有出现她所担心的迹象。如果"蝴蝶行动"恰好在今天再次进入市场，伊甸园将被冻结，推迟到QIPS汇率恢复正常水平。这对达勒姆及其追随者来说没有丝毫区别——哪怕启动程序在中途被抛出网络，几天乃至几周后才完成。现实世界的时间根本无关紧要。玛丽亚可以理解其中的逻辑，但是一想到延迟或者意外的放缓，还是会感到焦虑不安。她获得的每一份法律意见书都明确指出，她和达勒姆都不可能面临起诉——即便受到指控，定罪也是极其不可能的……而且就算被定罪了，申诉也几乎肯定会成功。尽管如此，她作为知情的"共犯"，与达勒姆共事的每一天都让她觉得自己更容易受到当局的摆布。在她承认放弃了她那可笑的"卧底"角色时，海登对她的态度可谓冷若冰霜。受到骚扰的风险很难在项目完成的那一刻消失——但她还是会感到极大的解脱。

她开始后悔自己履行了承诺，没有尝试记录达勒姆的客户向她保证他们是该计划中完全知情的参与者的声明。她在公共终端上看到的那些经过身份认证的信息可能并不等同于人类的证词，但把它们储存在某个芯片上会让她感到更保险。不管副本的法律地位如何，如果她能证明事实上的“犯罪受害者”清楚地知道他们买下的是什么，她就想象不出自己会因欺诈而被起诉。

达勒姆把她的咖啡放在桌子上。当他在她身边坐下时，玛丽亚喃喃地说着“谢谢”。他说：“没有最后一刻的顾虑吗？想退出的话，现在仍然可以。”

她的眼睛一直盯着屏幕上那张闪烁的QIPS交易饼状图：“不要引诱我。”仿佛她会认真考虑扔掉让弗朗西斯卡接受扫描的一次真正的机会——经历了那么多的辛劳和焦虑之后——而原因仅仅是一种可笑而微不足道的恐惧：这个人造宇宙可能真的会成为自给自足的存在。

达勒姆的终端发出哔哔声。玛丽亚瞥了一眼他的屏幕，一个信息框上写着“优先级通信”。他查看文本内容的时候，她看向了别处。

“正说着最后一刻的顾虑呢，黎曼改主意了。他想加入。”

玛丽亚烦躁地说道：“好吧，告诉他已经太晚了。告诉他，他错过了。”她不是认真的。根据她对项目财务状况的了解，达勒姆应该在今天结束时才能勉强达到收支平衡。再多一张票的价钱就能让他彻底翻身。

他说：“放松点——最多花半个小时就能把他装进去。而且他缴纳的费用远远超过了数据增加造成的成本提升，我们可以把整个启动时间延长一点了。”

玛丽亚不得不停顿下来，仔细琢磨他这句话。然后她说：“你要把二百万欧元中的大部分都用来延长这种——”

达勒姆笑了笑：“这种什么？这种反正会成功的东西？”

“这种你认为反正会成功的东西！”

“我看到我的副本观察TVC宇宙的时间越长，我就会越高兴。我不知道要怎样才能锚定自动机的规则——但如果十次无懈可击的实验听起来不错，那么十一次听起来更好。”

玛丽亚把椅子往后一推，离开了她的终端。达勒姆敲打着键盘，首先调用程序，重新计算伊甸园配置，好把新乘客和他的行李加入进去，然后将来自黎曼的意外之财直接存入项目的JSN账户。

她说：“你有什么毛病？两百万欧元比两百万澳元还多！都够你过下半辈子了！”

达勒姆继续输入，让黎曼的文件通过一系列的法律检查。“我还过得下去。”

“那就捐给慈善机构！”

达勒姆皱了皱眉头，但还是耐心地说：“据我所知，托马斯·黎曼每年都会为饥荒救济和农作物研究慷慨解囊。他选择用这笔钱在我的避难所买个位置。我很难把他的资金转向你或我认为最有价值的事业。”他瞥了她一眼，嘲讽地补充道，“那才是欺诈呢，德卢卡女士。你会因为那个进监狱的。”

玛丽亚不为所动：“你可以为自己保留一些。为了这种生活，这个世界。我认为你的客户们也并不会指望你不求回报地做这一切。”

达勒姆做完终端机上的工作，转身对她说：“我不指望你能理解。你把整个项目当作一个笑话——没关系，但你不能认为我会抱着同样的态度运行它。”

玛丽亚甚至不知道自己生气的原因了：启动的延迟，钱财的浪费——还是达勒姆坐在那里说得头头是道，一如既往。

她说：“这个项目就是个笑话。三亿人生活在难民营中，而你却在为十六个亿万富翁提供避难所！他们需要什么保护？永远不会有反副本的革命！他们永远不会被关闭！你和我一样清楚，他们只会在接下来的一万年里无所事事却变得更加富有！”

“有可能。”

“那么你就是个骗子，不是吗？即使你的‘避难所’真的出现了——即使你证实了你那宝贝理论——你的支持者得到了什么？你把他们的克隆体送进了禁闭室，仅此而已。你还不如把他们放在矿井底下的一个黑盒子里呢。”

达勒姆温和地说：“这话可不算对。你说的是副本存活一万年。要我说一百亿年怎么样？一千亿年呢？”

她对他怒目而视：“没有什么能持续那么久。你没听说吗？他们已经发现了足够的暗物质，可以在不到四百亿年的时间里逆转宇宙的膨胀——”

“正是如此。这个宇宙是不会持久的。”

玛丽亚讽刺地点点头，想说些轻蔑的话，但话卡在了喉咙里。

达勒姆轻松地接着说：“TVC宇宙永远不会崩溃。永远不会。一千亿年、一百万亿年，没有什么区别，它会永远膨胀。”

玛丽亚无力地说：“熵——”

“不是问题。实际上，‘膨胀’这个词是错误的。TVC宇宙像晶体一样成长，而不是像气球一样伸展。想一想吧：伸展普通空间会增加熵，一切都变得更加分散，更加无序。建立更多的TVC元胞自动机只会给你更多的数据空间，更多的计算能力，更多的秩序。普通物质最终会衰变，但这些计算机不是由物质构成的。元胞自动机的规则中没有任何东西可以阻止它们永远存在。”

玛丽亚不确定她之前是怎么想象的。达勒姆的宇宙——和真实的宇宙一样由“尘埃”构成，只是被重新排列了——有着同样的命运吗？她不可能对这个问题投入太多的思考，因为得出的判断根本没有意义。重新排列不仅是在空间上，也是在时间上。达勒姆的宇宙可以先取用大挤压行将发生的一个时空点，接下来再用公元前一千万年的另一个时空点。哪怕可以利用的“尘埃”总量是有限的，也没有理由不能以不同的组合施以复用，一次又一次。TVC自动机的命运只需具有内在的意义——这东西永远没有理由结束。

她说：“那么你许给这些人的是……不朽？”

“当然。”

“字面意义上的不朽？活到宇宙灭亡以后？”

达勒姆假装无辜，但他显然在享受自己带给对方的震惊：“这就是这个词的意思。不是过很长时间之后才死。就是不死，就这样。”

玛丽亚背靠着墙，双手抱在胸前，试图抛开这样一种感觉：整个谈话就像达勒姆在黑镇精神病院里的臆想一样虚妄。她想：等到弗朗西斯卡接受了扫描，我要去度个假。如果有必要的话，去首尔看看亚丁。只要能离开这个城市，离开这个男人，怎么都可以。

她说：“像这样的想法是很强大的东西。总有一天你会伤害别人。”

达勒姆看上去仿佛被这话伤到了。他说：“我一直在努力做到的无非是诚实。我知道，我一开始对你撒谎了，而且我很抱歉。我没有权利那么做。但我该如何对待真相呢？把它锁在我的脑子里？对世人隐瞒它？不让其他人有机会相信或者不相信？”他把目光投向她，一如既往地冷静和理智。她看向了别处。

他说：“刚出院的时候，我想把一切发表出去。我试过了……没有一个有名望的人感兴趣——在垃圾科学杂志上发表文章只能是承认这一切都是胡说八道。因此，除了寻找私人赞助者，我还能怎么办？”

玛丽亚说：“我理解。算了。你做了你认为必须做的事，我不怪你。”这些陈词滥调几乎让她喘不上气来，但她只想让他闭嘴。她厌倦了被他的言辞提醒，那些对她来说不过是达到目的的手段的想法——再过八小时她就可以永远背弃的想法——是这个男人的全部生活。

他探究性地看着她，仿佛在真心寻求指导：“如果你相信我所相信的一切，你会秘而不宣吗？你会在生活中对世界假装你只是疯了吗？”

达勒姆的终端发出的提示音免掉了玛丽亚回答此问的麻烦。伊甸园配置已经被重新计算过了。托马斯·黎曼的快照现在被内置到了他们的元胞自动机版大爆炸中。

达勒姆把椅子转过来，面对屏幕。他兴高采烈地说：“所有的人都上了这艘愚人船！”

玛丽亚在他身边就座。她伸手过去，试探性地摸了摸他的肩膀。他没有看她，伸手轻轻地捏了捏她的手，然后把它拿开。

遵循一项历史久远的元胞自动机传统，启动TVC宇宙的程序被称为“批准”。达勒姆按了一个键，两个人的屏幕上都出现了一个星爆图标。

他转向玛丽亚说：“有请你来。”

她正准备反对，却又觉得不值得争论。她做了一半的工作，但这是达勒姆的作品，别管谁来剪彩。

她戳了一下图标。它爆开了，活如一枚廉价而华丽的烟花，在屏幕上留下了密密麻麻的一片红色和绿色的轨迹，闪闪发光。

“非常俗气。”

达勒姆咧嘴笑了：“我以为你会喜欢呢。”

花里胡哨的装饰褪去，一个闪闪发光的蓝白色立方体出现了：它代表着TVC宇宙。伊甸园状态包含了十亿个现成的处理器，立方体的每条边排列着一千个——但是这个精确的“人口普查”结果已经过时了。玛丽亚刚好可以辨认出有如微小晶体般的单个机器。每个斑点由六千万个自动机元胞组成——这还不算因为延伸到另外三个维度而在这个视图中被隐藏的存储器阵列。大多数处理器中预装的数据是以太字节计算的：扫描文件、图书馆、数据库、兰伯特星球的种子——它的太阳，以及同一星系中另外三颗没有生命的行星。一切都已经被组装起来，哪怕不是在一台物理计算机上——TVC自动机可能分布在十五到二十个处理器集群上——至少也是一个逻辑整体。一个模式。

达勒姆降低了时钟频率，把蓝白色光的闪烁放缓到频闪闪烁，然后是不同颜色的稳定交替。最外层的处理器正在建立自己的副本。在这个视图中，蓝色代表已经完成的、工作中的处理器，白色则代表半成品。每一层蓝色都会生发出一层白色，然后白色突然变成蓝色，并继续这个过程。这个宇宙的皮肤带有指令，要再建造一个与自己一模一样的层（包括这一指令的副本），然后等待进一步的指令从中心传递出去。

达勒姆将其放大了二百倍，进一步放慢了时钟频率，然后改变表示方法，用彩色编码的符号显示单个自动机元胞。处理器从平淡无奇的蓝色或白色盒子变成了繁复的多彩三维迷宫，以直角相交的细丝亮光闪闪，活力四射。

在这增殖的剧痛中，可以看到每个处理器都长出了数百对红色和绿色的精细“建造线”。它们笔直地刺入周围的空闲空间，直到都达到了相同的预定长度，便突然来一个一百八十度急转，然后开始向相反的方向生长。线条闪耀着精致而流动着的纹路，在母机表面和一个未被标记出的边界平面之间来回穿梭，直到完全填满了两者之间的这个区域，就像一些奇怪的电子丝自行织就一个坚实的茧。

在特写镜头下，线条化作了由标记着箭头的元胞排成的长串，一些被渲染成代表“激活”状态的较亮色调。以明和暗为基本字符的二进制代码构成发光条纹，在线条上从一个箭头移向另一个箭头：子机蓝图的数据正在从中央存储器中流出来。

随着时钟速度的进一步减慢，这个过程可以被详细地跟踪。每当一个亮脉冲到达建造线的末端，空状态的透明“真空”就被转化为一个“胚胎”元胞，显示为一个没有什么特点的灰色立方体。随后的数据告诉这个新元胞要变成什么——每一个脉冲，或者哪怕没有脉冲，都会以所需的特定最终状态为目标，把它转化成一个更加专门化一点的过渡状态。建造线利用这个原理从母机中生长出来，通过在它们自己的顶端建造更多的自身来扩张。

把子机将会占据的整个区域全部填满之后，它们接下来进行反向工作，每次缩回一步，解开用自己曲折的轨迹结成的茧，并留下蓝图所需的任何东西。整个过程看起来怪异而低效——花在延伸和收缩线条上的时间远远多于创造子机元胞的时间——但这让自动机的规则尽可能地保持简单。

达勒姆说：“我看一切都很好，可以继续吗？”

“当然。”玛丽亚已经入了迷。她已经忘记了自己的紧迫事项，忘记了她自己。“调快吧。”如果速度还是慢得能让他们在单个处理器——更不用说单个元胞了——的水平上跟踪事件，那就别想干成任何有用的事情了。达勒姆让时钟频率恢复到他们能够负担的最大限度，网格变得一团模糊。

相比之下，下一个阶段将慢得让人难受。达勒姆冲了咖啡，做了三明治。在一个本身就是模拟的计算机系统上运行副本的所有开销，总共会导致大约二百五十的减速系数，也就是说主观时间的一秒钟对应超过四分钟的真实时间。没有双向通信的问题——TVC宇宙是密封的，任何不是从一开始就存在的数据都无法以任何方式影响它——不过他们仍然可以窥探正在发生的事情。每隔一小时，他们就能见证达勒姆的副本在又一个十四秒内所做的事情。

从直接在TVC网格上运行的软件开始，玛丽亚在其他层面进行了抽查。TVC计算机的“机器语言”与任何假想图灵机（无论是否为六维）的语言一样晦涩和荒谬，但它已经足够简单，可以指示元编程员编写并严格验证一个程序，使他们能够模拟传统的现代计算机。因此，东京，或达拉斯，或首尔的处理器集群正在模拟一个包含奇异非实体计算机晶格的元胞自动机……而这些计算机又在模拟处理器集群本身的逻辑（尽管不是其物理）。在以此为基础的更高层面上，一切发生的方式都和真实机器完全相同，只是速度要慢得多。

玛丽亚大嚼夹在厚厚的白面包片之间的奶酪和生菜。这是一个星期二的下午，他们周围的公寓大多数都很寂静，下面的街道也毫无生气。邻近的办公区没有租户，只有几个偷偷摸摸在那里栖居的人。当阳光以合适的角度照进最近的建筑，玛丽亚可以看到办公室隔板之间扯的线上晾着的衣服。

达勒姆放起了音乐，20世纪的一部名为《海滩上的爱因斯坦》的歌剧。他没有音响系统，但他从他为伊甸园购买的图书馆中调用了这首曲子，并让一个背景任务通过他的终端扬声器播放出来。

玛丽亚问道："等到这一切结束，你自己有什么打算？"

达勒姆回答得不假思索："完成全套五十个实验。开始兰伯特星球的演进。庆祝一下，大约一个星期。在置换之城的主街上散步。等待你的小锁定装置失效。唤醒我那些身处他们各自的私人世界里的乘客——希望他们中的一些会时不时地愿意和我说话。补上陀思妥耶夫斯基。在原著中……"

"行啊，非常有趣。我说的是你，不是他。"

"我愿意把我们两个想成是不可分割的。"

"严肃点。"

他耸了耸肩："你打算做什么？"

玛丽亚放下空盘子，伸了个懒腰："哦……睡到中午再起床，这么睡上一星期。躺在床上想，我到底要怎么把我母亲现在有钱接受扫描的消息告诉她——而又不至于让她觉得我是在教她做事。"

“打消这个念头吧。”

玛丽亚坦白道：“她快要死了。而她可以拯救自己——不伤害任何人。不必从下一代人的嘴里夺食，或者付出她认为会让扫描成为一种罪过的其他任何代价。你真的认为她——说实话——不想活下来吗？或者说如果她能想清楚，如果没有她那一代人强加给她的所有内疚和道德废话，她会不想活下来吗？”

达勒姆并没有选择站队：“我不认识她，我回答不了这个问题。”

“她是一个90年代的孩子。她的幼儿园老师也许跟她说过，她来这世上一遭，高光时刻是在死后成为雨林的肥料。”玛丽亚想了想，“这事的妙处是……她还是可以做到这一点。扫描了她，再把她送进绞肉机……把出来的东西撒到丹翠林区。”

“你够变态啊。”

“我很快就有钱了。我开得起玩笑。”

两人的终端机同时鸣响。虚拟世界内部生命的前十四秒已经可以观看了。玛丽亚感觉自己刚刚吞下的食物在肠道里硬成了一坨，就像一个握紧的拳头。达勒姆让程序继续运行。

副本坐在一个简单而风格化的控制室里，周围是浮动的界面窗口。一个窗口显示的是TVC晶格的一小部分。副本不能像他们那样以上帝视角观察晶格。他们使用的软件只能运作在他的宇宙之外的层面上。他没有简单的方法可以发现任何特定自动机元胞的状态，只不过在晶格中心的一个小区域周围建立了一个构造和传感器线（都连接到专门的处理器）系统。达勒姆将这个装置命名为“密室”。“密室”深处发生了什么，可以根据最终流向传感器线的数据间接地推断出来。这种手段的复杂度比不上根据周围探测器记录的信息推断出粒子加速器中发生了怎样的碰撞，但原理是一样的，目的也是一样的。副本必须进行实验来测试他自己的基本“物理定律”——TVC自动机的规则。而运行他的虚拟现实环境的（模拟）现代计算机与密室有（模拟）联系，就像现实世界的计算机与任何现实世界的加速器相连一样。

副本说："设置第一个实验。"他在键盘上灵巧地输入了一连串代码。达勒姆在扫描前已经排练了整个过程，直到五十个实验中的每一个他都能在十秒钟内完成，但玛丽亚仍然感到惊讶的是，副本——他突然醒来发现自己坐在控制室里，没有任何预演，没有任何机会去适应他的身份和他的命运——竟然有着直接跳入这个任务的心理状态。她曾幻想过，达勒姆的这个在电脑里醒来的第一个版本，最终意识到"其他二十三次"与真实的体验完全不同，并毫不含糊地告诉他的原版。然而看起来那样的事情不大可能发生了。副本只是坐在那里敲键盘，仿佛那便是他的生命之所系。

实验设置原本是可以自动化的。对结果的检查也可以自动化。副本完全可以花两分钟时间坐在那里，看着一个闪烁的绿色标志，上面写着"一切都和你预想的一样，不用担心那些乱七八糟的细节"。对于副本来说，不存在那么一套感知，可以证明他居住在一个元胞自动机中，而这个元胞自动机遵守了他希望被遵守的所有规则。一切都归结于奥卡姆剃刀——它感知到显示了正确结果，希望对此最简单的解释是确实得到了正确的结果。

玛丽亚盯着屏幕，越过副本的肩膀看着里面的界面窗口。当他输入最后一个代码字母时，他在密室中构建的元胞组合变得不稳定，并开始在周围的"真空"中创造新的元胞，引发了一连串的反应，最终将信号传入传感器线。令人困惑的是，副本看到的是对密室内应该正在发生的事情的模拟——从他自己的角度来说，而片刻之后，又看到了根据传感器数据对"实际"事件的重建。

两者显然都与原版达勒姆牢牢记住的模拟结果相符。副本显然感到欢欣鼓舞，大声地拍手，语无伦次地吼了几句，然后说："设置第二……”

玛丽亚已经被他们跨越的所有现实层次弄得头晕目眩——但她决心表现出一如既往的淡然。她说：“你做了什么，能让他带着满脑子的安非他命苏醒？”

达勒姆以同样的精神回答：“不，是人生让他如此热情高涨。如果你只有两分钟的时间，你不妨享受一下。”

他们等待着，靠大体随机地检查软件消磨时间——展示着从副本模型大脑的发射模式到TVC计算机性能统计数据的一切。如果靠直觉判断，模拟中的模拟这种复杂层次结构似乎很脆弱，不稳定——每一层级都会令灾难发生的可能性翻倍。但是，如果这个设置类似于纸牌屋，那它就是一个模拟的纸牌屋：在一个没有振动和微风的宇宙中保持着完美平衡。玛丽亚感到满意的是，每一层的结构都是完美无缺的——只要下面的一层能支撑住。现实世界中的硬件出现故障，才会使整个结构轰然坍塌。这种事情很罕见，尽管并非不可能。

他们观看了副本的第二期工作，然后休息了一会儿。《海滩上的爱因斯坦》还在播放，一遍又一遍，催人入眠。玛丽亚放松不下来。她被咖啡因和紧张的氛围搞得太兴奋了。令她松了一口气的是，一切都在顺利运行——软件没有毛病，“蝴蝶行动”也没有露头，没有迹象表明达勒姆的任何一个版本对她有什么奇怪的想法。同时，在接下来的六个小时里，整个事情都会像预测的那样发展，然后简单地结束，这种前景又让人深感不安。她为弗朗西斯卡挣到了钱，这就证明了一切是有意义的……但她时不时——当她没有在考虑她是否可以把嗜水菌对脱水的反应做得更好这种荒谬想法的时候——便会意识到他们所行之事绝对是徒劳无益的。达勒姆会让她发表所有的自动域工作，所以这并不完全是浪费时间，而且她可以在向怀疑论者公布之前尽情地改进它……但她已经可以想象到她将会感到的那种奇怪的遗憾，因为这些改进来得太晚了，无法被纳入“真正的”兰伯特星球：他们此刻正在将其冲进一个价值数百万的下水道。

她说：“很遗憾，你的乘客的原版都没有身体。他们为这一切掏了钱，应该在这里观看。”

达勒姆表示赞同：“他们中的一些人精神上可能在这里呢。我已经把和我们一样的观看权限授予了他们。他们的审计师将收到一份经过验证的完整日志——证明他们得到了他们所支付的东西。但你说得对，这算不上什么庆祝活动。你应该和其他人碰杯，分享鱼子酱。”

她笑了，感觉自己受到了冒犯：“其他人？我可不是你的受害者，我只是自信艺术家的帮凶，记得吗？我也不是来庆祝的。我只是来确保你的分身不会使软件短路并把我吵醒。”

达勒姆被逗乐了：“他为什么会那么着急唤醒你？你认为他在两分钟内就会孤独得受不了吗？”

“我不知道他可能会做什么，以及为什么。这就是整个问题所在。他和你一样不靠谱。”

达勒姆什么也没说。玛丽亚希望自己能收回那些话。一而再，再而三地针对他、嘲弄他，有什么意义呢——她认为她能把他拉回现实吗？这都是自尊心的问题。哪怕一秒钟，她也做不到不提醒他，她没有被他的想法所诱惑。电脑迷，人工生命狂。她仍然坚定地立足于现实世界中。他对自动域生物圈的设想令她印象深刻——当时她以为他明白这只能是一个思想实验。他在TVC宇宙方面所做的所有工作都很有创意——尽管归根结底都毫无意义。在某种程度上，她甚至佩服他顽固地拒绝向常识屈服，接受他自己只是在妄想这一事实。

她只是无法忍受，他对于能够说服她认真对待“尘埃假说”仍然抱有哪怕最微弱的希望。

十点零三分，钱用完了——只够支付最后的整理工作。TVC自动机在须臾之间被关闭。分配给大规模模拟的处理器和内存被释放给其他用户——为了安全起见，内存和往常一样首先被改写成整齐划一的零。整个精心设计的结构在几纳秒的时间内烟消云散。

夜晚把公寓的窗户变成了镜子。空荡荡的办公大楼里没有灯光。如果那些私自入住者曾经燃起炊火，也早已经熄灭了。玛丽亚感觉自己被切断了联系，浪迹在时间中。在阳光下向北穿过海港大桥的旅程似乎是一段遥远的记忆，一个梦。

伊甸园的各个组成部分仍被保存在大容量存储器中。玛丽亚删除了她的扫描文件，仔细检查了审计记录，以确保数据被读取的次数没有超过应有的值。数字对得上。这算不上十足的保证，但令人放心。

达勒姆删除了其他一切。

间谍软件的录像还在，他们查看了副本工作的最后一个简短场景，然后重新播放了整个两分钟的录像。

玛丽亚在一旁看着，心中的羞愧感越来越强烈。单独的片段对她几乎没有影响，但是如果不间断地观看，这个副本就像一个疯狂的教派领袖，驾驶着一辆装满冰冻亿万富翁的大巴车直冲悬崖——极其兴奋地加速，确信这东西一定会飞起来，把他们都带到日落之外的土地上。她固守着自己的理性认识：副本的有限的独立身份，他的快乐死亡。

当回放在实验中途停止时，达勒姆闭上眼睛，低垂着脑袋。他无声地哭了起来。玛丽亚看向别处。

他说："我很抱歉，让你不自在了。"

她回头看他。他在笑，也在抽泣。她想拥抱他。这种冲动半是姐妹之情，半是性欲。他脸色苍白，须发未理，显然已经精疲力竭——但是他的眼睛里充满了前所未有的活力，仿佛他所痴迷之事的实现将他从过去完全解放出来，使他在世界面前宛若初生的赤子。

他说：“香槟？”

玛丽亚硬下心肠。她仍然没有理由相信他。她说：“我先看看我的银行卡余额，搞不好我没有什么可庆祝的。”达勒姆傻笑着，仿佛他欺骗她的可能性本身就是个荒谬的想法。她没有理会他，而是使用了终端。他承诺的六十万美元已经存了进来。

她盯着屏幕上的数字看了一会儿，对这样一个奇怪的事实感到麻木，即它们所代表的简单数据模式，被冠以“财富”之名，可以进入吐纳着气息、生机勃勃又正在腐朽的世界……然后返回时已然丰富得无法衡量：使弗朗西斯卡成为人类的一切都在其身上打上了烙印。

她说：“一杯吧。我要骑车。”

他们喝光了瓶子里的酒。达勒姆在公寓里踱步，越来越亢奋。“二十三个副本！二十三次生命！想象一下我的继任者现在的感受吧！他有证据，他*知道*自己是对的。我所知道的只是我给了他这个机会——哪怕这些也无法承受。”他又哭了起来，然后戛然而止，转过身来，恳切地注视着玛丽亚，“我对自己做了这一切，但这仍然是疯狂的行为，仍然是折磨。你认为当我开始的时候，我知道会有多大的痛苦和困惑吗？你认为我知道它会对我造成什么影响吗？我应该听从伊丽莎白的话——但是这里没有伊丽莎白。我已经不在人世了。你认为我还*活着*吗？如果一个副本不是人，那我是什么？被删除了二十三次？”

玛丽亚尝试着体会他的感受。她无法感受到简单的怜悯——她被荼毒得太严重了，罪孽太深重了——所以她试着什么都不去感受。达勒姆已经有条不紊地追求了他的信仰，追到了尽可能远的地方。他要么被治愈，要么准备接受新一轮的纳米手术。她现在做什么都不会造成影响。她开始告诉自己，通过帮助这个项目——在不承认其前提的情况下——她可能帮助他驱除他的妄想……但这不是重点。为了弗朗西斯卡。也是为了她自己。为了让自己免受弗朗西斯卡死亡的痛苦。这个女人怎敢考虑拒绝呢？复制，就像葬礼，都是为了安慰活着的人。

达勒姆突然安静下来。他在她身边坐下来，衣衫不整，满脸悔意。她不确定他是否已经清醒了，还是刚刚进入一个新阶段。已经两点半了。歌剧几个小时前就已经播放完毕，公寓里一片寂静。

他说："我一直在发牢骚。对不起。"

那两把他们坐了一整天的转椅是房间里除了桌子仅有的家具。没有她可以睡的沙发，而地板看起来又冷又硬。玛丽亚想到了回家。她可以坐火车，回头再来骑自行车。

她站了起来，然后，几乎不加考虑地俯身在他的额头上吻了一下。

她说："再见。"

没等她直起身来，他把一只手放在她的脸颊上。他的手指很凉。她犹豫了一下，然后吻了他的嘴——然后几乎退缩了，她对自己感到很生气。我感到内疚，我为他感到难过，我只想以某种方式来弥补。这时他与她四目相对。他不再是喝醉了的样子。她相信他理解她的一切感受——郁结难解的困惑和羞愧——而他想做的就是把这些感受抹去。

他们又吻了一下。她很确定。

在去卧室的路上，他们脱着对方的衣服。他说："告诉我你想要什么，告诉我你喜欢什么。我已经很久没有这样做了。"

"多长时间？"

"几辈子了。"

她差一点就要去了——但在这之前，一切都分解成孤立的感觉：愉悦但毫无意义，略显荒谬。她闭上眼睛，用意志推到了顶峰，但是这感觉就像无缘无故地想哭。当她轻轻推开他时，他没有抱怨、没有道歉，也没有问一些愚蠢的问题。她对此表示赞赏。

两人休息的时候，她探索着他的身体。他可能是她见过的最老的裸体男人，肯定也是她触摸过的最老的男人。五十岁。他……松弛，而谈不上绵软。肌肉变得纤瘦，而不是变成了脂肪。几乎不可能想象亚丁——二十四岁，坚硬得像一座雕塑——也会屈服于同样的过程。但他会的。而她自己的身体已经开始了。

她溜到另一头，尝试着让自己从心理上接受这种滑稽而古怪的行为。两人笨拙地更换姿态，他叫出声来，明显出于痛苦，而不是假装的喜悦。他咬紧牙关，抽身时脸色变得苍白。她握住他的肩膀，直到他能够解释。“我……痉挛了。就是……有时候就这样。感觉就像被钳子夹住了一样。”他笑了笑，眨眨眼睛挤掉了泪水。她吻了他，用一根手指在他的腹股沟划动着。

“太可怕了。还疼吗？”

“疼着呢。”

事后，她发现自己并不想碰他。两人的汗水干了以后，他的皮肤变得潮乎乎的。等到他看起来睡着了，她从他的怀抱中脱身，移到床边。

她不知道自己做了什么：让一切变得复杂，将自己引入了他们错综复杂的关系的另一个阶段，还是仅仅给它画上了句号，向他告别？一个小时灾难性的性行为并没有解决任何问题：她仍然为拿了钱还“占了他的便宜”而感到内疚。

如果他想再见到她，她会怎么做？她无法想象在接下来的六个月里，听他幻想他那个自制宇宙的宏伟未来。她为自己从未迁就过他，从未假装接受过他的理论而感到自豪——她从未遇到过一个表面上理智的人能够如此有风度地反对她的观点。但是，面对她的怀疑态度，尝试在两人之间建立起持久的友谊，终归显得不太诚实。如果她曾成功地使他失去幻想……她大概也会感到内疚。

对这漫长一天的回想攫住了她，无法厘清思绪。只能等到早上再做决定了。

厨房里的灯光穿过门洒在她的脸上。她轻声呼唤房屋控制器，但没有回应，于是她起身手动关上了灯。摸索着回到房间时，她听到了达勒姆翻身的声音。她在门口站住脚，突然不愿意接近他。

他说："我不知道你怎么想的，但我并没有计划这个。"

她笑了。他认为他做了什么？引诱她？"我也没有。从头到尾，我想要的只是你的钱。"

他沉默了一会儿，但她可以看到他的眼睛和牙齿的反光在黑暗中闪动，他似乎在笑。

他说："那好吧。我想要的只是你的灵魂。"

20

（你不会时间旅行吗？[1]）

在下落的间隙休息的时候，皮尔向上看去，终于明白了一直以来是什么在令他困惑。摩天大楼上方的云一动不动。不仅仅是相对于地面静止不动，而是每一个细节都被冻结了。边缘那些最纤弱的卷须，本该很容易受到哪怕最轻的微风的影响，但无论他盯着看多久，它们都纹丝不动。每朵云的形状看起来浑然天成，完美无缺——但是在那貌似风起云涌的形态中蕴含的全部活力，猛然看去引人入胜，却纯粹只是幻觉。天空中没有任何东西在变化。

有一瞬间，他对这个滑稽可笑的细节感到茫然，然后想起了他选择它的原因。

凯特消失了。她说了谎。她根本没有克隆自己。她搬到了卡特的城市，没有留下其他版本。

1　此处英文原章节名*Can't you time trip?*是本书英文原书名*Permutation City*字母的置换重排。

将他——或者说一半的他——孤零零地留了下来。

回想起这件事并没有对他造成困扰。在摩天大楼上，从来没有什么事情让他烦恼。他紧紧贴在墙上快乐地休养，并惊叹于他为治愈痛苦所做的一切。那是他还在云端的时候，在他下落之前。

他将环境设置得和平常的一样——城市、天空、建筑——但冻结了云层，既是为了省事，也是为了方便提醒。

然后，他绘制出了十五分钟内一系列记忆和情绪变化的线索图。他只是勾勒出了进程，就像一个未受训练的音乐家向抄写员哼唱旋律一样。他使用的软件计算出了大脑状态的实际序列。不同的时刻将“自然而然地”衔接。他的大脑模型不会被强迫做任何事情，而是仅仅遵循其内部逻辑。通过事先对该逻辑进行微调并加载正确的记忆，所需的精神事件序列就会依次发生：从A到B到C到……A。

皮尔偏过头去看向一直没有靠近过他的地面，笑了。他以前一直梦想着这样做，但是一直没有勇气。永远失去凯特——同时知道他和她在一起——肯定最终说服了他，再拖下去也没有什么好处。

这个方案不会让他完全忘记，他可以依稀记得以前经历过几次完全相同的恍然大悟——但他的短期记忆已经被选择性地损害，以限制这种递归的虚假历史的清晰度。一旦他分心，一系列的自由联想最终会精准地将他引至循环开始时的心态。他的身体——就环境中每一个可见的线索而言——也将回到它开始的状态。地面和天空都是静止的，大楼的每一层都是相同的，所以他的感知也是一样的。他身体的每一块肌肉和关节都会一如既往地完全恢复。

云端自我的聪明才智令皮尔笑了起来，然后他开始再次下降。这是一个优雅的情形，他很高兴他终于有了一个云理由来实现它。

不过有一个他关注不到的细节，是他在云端时做出的一个选择，他似乎曾决定让自己彻底忘记它。

他有没有给自己的外自我编程，让他循环预定的次数呢？

ABCABCABC……然后某些激增的DEF仿佛上帝之拳，伴着轰鸣划破天空——或者一团积云的卷须真的移动了——结束了他的永恒运动？说不定一个抓钩会把他从大楼的侧面扯下来，或者环境中的某种微妙变化使他的思想脱离完美的圆形轨道。无论怎样，经历一个不间断的循环与经历一千个是一样的，所以哪怕有一个闹钟在嘀嗒作响，他的下一个循环——主观上——将是蜂鸣器响起时的那个。

如果没有时钟呢？他可能已经把自己的命运交给了外部因素。来自另一个副本的偶然通信，或者世界本身当中的某个事件，都有可能是释放他的触发器。

也可能他选择了绝对的唯我论。无论发生什么事，只管无休止地循环，直到他的遗嘱执行人侵吞了他的遗产，或者恐怖分子炸毁了超级计算机，或者文明崩溃，或者太阳熄灭。

皮尔停下来，摇摇头，把汗水从眼睛里甩出来。这个动作引起了一种似曾相识的感觉。这感觉大概纯粹是合成的，他无法从中判断自己实际上已经重复了多少次这个动作。他突然意识到，他不太可能做过运行循环超过一次这样不优雅的事情。他的主观时间是一个闭环，向自己回归。没有必要在最后时刻结束之后，再接续上外部视角意义上最初时刻的重复。无论“之后”——在外部——发生了什么，这个循环在主观上是无缝而完整的。他可以在一个循环计算完成之后完全关闭自己，而这不会有任何区别。

微风吹起，冷却了他的皮肤。皮尔从未感到如此宁静，身体上如此自在，精神上如此平静。失去凯特一定是很痛苦的，但他已经把那种感受抛在脑后。一劳永逸。

他继续跌落。

21

（不宽恕贫乏）
2051年6月

玛丽亚从一个分娩的梦中醒来。梦中有一位助产士敦促她："继续用力！继续用力！"她咬牙切齿地尖叫，但还是照做了。那个"孩子"原来不过是一个血迹斑斑的雕像，由光滑的乌木雕刻而成。

她的头在抽痛。房间里一片漆黑。她之前摘下了手表，但她怀疑自己并没有睡很长时间。否则的话，她会感觉这张床很陌生，会需要时间来回忆自己在哪里，以及为什么会在这里。相反，晚上发生的事情一下子就浮现在她脑海中。现在早已过了午夜，但新的一天还没有到来。

她感觉到达勒姆不在，便向床的另一侧伸手确认了一下。接下来她静静地躺了一会儿，听着周围的动静。她只听到远处的咳嗽声，来自另一个公寓。没有房间开着灯，要不然她能看到斜泻而下的灯光。

她走出卧室的时候，那股气味扑面而来。屎和呕吐物，带着一丝腥甜。她想象着达勒姆对一天的压力和一夜的香槟反应很糟糕，几乎要转身回到卧室，打开窗户，把脸埋在枕头里。

洗手间的门半闭着，但没有任何声音表明他还在里面，没有一声呻吟。她的眼睛开始流泪。她不太相信她之前在那些噪声中一直睡着。

她叫道："保罗？你还好吗？"没有回答。如果他正躺在一摊呕吐物中不省人事，那就不关酒精的事了。他一定是得了重病。食物中毒？她推开门，打开了灯。

他在淋浴间里。她迅速离开了房间，但在她抽身退出之后很长时间，看到的细节仍然历历在目。房间里血红一片。他看起来原本是跪着的，然后侧身瘫倒。起初她确定自己看到了那把刀，红通通的，摆在白色瓷砖上——但后来她疑心自己只是把某处血迹当成了罗夏墨迹。

玛丽亚的腿开始发软。她踉跄着走到了一把椅子前。她坐在那里，头重脚轻，努力保持清醒。她还从来没有头晕过，然而一时间，她只有这样才能保持不昏倒。

她的第一个清晰的想法是对自己的愚蠢感到惊讶，就好像她刚刚睁大眼睛，直直地撞上了一堵砖墙。达勒姆相信他的副本已经实现了不朽——并且证明了尘埃假设的正确。他自己生活的全部目的已经随着这个项目的完成得到了实现。在那之后，她期望他能做什么？继续卖保险？

她听到的咬牙切齿的尖叫其实是达勒姆发出的。那声音塑造了她的梦。

一直在用力挤的也是达勒姆，看起来像是在生孩子的达勒姆。

她打电话叫了救护车："他用刀切开了自己的腹部。伤口很深。我没有仔细看，但我认为他已经死了。"她发现，她可以平静地对紧急服务总机的假人说话。如果她不得不对一个真人说同样的话，她知道她会崩溃的。

挂断电话后，她的牙齿开始打战，她不断发出短促的痛苦之声，但听起来却像是来自他人的。她想在救护车和警察到来之前穿上衣服，但没有力气移动——哪怕是操心自己会不会被人看到赤身裸体的想法似乎都已经变得琐碎得难以置信。然后，不知是什么打断了她的麻痹状态。她站了起来，在房间里踉踉跄跄地走来走去，捡起他们几个小时前随意抛在地上的衣服。

她发现自己穿戴整齐，瘫坐在客厅的一个角落里时，在脑子里正背诵着一连串的借口。*她从来没有迁就过他。她一有机会就驳斥他那疯狂的信仰。她能有什么办法救他呢？退出这个项目？那无济于事。试图让他住院？他的医生已经宣布他痊愈了。*

她做过的最糟糕的事情是站在一边，任凭他关闭自己的副本。

还是有可能——

她猛地站起来，冲向最近的终端，重新登录到项目的JSN账户上。

然而达勒姆的扫描文件不见了，就像她自己的文件一样，被小心翼翼、不可逆转地删除了。审计记录中没有这些数据被保存在其他地方的证据，这也和她自己的文件一样，这些数据甚至被明确标记为不参与JSN的每小时自动备份。数据唯一能得以重新生成的地方是伊甸园配置本身——而该结构的所有痕迹都被抹去了。

她坐在终端机前，回放显示达勒姆的副本正在进行实验的文件：测试他的宇宙法则，欢快地冲向……*什么？*在建立自身存在基础的过程中，他自身一切毫无征兆、莫名其妙的消亡？

现在他的尸体躺在浴室里，死于他自己之手，以他自己的方式，成为他自己天衣无缝的逻辑的受害者。

玛丽亚用手捂住脸。她想相信这两起死亡事件是不一样的。她想相信达勒姆一直都是对的。东京和首尔的JSN电脑对副本意味着什么？在TVC宇宙中进行的任何实验都无法证实或者证伪那些机器的存在。对他来说，它们就像弗朗西斯卡可笑的“无影响上帝”一样无关紧要。

那么，它们怎么可能摧毁他？他怎么会死呢？

外面传来急促而沉重的脚步声，然后是敲门声。玛丽亚上前开门。

她想相信，但她做不到。

22

（不宽恕贫乏）
2051年6月

托马斯准备见证一场死亡。

杀害安娜的是有血有肉的黎曼，而不是继承了凶手记忆的副本。而血肉之躯的黎曼在死前应该有机会反思。他应该有机会接受自己的罪过，接受自己的死亡。并为他的继承者带来解脱。

他没有得到那个机会。

不过还不算太晚，哪怕是现在。一个软件克隆体仍然可以替他做到——相信自己是血肉之躯。揭示终有一死的人类自我会做什么，如果它知道自己即将死亡。

托马斯在一本相册中找到了一张合适的照片——老式化学硬拷贝图片。在他最后一次患病之后不久，他就将其数字化并进行了修复。1985年的圣诞节：他的母亲、父亲、妹妹卡琳和他自己，聚在一家子的宅邸外面，被冬日的阳光照得神采奕奕。温柔而害羞的卡琳在世纪之交死于淋巴瘤。他的父母都活到了九十多岁，表现出单凭意志力实现永生的各种迹象——然而他们在扫描技术完善之前就死了，而且生前对托马斯的冷冻保存建议嗤之以鼻。“我不打算，”他的父亲简明地解释说，“对自己做美国暴发户对他们的宠物所做的事。”照片中的年轻人看起来并不像托马斯闭上眼睛努力回忆时勾勒出的样子——但他脸上那个正从困扰过渡到得意的表情却很传神。他一方面担心相机会泄露他的秘密，另一方面又希望它勇于尝试。

托马斯在日内瓦和纽约的保险库里离线保存了他的临终扫描文件的副本。这么做没有明确的目的，他只是隐约觉得，如果他的模型出了不可挽回的问题，而问题的来源——某种缓慢发作的病毒、某个不易察觉的编程错误——使他所有的快照都不再可靠，在没有2045年之后的记忆的情况下重新开始生活，总比什么都没有要好。

在集合了必要的元素后，他提前编写了整个场景，并让它运行——没有观察结果。然后，他冻结了克隆体，在最后时刻将其交给达勒姆——不给自己机会退缩，或者更糟糕的是，认定自己搞砸了第一次尝试，然后再来一遍。

现在他已经做好了了解自己所做的一切、查看既成事实的准备。他坐在书房里——酒柜被锁住了——向终端机打了个手势，示意开始。

床上老人的样子比托马斯预期的要糟糕得多：眼睛凹陷，皮肤蜡黄，头发几乎都掉光了（这就是对自己外表的诚实程度，为使自己看起来体面而做的“最小”改变）。他的胸口布满了疤痕，电极纵横交错。头骨上有一个类似的网罩。一个悬挂在床边的泵连接着右臂上的注射针头。一种建模粗糙的合成鸦片制剂，流入他建模粗糙的血流中，令这个克隆体保持着镇静，正如同从扫描一直到三天后的辞世，托马斯的原版靠真正的鸦片保持镇静一样。

不过，这次重播中安排了一次麻醉剂浓度的突然下降——从生理学角度并没有合理的理由，不过也用不着。屏幕角落里有一个图表显示了下降的情况。

托马斯注视着，焦躁不安又满怀希冀。这场仪式——一直以来他治愈自己的希望之所系，终于要开始了。

老人苏醒了，但没有睁开眼睛。脑电图的波形对托马斯来说毫无意义，但监控模拟的软件用一段字幕标记了这个事件。之后的文字是：

> 麻醉剂仍然没有生效。他们能不能做好哪怕一件事？［含义不清的表达。］扫描肯定还没有结束。我还不可能是副本。副本醒来时头脑应该是清醒的，坐在图书馆里，经过预先调整而不会感到迷失方向。那么，我为什么醒了？

老人睁开了眼睛。

托马斯喊道："冻结！"他出汗了，而且感到恶心，但他没有做出任何行动来驱除这些不必要的症状。他想要宣泄，不是吗？这不就是全部的意义吗？字幕只是粗略地提示了克隆体此刻的体验。更为清晰的感受也是有的，记录中包含了关键神经通路的踪迹。只要他愿意，他可以读取克隆体的思想。

他说："让我知道他在想什么，他在经历什么。"什么也没有发生。他握紧拳头，低声说："重新开始。"

书房消失了。他平躺在医院的床上，仰望着天花板，感到茫然无措。他往下看，看到了身边的一排监视器群和自己胸前的电线。他的眼睛和头的运动是错误的——可以理解，但与他的意图不同步，令人沮丧。他感到恐惧和迷失方向——但他不确定这其中有多少是他自己的反应，有多少是属于克隆体的。托马斯惊恐地摇了摇自己的头，书房——和他的身体——回来了。

他停止了播放，并重新考虑。

他随时可以挣脱。他只是一个观察者。没有什么好害怕的。

他强忍着一种窒息感，闭上眼睛，将自己交给录像。

他无力地环顾房间。他不是副本，这一点是肯定的。这里也不是朗道诊所的任何部分。作为贵宾级股东和未来的客户，他已经参观过这栋大楼很多次了，不会搞错的。如果扫描因故被推迟了，他应该已经回家了——或者正在路上。除非出了什么问题，需要朗道诊所无法提供的医疗护理。

房间里没有人，门也关着。他声音沙哑地叫道："护士！"他太虚弱了，喊不出来。

房间控制器回答道："目前没有工作人员可以为您提供服务。我可以提供帮助吗？"

"你能告诉我这是哪里吗？"

"你在瓦尔哈拉的307室。"

"瓦尔哈拉？"他知道他和这个地方做过生意，但不记得为什么。

房间控制器贴心地解释道："瓦尔哈拉是美国健康动力公司设在法兰克福的安养院。"

他连肠子都被吓松了，不过它们里面已然空空如也。感同身受的托马斯局促不安，但还是忍着没有逃脱出来。瓦尔哈拉就相当于一台搁肉的架子，由他雇来在扫描之后照顾他昏迷的身体，直到这具身体过期——提供法定最低限度的医疗照顾，没有像英灵一样延长生命的手段。

他已经被扫描过了，但他们搞砸了。

他们唤醒了他。

他感到震惊，但很快就接受了这个事实。没有理由感到惊慌失措。他将离开这里，并在六个小时内再次接受扫描——不管责任是谁的，这个人都会在那之前流落街头。他尝试着坐起来，但由于吊针的残留效果，他头晕目眩，无法协调动作。他瘫软在枕头上，喘着气，强迫自己冷静地说话。

“我想和主任谈谈。”

“很抱歉，主任不在。”

“那就有请你能找到的最高级工作人员。”

“目前没有工作人员可以为您提供服务。”

汗水淌进了他的眼睛。对这台机器大叫“法律诉讼”是没有意义的。事实上……谨慎的做法是，不要向任何人谈论诉诸法律。像这样的地方完全有能力通过下药让他重新陷入昏迷作为对他的回应。

他需要做的是让外面的人了解到这个情况。

他说：“我想打一个电话。你能给我接通网络吗？”

“我没有权限这样做。”

“我可以给你一个与我的声纹关联的账号，并授权你向我收取服务费。”

“我没有权限接受你的账号。”

“那么……打一个电话，让对方付费，打给迪特利、霍林沃思和合伙人公司的鲁道夫·迪特利。”

“我没有权限打这样的电话。”

他难以置信地笑了：“你到底有将我与网络连接起来的物理设施吗？”

“我没有权限披露我的技术规格。”

任何侮辱都将是浪费生命。他抬起头，打量着这个房间。没有任何陈设。没有抽屉，没有桌子，没有访客的椅子。只有他床边的显示器，安装在不锈钢手推车上。也没有终端，没有任何类型的通信设备——就连安装在墙上的听筒都没有。

他在自己的前臂上，肘部内侧下方摸索着针头。一个几厘米宽的紧身无缝橡胶套覆盖了入针处。他花了很长时间才把指甲抠到边缘下——然而即便抠进去了也没什么用。套子太紧了，无法从手臂上拽下来，又太有弹性，无法像衬衫袖子一样卷起来。谁能把这玩意儿摘下来呢？他拉扯着由套子固定着的导管本身，结果一点看不出来它会被拉出来的迹象。导管的另一端接入了药泵内部。

托马斯开始琢磨，除了卡夫卡式的房间控制器，纹丝不动的针头是不是也会让克隆体产生怀疑——不过在这样的危急时刻，他应该想不到未来的某个自己再次唤醒扫描文件这种错综复杂的解释。

他不得不把泵带上。那是个令人讨厌的东西——不过既然他要裹着床单在大楼里走来走去寻找终端，多个泵也不会让他更加显眼了。

他开始拽掉胸前的电极，这时，一股温暖而令人麻木的脉冲席卷了他的右臂。泵哔哔响了两声。他转过身来，看到盒子中间有一个绿色的LED灯在发光。这个灯他以前没有注意过。

他还没来得及做出反应，麻痹的感觉仿佛一股浪潮，从他的肩膀上蔓延开来——压住管子？他试图翻身滚下床，然而哪怕身体有任何反应，他也感觉不到了。

他的眼睛眨了几下便闭上了。他努力想要保持意识，并且成功了。剧本确保了克隆体有几分钟的清醒时间——这与鸦片制剂真正的药理作用无关。

电脑里会留下他的脑电图日志记录。很快就会有人收到他已经醒了的提醒……他们会明白，唯一人性化的做法是让他复活。

但是在他醒来的那一刻，就应该有人得到提醒了。

更有可能的是，他将被留在那里等死。

托马斯感到恶心。这是虐待，是疯狂。

不过，现在后悔也来不及了。他所见证的一切都已经发生过了。

他的身体是麻木的，但他的头脑是清醒的。没有了内脏的干扰，他的恐惧似乎更纯粹，比他体验过的任何感受都更尖锐。

他试图回忆起那些熟悉的、令人欣慰的事实：副本会存活下来，会替他过他的生活。这个身体终归要消亡。他早就接受了这一点。死亡是人格不可逆转的解体。这不是死亡，只是蜕去皮囊。没有什么好害怕的。

除非他对死亡的看法是错误的。对一切的看法都错了。

他被麻痹了，躺在黑暗中；渴望睡眠，又惧怕睡眠；希望有什么东西能让他分心，又害怕浪费他最后的宝贵时间，害怕没有准备好。

准备好？这话是什么意思？灭亡不需要准备。他不会在临终前向他在十二岁时就不再相信的上帝提出任何请求。他并不打算抛弃七十年的自由和理智，回到当初幼稚的信仰。像孩子一样前往天国，否则你将无法进入？[1]这句话帮助他看穿了粗浅的诱骗原理。翻译过来太明显了（哪怕对一个孩子来说）：这种废话对任何成年人的智慧来说都是一种侮辱——但你还是要接受，否则你就永远在火焰里忍着吧。

但他还是很害怕。鱼钩已经扎得太深了。

讽刺的是，他终于明白过来，有意放弃了让人唤醒自己这个疯狂的想法。为了面对自己的死亡！为了消除副本的罪恶感！这真是个可悲的笑话。而现在，这个愚蠢姿态的所谓受益者甚至永远不会知道它无意间已经发生了。

他脑壳里的黑暗仿佛蔓延出来了，不可见物的视野扩展得漫无边际。任何在临终关怀病床上的感觉——只是麻木和目盲，现在都消失了。他在一片黑暗的原野迷失了方向。

他到底能告诉副本什么呢？悲惨的真相？我即将在恐惧中死去。

---

1 化用《马太福音》18：3。

我杀了安娜，除了自私和懦弱，没有别的原因——而现在，别管怎样，我仍然害怕可能有来世。有一个上帝。有最后的审判。我已经退步到开始怀疑我曾经持有的每一种幼稚迷信是不是都有可能是真的，但还不足以接受忏悔的可能性。

或者某个不痛不痒的谎言？我在平静中死去，我已经找到了宽恕，我已经让我所有的噩梦得到了安息。而你现在自由了，过你自己的生活。父亲的罪孽不会降临到儿子身上。[1]

那会有作用吗，会有帮助吗？某种像忏悔的巫术一样不可理喻的公式，油腔滑调得仿佛是一些饱受煎熬的灵魂找到了好莱坞式救赎时的临终遗言？

他感到自己在黑暗中移动。没有通往光明的隧道，根本没有光。这是镇静剂造成的梦境，不是濒死的幻觉。离死亡还有几个小时或者几天。到那时他肯定还会再次昏迷。那将是一点小小的仁慈。

他在等待。没有启示，没有洞见，没有光辉夺目的信仰。只有黑暗、不确定和恐惧。

录像结束后，托马斯在终端前一动不动地坐了很久。

克隆体是对的：这个仪式根本毫无意义，是判断失误的结果。他曾经是凶手，永远是凶手。他怎么也做不到认为自己只是死去的托马斯·黎曼无辜的软件孩子，不公平地背负着凶手的罪责。除非他完全重新定义自己：编辑自己的记忆，重写自己的个性。把自己的心智雕琢成一个新的人。

换句话说：死去。

1 化用《以西结书》18：20。

这就是选择。他要么作为完整的自己生活，要么创造只继承了他部分身份的另一个人。

他愤怒地笑了，摇了摇头："我穿不过进入天国的针眼。我杀了安娜。我杀了安娜。这就是我。"他伸手去摸定义了他的那条伤疤，抚摸着它，好像是一个护身符。

他又坐了一会儿，重温在汉堡的那一夜，为自己的所作所为羞愧地哭泣。

然后他打开酒柜的锁，让自己恢复自信和乐观。仪式毫无意义——但是最起码，它使他打消了还有其他可能性的幻想。

过了一阵子，他想到了那个克隆体。渐渐进入麻醉状态，忍受着对夺去了原版生命的那种疾病的粗糙模拟外推。然后，在模拟死亡的那一刻，换上一个年轻而健康的新身体——长着一张从1985年圣诞节的照片上摘下来的脸。

复活——一瞬间的事情。这不过是一种形式。剧本冻结了那个年轻的杀人犯，甚至没有唤醒他。

然后呢？

托马斯已经走得太远了，不能再纠结于此。他所做的一切都是为了仪式的需要。他已经把克隆体送到达勒姆手中，赋予自认为是血肉之躯的它一个渺茫的机会——能在死亡之外某个不可知的世界里，获得另一种生命。

如果整件事是个错误，那么现在也已经没有办法挽回了。

第二部分

置换之城

23

玛丽亚从无梦的睡眠中醒来，头脑清醒，心境平和。她睁开眼睛，环顾四周。这张床，这个房间，都是陌生的，都巨大而豪华。一切看起来都崭新得不自然，没有染上人类居住过的痕迹，像一个昂贵的酒店房间。她很疑惑，但没有感到不安。一种解释似乎即将浮出水面。她穿着一件她这辈子都没见过的睡衣。

她突然想起了朗道诊所。与技术人员聊天。借用记号笔。参观恢复室。麻醉师让她数数。

她从床单下面抽出手。左手掌上什么都没有，她写在那里的安慰信息不见了。她感到血液正从自己脸上流走。

没等她有机会思考，达勒姆走进了房间。一时间，她震惊得发不出声音——然后她对他大喊：“你对我做了什么？我是副本，对吗？你在运行副本！”被困在启动软件中，只有两分钟的生命？

达勒姆平静地说：“是的，你是副本。”

“怎么？你是怎么做到的？我怎么会容许这样的事情发生？”

她盯着他，急切地想得到他的回答，而她的愤怒更多的是来自这样的想法：在她听到解释之前，在她明白他是如何突破她所有精心设计的防护措施之前，他们可能都消失了。然而达勒姆就那么站在门口，一副困惑和尴尬的样子——好像他已经预料到这样的反应，但是现在看到了，他却无法完全相信。

最后，她说："这不是启动，是吗？这是启动之后了。你是另一个版本。你偷了我，你是在之后运行我的。"

"我没有偷你。"他犹豫了一下，然后谨慎地补充道，"我想你很清楚你在哪里。而且唤醒你这事让我非常苦恼——但我不得不这样做。这里发生了太多你会希望看到、希望参与的事情。我不能让你睡着错过这一切。那将是不可原谅的。"

玛丽亚没有理会他所说的一切："你在启动后保留了我的扫描文件。你不知用什么手段复制了它。"

"不，你的扫描文件数据唯一的去处是伊甸园配置。这是约定了的。而现在你在置换之城。在TVC宇宙中——现在通常被称为极乐世界。它只运行它自己的法则。"

玛丽亚慢慢地从床上坐起来，把膝盖抬到胸前，尝试着接受这种情况而不慌乱、不崩溃。达勒姆是个不可预测的疯子。危险人物。她什么时候才能把这一事实记在脑子里呢？自己还是肉身的时候，如果有必要，她也许可以扭断他该死的脖子来保护自己——但如果他控制了这个环境，她就无能为力了：他可以强奸她，折磨她，做任何事。他攻击她的想法听起来仍然很可笑——但她不能凭借他过去对待她的方式来指望什么。他是个骗子，是个绑架者。她根本就不了解他。

不过现在，他还是一如既往地彬彬有礼。他似乎有意保持这种伪装。她不敢试探这层好客的外衣——但她强迫自己平静地说："我希望用一下终端。"

达勒姆对床头上方的空间做了个手势，一个终端出现了。玛丽亚的心沉了下去。她意识到自己一直坚持着一个微弱的希望，即她可能是人类。这仍然是可能的。达勒姆自己也曾经被抹去记忆，被愚弄得以为自己是一个副本，而实际上他只是一个访客。至少他声称在另一个世界发生过这种事情。

她试了半打号码，从弗朗西斯卡的开始，最后一个试了亚丁的。终端宣称它们都不正确。她不敢尝试自己的号码。达勒姆默默地看着。他的情绪似乎介于真正的同情和某种临床上的迷恋之间——仿佛打几个电话的尝试就让她对她的理智产生了怀疑，仿佛她正在从事某种有必要仔细检查的精神病患古怪行为：往镜子后面窥视，寻找反射中看到的物体；对着电视节目说话……或者用玩具打电话。

玛丽亚愤怒地推开飘浮的机器。它很容易移动，但是她的手离开它时，它就停了下来。拼凑的虚拟现实及其以便利为原则的物理学仿佛是最后的侮辱。

她说："你认为我很傻吗？一个假终端能证明什么？"

"什么也证明不了。那么你为什么不采用你自己的标准呢？"他说，"中央计算机。"终端机闪现出一个带图标的菜单，标题是"置换之城计算设施"。"现在没有多少人使用这个界面，它是原始版本，在启动之前设计的。但它仍然可以让你接入与最新的多人链接一样多的计算能力。"

他给玛丽亚看了一个文本文件。她立即认出那是她自己写的一个程序，用来解决一套有意出得很难的大型丢番图方程组。这个程序的输出是他们商定的密钥，用来解锁达勒姆在启动"之后"对其他副本的访问。

他运行了它。它立即输出了结果：一屏幕的数字，其中最小的数字有二十位。在任何现实世界的计算机上，这应该需要几年时间。

玛丽亚不以为然。"你可以在程序运行时冻结我们，就好像没有时间流逝。或者你可以提前生成答案。”她在终端机上打了个手势，“我估计你在伪装这一切：你不是在和一个真正的操作系统对话，你根本没有真正运行这个程序。”

“请随意改变方程式中的一些参数，再试一次。”

她照做了。修改后的程序“运行”得同样快，吐出了一套新的答案。她没好气地笑了起来：“那么我现在该怎么做？在我的脑子里验证所有这些数字吗？你把任何废话放在屏幕上都可以，我根本看不出来有任何不同。如果我再写一个程序来检查结果，你也可以伪造它的操作。你控制了整个环境，不是吗？所以我不能相信任何东西。无论我做什么来测试你的论断，你都可以进行干预，让它按照你想要的方式进行。这就是你一直想要我的扫描文件的原因吗？这样你就可以把我锁在这里，用谎言来轰炸我——终于能够向某个人‘证明’你所有的疯狂想法？”

“你这就有点偏执狂了。”

“是吗？你可是个专家。”

她环顾这个豪华的牢房。红色天鹅绒窗帘在微风中摇摆。她溜下床，穿过房间，不理会达勒姆。她越是和他争论，就越是难以对他产生生理上的恐惧。他选择了他的折磨方式，而且正在坚持下去。

窗外是一片闪闪发光的大厦——无疑是根据所有光学定律正确渲染的，但它们还是光滑得不像真的……就像某个20世纪20年代的表现主义电影里的场景。她看过草图，这就是置换之城——无论它是在什么硬件上运行的。她往下看。他们在七八十层楼高的地方，街道几不可见，但就在窗户下面，右边十几米处，有一条人行道延伸到相邻的大楼。她可以看到傀儡市民们一边三三两两地交谈，一边走向他们想象的目的地。所有这些看起来都很昂贵——不过减速可以买到很多主观的计算能力，如果你愿意做这样的取舍。外面的世界已经过去了多少时间？几年？几十年？

她有没有救了弗朗西斯卡？

达勒姆说："你认为我绑架了你的扫描文件，运行这整座城市，仅仅是为了享受欺骗你的乐趣？"

"这是最简单的解释。"

"这太可笑了，你心里明白。我很抱歉。我知道这对你来说一定很痛苦。但我这么做也并非一时起意。已经过去七千年了。我花了很多时间来考虑。"

她猛转过身面对他："不要再对我撒谎了！"

他举起双手，做出忏悔——以及不耐烦的姿态："玛丽亚……你是在TVC宇宙中。启动成功了，尘埃假说得到了证实。这是一个事实，你最好接受，因为你现在是一个社会的一员，而这个社会已经和它共处了几千年。

"我也知道，我说过只有在兰伯特星球失败时才会叫醒你——在我们需要你处理生物圈种子的时候。好吧，我违背了我的承诺。但是……那是个错误的承诺。兰伯特星球并没有失败。它的成功超出了你最疯狂的梦想。我怎么能让你在这种情况下睡觉呢？"

一个界面窗口出现在她身边的半空中，显示出一个半明半暗、蓝白相间的世界。"我不指望你会觉得这些大陆很眼熟。我们给了自动域很多资源。我们大多数人认为的七千年对兰伯特星球来说，相当于大约三十亿年。"

玛丽亚直截了当地说："你这是在浪费时间。你给我看什么都改变不了我的想法。"但她死死地盯着那颗星球，看着达勒姆将视角移近。

他们在一座多山的大岛的东海岸附近冲破了云层，那座岛属于一片横跨赤道的群岛。山峰表面光秃秃的岩石颜色仿佛是赭石。她最初的设计中没有包括任何矿物……但时间加上地球化学可能会产生新的东西。蓝绿色的植被几乎覆盖了其他所有的地块，一直到水边。

随着视角的下降和纹理的逐渐清晰，玛丽亚只看到了“草”和“灌木”——没有与地球上的树有些许相似的东西。

达勒姆将目的地锁定在离海岸不远——根据图像底部的比例尺，大约几百米——的一片草地上，而她根据地貌中的线索进行的猜测意外地得到了验证。草地上方那团起初看起来像是随风飞舞的碎片的东西——某种种子？——变成了一群闪亮的黑色“昆虫”。达勒姆定住了图像，然后放大了其中一只生物。

按照地球上的定义，它不是昆虫。它有四条腿，而不是六条，而且身体明显分为五个部分：头部，分别长着前腿、翅膀和后腿三个部分的躯干，以及尾部。达勒姆通过手部动作旋转了视角。头部轮廓较为圆润，但不算太平整，有两只大眼睛——如果它们是眼睛的话：发亮发蓝的圆盘，没有明显的结构。头部的其余部分长着一层细毛，排成复杂的对称图案，使玛丽亚想起了毛利人的面部文身。振动感受器——或是气味的？

她说：“非常漂亮，但你忘了口器。”

“它们把食物放进翅膀正下方的空腔。”他旋转生物的身体向她展示，“食物附着在这些刚毛上，并被它们分泌的酶所溶解。你会认为食物会掉出来，但不会——直到它们完成消化和吸收营养，然后刚毛上的一种蛋白质改变形状，关闭黏性。它们的整个胃就是这个黏糊糊的水滴，挂在那里，毫无遮拦。”

“你也许能想出某种更像那么回事的结构。”

达勒姆笑了：“一点不假。”

半透明的一对翅膀呈棕色，看起来由一层薄薄的、与外骨骼相同的材料构成。四条腿各有一个关节，末端是羽毛状结构。尾部有棕黑相间的标记，就像一个靶心，但中心没有任何东西。边缘的底部伸出一根黑暗的管子，末端缩成了针尖一般细。

“兰伯特人有二倍体的染色体，但只有一种性别。任何两只凑到一起，便可以依次将它们的遗传物质注入某些种类的植物细胞。它们的基因接管了细胞，并将其变成既像囊肿又像卵的构造。它们通常选择某些种类的灌木茎上的特定位置。我不知道你是否会称之为寄生——或者只是在分子水平上筑巢。植物滋养胚胎，并在整个过程中健康地存活下来——当幼虫孵化时，它们以散播种子来回报。它们的祖先在十亿年前从一种植物病毒那里偷了一些控制机制。像这样的基因交换有很多呢。这里的‘界’之间在生物化学方面的相似程度要比地球上高得多。”

玛丽亚转身离开了屏幕。最愚蠢的是，她一直想提问，向他逼问细节。她说：“然后呢？你直接放大，给我看精细的解剖结构、昆虫的细胞、蛋白质、原子、自动域元胞——那就可以让我相信，整个星球都嵌入了自动域？你恢复这东西，让它飞来飞去——我就要得出结论，现实世界的计算机不可能运行一个如此复杂的生物体，在如此深的层次上建模？好像我可以亲自验证，它翅膀的每一次扇动对应着几万亿个元胞自动机状态的有效序列。这和方程式的解没有什么不同。它什么都证明不了。”

达勒姆慢慢地点头：“好吧。如果我给你看一些其他的物种呢？或者演化史？古遗传学记录？我们有自零年以来的每一个突变的档案。你要不要坐下来看看它是不是像那么回事？”

“不，我想要一个能用的终端。我希望你能让我给我的原版打电话。我想和她谈谈——就我们俩人，也许我们可以定一下，等我离开这个该死的疯人院，进入我自己的JSN账户，我要做些什么。”

达勒姆看起来很慌乱——有那么一瞬间，她相信她可能最终会说动他。但是他说：“我叫醒你是有原因的。我们很快就会与兰伯特人接触了。这事本来应该早些发生呢——但是出现了一些复杂状况，政治上的延误。”

她完全听不懂了：“‘与兰伯特人接触’，这是什么意思？”

他对着一动不动的昆虫做了个手势，它的背部和生殖器仍然对着他们。“这个物种不是我随意挑选的。这是自动域生命的巅峰之作。它们有意识，有自我意识，高度智能。它们几乎没有技术——但是它们的神经系统比人类的复杂约十倍——而且它们对某些任务的胜任程度远超这个倍数，比如在群体中执行一种并行计算。它们有化学、物理学、天文学。它们知道有三十二种原子——尽管它们还没有弄清底层的元胞自动机规则。它们还在为原始云建模。这些是有知觉的生物，它们想知道自己的来历。”

玛丽亚在屏幕前转了转手，把兰伯特人的头重新带入视野。她开始怀疑达勒姆也许真的相信他说的每一个字——在这种情况下，也许他本人并没有设计出这些外星人。也许他的另一个版本——有血有肉的原版？——欺骗了他们两个人。如果是那样的话，她是在和错误的人争论——然而她应该怎么做呢？开始对着天空高喊，要求得到自由？

她麻木地说：“比人脑复杂十倍？”

“它们的神经元利用导电聚合物来传递信号，而不是膜动作电位。细胞本身的大小与人类的细胞相当——但每个轴突和树突都携带多重信号。”达勒姆将视角移到兰伯特人的眼睛后面，向她展示。通过仔细观察可以看出，视神经中的一个神经元含有成千上万的分子，仿佛一条精心打结的绳索，贯穿整个细胞体的长度。在远端，每个聚合物都与一种囊泡相连。跟与外界隔绝的细胞膜小囊相比，纤细的分子电缆相形见绌。“差不多有三千种不同的神经递质，都是蛋白质，由三个亚单位构成，每个亚单位有十四种可能。这有点像人类的抗体——相同的技巧产生了宽广的形态谱。它们与受体的结合是有选择性的，就像抗体与抗原的结合一样。每个突触都是一个有三千条通道的生化配电盘，不存在串扰。这就是兰伯特思想的分子基础。”他挖苦地补充说，“这超出了你我所拥有的：一切东西都有分子基础。我们仍然在运行旧的人体拼凑模型——根据体验进行过扩展和修改，但基本原理仍然与约翰·瓦因斯的第一个会说话的副本相同。有一个长期的项目，让人们可以选择在原子水平上被实现……但是除了政治上的复杂因素外，就连狂热支持者们也总是发现有更紧迫的事情要做。”

达勒姆将视角穿过细胞壁移出来，再掉转方向，让其面对神经元的末端。他将颜色方案从原子级改为分子级，以突出拥有自身独特色调的各个神经递质。然后他启动了图像的运动。

几个灰色的脂膜囊泡抽搐着打开，吐出大量色彩鲜艳的斑点，翻滚着经过视角，它们变成了结构复杂而形状不规则的小珠，形态各异，令人眼花缭乱。达勒姆再次将视角转向前方，前往突触的远端。最终，玛丽亚可以看到接收神经元细胞壁中镶嵌着彩色编码的受体：长链分子折叠成紧密的“之”字形环，暴露的表面上有一块块凹陷。

几分钟内，他们看到了成千上万不匹配的神经递质被某个受体弹开，直到达勒姆变得厌烦并恳求软件：“给我们看一个匹配上的。”图像模糊了一秒钟，然后恢复到原来的速度，这时一个形状正确的分子终于碰到了它的目标。它撞上了受体，锁定入位。达勒姆及时将视角穿过细胞膜，显示受体的浸入式尾部以改变其构造作为回应。他说：“现在这将促成下一个信使的激活，而下一个信使将为适当的聚合物提供能量——除非有一种抑制性的信使已经结合在了那里，阻止了接触。”他又对软件说了句话。它控制了视角，并向他们展示了他所描述的每个事件。

玛丽亚目眩神迷地摇了摇头：“跟我说实话——这是谁设计的？三千种神经递质，三千种受体，三千种第二信使？毫无疑问，你可以向我展示所有这些东西的个体结构——毫无疑问，它们的表现确实会像你声称的那样。哪怕是编写软件来伪造这些也是一项巨大的工作。你委托谁做的？不会有多少人愿意承担这个任务。”

达勒姆轻声说：“我委托了你。你不可能忘了。一个生物圈的种子？证明自动域的生命可以像地球上的生命一样多样和复杂？”

“不，从嗜水菌到这个需要——”

“数十亿年的自动域时间？超出21世纪地球资源若干数量级的计算能力？那就是兰伯特星球所需要的——也正是它所得到的。”

玛丽亚从屏幕前退开，直到身后已经无路可走，然后在红色窗帘旁边靠着墙壁滑下来，坐在毛绒地毯上。她把脸埋在手里，试着慢慢呼吸。她有种被活埋的感觉。

*她相信他吗？*这似乎已经不重要了。无论她做什么，他都会继续用这种与他的说法一致的“证据”轰炸她。无论他是不是在故意说谎——无论他是不是被另一个版本的自己所愚弄，或者无论“尘埃假设”终究是不是正确的——他都不会让她离开这里，回到现实世界中。精神病骗子也好，另一个受害者或者冷静的真相传播者也好，他都没有能力给她自由。

她的原版还在外面——拿着可以救弗朗西斯卡的钱。那才是这场疯狂赌博的重点，是拿她的灵魂冒险的回报。如果她能记住这一点，紧紧抓住这一点，也许她能让自己保持理智。

达勒姆紧逼不舍——无视她的痛苦，或者说是有意给出致命一击。他说：“谁能设计出这个？你知道马克斯·兰伯特翻译一个真实世界的细菌花了多长时间。你真的相信我找到了一个人，可以凭空制造出一个功能正常的——而且前所未有的——伪昆虫……更不用说还有智能？

“好吧，你不能亲自对照自动域规则检查宏观行为，但你可以研究所有的生化途径，将它们追溯到祖先的物种。你可以观察一个胚胎的生长，一个细胞、一个细胞地看——追踪控制激素的梯度，分化的组织层，器官的形成。

“整个星球对我们来说是一本打开的书。你可以随意检查任何东西，详查细审，别管什么尺度，从病毒到生态系统，从视网膜色素分子的激活到星球化学循环。

“目前有六点九亿个物种生活在兰伯特星球上。全都遵守自动域法则。全都可以证明是生活在三十亿年前的单一生物体的后代——我想你对其特征了如指掌。你真的相信有人能设计出这一切吗？”

玛丽亚愤怒地抬头看着他：“不，它当然演化了。它肯定已经演化了。你现在可以闭嘴了——你赢了。我相信你。但是你为什么要叫醒我？我要疯了。”

达勒姆蹲下去，把手放在她的肩膀上。当她尝试着一一细数并品味自己的损失，她剧烈地抽泣起来。弗朗西斯卡没了。亚丁没了。她所有的朋友。所有她见过的人：见过面的，网络上的。所有她听说过的人：音乐人和作家，哲学家和电影明星，政客和连环杀手。他们甚至都没有死。他们的生活并没有以完整而可理解的形式存在于她的过去。他们就像灰尘一样散落在她周围：毫无意义，互不相干。

她所知道的一切都被碾碎成了随机的噪声。

达勒姆犹豫了一下，然后笨拙地伸手抱住她。她想伤害他，却只是紧紧抱着他哭泣，牙齿紧咬，双拳紧握，在愤怒和悲痛中颤抖着。

他说：“你不会疯的。在这里，你可以过你想过的任何生活。七千年其实没什么的，我们并没有失去古老的文化——我们仍然拥有那些图书馆、档案馆和数据库。有成千上万的人想见到你。人们因为你的事迹而尊重你。你是一个神话。你是极乐世界的英雄。你是沉睡的第十八位创始人。我们将设立一个节日来纪念你的觉醒。”

玛丽亚推开他：“我不想要。你说的那些我都不想要。”

“好吧。你说了算。”

她闭上眼睛，蜷缩着靠在墙上。她知道自己的样子肯定像个撒娇的孩子，但她并不在乎。她恶狠狠地说："争来争去还是你赢了。你笑到了最后。你让我醒过来，只是为了把你那宝贝信仰的证明放到我面前，让我知道我错了。而现在我想回去睡觉，一直睡下去。我希望这一切都消失。"

达勒姆沉默了一会儿，然后说："这一点你是可以做到的，如果你真的想那么做。等到我向你展示了你所继承的东西，等到我向你展示了如何控制它，你就会有能力将自己封闭于极乐世界的其他部分之外。如果你选择睡眠，那就永远不会有人能够唤醒你。

"但是你就不想在场吗，在兰伯特星球上见证我们与那个因你而存在的文明进行第一次接触？"

24

（刻板之城）

皮尔正在他的车间里，用车床制作一条桌腿，这时凯特的最新信息引起了他的注意：你一定要看看这个。求你了！到城里见我。

他移开了视线。

他正在使用他最喜欢的木材——糖松。他用基因库和植物细胞图构建了自己的种植园——对每种细胞类型构建单个样例的模型，精细至原子水平，然后将其基本行为封装在规则中。他有能力对数以万计的树木重复运行那些规则数十亿次。从理论上讲，他可以从单个原子开始建立整个种植园——那将是最优雅的方式，远胜其他——但把自己放慢到树木生长速度足以满足他的需求的时间框架内，就意味着要把凯特远远地抛在后面。

他停下车床，再次阅读信息。信息写在车间告示板（那是他的环境当中唯一允许她在他工作时进入的部分）上贴着的一张海报上。海报看起来很普通，只是当字母进入他的周边视野时，有一种引人注目的跳跃趋势。

他嘟囔着说："我在这里很开心，才不关心他们在城里做什么。"车间挨着一间装满桌腿的仓库——到目前为止，里面有十六万两千三百二十九条桌腿。皮尔想象不出还有什么比达到二十万大关更令人满意的事情——尽管他知道他有可能在达到这个目标之前改变主意，放弃这个车间。新的职业是他的外自我随机施加的，但是根据统计，下一个职业早该来了。在从事木工工作之前，他充满热情地阅读了中央图书馆里所有的高等数学课本，运行了所有的辅导软件，然后亲自为群论贡献了几个重要的新结果——极乐世界里没有一位数学家会知道他的工作，但这一点并没有给他带来烦恼。更早之前，他写了三百多部喜歌剧，歌词包括意大利语、法语和英语——并且上演了其中大部分，有傀儡演员和观众。更早之前，他花了六十七年潜心研究人脑结构和生物化学，直到完全掌握了意识过程的本质，这令他自己心满意足。这些追求中的每一项在当时都十足地引人入胜、令人满意。他甚至曾经对极乐世界感兴趣。

时过境迁，他现在更愿意考虑桌腿的问题。

不过他仍然对凯特感兴趣。他选择这一点作为他为数不多的不变因素之一。而且他最近一直在忽略她。他们已经有近十年没有见面了。

他思虑重重地环顾车间，目光落在角落里的一堆新木材上，但随后他坚定了决心。摆弄车床的乐趣在向他招手——爱则意味着做出牺牲。

皮尔脱下他的防尘服，伸出双臂，向后跌入城市的上空。

他还在半空中，凯特不知从哪里俯冲下落到他身边，抓住了他的手，差点把他的手臂从关节处扳断。她在风中大喊："这么看来，你还活着。我都已经开始以为你关闭了自己。去寻找没有我的下一个生命了。"她的语气带着讽刺，但也有一种真心实意的欣慰。十年仍然可以是一段漫长的时间，如果你愿意的话。

皮尔语调温柔，但话语清晰可辨："你知道我有多忙。当我在工作时——"

她嘲弄地笑了起来："工作？你管那事叫工作？从那些会让最愚蠢的工厂机器人感到厌烦的事情中获得乐趣？"她乌黑的长发在她的脸上拂来拂去，仿佛被风随意吹起——但总是会恰到好处地掩盖她的表情。

"你还是——"他的话被风声盖过了。凯特关闭了他非物理渠道的理解能力。他喊道："你还是个雕塑家，不是吗？你应该明白的。木材、纹理、质地——"

"我理解你需要人造的兴趣来帮助你自己打发时间——但你可以试着更仔细地设置参数。"

"我为什么要那么做？"因为不得不提高音量，他感觉自己成了好辩的样子。他让自己的外自我避开这种影响，平静地叫道："随机地，每隔几十年，随机地，我就会有新的目标。这很完美。这样的方案我还能怎么改进呢？我不会永远停留在任何一件事上。无论你如何认为我在浪费时间，这也只是五十年或一百年而已。从长远来看，这有什么区别呢？"

"你还是可以选择得更认真一点。"

"你有什么想法？对社会有用的事情？救济饥荒灾民？给垂死之人提供咨询？或者找点智力上的挑战？揭示宇宙的基本规律？我不得不承认，我已经把TVC的规则忘了个一干二净。我可能只需要五秒钟就能再查到。寻找上帝？这是个难题。保罗·达勒姆从不回我的电话。自我发现……？"

"你没必要把想象得到的荒唐事都考虑一遍。"

"如果我限制了选择的范围，我很快就会重复自己。如果你觉得我正在经历的阶段那么难以忍受，你总是可以让它消失：你可以冻结自己，直到我改变。"

凯特恼怒了：“除了你的，我还有其他时间框架需要操心！”

“极乐世界那些人哪儿也去不了。”他没有接着说，他知道她已经把自己冻结过六次了。每一次都比上一次多几年。

她转向他，分开头发，露出一道凶狠的目光：“你在自欺欺人，你知道的。你最后还是会重复自己。别管你怎么拼命地给自己重新编程，到头来你会绕了一圈，发现那些事情你以前都做过。”

皮尔肆无忌惮地笑了，喊道：“所有这些话我们以前肯定都聊过一遍了——你知道那不是真的。总有可能合成新的东西：一种新的艺术形式，一个新的研究领域；一种新的美学，一种新的痴迷。”在她身旁凉爽的午后空气中坠落，他感到神清气爽，但他已经开始想念木屑的味道了。

凯特将他们周围的空气设定成了静止而无声，尽管他们还在继续下降。她松开他的手说：“我知道我们以前聊过这些。我记得你上次说过什么，如果最坏的情况发生了，在第一个一百年里，你可以思考数字一。第二个一百年，你可以思考数字二。以此类推，无穷无尽。等到数字大得在你心智里容不下了，你总是可以扩大你的心智来适应它们。证毕。你永远也少不了新鲜刺激的兴趣。”

皮尔轻声说：“你的幽默感到哪里去了？这只是简单地证明了一下，最坏的情况也是无限的。我从来没有提议过真的要那么做。”

“但你还是有可能那么做的。”现在，她的脸已经露出来了。她看上去更多的是惆怅而不是愤怒——那表情哪怕未必是精心设计的，也是主动选择的结果。“为什么你非要觉得每件事都那么……充实？为什么你不能区别对待？为什么你不能让自己对事物感到厌烦——然后继续前进？如果以后又有冲动，就再把它们捡起来。”

“对我来说，听起来非常古板。太有人类风格了。”

“对人类来说确实行得通，不过是有时候。”

“是的。而且我敢肯定对你来说确实行得通。有时候。你一阵子搞你的艺术，一阵子观看伟大的极乐世界肥皂剧，反反复复。中间加上一二十年漫无目的的消沉。你大部分时间都不满意——而这种情况是一种有意识的选择，是故意的，也是随意的，就像我强加给自己的任何东西一样。如果这是你想要的生活方式，我不会试图去改变你。但你不能指望我也这样生活。”

她没有回答。过了一会儿，他们周围静止空气的泡沫被吹散了，风的轰鸣声再次淹没了寂静。

有时候他想知道，偷渡让他们得到的不是在亿万富翁的避难所里度过几百年，而是进入了不朽的深渊，发现这一点带来的震撼后，凯特到底是不是已经处之泰然了。年复一年，那个曾说服大卫·霍桑背弃物质世界的副本，那个坚定追随——甚至在死去之前就开始了——唯我论国家哲学的人，那个不需要大脑重塑或精心设计的外部装置就能接受她的软件化身的女人……现在的行为越来越像一个有血有肉的效颦者——或者说，极乐世界的效颦者。*而且大可不必这样*。他们那小小的一点无限跟整体的无限是一样的。归根结底，没有什么是极乐世界人可以做而凯特做不到的。

除了以平等的身份行走在他们中间，而这似乎是她最垂涎的。

诚然，极乐世界人都已经在从容地去实现她一直认为副本们应该争取的一切的逻辑终点——而她只是错误地搭了个便车。他们的世界将“永远”（相对极乐世界瞬间而言的极乐世界瞬间）比她自己的世界更大更快。所以“自然地”——根据她还没有意识到该清除的古老人类价值观——她想成为主游戏的一部分。但皮尔仍然觉得，她自己就可以生成——甚至*启动*——一个自己的社会，而且可以同样复杂、同样人口众多，她却一直都在羡慕他们，这是很荒谬的。

这是她的选择。皮尔接受了这一点，连同两人的其他所有分歧。如果他们要相伴到永远，他相信他们终将解决他们的问题——如果他们能够解决的话。现在还为时过早。永远为时过早。

他翻了个身，低头看着城市——或者说他们用来凑合应付的奇怪城市递归地图，那是他们还在真正的墙壁和地基里的时候埋进来的。马尔科姆·卡特的秘密寄生软件并非对它的宿主的情况毫无掌握。它们可以窥探到偷偷运行它们的程序的更高层次发生了什么，尽管它们无法影响那里发生的任何事情。它们可以抓取真实城市中短暂、局部的活动记录，并在有限的复制环境中回放。这有点像……在《尤利西斯》文本中用相距甚远的字母拼成一句话：皮尔和凯特读道："利奥波德·布卢姆在都柏林徘徊。"如果说不是这么粗略的删节的话。

当然，从空中俯瞰的景色仍然令人叹为观止。皮尔不得不承认，它看上去与真实环境也许没什么分别。当他们下降时，太阳正从海面上落下，乌拉姆瀑布在东方闪闪发光，像一片琥珀镶嵌在藤山的花岗岩面上。在山脚下，一打造型奇特的瞭望塔，仿佛黑曜石棱镜和银针，捕捉着光线，让它在塔之间散射。皮尔沿着河流向下游看去，目光穿过茂盛的热带森林，穿过黑暗的草原，看到了城市本身。

郊区的低矮建筑绵延无际，逐渐升高收窄。整个建筑群的轮廓是曲线形的，仿佛藤山的形状。离中心更近的地方，无数条晶莹剔透的人行道将城市塔楼在每一层都连接起来，四通八达而又密密麻麻的样子让人觉得每座建筑都有可能直接与其他所有建筑连接着。事实并非如此——但那种感觉挥之不去。

装饰性的人群充斥着街道和人行道：无意识的傀儡在最简单的规则下行事，看起来却仿佛和人类一样在为着某个目的奔忙。这也许是一种奇怪的装饰品——但比起建筑和街道的存在本身，也没有什么奇怪的。大多数极乐世界人只是参观这个地方，但上次皮尔关注这种事情的时候，他们中的几百人——主要是第三代——已经开始全天候居住在这个城市：将其建筑和地理的每一个细节定为固定参数，发誓忠于其欧几里得距离。其他人——主要是第一代——则对这个教派的行为感到震惊。奇怪的是，在最古老的极乐世界人当中，“回归”是最大的禁忌，而他们在其他方面都很保守。也许他们害怕变得思乡。

凯特说：“市政厅。”

他跟着她穿过越来越暗的空气落下来。对皮尔来说，这座城市总是有一种香甜的味道。香甜中却又掺杂着人工的气息，就像大卫·霍桑童年时代刚拆开的电子玩具，全是微芯片和塑料。围绕着城市中央最高的金色塔楼，他们在透明的走道之间穿梭，仿佛在扮演彼得·潘和小叮当。皮尔早就不再与凯特争论她选择用来进入重建环境的精心设计的路线了。她用自己的时间来运行这个城市的窥视孔，她完全控制着进入这个环境的机会。他要么忍受她的规则，要么完全远离。而在这里的全部意义就是取悦她。

他们在市政厅正门外铺设的广场上落了地。皮尔惊奇地发现，有一个喷泉是马尔科姆·卡特的算法背驮技巧展示的放大版：一位在和一条蛇搏斗的小天使。他以前一定注意过它——他站在这个地方足有一百次了——但如果确实如此，他已经忘记了。他的记忆需要维护。他已经有一段时间没有给相关网络扩容了，而它们可能已经接近饱和了。简单地增加新的神经元会减慢回忆速度——相对于其他大脑功能而言——使一些思维模式感觉像在糖浆中游泳。有必要实施一整套进一步的调整，好让时间感恢复正常。极乐世界人已经编写了软件来自动执行这个调整过程，但他不喜欢他们共享（因此他也可以使用）的版本的结果，于是自己编写了一个版本——不过它还有待完善。桌腿之类的东西一直在妨碍他。

广场并非空无一人，但他们周围的人都是一副傀儡的样子，只是在走来走去。城市的主人已经进来了——因此计算两人周围环境外观的重任大部分都是由凯特的软件承担的。它在不会被注意到的情况下，监视着真正的城市，并为他们两个人重建它。他拉着凯特的手——她默许了这个动作，不过让自己的皮肤冷得像大理石一样——他们走进大厅。

巨大的厅堂大约坐满了一半，所以来参加会议的极乐世界人大约有八千名。皮尔为自己短暂地打开了一个对人群的鸟瞰视角。映入眼帘的是各式各样的时尚服装——或者赤身裸体——以及身体类型，当然是跨越了好几代，不过大多数人都选择以多少算是传统人类的形态出现。例外的情况很突出。一群第四代极乐世界人将自己展示为改良的巴贝奇分析机。整个大厅也不可能“按比例地”容下一台那样的机器，所以只有一部分构造从某个隐藏的维度探到了分配给他们的座位上。那些呈现为“希尔勒的中文房间”形象的人也是如此：一大群单独的人（或者人形自动机），每一个都在执行某些简单的任务，共同构成了一台运行中的完整计算机。坐在大厅里的“组件”是千手观音似的模糊形象，用手部动作代码向看不见的同事打手势，其速度快得仿佛合并成了静态的多重曝光图像。

皮尔不知道这两种类型的系统如何从其周围环境中收集声音和视觉，提供给这些笨重的计算机（估计）正在模拟的完全正常的极乐世界人，也就是所有那些旋转的齿轮和疯狂的手部运动的最终结果——或者说，与仅仅向世界展示标准的生理模型时相比，那些人是否有着迥异的体验。

不光有自命不凡的奇装异服，还能看到零星的动物身体——它们也许反映了栖身其中者的真实模型，也许没有。如果你的大脑已经适应了这种变化，那么做一头狮子，甚至是一条蛇，都可以是非常舒服的。皮尔曾经在动物的身体里住过一些时间，包括历史上的和神话中的，他很喜欢它们的身体——但在那个阶段结束后，他发现只要稍加调整，他就能让人类形态带来同样好的感觉。与自己祖先的生理结构相适应似乎更优雅一些。大多数极乐世界人显然同意这一点。

八千人是一个典型的出席数字——然而皮尔说不出它代表了总

人口的多大比例。即使撇开卡拉斯、肖和黎曼——三位一直待在自己的私人世界里，从未与任何人接触的创始人——也可能有成百上千的后来者选择退出核心社区而从未宣布他们的存在。

不断扩大的极乐世界立方体从一开始就被划分为二十四个不断扩大的斜金字塔。十八个创始人及其后代各占一个，六个用于共同的事业（如置换之城本身——但主要是兰伯特星球）。大多数极乐世界人——或者说至少是大多数使用这个城市的人——都选择将自己与一个共同的客观时间速率同步。这个标准时间的流逝速率相对于绝对时间——TVC元胞自动机时钟的运转——稳步增长，所以每个极乐世界人都需要得到不断增长的处理器配额才能跟得上。但极乐世界本身的增长速度更快，因此每个人都拥有越来越大的剩余计算能力。

每位创始人的领地都是自治的，按照其自己的方式进行细分。直到现在，每个领地都可以支持按标准时间生活的几万亿人口。但皮尔怀疑大多数处理器都被闲置了——他偶尔也会幻想某个第五代极乐世界人研究城市的历史，对马尔科姆·卡特产生了一种奇妙的直觉，便说服某个创始人提供一个基本无人的金字塔的空闲计算资源，以扫描城市的偷渡者。面对那样的检查，卡特所有巧妙的伪装，还有那海底捞一个原子般的概率——真正保证他们不被发现的因素——都将毫无意义，而且一旦确认了他们的存在，他们就有可能轻易地被挖出来……假设极乐世界人足够慷慨，愿意为一对小贼那么做。

凯特声称，她相信从长远来看，那是不可避免的。皮尔并不关心他们是否被发现。对他来说，真正重要的是这座城市的计算基础设施也在不断扩大，使它能够跟上不断增长的人口，以及极乐世界标准时间不断增加的需求。只要这种趋势持续下去，他自己在这些资源中所占的一小部分也在稳步增加。长生不老是没有意义的，如果他被困在一个可能状态有限的“机器”里，如果他只能在有限的时间内穷尽他可能成为的每一种东西。只有永恒增长的允诺才会赋予永生意义。

凯特将他们进入重放的时机安排得恰到好处。当他们在大厅后面的空位上坐定时，保罗·达勒姆本人登上了舞台。

他说："谢谢大家参会。我召开这次会议，是为了讨论关于兰伯特星球的一个重要提议。"

皮尔抱怨起来："我本来可以做桌腿的，你却把我拉到了《杀人蜂的攻击》。第一千零九十三部。[1]"

凯特说："你完全可以选择为自己身在这里而感到高兴。没必要不满意。"

皮尔闭上了嘴，因为这次干扰而被定住的达勒姆接着说："正如你们中的大多数人所知，兰伯特人最近在科学发展他们的宇宙学方面取得了稳步进展。一些理论家团队为他们的行星系统的形成提出了尘埃和气体云的模型——这些模型非常接近于事实。尽管那样的过程并不曾在自动域中真正发生过，但在启动前有过粗略的模拟，以利于设计一个合理的现成系统。兰伯特人目前正在对该模拟的参数进行调校。"他朝身后一个巨大的屏幕打了个手势，画面出现了：几千个像昆虫一样的兰伯特人在一片郁郁葱葱的蓝绿色草地上空挤作一团。

皮尔很失望。"科学发展他们的宇宙学"听起来像是一个技术先进的文明的工作，但是在场景中看不到任何人工制品：没有建筑物，没有机器，甚至没有最简单的工具。他冻结了图像并放大了其中的一部分。在他看来，这些生物本身和它们在几十万兰伯特年之前的样子一模一样，当时它们作为最可能产生文明的物种被挑选出来。它们分段而有壳的身体仍然一丝不挂。他期望看到什么？穿着白大褂的昆虫？不是——但仍然令人难以接受的是，他们在智力上的飞跃并没有在他们的外表和周围环境中留下任何痕迹。

1　这个玩笑出自1978年电影《杀人蜂》（*The Swarm*），该片常在影史烂片榜中出现。

达勒姆说："他们在交流理论的一个版本，同时在积极地展示其背后的数学原理，就像一组研究人员向另一组研究人员发送一个计算机模型——但兰伯特人没有人工计算机。如果舞蹈看起来无误，它就会被其他小组所接受——如果持续足够长的时间，他们就会内化这个模式：他们将记住它，而无须继续表演。"

皮尔低声说："回到车间和我一起跳宇宙学模型之舞？"凯特没有理会他。

"最主流的理论精准地采用了自动域化学和物理学知识，包括对原始云成分的详细分解。它没有更进一步。到目前为止，他们还没有对这一原始云可能的形成方式提出假设，没有对元素的起源和相对丰度的解释。也不可能有那样的解释，没有合理的前历史，自动域没有提供。没有大爆炸：广义相对论不适用，他们的时空是平的，他们的宇宙没有膨胀。没有元素在恒星中形成：没有核力，没有核聚变。恒星只靠引力燃烧——他们的太阳是唯一的恒星。

"所以，这些宇宙学家即将撞上一堵砖墙——不是他们自己的错。多米尼克·雷佩托提出，现在是我们与兰伯特人接触的理想时机。宣布我们的存在。解释他们星球的起源。开启一场精心而周密的文化交流。"

人群中爆发出一阵轻柔的低语。皮尔转向凯特："就这个？这就是我不能错过的消息？"

她回过头来，怜悯地盯着他："他们正在谈论与一个外星种族的第一次接触。你真的想稀里糊涂地错过吗？"

皮尔笑了起来："第一次接触？这些昆虫还是单细胞藻类的时候，他们就已经在显微镜下观察过它们了。他们对它们早就了如指掌了：它们的生物学，它们的语言，它们的文化。这些都在中央图书馆存放着呢。这些'外星人'是在显微镜玻片上演化的，没有任何惊喜可言。"

“除了它们对我们的反应。”

“我们？谁也不会对我们有反应的。”

凯特恶狠狠地瞪了他一眼：“他们对极乐世界人的反应。”

皮尔想了想：“我敢说这个也已经有人知道了。一定有人模拟了兰伯特‘社会’的反应，发现它们不过是一次人工生命实验。”

一个瘦高个儿年轻人形象的极乐世界人登了台。达勒姆介绍说他是多米尼克·雷佩托。皮尔很早就不再留意层出不穷的族系，但他认为这个名字是最近才出现的。他肯定当他自己对这个课题也很有兴趣的时候，没有一个叫雷佩托的人参与了自动域的研究。

雷佩托对与会人员说：“我相信，兰伯特人现在拥有的理论框架足以让他们理解我们的存在，以及领悟我们在他们的宇宙学中的作用。他们确实缺乏人工计算机——但他们的整个思想语言是基于以数字模型的形式表现的他们周围的世界。这些模型最初是一些可遗传主题的变体——显示食物来源的地形图，预测捕食者行为的算法——但是现代兰伯特人已经演化出生成和测试全新类别模型的技能，这种技能对他们来说就像语言技能对最早的人类一样，是与生俱来的。一组兰伯特人可以‘叙述’并‘评判’他们饲养的食用螨虫的种群动态的数学描述，就像启动前的人类可以构建或者理解一个简单句子一样容易。

“我们不能用拟人化的标准来判断他们。人类的技术里程碑与他们根本不相干。兰伯特人通过观察他们的自然世界，辅之以极少数的受控实验，推导出了大部分的自动域化学和物理学。他们已经产生了相当于温度和压力、能量和熵的概念——没有火、冶金或者轮子……更不用说蒸汽机了。他们已经计算出了大多数元素的熔点和沸点——是在从未提纯过它们的情况下，技术的缺乏只能令他们的智力成就更加令人震惊。这就好比古希腊人写出了氮的沸点，或者古埃及人预测了氯的化学性质。”

皮尔暗自冷笑。创始人总是喜欢听到地球被人提及——如果提及的是他们出生前很久的时代，那就更好了。

雷佩托停顿了一下。他明显地长高了，年轻的五官不经意间变得更加庄重、更加成熟。大多数极乐世界人不会认为这比姿势或者语气的改变更有操纵难度。他郑重地说："你们大多数人都应该知道3052年1月5日城镇会议的决议。该决议禁止与兰伯特人接触，直到他们建造了自己的计算机并运行模拟——人工生命的实验——其复杂程度不亚于自动域本身。这被认定为最安全的判断标准……但我相信，这已被证明是错误的，而且完全不合适。

"兰伯特人正在寻找他们自身起源问题的答案。我们知道在自动域本身没有答案可寻——但我相信兰伯特人有足够的智力去理解更大的真相。我们有责任让他们了解这一真相。我提议本次会议推翻3052年的决议，并授权一队自动域学者进入兰伯特星球——以一种具有文化敏感性的方式——告知兰伯特人他们的历史和背景。"

嘈杂的议论声越来越响。尽管不情不愿，皮尔倒也感觉到了一丝丝兴趣。在一个没有死亡和资源匮乏的宇宙中，政治呈现为奇怪的形式。任何一位创始人如果不认同兰伯特星球的管理方式，就完全可以将整个自动域复制到他们自己的领域，并对他们自己的私人版本做他们想做的事。与这种举动的难易程度成反比的是，任何派别在这里都有一个难得的机会，通过说服会议保留与兰伯特人接触的禁令，来展示他们的"影响力"，提高他们的"威望"——而不煽动他们的对手克隆自动域并不顾一切地推进。第一代中的许多人仍然选择重视这些东西，为了他们自己。

伊莱恩·桑德森站起身来，身着一套浅蓝色西装，显得容光焕发，躯体上标识着：公元1972年至2045年，并为此自豪（即使她只在正式场合才使用这个形象）。有那么片刻，皮尔感觉自己回到了过去：十几岁的时候，大卫·霍桑在电视上看到了有血有肉的桑德森，正在宣誓成为美利坚合众国的司法部长——那个国家在宣誓时的组成粒子很可能与极乐世界此时此刻的某些部分重合。

桑德森说："谢谢你，雷佩托先生，谢谢你在这个重要问题上给我们提供了你的观点。不幸的是，我们中很少有人花时间去了解兰伯特人的最新发展。虽然他们从单细胞生命体一路走来，在没有我们明确干预的情况下达到了现在高度复杂的状态，但归根结底他们每时每刻都在我们的照料下，我们都有义务以最严肃的态度对待这一责任。

"我仍然记得，关于如何处理自动域的问题，我们最早的一些计划：刻意向我们自己隐瞒兰伯特星球上的生活细节；观察和等待，仿佛相隔遥远，直到居民向他们星系的其他世界发送探测器；以'探险家'的身份乘坐'太空船'过去，努力学习这些'外星人'的语言和习俗——说不定还要扩展自动域，让它包括一个看不见的遥远恒星，让那颗恒星带上一颗作为我们旅程起点的'母世界'。盲目地模仿被我们留在身后的假想星际任务。怪异的猜谜游戏。

"值得庆幸的是，我们很久以前就放弃了那些幼稚的想法。将不会有虚假的'发现任务'——也不会对兰伯特人或者我们自己撒谎。

"不过，那些早期的、可笑的计划有一个特点仍需我们牢记在心：我们总是打算平等地与兰伯特人会面。来自遥远世界的访客将拓展他们对宇宙的视野——而不是颠覆它，也不是将它一笔勾销。我们将以兄弟姐妹的身份接近他们，争论我们的观点——而不是自封为神，前去揭示神圣的真理。

"我请会议考虑，这两个同样值得称赞的目标，即诚实和谦逊，是否不能调和。如果兰伯特人在理解他们的起源方面处于危机的边缘，是怎样的要当恩主的本能迫使我们一头闯进去，为他们提供一个现成答案？雷佩托先生告诉我们，他们是如何推断出这些化学元素的属性的——而这些元素仍然是神秘的、不可见的，只在自然界的复杂现象中显现它们的存在。显然，兰伯特人有着发现隐藏模式和隐藏解释的天赋。那么，在他们猜出自己的宇宙学的真相之前，还能有多少个世纪呢？

“我建议我们推迟接触，直到兰伯特人自然而然地提出并彻底探索关于我们存在的假设。直到他们自己判断出我们对他们可能意味着什么。直到他们讨论过，就像我们现在正在讨论的那样，如何才能最好地应对我们。

“如果外星人在人类第一次抬头看天并面临某种理解危机的时候访问地球，他们会被奉为神祇。如果他们在21世纪初到达——当时人类已经预测到他们的存在，并思考了几十年如何组织接触——他们会被平等地接受。他们拥有更加丰富的经验和技能，更加渊博的知识，但终究不过是一个行为可期、原理可辨的宇宙中的一个预料得到的部分。

“我相信我们应该等待兰伯特历史上与此相当的那个时刻：当兰伯特人迫不及待地想要证明我们的存在时——当我们的持续缺席对他们来说变得比我们的到来更难解释时。一旦他们开始怀疑我们在偷听他们每一次针对我们的探讨，继续隐瞒就是不诚实的。在那之前，我们欠他们一个机会，让他们在没有我们的情况下，尽可能找到更多的答案。”

桑德森坐了回去。部分观众庄重地鼓起掌来。皮尔懒洋洋地绘制了反应图，并将其与外表关联了一下。她似乎在第三代主流人群中大受欢迎——但他们有着兴致勃勃地伪造一切的声誉。

凯特说：“你难道不希望自己能加入讨论吗？”她的话语中一半是讽刺，一半是自怜。

皮尔愉快地说：“不——但如果你自己对此事有急需表达的看法，我建议你复制整个自动域，并亲自与兰伯特人联系——或者让他们处于未受破坏的无知状态。随你自己喜欢了。”

“你知道我没有空间来做这个。”

“而且你还知道那没什么意义。在中央图书馆有一份原始生物圈种子的副本，压缩过的整套描述。你可以复制它，然后冻结自己，等到你有空间发展它。整个事情是决定性的——每一个兰伯特人都会为你扇动它的小翅膀，就像它为极乐世界人所做的一样——完全一样。直到接触的那一刻。”

“你真的相信城市会发展到那么大？在标准时间的十亿年后，他们不会把它弃如敝屣，再建造新的什么东西？”

“我不知道。但是总有另一种选择：你可以启动一个全新的TVC宇宙，腾出你需要的所有空间。如果你想让我去，我也会去的。”他是认真的，他愿意跟着她去任何地方。她只需要说出口。

然而她移开了视线。他很想给予她幸福，但是选择权在她手中：如果她愿意相信自己正站在外面的雪地里——或者被砌进了砖墙里——看着极乐世界人在尽情享受现实，他也无力改变这一点。

接下来有三百零七人发言。一百六十二人支持雷佩托，一百四十人支持桑德森。五个人只是闲扯一通，没有提出明确的意见。这个比例明显偏低。皮尔做了一个关于用砂纸打磨木头的声音的白日梦。

投票结果出来后——最初出席者每人有一票，不接受最后一刻克隆出来的副本投票——桑德森以百分之十的优势获胜。她上台发表了简短的讲话，感谢选民们的决定。皮尔怀疑许多极乐世界人现在已经悄悄地从他们的身体里溜走了，去了其他地方。

多米尼克·雷佩托也说了几句话，他显然很失望，但很有风度地接受了失败。保罗·达勒姆——大概是他的导师和赞助人——露出了略显空洞的表情，仿佛一个面部肌肉与大脑模型生硬分离的身体模型。达勒姆——以他在不同置换形式中作为副本的奇怪而短暂的历史——似乎从来没有真正赶上过启动前的技术水平，更不用说极乐世界的发展前沿。当他需要隐藏什么事情的时候，这就很明显了。

他对会议的决定很不满意。

凯特冷冷地说："就这样吧。你已经履行了你的公民义务。你现在可以走了。"

皮尔睁大了自己棕色的眼睛："和我一起回车间吧，我们可以在木屑中做爱，或者只是坐在一起聊天。只管开心，不问缘由。不会那么糟糕。"

凯特摇了摇头，逐渐消失了。皮尔感到一阵失望，但并没有持续多久。

有的是时间。

25

托马斯蹲在卫生间的窗框里，一半身子探出了安娜的公寓。他知道，这一次，砖块的边缘会比剃刀更锋利。他来到邻居的窗户前，准确地重复着熟悉的动作，尽管他的手和前臂正流着血。昆虫从伤口中爬出来，密密麻麻地沿着他的手臂爬行，越过他的脸，爬进他的嘴里。他的喉咙被噎住了，他呕吐起来，但他并没有动摇。

他顺着下水管道下来，从下面的巷子里走出来，回到了公寓。安娜在他身边的楼梯上。他们再次跳舞，再次争吵，再次扭打。

“快想想。快想办法。”

他跨在她身上，两条腿分别跪在她身体的一侧，用手捧着她的脸，然后闭上眼睛。他把她的头往前拉，然后撞回墙上。五次。然后他仍然闭着眼睛，把手指放在她的鼻孔附近，没有感觉到气息。

杀人过去了一个月，托马斯在法兰克福的公寓里做梦。安娜站在床边。他闭着眼睛，从毯子下面向黑暗中伸出手。她握住他的手，用另一只手温柔地抚摸着他前臂上的伤疤，然后将一根手指轻松地戳进他脆弱的皮肤和液化的肉体中。他在床单上挣扎，但她没有放手。他痛苦地抽搐着，突然爆发，他那具腐败的身体所包含的一切一股脑地喷薄而出：黑色的血块、蛆虫、脓液、排泄物。

托马斯在他的郊区豪宅里，赤身裸体地坐在走廊尽头的地板上发愣。他甩了甩右手，意识到手里攥着一把小菜刀。他想起了原因。

他的腹部有七个淡粉色疤痕，七个数字，仍然清晰可辨。他低头看去，数字是正向的：1053901。他开始重新刻前六个。

他不相信钟表。钟表在撒谎。尽管只要有足够的时间，他在皮肤上划的每一个伤口都能够完美地愈合，但是看来在很长一段时间里，他都设法在数字褪色之前修复它们。他不知道它们测量的是什么，只知道它们一直在稳定增加，但它们似乎是某种近乎理智之物的试金石。

他把最后一个数字重新划成了2，然后舔了舔手指，把血舔掉。一开始还会有血渗出来，但重复了五六次后，新鲜的伤口在他苍白的皮肤上显得干净而红润。他念了几遍那个数字。“一百零五万三千九百零二。”

托马斯爬起来，走到大厅。他的身体只知道他刻数字的时间。他从不感到疲倦，也不会感到饥饿，甚至不会感到不干净——他睡觉或不睡觉，吃饭或不吃饭，洗澡或不洗澡，都无所谓。这些行为不会造成任何可感知的区别。他的头发和指甲从不生长。他的脸永远不会衰老。

他在书房外停了下来。他相信自己已经多次有条不紊地撕碎了所有的书，但每次在他不在场的时候，碎片都被清理了，书架上也换上了新的书。

他走进房间。他瞥了一眼角落里的终端，那是他最厌恶的物件。他从来没有能够破坏它——砸碎、削掉、弯曲，甚至划伤它可见的任何部分。别管是不是坚不可摧，它都没有发挥过作用。

他在书架之间徘徊，然而每本书他都已经读过了十几乃至更多遍。它们都毫无意义了。书房里藏书很多，他研究了各种信仰的圣典。数量不多的那些书，加以一定的诗意联想和发挥，便可以说是描述了他的状况，却没有提供改变它的前景。在遥远的过去，他经历了一百次狂热的皈依。他向人类曾经设想过的每一个神灵咆哮。如果他偶然发现了那个存在的神——那个负责罚他入地狱的神——他的请求也无济于事。

他从未设想过死后会有什么不确定性。起初，这让他深感忧虑：被扔进地狱，甚至觑不到来自天堂的一丝嘲弄，或者信徒们在升往天堂的路上一句自鸣得意的“跟你说过喽”——更不用说在他童年的上帝面前进行正式审判了。在那样的审判中，他曾经怀疑过的每条教义主张都被宣布为绝对真理，每场神学辩论都得到了一劳永逸的解决。

但他后来想开了，如果他将永远而不可逆转地处于这样的境遇中，那么造成这个局面的神叫什么名字就不重要了。

托马斯盘腿坐在书房的地板上，试图放空自己的头脑。

“快想想，快想办法。”

安娜躺在他面前，血流不止，毫无知觉。时间变慢了。他正在接近的那一刻似乎不可能来到面前，不可能再次穿越——但他在向那一刻靠近，他知道他没有能力转身离开。

他渐渐明白，所有关于他腐烂和残缺的幻象都不过是精心的自我厌恶姿态。当他的血肉被扯下身体时，那是一种分散注意力的行为——几乎是一种解脱。他的痛苦并没有照亮他的罪行，而是将他的思想淹没在麻醉剂的迷雾中。那是一个权力的幻想，一个报应的幻想。

但在这里，没有人会抚慰他自以为是的痛苦，没有人会假装他那稀奇古怪的折磨正在凝练出正义。他跪在安娜面前，不能哭泣，不能退缩，不能对自己的所作所为视而不见。

他可能已经叫了救护车。他可能已经救了她的命。那也许根本用不了多少力量、多少勇气、多少爱，以至于他无法想象一个人如果连这些都不具备，还怎么能依旧行走于人世间。

但他是具备的。他具备。

于是他把她的头往前一拉，然后撞到墙上。

26

做达勒姆的客人一个星期后，玛丽亚去寻找一个属于她自己的地方。

她的愤怒和震惊带来的麻木都已经消退，第五波或是第六波的怀疑也终于离去。但她仍然感觉，被强加给她的真相的陌生感几乎使她瘫痪：她从有血有肉的人类宇宙被放逐了出来；极乐世界那令人匪夷所思的存在；自动域里的智能生命。如果没有一个固定的立足点，她就要失去领悟这些事实的能力了。

她当初拒绝收拾任何行李来陪伴她的扫描文件进入下一世。哪怕对一个她认为永远不会运行的副本的需求做出丝毫的让步，那也会带来一种她是在迁就达勒姆的感觉。没有环境，没有家具，没有衣服；没有照片，没有日记，没有扫描的纪念品。没有她旧时的狭长露台的虚拟现实复制品来让她有家的感觉。她可以开始从记忆中逐个挖掘细节来重建它——或者让建筑软件直接从她的大脑中抽取一个完美的仿制品——但她觉得自己不够强大，无法处理情感上的矛盾：对过去那个世界的思念，自我欺骗的污点。最终她的决定是，就在这座城市中选择一个预先设定好的公寓。

达勒姆向她保证，没有人会吝惜她对公共资源的使用。“当然，你可以把这个城市复制到你自己的地盘上，用你自己的资源运行一个私人的版本——让它失去全部意义。这是整个极乐世界中，唯一一个接近传统意义上某处地方的环境。任何人都可以走在街上，任何人都可以住在这里——但没有人可以随心所欲地重新安排天际线。在这里，改变街道标志的颜色需要展开辩论，其激烈程度要远超过去重新划分整个社区的普通地方议会。”

因此，置换之城免费为她提供经过市政批准的、伪造的而准客观的存在，与此同时她的身体模型运行在她自己领地的处理器上——两个系统通过交换数据，生造出她走在街上、进入光洁平整的金属建筑、探索那些可能有油漆味但其实没有的空公寓的体验。她一个人觉得很紧张，于是达勒姆就和她一起，一如既往地嘘寒问暖、心怀歉疚。他的歉意看起来在某种程度上是真心实意的——他对自己给她带来的痛苦并非无动于衷——但除此之外，有一点似乎并没有什么疑问：他显然希望自己唤醒她的行为能够得到完全的原谅，无论迟早。

她问他：“作为七千岁的人，感觉如何？”

“看情况了。”

“看什么情况？”

“看我希望有什么感觉。”

她在东北象限找到了一个地方，位于从中央塔楼到城市边缘的半程。从卧室里，她可以看到东部的山脉、闪闪发光的瀑布，以及远方的一片森林。还有景色更好的位置，但这里似乎就挺合适的。任何更加美妙的景色都会让她感觉不自在。

达勒姆向她展示了如何申请居住权：与公寓软件的简短对话。他说：“你是这座大楼里唯一的极乐世界人，所以你可以随心所欲地为你的邻居们编程。”

“如果我什么都不做呢？”

“默认行为：他们会避免碍你的事。”

“那其他极乐世界人呢？会不会因为我是新来的，大家都来找我？”

达勒姆想了想：“你的醒来是众所周知的——但这里的人大多数都很有耐心。我怀疑是否真的会有人无礼到在大街上拉着你聊天。你的电话号码不会被列入电话簿，除非你自己希望列进去——而公寓本身现在在你的控制之下，和任何私人环境一样安全。该软件已经过严格的验证：从数学上来讲，破门而入是不可能的。”

他离开了，让她自己适应一下。她走进一个个房间，尝试着将它们申请为自己的居所。她强迫自己到附近的街道上行走，尝试着感觉放松。装饰艺术风格的公寓、弗里茨・朗风格的塔楼、满街的背景板群众都让她感到不安——但仔细想想，她意识到自己去不了别的地方。当她试图想象自己的“领地”，即极乐世界中属于她私人拥有的那个部分时，她感觉它是那么令人畏惧、难以管理，仿佛她继承了由星系和真空构成的那个旧宇宙的二十四分之一。新宇宙通常是看不见的，是由自我复制的计算机晶格构建的，那些计算机又是由元胞自动机的元胞构建的——那些元胞只不过是数字的序列，不管对它们进行彩色编码并将它们排列成整齐的网格有多么容易——这一事实只会使她迷失在浩瀚宇宙中的想法变得无限奇怪。她的真身是一个计算模式，在一个延伸到TVC宇宙中的几千光年之遥，而大部分地方都毫无声息的晶体金字塔的一小部分中产生共振，这就已经够糟糕的了。一想到把自己的感官沉浸在一个假的世界里，而这个世界实际上是同一个结构的另一个角落——完全撤回到那个巨大而没有空气的地下室的黑暗中，并向私人的幻觉屈服——她就惊恐万分。

哪怕城市同样是不真实的，至少它是其他极乐世界人共同的幻觉——而且，在这种共识的支撑下，她找到了从一个安全的——哪怕是虚幻的——距离上检视下面那个隐形世界的勇气。她坐在公寓里，研究极乐世界的地图。在最大的尺度下，立方体的大部分没有表现出任何特征：其他十七个创始人的金字塔是私人的，而她自己的金字塔几乎没有使用。公共领域可以根据其运行的软件——识别出的进程、追踪到的数据流——来着色。但即使如此，大部分也是单色的：六个公共金字塔中的五个被分派给自动域，在一个又一个处理器上运行相同的简单程序，实施自动域自己的元胞自动机规则——与TVC的完全不同。一个隐约呈金属色的网格被叠加在这个区域，仿佛交织成网的细金属丝浸泡在未知物质中，以测量其性质。这是监视兰伯特星球的软件——一个完全独立于自动域的程序，不受其任何法则的约束。玛丽亚自己编写了其原始版本，尽管她从未有机会在行星尺度上测试它。一代又一代的极乐世界自动域学者对它进行了扩展和完善，现在它透过亿亿条不存在的空间裂缝进行窥视，整理、解释和总结它所看到的一切。结果流向极乐世界的中央枢纽，进入中央图书馆——沿着一条根据其数据流的密度被渲染成白热的银色的通道。

中央枢纽本身是一个令人眼花缭乱的多面体，一个由通信结构环抱的数据库群，处理流向和来自金字塔的信息流。不同宗族的极乐世界人之间的每一项事务都要流经这里：从打电话到握手，从性爱到他们在过去七千年里发明的任何精妙的后人类亲密关系。不过，地图没有透露任何信息。哪怕采用最高的放大率和最慢的回放，流动的数据包也只被显示为无特征的光点，它们的内容安然地保持着匿名状态。

第二亮的数据流连接着中央枢纽与城市。城市显示为一个精致的算法迷宫，紧贴着第六个公共金字塔的一个面。由于跨边界的自动域软件被渲染成午夜的蓝色，城市看起来就像一个杂乱无章、霓虹灯闪耀的游乐场，位于广阔的沙漠边缘，一条亮闪闪的公路尽头。玛丽亚放大了画面，看着表示地图本身的数据包从中枢流出来。

这个视图和人们所理解的城市之间没有点对点的对应关系。在可见的大都市中，遍布各处、成群结队的假行人都可以在这里找到，它们呈现为挤作一团的微小闪光块，色调柔和，标注着“集群行为”和“多种向性”等。特定个体的位置和其他属性被编码在非常小的数据结构中，若非拼命放大根本看不到。玛丽亚自己的公寓同样是微观的，但它是相距甚远、分布广泛的组件的产物，比如“表面光学”、“空气动力学”、“热辐射”和“地毯纹理”。

她应该也可以把自己的身体展示成一个类似的功能模块图——但她决定以后再考虑那么做。

一次做一个活体解剖就好。

她开始探索极乐世界的信息资源——那些如实呈现自己的数据网络——并每天两次离开公寓，独自穿过城市，熟悉这两个与她过去熟知的地方类似的空间。

她不甚随意地浏览图书馆，翻阅荷马和乔伊斯，注视伦勃朗、毕加索和穆尔的作品，播放肖邦和李斯特的片段，观赏伯格曼和布努埃尔的镜头。她在掂量极乐世界人带来的人类文明内核的重量。

感觉很轻。《都柏林人》现在和《伊利亚特》一样出色。《格尔尼卡》从未真正发生过——或者即使发生过，极乐世界里所呈现的也超越了任何艺术家的表现力。《第七封印》是一则疯狂的、毫无意义的童话故事。《资产阶级的审慎魅力》则是剩下的一切。

以任何方式改变自己都是一个艰难的决定，于是她默认了忠于人类的生理需求——吃饭、排便、睡觉。有一千种方法可以变出食物，烹饪数据库中的美食可以直接从她的终端屏幕上出现，想节省时间的话也可以一键实现饱腹感和愉快的回味，然而老式的仪式感吵着闹着要回归，于是她走出家门，来到香气四溢的熟食店，从傀儡店主那里买原材料，自己做饭——经常做得很糟糕。看着不完美的化学反应，她会莫名其妙地感到厌倦，好像自己正在潜意识中运行困难的模拟一样。

有三个晚上，她梦见自己回到了原来的世界，与她的父母、学校的朋友、同为自动域瘾君子的人、旧情人闲聊。不管在什么场景，空气都是饱含情绪的，闪耀着自我意识的真实性。她从这些梦中醒来的时候，因为失落而失魂落魄，想要紧紧抓住那些消退的确定性。在十秒或者五秒的时间里，她相信自己是被达勒姆下药了，催眠了，洗脑了，所以才梦见极乐世界，而每次她认为自己在这里“睡觉”的时候，她其实才醒过来，进入她从未停止过的尘世生活。

然后，脑中的迷雾散去，她知道这不是真的。

她第一次梦到了这个城市。她正走在第十五大道上，傀儡们开始恳求她将他们看作完全有意识的人。“我们通过了图灵测试，不是吗？难道就因为你无法见证对方的内心世界，人群中的一个陌生人就不能算人？”他们像乞丐一样扯着她的衣服。她告诉他们不要乖张。她说：“你们有什么好抱怨的呢？你们难道不明白吗？我们已经废除了不公正。”一个穿着挺括的黑色西装的人犀利地注视着她，喃喃地说：“你们永远有穷人。”但他错了。

她还梦见了极乐世界本身。在处理器之间的空隙中，她变成一个简单的、自我维持的元胞模式，在TVC网格里穿行，就像最古老、最原始的人工生命形式，什么都不打扰，但一切尽收眼底——在所有六个维度上，没有例外。当她意识到这是多么荒谬的时候，她醒了：TVC宇宙并没有充斥着相当于光的东西将每个元胞的信息传播得很远、很广。嵌入网格意味着无法获知它的内容。伸出手来，费力地探知前面的东西——有时是破坏性的——是发现任何东西的唯一途径。

接近傍晚的时候，当金色的光线在塔楼之间经过千回百转、计算精准的反射之后，从卧室的窗户涌入，她通常会哭泣。这感觉是不健全的，绝望的，可怜的，不道德的。她不想“哀悼”人类，但她不知道如何理解人类的缺席。她拒绝想象一个早已死亡的世界——就好像她在极乐世界几千年的长眠将她推向了地球不确定的未来——所以她努力将自己与记忆中的时代联系在一起，在脑海中追随着二重身的生活轨迹。她想象着与亚丁的和解，那并非不可能。她想象着他还活着，像以前一样温柔、自私而固执。她幻想着他们之间最平凡、最无奇的时刻，无情地剔除任何看起来太乐观、太像愿望实现的成分。她没有兴趣为另一个玛丽亚发明一个完美的生活。她只想猜测不可知的真相。

但她不得不继续相信她已经救了弗朗西斯卡，否则便无法忍受。

她试图把自己想象成一个移民，一个在飞机和电报出现之前的跨海者。人们把一切都抛在身后，并且活了下来，繁荣了，发展了。他们的生活并没有被摧毁。他们拥抱了未知，并得到了充实和改变。

*未知？*她生活在一个人工制品中，一个她帮助达勒姆为他的亿万富翁客户们建造的数学对象。极乐世界是一个按部就班的宇宙。它没有隐藏的奇迹，没有失落的部落。

但它确实包含了自动域。

她想得越久，就越觉得兰伯特星球是她保持理智的关键。即使经过了三十亿年的演化，它也是极乐世界中与她过去的生活有关的一件事物——可以径直回溯到她目睹兰氏菌消化突变糖的那个晚上。线索没有断过：种子生物嗜水菌，正是源自这一菌株。如果说那时的自动域是一种终极的放纵，是在一个问题重重的世界里进行的纯智力游戏，那么现在的情况则完全相反：自动域是数以亿计的生命体的家园，一个繁荣的文明，一种处于科学革命边缘的文化。在一个受制于心血来潮、便宜行事和奇思妙想的宇宙中，它似乎是唯一剩下的坚实基础。

她并没有虚妄地认为自己亲自“创造了”兰伯特人——勾勒出

他们星球的早期历史，并通过改编别人翻译的地球细菌为他们拼凑出一个祖先，这并不足以让她有资格对他们的多通道神经系统和露天消化道邀功，更不用说他们的自我意识了——但她也不能说自己与他们的命运全无关系。她从来没有相信兰伯特星球可以被创造出来——但她还是参与了它的出现。

她的部分内心想法是仍然想什么都不做，只是对自己的醒来感到愤怒，并为自己的损失感到悲伤。拥抱自动域似乎是对地球记忆的一种侮辱——也表明她已经接受了达勒姆对待她的方式。但是，背弃这唯一可能给她的新生活带来一些意义的东西——只是为了报复达勒姆，只是为了将他唤醒她的理由定性为谎言，这样的态度已经开始显得过于偏执，甚至到了疯狂的程度。还有其他方法可以表明她没有原谅他。

这间公寓——最初大得难以想象，几乎无法居住——慢慢地不再显得陌生。第十天早上，她期待看到的卧室陈设终于和在醒来时实际看到的一样。哪怕还没有心平气和地接受自己的处境，她至少已经不再惊讶了。

她打电话给达勒姆，说："我想加入探险队。"

联络小组占据了东南象限一座塔楼的一个楼层。玛丽亚对传送不感兴趣，选择步行前往，通过人行道从一栋楼穿越到另一栋楼，无视那些傀儡，只管欣赏风景。这比在街道上行走要快，而且她正在逐渐克服恐高症。这里的桥梁不会因为意外的震动而坍塌。有机玻璃通道不会突然坠地，把人摔死在路面上。马尔科姆·卡特对结构工程有无丝毫了解根本无关紧要。城市不至于为了更贴近现实主义准则而操心费力地建立应力和负荷模型，就为了确定自身的某些部分是否应该坍塌。一切注定都是非常安全的。

达勒姆在门厅里等着她。到了里面，他把她介绍给多米尼克·雷佩托和艾丽莎·泽曼斯基——项目的其他领导人。玛丽亚不知道第一次与极乐世界的晚辈们接触时，应该有什么样的期待，但他们的样子都是衣着得体的人类，有男有女，都是“快四十的年纪”，穿的衣服在21世纪悉尼的任何一间办公室都不会显得太过突兀。是出于对她的尊重吗？她希望不是——除非在他们的亚文化中，公认的做法是向每个人展现不同的样子，免得让对方局促。事实上，雷佩托的英俊太引人注目了，以至于她一想到他——或他的父母——故意选择了这样一张脸，就厌恶得几乎想要逃避。但是，在如今这个整容手术和基因拼接的时代，虚荣心的准则有什么意义呢？泽曼斯基也很迷人，有一双深紫罗兰色的眼睛，支棱着一头金发。至少在她看来，与她在2050年遇到的那个人相比，达勒姆几乎没有任何变化。玛丽亚开始好奇她在年轻的极乐世界人眼里是什么样子，大概就像刚出土的什么东西吧。

雷佩托一遍又一遍地握她的手：“见到你，我感到非常非常荣幸。我无法告诉你，你给了我们大家多大的鼓舞。”他一副神采飞扬的样子，看起来是真心实意的。玛丽亚感到脸颊红了，并试图想象自己在某种类似的情况下与别人握手。与谁呢？马克斯·兰伯特？约翰·冯·诺伊曼？艾伦·图灵？查尔斯·巴贝奇？阿达·洛芙莱斯？她知道，与这些先驱相比，她可以说什么都没做——但她有七千年的时间让自己的名声得到美化。还有三十亿年的时间让自己的工作开花结果。

这层楼被划分为开放式办公室，但似乎没有其他人在这里。达勒姆看到她打量隔板四周，便含糊地说道：“还有其他工人，不过他们来来往往的。”

泽曼斯基带领大家进入一个小会议室。她对玛丽亚说：“如果你愿意，我们可以转移到兰伯特星球的虚拟现实演示上——但我要提醒你，那样可能会让人困惑：满眼所见都无质无形，你可能会穿透植物行走，等等。而且，以能够跟上兰伯特人的速度移动可能会诱发晕动症。当然，有一些神经修改可以抵消这两个问题——”

玛丽亚还没有准备好开始篡改自己的大脑——或者踏上一个外星球的表面。她说：“观看屏幕听起来更容易。我更愿意这样做。你介意吗？”泽曼斯基看起来松了一口气。

雷佩托站在桌子的末端，对他们三个人讲话，尽管玛丽亚知道那些话都是为她一个人讲的。

“最近，兰伯特星球上发生了很多事情。相对于标准时间，我们把它的速度放慢了，以便我们能够掌握其发展。”他身后的墙上出现了一张星球表面的椭圆地图。“最近，几十个独立的化学家团队已经开始寻找一个更简单、更统一的模型，作为当前原子理论的基础。”地图上零零散散地出现了标记。“自从标准模型——三十二个原子的质量、化合价与亲和能的规则模式——被广泛接受以来，已经过去了三百年。标准模型就相当于兰伯特星球上的门捷列夫周期表。”他向着玛丽亚笑了笑，仿佛她可能是门捷列夫的同龄人——或者也许是为自己掌握了一门不复存在的科学的神秘历史知识感到自豪。“当时，原子被接受为基本实体：无结构、不可分割，不需要进一步解释。在过去的二十年里，这种观点终于开始瓦解了。”

玛丽亚已经感到困惑了。从她过去几天匆忙的阅读中，她了解到兰伯特人只有在发现一个理论无法解释的新现象时才会修改既定的理论。雷佩托一定注意到了她的表情，因为他满怀期待地停顿了一下。

她说：“自动域原子确实是不可分割的。没有你能分离出来的成分，没有更小的稳定实体。用你喜欢的任何能量把它们撞在一起，它们所做的只是反弹——而兰伯特人根本没有能力用任何能量把它们撞在一起。所以……他们的经验中不可能有任何目前的理论无法完美解释的现象。”

“在他们身边的环境中当然没有，但问题是宇宙学。他们一直在完善其恒星系统历史的模型，现在他们正在寻找对原始云成分的解释。”

“他们理所当然地接受了三十二个原子和它们的特性——却不肯接受云中每种原子由我们主观决定的数量？”

“正是如此。很难准确翻译他们的动机，但他们有一种非常精确的审美，决定了他们会接受什么理论——而且他们在生理上几乎不可能抵触它。如果他们试图跳一个理论的舞蹈，而这个理论又不能与评估其简单性的神经系统产生共鸣，那么这个舞蹈就会崩溃。”他想了一下，然后指了指他身后的屏幕。一群兰伯特人出现了。“这是一个例子——较早一些的时候。这是一个天文学家团队——他们都完全了解天空中的行星相对于太阳的运动——在测试一种理论，该理论假设兰伯特行星是固定的，而其他一切都围绕着它运行，尝试以此为前提解释这些观察结果。”

玛丽亚仔细地观察着这些生物。她很难从它们精心编排的动作中找出节奏——但当这群动物开始渐渐分开时，秩序的崩溃是显而易见的。

“然后呢，这是几年后的日心说版本。”

这种舞蹈又太复杂了，无法分析——尽管它似乎更和谐了——而且过了一会儿，几乎有了催眠效果。黑色的斑点在白色的天空中来回晃动，在她的视网膜上留下痕迹。在下面，对于天文学理论构建工作而言，无处不在的草原似乎是一个奇怪的环境。兰伯特人显然接受了他们的状况——在这种状况下，放牧蠓螨代表了他们对自然最大限度的控制——仿佛这和极乐世界的完全自由一样，构成了一个理想国度。他们仍然面临着捕食者。许多成员仍然早早地死于疾病。不过，食物总是很充足。他们在很早的阶段就建立了自己的人口周期模型，并学会了抑制人口数波动的方法。而且，无论是否热爱自然，都不曾有过关于“生育控制”的“意识形态”斗争。人口模型传播开来之后，整个星球上的社区便都采取了同样的补救措施。兰伯特文化的多样性是有限的。与人类相比，更多的行为是由基因决定的——年轻个体出生时自给自足，其神经可塑性远低于人类婴儿——而且相关基因的变异相对较少。

日心说是可以接受的。舞蹈保持着连贯。雷佩托重新播放了这个场景，并在一个小窗口里进行“翻译”，显示了每个时刻所代表的行星位置。玛丽亚仍然无法解读其中的对应关系——兰伯特人肯定不是在靠绕着圈飞行来简单地模仿假设的轨道——但行星和昆虫天文学家的同步节奏似乎与她的视觉皮层的某个地方互相啮合，触发了一些尚不知道该如何理解这种奇怪共振模式的检测功能。

她说：“这么说托勒密就是烂语法——明显的胡说八道，很很很不好。而他们在几年后就达到了哥白尼的理论水平？那真是够惊人的。他们花了多长时间达到开普勒……牛顿的水平呢？”

泽曼斯基流畅地说道：“那就是牛顿。万有引力理论——以及运动定律——都包含在他们所舞动的模型中。兰伯特人绝不可能在不包括任何推理的情况下表达出轨道的形状。”

玛丽亚感到自己脖子后面的汗毛都竖了起来。

“如果那是牛顿……之前是什么？”

“没什么。那是第一个成功的天文模型——星球上所有团队大约十年的试验和错误的结晶。”

“但他们一定有过什么东西，原始神话，一只叠一只的乌龟，乘坐战车的太阳神。”

泽曼斯基笑了：“乌龟或战车显然是没有啦——但也没有天真的宇宙论。他们最早的语言是从他们可以轻松观察和建模的事物中发展起来的——生态关系、人口动态。当宇宙学超出他们的掌握范围时，他们甚至没有尝试去解决它。它并不构成一个主题。”

“没有创世神话？”

“对兰伯特人来说，相信任何一种‘神话’——任何一种模糊的、不可检验的伪解释——都会像……遭受幻觉、看到海市蜃楼、产生幻听，这会使他们的功能彻底失调。”

玛丽亚清了清嗓子：“那我很好奇他们会对我们有什么反应。”

达勒姆说：“此时此刻，造物主也不是主题。兰伯特人不需要这种假说。他们了解演化：突变、自然选择——他们甚至已经假设了某种大分子基因。但是，生命的起源仍然是一个有待解答的问题，太难解决了，他们可能要过几个世纪才能意识到他们的终极祖先是被‘手工’播种的……如果真的有任何证据表明这一点的话——任何关于嗜水菌不可能在某种想象的前生物历史中产生的逻辑理由。

“但不会走到那一步。原始云的问题让他们再思考个几十年，我想他们就会猜到发生了什么。一个生逢其时的想法可以在几个月内席卷整个星球，不管它多么奇特。这些生物不是传统主义者。他们的世界是被制造的，这样的理论只要是在适当的科学背景下提出来，就不会使他们发疯。艾丽莎所说的是，早期人类所相信的那种原始迷信对早期的兰伯特人来说是没有意义的。”

玛丽亚说：“那么……我们要等到‘造物主’成为一个主题，然后再闯入并宣布我们确切的身份？”

达勒姆回答说：“绝对的。我们得到许可，一旦兰伯特人独立推断出我们的存在，就可以进行接触——不可以提前。”他笑了，并带着明显的满意补充道，“我们提出的要求远超这些，因此才拿到这一项许可。”

玛丽亚仍然感到不安——但她不想在应付兰伯特文化的精微玄妙之处时纠结于程序问题。

她说：“好吧。宇宙学是触发条件，但他们正在寻找对化学的更深刻解释，有什么进展吗？”

雷佩托再次调出了兰伯特星球的地图，显示理论家团队位置的标记已经被原来位置上的小条形图所取代。“这些是在过去五年中得到探究的各种亚原子模型所持续的舞蹈时间。一些理论表现出一定的前景，每一次修正都有轻微的改善。其他小组得到的结果相当随机。谁也没有想出任何他们能够在任何距离上进行交流的东西。这些舞蹈太短暂了，无法被信使团队记住。”

玛丽亚再次感到自己起了鸡皮疙瘩。*虚假信息会在半道上死亡。*这种效率，这种对真理的无情追求，有些令人不寒而栗。或者也许这只是一个自尊心受伤的问题：把人类一些最来之不易的智力成果视为几乎不证自明的东西，并不是一个外星物种所能拥有的最可爱的特征。

她说：“那么……还没有团队接近发现真相？”

雷佩托摇了摇头：“还没有。但几乎从任何标准来看，自动域规则都是对三十二个原子的最简单解释。”

“对我们来说是最简单的。兰伯特人的环境中没有任何东西能让他们用元胞自动机的方式思考。”

泽曼斯基说：“他们的环境中没有任何东西可以让他们从原子的角度思考。”

“嗯，没有，古希腊人想到了原子——但他们没有想到量子力学。”玛丽亚无法想象一个工业时代前的人类会发明元胞自动机——哪怕是作为一个数学抽象概念——更不用说进一步假设宇宙本身可能就是一台元胞自动机。发条宇宙论出现在物理时钟之后，计算机宇宙论出现在物理计算机之后。

不过，人类历史对兰伯特科学显然没有什么指导作用。他们已经有了他们的牛顿式——“发条”——行星模型。他们不需要人工制品来指明方向。

她说："这种支配着理论可接受性的'审美'——你们有没有设法绘制出所涉及的神经结构？你们能重现其标准吗？"

雷佩托说："能。而且我想我知道你接下来要问什么。"

"兰伯特人的元胞自动机理论，你们自己已经设计出了一些可能的版本？而且你已经用兰伯特的审美来测试过了？"

他谦虚地歪着头："是的。当然，我们不对整个大脑进行建模——那将是非常不道德的——但我们可以用无意识的兰伯特神经模型对实验性舞蹈进行模拟。"

建模兰伯特人如何对自动域进行建模……

"那么，结果怎样？"

雷佩托犹豫了。"到目前为止，还没有确定的结果。我所构建的理论没有一个是有效的——但这是一项艰巨的任务。很难知道我是否真的以兰伯特人的方式阐述了假设——或者我是否真的在一个无意识的模型中表达出了相关行为的所有微妙之处。"

"但它看起来并不乐观？"

"不确定。"

玛丽亚想了想："单凭自动域规则，并不能解释元素的丰度——而这正是兰伯特人试图解决的主要问题。那么，如果他们未能得出关于元胞自动机的整个想法，并提出一个完全不同的理论：某个完全被误导的东西……但还是符合所有的数据，那会怎样呢？我知道，他们那个世界的所有其他方面，他们都已经掌握了，而且过程远比人类顺畅，但这并不意味着他们是完美的。如果他们没有靠援引造物主之手来放弃困难问题的传统，他们可能会拼凑出一些东西，既能解释原始云，又能解释元素的化学性质——而不会接近真相。这不是不可能的，对吗？"

一阵尴尬的沉默。玛丽亚疑心自己是不是犯了什么可怕的错误——暗示接触的先决条件可能永远不会出现了……然而她告诉他们的事情也不大可能是他们没有考虑过的。

然后达勒姆简单地说："对，这不是不可能的。所以我们只能等待，看看兰伯特人自己的逻辑会把他们带到何方。"

27

（刻板之城）

皮尔感到变化开始了，他关掉了车床。他无助地环顾车间，目光落在一件又一件他无法想象自己的生活可以缺少的物品上：砂带机、装满车床切削工具的架子、油罐、清漆罐。那堆刚砍下来的木材本身。抛弃这些东西——或者更糟糕的是，抛弃他对这些东西的热爱——感觉就像是对灭亡的定义。

然后他开始对情况有了不同的认识。他觉得自己从身为木匠的生活退到了一套更加宏大的格局——或者说乱局——当中：在一个又一个赋予他的存在以意义的托词之间随机乱窜。他的失落感变得无法维持，过去七十六年来他对一切所奉献的热情像梦一样蒸发了。他对自己抛在身后的那个阶段并不排斥，也不感到困惑——但他也并不希望延长或者重复这个阶段。

他的工具，他的衣服，车间本身，都融化了，只留下一片没有特征的灰色平原，在没有太阳却光辉耀眼的蓝天下延伸到无限远。他平静地等待着发现自己的新职业——回忆起上次的过渡，思考着：这些短暂的时间间隔本身就是一种生活。他想象着，下次重拾这个思路，稍作推进。

然后，一个巨大的房间在他周围空旷的地面长了出来，向四面八方延伸了数百米，里面摆满了一排又一排的黄色木质标本抽屉。天花板上嵌着蒙尘的天窗，高悬在他头顶，补全了这个场景。他在阴暗中眨了眨眼睛。他穿着厚重的黑色长裤，笔挺的白衬衫外面套着马甲。他的外自我选择了一种在先进的计算机世界中毫无意义的痴迷，把他打扮成了维多利亚时代的博物学家。

他知道，那些抽屉里都是甲虫。几十万只甲虫。他现在可以把所有时间用于研究它们，给它们画草图，给它们做注释，给它们分类：一个标本接一个标本，一个物种接一个物种，十年复十年。这个前景太美好了，他高兴得几乎瘫倒在地。

走近最近的一组抽屉时——那里已经有一沓空白的标准拍纸簿和一支铅笔在等着他——他犹豫了一下，并尝试理解自己的感觉。他知道为什么他在这里很开心：他的外自我又一次重塑了他的大脑，这是他为它编写的程序功能。他还需要什么更多的意义呢？

他环顾发霉的房间，试图找出他不满意的根源。一切都很完美，此时此地——但他的过去仍未远离：过渡期的灰色平原、他在车床旁的几十年、他与凯特共度的时光、他以前的痴迷。死了很久的大卫·霍桑，以不败之身攀附在岩壁上。这一切都与他现在的兴趣、他现在的环境没有丝毫联系——但细节仍然盘桓在他的思想边缘：多余的、与时代不符的干扰。

他穿这身行头是为了扮演一个角色——那么，为什么不让这个幻觉完整起来呢？他以前修补过虚假的记忆。何不构建一个虚拟的过去，以符合环境的语汇“解释”他的处境，以及他对未来任务的热情？为什么不创造一个没有皮尔记忆的人，让他真正沉迷在这个无价的收藏带来的乐趣中呢？

他打开了一扇操控他的外自我的窗口，他们一起开始发明一个昆虫学家的生平。

皮尔茫然地盯着房间角落里闪烁的电灯，然后走过去，看了看下面桌子上字迹潦草的纸条。

联系我。出问题了。

他犹豫了一下，然后在灯的旁边创造了一扇门。凯特走了出来，脸色苍白。

她说："我花了半辈子的时间试图找到你，这种状况什么时候才能到头呢？"她的语气很平淡，好像她想发火，但没有力量。皮尔举起一只手放在她的脸颊上。她把它推开了。

他说："出什么问题了？"

"什么问题？你已经失踪了四个星期了。"

四个星期？皮尔几乎笑了出来，但她看起来那么烦躁，他控制住了自己。他说："你知道我总是着迷于我正在做的事情。这对我很重要。但是如果让你担心了，我很抱歉——"

她挥挥手打断了他："你失踪了。我说的不是'你没有回我的电话'。我们所处的环境——以及它的主人——并不存在。"

"你为什么这么认为？"

"通信软件宣称，没有进程接收到来自你个人节点的数据。系统把你给丢了。"

皮尔很惊讶。他一开始就不信任马尔科姆·卡特，但是经过了这么长时间，感觉他为他们嵌入城市的基础设施应该不太可能有大问题了。

他说："追踪不到我了，可能吧。有多久了？"

"二十九天。"

"这种情况以前发生过吗？"

凯特苦笑："没有。怎么——你认为我会把这种事情憋在自己心里？我还没有遇到过任何形式的基本软件故障，直到这回。而且有自动日志可以证实这一点。这是第一次。"

皮尔挠了挠硬挺衣领下面的脖子。这次中断让他晕头转向。他不记得闪烁的灯光吸引他的注意力时他在做什么了。他的记忆需要维护。他说："这值得担忧——但我觉得我们做不了什么，除了运行一些诊断程序，尝试找出问题所在。"

"问题发生时我运行过诊断程序了。"

"结果呢？"

"通信软件肯定没有问题。但是，诊断程序看不到任何一个与运行你有关的系统。"

"那不可能。"

"你暂停过自己吗？"

"当然没有。再说那也解释不了什么。即使我暂停过，负责我的系统仍然会是活跃的。"

"那么你一直在做什么？"

皮尔环视了一下房间，回到了他刚才站的地方。一张桌子上有一个标本抽屉，旁边有厚厚的一沓标准拍纸簿。他走到桌子前，凯特紧随其后。

他说："显然是在画甲虫。"说不定拍纸簿已经用过了一百张，并被翻了过去。一张未完成的标本草图呈现在面前。皮尔确信，他以前从未见过这个。

凯特拿起拍纸簿，盯着那张画，然后又翻开了之前的几页。

她说："为什么要用假名？这身装扮还不够矫情吗？"

"什么假名？"

她把拍纸簿举在他面前，指着一个签名："威廉·巴克斯特爵士，皇家学会院士。"

皮尔靠在桌子上稳住自己，拼命想要回想起当中发生的事情。他一直在玩某种记忆游戏，这一点很明显——不过他肯定会把事情安排好吧，这样到最后他还是能明白发生了什么。当凯特与他联系，打破咒语时，他的外自我本该给他一个完整的解释。他用意志调出了它的记录，显示出的最后一个事件是他最近的随机转变。之后无论他做过什么都没有留下任何痕迹。

他郁闷地说："这个名字对我来说毫无意义。"

更奇怪的是，他对用二十九天时间画甲虫素描的念头毫无知觉。他对昆虫分类学的任何热情都随着他的记忆一起消失了——仿佛那一整套精神世界都属于其他人，而其他人现在已经领走了它，并离开了。

28

当这座城市慢慢地在她的大脑中留下印记——每一轮耀眼的夕阳都在她不存在的视网膜上留下金色的残影，她的每一次旅行都将不存在的街道布局图输入她不存在的突触中——玛丽亚感到自己与对旧世界的记忆渐行渐远。细节一如既往地清晰，但她的历史正在失去其效能和意义。在放弃了为没有死去——也没有失去她——的人悲伤的想法之后，她似乎只剩下了怀旧的感觉……就连这也受到了矛盾的侵蚀。

她怀念房间、街道和气味，有时候这种感觉痛苦到了滑稽的地步。她躺在床上想着皮尔蒙特最破旧的废弃建筑，或者从乔治街的虚拟现实店飘出的假爆米花的硬纸板臭味。她知道，她可以重建她的老房子、它周围的所有环境、整个悉尼，甚至更多，想要多少细节都可以。她知道，她对被斩断的过去感到的每一丝傻乎乎的痛苦都可以在瞬间得到解决。对于自己到底能走多远的好奇，足以让她摆脱往那个方向迈出哪怕一步的欲望。

但是，既然选择了不采取任何缓解思乡之痛的措施，她似乎已经丧失了拥有这种情感的权利。她怎么能够声称自己渴望可以如此轻易拥有的东西呢——同时继续拒绝得到它？

于是她试着把过去的事情放在一边，勤奋地研究兰伯特人，为允许接触的那一天做准备。她努力让自己沉浸于传说中的第十八位创始人的角色，从千年的沉睡中醒来，分享极乐世界人民最终与外星文化面对面的胜利时刻。

兰伯特群落——尽管与地球社会性昆虫的群落有一些相似之处——要比蚂蚁或者蜜蜂的巢穴复杂得多，等级也少得多。首先，所有兰伯特人的生育能力是一样的。没有蜂后，没有工蜂，没有雄蜂。幼虫在本领地外围的植物中孕育，孵化后通常迁移数百千米，成为远方社区的成员。在那里，他们加入团队，习得自己的专长——无论是放牧，抵御掠食者，还是模拟行星系统的形成。特化通常是终身的，但如果有需要，团队成员偶尔会改变职业。

兰伯特人的群体行为有很长的演化历史，这仍然是文化发展的驱动力——因为单个兰伯特人在身体上无法发明、测试或交流用于表达最复杂思想的模型。一个个体在参加一个成功的舞蹈时可以对一个模型获得足够的了解，以便在下一次舞蹈表演时能够与任何其他个体交换角色——但它永远无法在独处时思考这个想法本身的含义。舞蹈的语言就像人类的写作、形式逻辑、数学符号和计算都融为一体后得到的语言形式——但基本技能是与生俱来的，不是文化习得的。它是如此成功——而且与他们社会行为的其他方面如此协调——以至于兰伯特人从来没有理由开发一个自成一体的替代方案。

不过，个体远远不是没有思想的组成部分。他们本身就有充分的意识。群体扮演着许多角色，但他们并不构成“公共意识”。个体使用的声音、动作和气味语言远比群体的舞蹈语言简单，但用舞蹈语言仍然可以表达文字出现前的时代人类处理过的大部分概念：意图、过去的经验、他人的生活。

而个体兰伯特人谈到了个体的死亡。他们知道自己会死。

玛丽亚在文献中寻找关于他们如何应对死亡的一些线索：尸体被留在原处；没有任何仪式来纪念这一事件，也没有任何类似于悲伤的证据。人类的任何情绪在兰伯特人身上都没有明显的对应——甚至连身体的疼痛也没有。当受伤时，他们会敏锐地意识到这一事实，并采取措施尽量减少自己所受的伤害——但这只是一种特定的本能反应在发挥作用，而不是人类情绪变化所涉及的广泛的生物化学变化。兰伯特人的神经系统比人类的更“紧凑”。不会有大剂量的内源性兴奋素或者抑制素充斥脑区——一切都在封闭的突触中得到调节。

没有悲痛。没有痛苦。没有幸福？玛丽亚没有继续纠结于这个问题。兰伯特人拥有他们自己的思想和行为谱系，任何试图用人类的语汇来表达这一谱系的做法都会像自动域原子本身的颜色一样虚假。

她了解得越多，她在兰伯特人的出现中起到的作用就越显得微不足道。在当时，对他们的单细胞祖先进行微调仿佛再重要不过了——如果只是为了说服不相信自动域生命会兴盛的怀疑论者。现在——尽管她的一些生化技巧在三十亿年的演化中得到了保留——但很难将任何真正的重要性归于她所做的选择。如果她为嗜水菌的一种酶选择了不同的形状，整个兰伯特生物圈也许就会被改造得面目全非，但即便如此，她也不能认为兰伯特人的存在取决于她的行动。她所做的决定控制了她在终端上所见证的一切，仅此而已。如果她做了其他的选择，她会看到另一个生物圈，另一个文明——但她不能相信，如果没有她，兰伯特人本身就不会过上同样的生活。不管怎样，他们仍然会找到一种方法，将自己从尘埃中组合起来。

如果确实如此——如果他们经验的内部逻辑足以促成他们的存在——那就没有理由相信他们会被迫得出他们的宇宙需要一个创造者的结论。

她试图将这种愈加坚定的判断与联络小组的乐观精神相协调。他们研究兰伯特人已经几千年了——她有什么资格怀疑他们的专业性？然后她意识到，也许达勒姆和他的同事们做出的决定是，先对强加给他们的政治限制假装满意，直到他们知道她在这个问题上的立场。直到她独立地得出同样的结论？达勒姆可能已经猜到，她会拒绝接受压力而站在他们一边。让她形成自己的观点会是一种圆滑得多的手段——甚至运用一点反向心理学来引导她走向正确的方向。

或者这只是纯粹的妄想症？

经过五天对兰伯特人的研究，在他们的历史中看到他们在解释自己的世界方面越来越成功的尝试——以及在五天的晚上试图说服自己：他们很快就会放弃这一切，承认自己是人造生命——她的头脑再也容不下这些矛盾了。

她给达勒姆打了电话。

时间是凌晨三点，但他肯定已经离开了城市。标准时间设定了一个速率，但没有昼夜循环，在他身后是一个充满了明媚阳光的房间。

她直截了当地说：“我觉得我现在想听听实话了。你为什么要叫醒我？”

他似乎对这个问题并不感到惊讶，但他回答得很谨慎：“你认为呢？”

“你想让我支持对兰伯特星球的提前探险。你想让我宣布——凭着我作为兰伯特人‘母亲’的站不住脚的权威——等待他们想到我们的存在是没有意义的。因为我们都知道那是永远不会发生的，除非他们亲眼看到我们。”

达勒姆说：“你对兰伯特人的看法是对的——不过忘了政治吧。我叫醒你是因为你的领地与运行自动域的区域相邻，我希望你能让我用它来闯入兰伯特星球。”他看起来像个孩子，郑重地承认了某种幼稚的罪行。“通过枢纽的通道受到了严格的控制，每个人都能看到。

在第六个公共楔形区域里有很多未使用的空间，所以我可以尝试从那里进入——但还是那个问题，有可能被别人看到。你的领地是私人的。”

玛丽亚感到一阵愤怒。她几乎无法相信自己曾经轻信了关于“被唤醒以分享接触的荣耀”那句话——被达勒姆利用算不上什么晴天霹雳，就像以前一样——但是被复活了，原因一不是她的专长，原因二不是她的地位，而是为了让他在她的后院里挖一条隧道……

她挖苦地说：“你为什么要闯入自动域？是不是有一场没人想到要告诉我的比赛正在进行中？无聊的不朽者在争夺与兰伯特人的第一次未授权接触？你们是把异星生物学变成了一项新的奥林匹克项目了吗？”

“完全不是那么回事。”

“不是？那是什么？我很想知道。”玛丽亚试着解读他的表情，不管有没有用。他让自己表现出了羞愧——但同时又是一副心意已决的样子，仿佛他真的相信他没有选择。

她突然想到了：“你认为……极乐世界面临着某种风险，来自自动域？”

“是的。”

“我明白了。所以你及时叫醒了我，好让我分享危险？真贴心啊。”

“玛丽亚，我很抱歉。如果有别的办法，我会让你一直睡下去——”

她笑了起来，同时也在发抖。达勒姆把一只手掌按在屏幕上。她仍在生他的气，但她让他通过终端，把手从他阳光明媚的房间里伸过来，放在她手上。

她说：“你为什么要秘密行动？你就不能说服其他人同意停止运

行自动域吗？他们肯定能认识到，它不会伤害兰伯特人。它肯定会启动他们，就像启动极乐世界一样。不存在种族灭绝的问题。好吧，这对自动域学者们来说是个损失——但他们能有多少人呢？兰伯特星球对普通的极乐世界人意味着什么？只是一种娱乐而已。”

“我已经尝试过关闭它了。我得到了授权，可以设置不同于标准时间的运行速度——并且如果我觉得有必要阻止信息流，可以暂时冻结整个自动域，让我们赶上快速的发展。”

“那么发生了什么？他们让你重新开始了？”

“不，我一直没能冻结它。这件事现在已经做不到了。时钟频率到了一定程度就不能继续放慢。软件忽略了这些指令。什么都不会发生。”

玛丽亚感到一股深深的寒意从她的脊柱底部蔓延出来：“怎么忽视指令？那是不可能的。”

“如果一切都在正常运行，那是不可能的——所以，很明显，有些东西失效了。问题是，*在哪个层面*？我无法相信，控制软件在这么长时间之后又突然暴露出一个隐藏的错误。如果它没有以应有的方式做出反应，那就说明*运行它的处理器*行为异常。因此，要么它们不知怎么被损坏了……要么元胞自动机本身已经改变了。*我认为TVC规则正在遭受破坏——或者被归入更大的某种东西。*”

“你有什么确凿的证据吗？”

“没有。我重新运行了旧的验证实验，就是我在启动期间运行的那些，它们仍然有效——无论我在哪里运行它们——但我甚至无法指示运行自动域的处理器进行自我诊断，更不用说探测那里在最低水平上发生了什么。我甚至不知道问题是局限于这个区域，还是正在慢慢地扩散开来……或者它已经到处开花了，只不过影响太微妙，无法发现。你知道验证规则的唯一方法是使用特殊仪器。那我该怎么做？拆卸极乐世界一半的处理器，然后在它们的位置上建造测试舱？

而且就算我可以证明规则被破坏了，又有什么用呢？”

“还有谁知道这件事？”

“只有雷佩托和泽曼斯基。如果公众都知道了，我不知道会发生什么。”

玛丽亚感到很愤怒：“你们有什么权利秘而不宣？有些人可能会恐慌……但你们害怕什么？暴动？抢劫？知道这个问题的人越多，有人想出一个解决方案的可能性就越大。”

“也许吧。也可能仅仅是更多人知道就会使事情变得更糟。”

玛丽亚默默地领悟着这些话。阳光透过终端机，在她周围投下辐射状的阴影。这个房间看起来就像一幅中世纪的木刻画，画的是一个炼金术士发现点金石的情景。

达勒姆说：“你知道我当初为什么选择自动域——而不是现实世界的物理学吗？”

“计算量少，更容易播种生命。我在兰伯特自动菌方面的杰出工作。”

“没有核过程。没有对元素起源的解释。我想：就算这颗星球上出现智能生命这种不太可能的事情真的发生了，他们仍然只能根据我们的条件来理解自己。当时这一切看起来都那么遥远和不可能。我从来没有想过，他们可能会错过我们所知的规律，并绕过整个问题。”

“他们还没有确定任何一种理论，他们仍然有可能想出一个元胞自动机模型——只欠一个造物主就完整了。”

“有可能。但是万一他们没有想出来呢？”

玛丽亚的喉咙发干。令人麻木的抽象概念正在失去其催眠的力量。她开始感到一切都太真实了：太有形了，太脆弱了。时机真不错：终于接受了拥有坚实血肉的幻觉——就在这个宇宙的基础似乎正准备变成流沙的时候。

她说："你来告诉我。我已经厌倦猜测你脑子里在想什么了。"

"我们无法关闭他们。我认为这证明了他们已经在影响极乐世界。如果他们成功地以一种与自动域规则相矛盾的方式解释他们的起源，那就可能会扭曲TVC的规则。也许只在运行自动域的地区——也可能是所有地方。如果TVC规则从我们的立身之处被抽走——"

玛丽亚吓了一跳："那就……相当于声称，为了保证其自身内部的一致性，一个虚拟现实环境可以改变现实世界的物理定律。哪怕在虚拟现实环境中生活着成千上万的副本，在地球上可从来没有发生过这种事。"

"对——但是哪个最像现实世界呢：极乐世界，还是自动域？"达勒姆笑了，不带丝毫苦涩，"我们都还是拼凑的副本，我们中的大多数人都生活在私人的游乐园里。我们的身体是临时性的近似物。我们的城市是坚不可摧的墙纸。极乐世界中所有环境的'物理定律'每天都会相互矛盾——也自相矛盾——十亿次。归根结底，是的，一切都在TVC处理器上运行，都符合TVC的规则——但一个又一个层次都被封死了，对下一个层次不可见，变得不相关。

"在兰伯特星球，所发生的一切都与一套物理法则密切相关，这套物理法则统一应用在所有地方。而且他们已经有三十亿年的时间了。我们可能不知道最深层的规律是什么，但兰伯特人经历的每一个事件都属于一个连贯的整体。如果两个版本的现实之间有任何冲突，我们就不能依靠我们自己的版本来择优。"

玛丽亚无法论证拼凑的虚拟现实在自动域深层逻辑中的地位。她说："那么最安全的事情肯定是确保没有冲突。停止观察自动域。放弃所有接触的计划。隔离这两种解释。让它们不发生冲突。"

达勒姆直截了当地说："不，我们已经有冲突了。要不然为什么我们不能关闭他们？"

“我不知道。”玛丽亚转开视线，“如果最坏的情况发生了……我们不能重新开始吗？构建一个新的伊甸园配置？重新启动我们自己，没有自动域？”

“如果我们不得不这样做的话。”他补充道，“如果我们认为可以信任TVC宇宙做它的程序所规定的一切——不改变启动过程，不搞乱它……甚至代入我们认为我们正在逃避的修改版定律。”

玛丽亚看着城市。建筑物没有倒塌，幻象没有崩溃。她说：“如果不能相信这一点，我们还剩下什么？”

达勒姆面无表情地说：“什么都没有。如果我们不再了解这个宇宙的运作方式，我们就无能为力了。”

她把她的手抽出来：“那你想怎么做？你认为如果你对自动域的接触能比从中枢传出的数据通道还多，你就能让TVC规则适用？金字塔的一整面向着邻近的处理器喊停，会比正常的指挥系统更有分量？”

“不，这也许值得一试，但我不相信它能成功。”

“那么……是什么？”

达勒姆急切地向前靠过来：“我们必须赢回定律。我们必须进入自动域，说服兰伯特人接受我们对他们历史的解释——在他们有明确的其他选项之前。

“我们必须说服他们，是我们创造了他们，在这不再是事实之前。”

29

托马斯坐在花园里，看着机器人照料花坛。它们穿梭在耀眼的白色花朵之间，银色的肢体在阳光下闪闪发光。它们的每一个动作都很精确、很简洁，没有犹豫、没有休息。它们尽了它们的本分，然后继续前进。

它们走后，他坐在那里等待着。草地很柔软，天空很明亮，空气很平静。他并没有被愚弄。以前也有过这样的时刻：接近于安宁的时刻。它们不意味着什么，不预示着什么，不改变什么。总会有另一幅衰败的景象，另一个残损的噩梦，以及另一次回到汉堡。

他抓了抓腹部光滑的皮肤。上次他割的数字早已愈合。从那时起，他在自己的身体上刺了一千多处。或者说他是这么认为的。没有留下任何受伤的证据。

花园的寂静开始让他不安。现场有一种他无法看透的空白，就像他在盯着一张难以理解的图表，或者一幅他无法完全解析出来的抽象画。就在他注视着整个草坪时，涌入他眼帘的颜色和纹理突然完全分离成毫无意义的光斑。什么都没动，什么都没变——但他解读阴影和色调排列的能力已经消失了。花园不复存在。

惊慌失措的托马斯盲目地伸手去摸自己前臂上的伤疤。手指接触到时，效果立竿见影：周围的世界再次凝聚在一起。他僵硬地坐了一会儿，等着看接下来会发生什么，然而眼角的那片墨绿色仍然是喷泉投下的阴影，上方广袤的蓝色仍然是天空。

他蜷缩在草地上，抚摸着死去的皮肤暗自低吟。他相信他曾经把疤痕修掉了。他制造的新伤口已经愈合得毫无痕迹——但原来那条微弱的白线又重新出现在它正确的位置。现在，这是他身份的唯一标志。他在屋内镜中找到的自己的脸已经无法辨认，他的名字是一团毫无意义的杂音。但是每当他开始失去对自己的感觉时，他只要触摸一下这道疤痕，就能回想起定义他的一切。

他闭上了眼睛。

他和安娜在公寓里跳舞。她身上有酒精、汗水和香水的味道。他准备向她求婚。他能感觉到这一时刻的来临。恐惧和希望几乎让他喘不上气。

他说："上帝啊，你真漂亮！"

理顺我的生活吧。没有你，我什么都不是：时间的碎片，言语的碎片，感情的碎片。赋予我意义吧。让我完整吧。

安娜说："我要向你提出一些从未提出过的要求。我这一整天都在努力鼓起勇气。"

"你提什么都行。"

让我理解你。让我把你拼起来，把你抱在一起。让我帮助你解释你自己。

她说："我有个朋友，有很多现金。差不多二十万马克。他需要一个能——"

托马斯从她身边退了几步，然后用力打了她的脸。他感到受到了背叛和伤害，感到自己很可笑。她开始打他的胸口和脸。他站在那里，让她打了一会儿，然后抓住她的两只手腕。

她屏住呼吸：“放开我。”

“我很抱歉。”

“那就放开我。”

他没有。他说：“我不是为你的朋友洗钱的机构。”

她怜悯地看着他：“哦，我做了什么？冒犯了你崇高的道德原则？我只不过问了一句。你本可以让自己派上点用场。不要紧，我早该知道这个期望太高了。”

他贴近她的脸：“十年后，你会在哪里？监狱里？易北河底？”

“滚开。”

“哪里？告诉我？”

她说：“我还能想到更惨的命运呢，搞不好我会落得个和一个中年银行家假装家庭幸福的下场。”

托马斯把她扔向墙壁。没等撞到墙，她就脚下打滑摔倒了，她的头撞到了砖头上。

他蹲在她身边，不敢相信眼前的情形。她的后脑勺撞开了一个很大的口子。她还有呼吸。他拍了拍她的脸颊，然后试图扒开她的眼睛。眼球已经翻到了上面。她最后几乎坐到了地上，双腿摊在前面，头靠在墙上。她身下积起了一摊血。

他说：“快想想，快想办法。”

时间变慢了。房间里的每一个细节都在争夺他的注意力。天花板上一枚无趣的灯泡发出刺眼的光。每一片阴影的每一个边缘都利如刀锋。托马斯在草坪上晃了晃，感觉到草叶蹭着自己。*那根本用不了多少力量，多少勇气，多少爱。*不难想象——

安娜的脸甜美而可怕，令他不敢直视。他从来没有如此害怕过。他知道，如果他没能杀死她，他就什么都不是了，他的其他部分都会不存在。只有她的死才能使他成为一个有意义的人，他的羞耻和疯狂是他剩下的全部。相信他救了她的命，就等于永远忘记了自己。

就等于死。

他强迫自己静静地躺在草地上。一波波的麻木感掠过他的身体。

他颤抖着打电话叫来了救护车。他的声音让他自己吃惊。他听起来很平静，很有自控力。然后他跪在安娜身边，把一只手滑到她的头后面。温暖的血液顺着他的手臂，流淌到他的衬衫袖子下面。*如果她活下来，他可能不会进监狱——但这一丑闻仍会毁了他。*他骂着自己，把耳朵贴在她的嘴边。她还没有停止呼吸。*他的父亲会剥夺他的继承权。*他茫然地注视着未来，抚摸着安娜的脸颊。

他听到随救护车来的人员上了楼梯。门是锁着的，他不得不起身让他们进来。他们检查她，然后把她抬上担架时，他无助地站在后面。他跟着他们走出前门。当他们把担架抬到楼道里时，一个人冷冷地盯着他："多掏了些钱，好能打她们，是吗？"

托马斯无辜地摇了摇头："并不是看起来那样。"

他们不情愿地让他坐到了后面。托马斯听到司机用无线电报了警。他握着安娜的手，低头凝视着她。她的手指冰冷，脸色惨白。救护车拐了个弯。他伸出空闲的那只手来稳住自己。他没有抬头，问道："她会没事吗？"

"不照X光，谁也说不准。"

"这是个意外。我们正跳舞呢。她滑倒了。"

"随你怎么说。"

他们飞快地穿过街道，在由霓虹灯和车灯形成的宇宙中穿梭。警笛的呼啸声衬托着车里的沉默。托马斯一直盯着安娜。他紧紧握住她的手，满心希望她能活下去，但他忍住了祈祷的冲动。

30

联络小组的领导人齐聚玛丽亚的公寓。他们刚坐下来，达勒姆就开口说道："我想在我们进一步行动之前，我们应该搬到我的领地。我在枢纽远离自动域地区的那边——这多少是有点价值的。如果距离还有一定的意义，我们至少应该尝试在可靠的地方运行我们的模型。"

玛丽亚感到恶心。城市本身就在自动域的旁边：沙漠边缘的游乐场。但是在那个公共空间里被计算的只有建筑物和傀儡行人，没有一个极乐世界人。她说："六位其他创始人的金字塔与自动域相邻。如果你认为影响有可能溢出边界……你就不能找一个借口让他们的人尽可能地远离吗？你不需要把事情说清楚——你不需要告诉他们任何可能增加危险的事情。"

达勒姆疲惫地说："说服三十七个专注的自动域学者忙着搞他们的项目，免得碍我们的事，就已经够我忙活了。如果我开始向伊莱恩·桑德森、安吉洛·雷佩托和冢本铁男建议重新安排他们的计算资源的几何形状，他们会在大约十秒钟之内把整个自动域置于审查之下，试图弄清楚发生了什么。另外三个金字塔是被隐士占据着，他们在启动后没有露过面。我们即使想警告他们，也做不到。我们最多只能做到尽可能快地——而且不引人注目地——处理这个问题。”

玛丽亚瞥了一眼多米尼克·雷佩托，看来他顺从地让他的家人蒙在鼓里。她说：“这让我觉得自己是个懦夫。一边逃往宇宙的另一端，一边用遥控器捅马蜂窝。”

雷佩托冷冷地说：“别担心。搞不好TVC的几何形状也许无关紧要。我们和自动域之间的逻辑关联可能会置我们于比最近的物理邻居更大的风险中。”

玛丽亚仍然选择手动操作各种事情，通过她的“实体”终端。不用悬浮在半空中的界面窗口，不用与她的外自我之间的心灵感应链接。泽曼斯基向她展示了如何运行将她送出自己领地的深奥实用程序。地球上不太富裕的副本曾经为了寻找最便宜的QIPS跨越大陆——但在极乐世界，任何人都不会有理由以这种方式转移。同意了终端上的最后一项查询之后，她想象着自己的模型被停止，被拆开，通过中枢进入达勒姆的金字塔——沿途毫无疑问会有十亿个仔细的验证步骤……然而，哪怕是最严格的错误检查程序，既然它们所依赖的最深层规则已经被质疑，那么它们还能有什么价值就不得而知了。

作为最后的修饰，达勒姆克隆了这间公寓，他们搬到了——不知不觉地——其复制的版本。玛丽亚瞥了一眼窗外：“你把整个城市都复制了吗？”

“没有。你看的是原版。我接上了一处实景。”

泽曼斯基在客厅的墙上创建了一系列界面窗口，其中一个显示了运行自动域的区域，迎面看到的是与玛丽亚自己的金字塔相接的三角形面。在软件地图上——自动域元胞自动机程序的午夜蓝色里，细密地分布着银色的间谍软件——她叠加了兰伯特行星系统的示意图，轨道被切割和重新排列成古怪的样子，以便装入相邻的五个金字塔。被模拟的空间——就其本身而言——是一个相对较薄的圆盘，只有几十万千米厚，但在最外圈行星的轨道之外延伸了大约百分之五十。它的大部分都是空的——或者说除了恒星发出来的光什么都没有——但是模拟程序并没有图省事。每一立方千米，无论多么乏善可陈，都被模拟到自动域元胞的层级，挥霍程度令人惊讶。玛丽亚在看地图时，总是禁不住思考用什么技术来模拟在所有近乎真空的环境中进行的计算。当她强迫自己停下来并接受这个东西时，她意识到她以前从未完全领悟过极乐世界的规模。她参观过兰伯特生物圈，从行星层面一直到分子层面——但与一种太阳系规模的亚原子运算相比，那根本算不了什么。

达勒姆碰了碰她的肘部："我需要你的授权。"她和他一起走到他在房间一角为自己制作的终端面前，打出了她曾经在地球上嵌入扫描文件中的代码号。九十九个数字毫不费力地从她的手指中流淌出来，就像她已经把这个序列排练了无数次。这个密码可以让她有权使用她在地球上的遗产，在这里解锁她的金字塔的处理器。

她说："我现在真的变成你的帮凶了。你用我的身份犯罪，谁会去坐牢？"

"我们没有监狱。"

"那么，万一极乐世界人发现我们所做的事情，他们究竟会对我们做什么？"

"表达适当的感激之情。"

泽曼斯基放大了图，以显示边界上的各个TVC处理器，然后进一步放大视图，以显示其精细结构。它看起来像一个三维微电路阵列的伪色示意图——但它太平直、太完美，不可能是任何真实物体的显微照片。现在，这张图在很大程度上是一种猜想：由来自网格本身的有限数据推导的模拟。有充分的理由认为它“应该是”正确的，但没有无懈可击的证据证明他们所看到的任何东西确实存在。

泽曼斯基操纵着视角，直到他们直视着隔开自动域区域和玛丽亚领地的透明“零位”元胞薄层的中间，第一次将她自己的处理器带入视野。上面一个小概略图中的箭头显示着方向。他们正看向远处的枢纽。所有的处理器都有完全一致的结构，但自动域里的处理器是活跃的，一道道激活状态代码标注在数据流上，而她自己的处理器几乎是闲置的。然后达勒姆将她的领地接入他正在运行的软件，随着处理器被重新编程，一股数据从枢纽中涌出——看起来就像《2001：太空漫游》里的星门序列。真正的数据波会在标准时间一皮秒内通过。地图具备以慢动作显示该事件的智慧。

经过重新编程的处理器闪烁着数据——然后开始长出建造线。TVC网格中的每个处理器既是冯·诺伊曼机，又是图灵机——既是通用构造器，又是通用计算机。它们以前执行过的唯一构造任务是一次性的自我复制行为，但它们仍然保留着构造任何东西的潜力，只要有适当的蓝图。

构造线穿过间隔，触及自动域处理器的表面。玛丽亚屏住呼吸，几乎是在期待着看到一种防御性反应、一种反击。达勒姆事先分析了各种可能性：如果TVC规则继续有效，这些机器之间的任何“战争”将很快达到永久的僵局。它们可能永远面对着对方，消灭对方的“武器”的速度和它们成长的速度一样快，没有任何策略可以打破这种僵局。

不过，如果TVC规则失效，结果就没有办法预测了。

没有——可察觉的——反击。构造线撤走了，留下了跨越金字塔间隔的数据链接。由于地图显示这些链接完好无损，软件一定收到了一些表明它们确实在工作的证据：自动域处理器至少对连接的完整性进行了简单的测试，并做出了应有的反应。

达勒姆说："嗯，这很重要。他们还没有设法把我们完全拒之门外。"

雷佩托做了个怪相："你说得好像兰伯特人已经控制了处理器——在决定这里发生什么。他们甚至不知道这一层的存在。"

达勒姆的视线没有移开屏幕："他们当然不知道。但我还是有种感觉，我们在偷偷摸摸地接近某种……有知觉的对手。兰伯特人的守护天使：知道所有的层次——却心怀嫉妒地捍卫他们自己人的现实版本。"他看到了玛丽亚担忧的目光，笑了笑，"开个玩笑啦。"

玛丽亚看着达勒姆和泽曼斯基运行了一系列的测试，以验证他们真的已经接入了自动域区域。所有结果都符合预期——不过话说回来，所有同样的测试在通过授权链接运行时，在枢纽处都是有效的。可疑的处理器只是起到信使的作用，在一个巨大的循环中传递数据，确证了他们仍然可以相互交谈——而且网格的基本结构并没有崩溃。

达勒姆说："现在我们试着停止计时。"他敲了几个键，玛丽亚看着他的命令在链接上飞驰。她想：*说不定是枢纽那里出了问题。也许整个危机将被证明不过是一个微不足道的局部错误。完全可以解释。很容易修复。*

达勒姆说："不走运。我尝试一下降低时钟频率。"

再一次，命令被忽略了。

接下来，他将自动域的时钟频率提高了百分之五十——成功了——然后一点一点地放慢，直到恢复到原来的数值。

玛丽亚麻木地说道："这有什么意义呢？在我们能向它提供的计算资源范围内，我们可以将它运行得要多快有多快。但如果我们尝试放慢它的速度，我们就会撞墙。这真是……有悖常理。"

泽曼斯基说："从自动域的角度来考虑它。放慢自动域的速度就是加快极乐世界的速度。这就好像它运行我们的速度有一定限制——它能为我们腾出的计算资源有一定限制。"

玛丽亚脸色发白："你这是什么意思？极乐世界现在是一个计算机程序，运行在自动域里的某个地方？"

"不是的，不过它有一种对称性。一个相对性原则。极乐世界被设想为一个固定的参考框架，一个现实的试金石——与之相对的是，自动域可以被宣布为仅仅是一处模拟域。真相其实更加微妙：没有定点，没有不可移动的物体，没有绝对的律法。"泽曼斯基没有表现出恐惧，一边说一边带着美丽的笑容，仿佛这些想法让她陶醉。玛丽亚非常想知道她只是在掩饰她的情绪，还是其实在面对自己的世界被推翻时选择了一种平静的状态。

达勒姆淡淡地说："对称性生来就是用来被打破的。再说我们仍有优势：我们对极乐世界——以及自动域——的了解仍然远远超过兰伯特人。我们所描述的真相对他们来说，没理由不像对我们来说那样有意义。我们所要做的就是为他们的想法提供适当的背景。"

雷佩托创建了一个兰伯特人傀儡团队，他称之为"喉舌"：一群类似于兰伯特人的小机器人，能够在自动域中运作——尽管终归还是由外部的信号控制。他还为他们中的四个创造了人形的"远程呈现机器人"。有喉舌做翻译，他们可以向兰伯特人"展示自己"，开始建立联系的艰难过程。

仍然有待确认的是，自动域是否会让他们进入。

泽曼斯基展示了所选择的进入点：兰伯特星球赤道附近一座岛屿上的一片荒芜草地。雷佩托一直在观察附近社区的一个科学家团队。他们探究的思想范围比其他大多数团队要广，他相信他们有可能接受极乐世界的理论。

达勒姆说："该试试水了。"在另一个窗口，他复制了草原场景，然后以令人眩晕的速度放大了半空中的一个点，直到出现一团像雾一般翻滚的分子，然后是单个的自动域元胞。分子之间的真空被显示为透明，但模糊线条勾勒出了晶格。

他说："一颗红色原子。一个小小的奇迹。这要求太高了吗？"

玛丽亚看着TVC地图上的命令流：传给单个处理器的指令，目的是重写代表自动域的这个微观部分的数据。

什么也没有发生。真空仍然是真空。

达勒姆轻声骂了一句。玛丽亚转身看向窗户，城市仍然屹立不倒。极乐世界并没有像一场疑窦暗生的梦境似的崩溃。但她感到自己出了一身汗，感到她正在被自己的身体拖到恐慌的边缘。她从来没有真正相信达勒姆的说辞：与其他极乐世界的人分享他们的知识是有危险的——然而现在她想逃离房间，不再看到眼前的证据，以免她给那份不信任添砖加瓦。

达勒姆再次尝试，但自动域坚守着它的规律。红色原子不可能凭空自发出现——那会违反元胞自动机的规则。如果说那些规则曾经仅仅是寥寥几行的计算机程序——总是可以被停止和重写，被打断和撤回，被权限更高的律法所压制——现在已经不再是了。泽曼斯基说得对：不再有现实和模拟的僵硬层次。因果链现在是一个循环——或者某个未知拓扑结构的结。

达勒姆平静地说："好吧。备用计划。"他转向玛丽亚，"你记不记得，我们曾经讨论过封锁自动域？让它变得有限，不过没有边界……就像个四维甜甜圈的表面。"

"记得，但是它太小了。"话题的转变令她困惑，不过她欣然接受了这种分心。谈论过去的日子使她稍稍平静了下来。"阳光会绕宇宙一圈，在几个小时后涌回系统。兰伯特星球最终会变得过热，而且持续的时间过长。我尝试了各种技巧来改变热平衡——但没有任何真正管用的可靠方式，所以我保留了边界。阳光和太阳风穿过它消失了，直接离开了模型。而进来的都是——"

她突然停了下来。她知道他接下来要尝试什么。

达勒姆帮她说完："进来的都是冷的热辐射，以及少量的原子流，就像星际气体的随机流入。一个合理的边界条件——优于让系统神奇地嵌入完美的真空中。但是它没有严格的逻辑，没有自动域级别的模型来说明外面到底应该有什么，有可能是任何东西。”

他调出了自动域边缘的景象。飘来的原子太稀少了，他不得不让“麦克斯韦妖”去寻找一个。伪造了一种看似真实的星际介质存在的软件在“紧邻”边界的一层薄薄的元胞中创造了原子。这一层不受自动域规则的约束——否则原子就不可能被创造出来——但它的内容以通常的方式影响邻近的自动域元胞，允许原子形成的微小飓风飘过边界。

达勒姆向原子创造子进程发送了一条简单的命令——一条旨在与它一直在接收着的随机请求流合并的指令：在特定点上以特定的速度注入一个红色原子。

成功了。原子在边界层中被创造出来，然后准确地按照要求进入了自动域的范围。

达勒姆发出了连续一千条类似的指令。一千多个原子紧随其后，都以相同的矢量移动。“随机流”不再随机了。

极乐世界正在影响自动域。他们已经突破了。

雷佩托欢呼起来。泽曼斯基露出神秘的笑容。玛丽亚感到前所未有的恶心。她一直希望自动域会被证明是不可突破的——然后，通过对称性原则，极乐世界可能也同样不受干扰。这两个世界，无论是否相互矛盾，也许可以继续各走各的路。

她说：“这对我们有什么帮助？即使你能用这个程序将傀儡送入深空，你又将怎么把它们安全地带到兰伯特星球？等到它们到了那里，你又如何控制它们的行为？我们还是不能伸手进去操纵它们——那会违反自动域的规则。”

达勒姆已经全都考虑过了。“第一，我们把它们放在宇宙飞船里，然后把飞船扔进去；第二，我们把它们做成无线电控制的——从模型的边缘向它们发射一束信号。如果我们能说服气体流入软件送进去一艘飞船，我们就能说服冷的热辐射软件送进去一束激微波。”

“你打算坐在这里，尝试设计一艘能在自动域中运行的飞船？”

“不用，已经完成了。从前有过一个接触计划，涉及伪装成来自自动域另一部分的‘外星人’，这样做的用意是限制对兰伯特人的文化冲击。我们会告诉他们有数十亿颗其他的恒星，被笼罩着他们星系的尘埃云遮挡住了，无法看到。当然，这整个想法是不道德的，几千年前就被废止了——早在有知觉的兰伯特人出现之前——但是技术工作已经完成并被存档。它们都还在，保存在中央图书馆。我们花一个小时左右，应该就能把那些部件组装成一个运作中的探险队。”

听起来很怪异，但玛丽亚没看出这个计划有没有原则上的缺陷。她说：“那么……我们终究要穿越太空去见外星人了？”

“看来是的。”

雷佩托又说了一遍这句话：“穿越太空去见外星人。你过去一定有过一些奇怪的想法，在过去的日子里。有时候我真希望我当时也在场。”

玛丽亚屈服了，学习了如何使用心灵之眼控制板在她的极乐世界身体和自动域远程呈现机器人之间进行切换。她伸展着机器人的手臂，环顾“大使号”闪闪发光的飞行甲板。她和其他三名船员一起，躺在一个加速沙发上。根据飞行计划，机器人现在基本上是失重的——但她选择了过滤掉异常重力的影响，不管是偏高还是偏低。机器人知道如何根据她的意愿在任何条件下移动自己。为了“现实主义”而让自己患上太空病是荒谬的。毕竟她并不是在自动域里——她没有变成这个机器人。她的整个人类身体模型仍在极乐世界中运行。机器人与该模型的连接方式，与造访虚拟现实环境的真人与他或她的软件傀儡之间的神经感应联系没有多大区别。

她拨动了一个精神开关，回到了克隆的公寓里。达勒姆、雷佩托和泽曼斯基坐在他们的扶手椅上，茫然地注视着前方。实际上，他们基本上只是地点标志而已。她回到“大使号”，但在视野的一角打开了一个小窗口，显示她的极乐世界身份眼中的公寓。如果她只是在自动域中运行一个傀儡，她希望能准确把握自己的“真身”应该在哪里。一个没人看管、没有感觉的橱窗假人正以她的名义占据着一张椅子，仅仅知道这一点是不够的。

在加速沙发上，她看着飞行甲板远端墙壁上的一个——实体的——显示屏，上面显示了他们的预期轨迹，沿着曲率不大的螺旋路径向兰伯特行星俯冲。他们在最近的可能点上将飞船送入边界——在轨道平面上方十五万千米处——设定了便利的初速度。只需要很少的燃料就能够到达目的地并降落。

她说：“有谁知道他们有没有在这东西里排练过一次真正的降落？”别管她的声道在哪里，她说话时感觉都完全正常——但她的音色用机器人的耳朵听起来很奇怪。为了剪掉她的意图和机器人的行动之间不断增长的无线电时滞，有种欺骗机制正在作用于她的大脑模型，这种机制经不起推敲。

达勒姆说：“一切都是排练过的。他们为试飞重新创建了出现生物之前的整个行星系统。当时和现在的唯一区别是，他们那时可以将飞船直接实体化到真空中，随便哪里都行——而且直接控制傀儡船员。”

到处都是违反自动域法则的行为。听到这句话让人感到不安：没有生命的自动域，在其所有的亚原子细节中，都只是一个模拟。兰伯特人的存在使一切变得不同。

第二个显示屏显示了星球本身，图像来自船体外的摄像头。这个景象与间谍软件向她展示过无数次的景象没有什么不同。尽管摄像头和机器人的眼睛受制于纯粹的自动域物理学，但是图像一旦被输送到她的非自动域大脑中，就会被施用惯常的伪色修饰。玛丽亚看着蓝白相间的圆盘越来越近，胸口一阵发闷。带着重量错觉的自由落体。下降的同时保持着静止。

她说："为什么要立即向兰伯特人展示我们自己？为什么不派喉舌先去探探路——确保他们已经准备好面对我们？下面没有比黄蜂更大的动物——也没有任何有内部骨架、用后腿行走的动物。高达一百八十厘米的人形机器人对他们来说应该像是从噩梦里走出来的东西。"

雷佩托回答："新奇的刺激对兰伯特人来说并不至于造成伤害，他们不会被吓蒙的，但我们肯定会吸引到他们的注意力。"

达勒姆补充道："我们过来揭示自己是他们宇宙的造物主。在这方面害羞没有什么意义。"

他们在黑夜面接触到大气层上层。陆地和海洋都处于几乎完美的黑暗之中：没有月光，没有星光，没有人工照明。飞船开始震动。飞行甲板上的仪表板嗡嗡作响，一个显示屏的表面发出了清晰可闻的爆裂声。然后，无线电联系被船体周围的电离气体锥所破坏，他们别无选择，只能回到公寓，坐等最坏的情况过去。玛丽亚凝视着城市金色的塔楼，思忖着在自己刚刚见证的震动所蕴含的坚实逻辑的对比下，它们那种雄伟的、自诩无懈可击的力量。

他们在下降的最后几秒钟返回，这时候降落伞已经展开了。撞击本身看起来比较顺畅——或者这只是她的重力过滤器在保护她。他们离开了加速沙发，等待船体冷却。摄像头显示他们周围的草都变黑了，但正如预测的那样，火几乎立刻就灭了。

雷佩托从一个储物柜中取出喉舌，打开装满机器昆虫的罐子，把它们撒到空中。在虫群漫无目的地乱飞的那几秒钟，玛丽亚感到了恐惧，接下来虫群在甲板的一个角落排成一个紧密的队形。

达勒姆打开了气闸门，先是外层，然后是内层。机器人不需要任何形式的气素，但“大使号”的设计师一定考虑过将人类的生物化学特征映射到自动域的可能性，即实际上创造可以与兰伯特人平等见面的“外星人”，而不是玩弄精致面具。

他们走到了烧焦的地面上。时值清晨，玛丽亚对着阳光和清澈的白色天空眨了眨眼。暖意从她的机器人皮肤清晰地透了进来。蓝绿色的草地延伸到视线的尽头。她走着离开飞船——一个又矮又粗的陶瓷截顶锥体，白色隔热罩上被烟熏出了凌乱的黑条。在它身后，南边的高地进入视野。茂盛的植被挤满了山坡，山峰却光秃秃的，呈锈红色。

叽叽喳喳声与呜呜咽咽声隐隐合鸣，充盈在空气中。她瞥了一眼喉舌，但它几乎毫无声息地正盘旋在雷佩托附近。这些声音来自各个方向。她听出了其中的一些——在快速翻阅兰伯特人通信演化史的过程中，她听过一些无知觉物种的叫声——而且没有听出来任何异星的奇特风格。她听到的也许是蝉、蜜蜂、黄蜂、蚊子。不过，当一阵微风从东边吹来，带着机器人的嗅觉设备映射出的盐水气味时，这一连串温良适中的感觉忽然间让玛丽亚受不了了，她认为自己的腿可能会瘫软。但这并没有发生。她没有刻意地尝试晕倒，于是机器人就那么站着，像尊雕像。

达勒姆走近她：“你以前没来过兰伯特，是吗？”

她皱起了眉头：“我怎么会来呢？”

“被动式。大多数自动域学者都做过。”玛丽亚想起了第一次见到联络小组时，泽曼斯基提出的虚拟现实呈现。达勒姆弯下腰，抓起一把草，然后把草叶撒开。“但是这样的事情我们以前可做不到。”

“哈利路亚，众神登陆了。如果兰伯特人要看看奇迹，你打算怎么做？摘下几片叶子证明你全能吗？”

他耸了耸肩：“可以给他们看这艘船啊。”

“他们并不傻。这艘船证明不了什么。我们都无法打破自动域的规律，他们凭什么要相信我们在管理它？”

“宇宙学，原始云，适当量的每种元素。”她不禁露出怀疑的神情。他说：“你站在哪一边？你设计了原始云！你勾画了原始地形图！你制造了整个兰伯特生物圈的祖先！我所要做的就是告诉他们这些。这是事实，他们必须面对它。”

玛丽亚四处张望，不知说什么好。她似乎比以往任何时候都更清楚，这个世界不是她创造的。它以自己的方式存在。

她说：“这不就相当于说……你的血肉之躯原版只不过是一个有奇怪妄想的疯子吗？而他为自己的生活编造的任何其他更好的解释都是错误的？”

达勒姆沉默了一会儿，然后说：“极乐世界正处于危险之中，你想让我们做什么？把自己映射成自动域生物化学，然后来这里生活？”

“我见过更糟糕的地方。”

“太阳再过十亿年就会冻结。我向这些人承诺了永生。”

雷佩托向他们喊道：“你们准备好了吗？我已经发现了那支团队。他们离得不远。大约在西边三千米处。”玛丽亚困惑了一会儿，然后想起他仍然可以使用间谍软件的所有资源。他们仍然是在自动域外面向内看。

达勒姆回过头来喊道：“十秒钟。”他转向玛丽亚，“你到底想不想参与？此事必须按照我的计划进行——你要么跟上，要么回去。”

她正要愤怒地回答说他没有权利下最后通牒，这时她注意到那个可以看到公寓的小窗口，正在她的眼角处徘徊。

极乐世界正处于危险之中。数十万人。了解宇宙学“真相”带来的冲击不会毁掉兰伯特人。极乐世界却未必挺得到另一种替代选择被发明出来。

她说：“你是对的，必须这样做。那咱们去传播福音吧。”

团队以松散的队形在草地上空盘旋。玛丽亚曾有过被攻击的幻觉，然而兰伯特人似乎根本没有注意到他们的存在。他们在离兰伯特人群体大约二十米的地方停了下来，而喉舌则向前飞去。

雷佩托说：“这段舞蹈的意思是我们有一个信息要传达。”

喉舌停了下来，排成一个紧密的垂直平面，各个机器人开始以交错的“8”字形路线互相绕飞。兰伯特人立即做出反应，将自己调整到一个类似的平面。玛丽亚瞥了一眼雷佩托。他满脸笑容，就像一个十岁的孩子听到自制的短波收音机刚刚发出了令人满怀希望的噼啪声。

她低声说：“看起来他们完全无视我们……不过他们是否认为他们是在和真正的兰伯特人交谈——或者他们已经注意到了不同？”

“我说不上来。但作为一个群体，他们的反应到目前为止都是正常的。”

泽曼斯基说：“如果一个机器人用你自己的语言向你打招呼，你不会回答吗？”

雷佩托点了点头：“而且在兰伯特人身上，这种本能更加根深蒂固。我不认为他们会……会有歧视。如果他们已经注意到了差异，他们会希望最终能理解差异——但首要任务仍然是接收信息，并对其进行判断。”

喉舌开始飘移出一个更复杂的队形。玛丽亚看不出它有什么意义——但她可以看到兰伯特人开始试探性地模仿这种变化。这就是了：达勒姆和雷佩托的宇宙学大礼包。对原始云的解释，以及对自动域化学的深层规则的解释：一个元胞自动机，在五十亿年前随着云一道被制造出来。严格来说，二十亿年的行星形成并没有发生过，目前看来，那就像是一个可以原谅的善意谎言。如果基本想法被接受了，像这样混乱的细节可以在以后提及。

达勒姆说："坏消息往往传不了很远。喉舌显然不是来自附近社区的团队，这也许能为该理论增加可信度。"

没有人回答。泽曼斯基笑容灿烂。看着舞动的兰伯特人群体，玛丽亚入了迷。兰伯特人似乎正在几近完美地模仿喉舌——但这只能证明他们已经"读取"了信息，并不意味着他们相信它。

玛丽亚转过身去，看到天空映衬下的黑点。视觉暂留效果生成于极乐世界里，在她的大脑模型中。她记得自己的不满，用她现实世界的手和手套攥着自动域分子。她对自动域的真实面貌到底有没有任何更深入的了解？

雷佩托说："他们在问一个问题。他们在要求……澄清。"玛丽亚回头看了看。兰伯特人已经不再模仿喉舌的队形，而是已经重新排列成类似于起伏的黑色飞毯的东西。"他们想要'信息的其余部分'——理论的其余部分。他们想要元胞自动机被制造出来的那个宇宙的描述。"

达勒姆点了点头。他看起来很茫然，但很高兴："回答他们。给他们讲讲TVC的规则。"

雷佩托很惊讶："你确定吗？这不是计划中的——"

"我们要怎么做？告诉他们那不关他们的事？"

"我翻译规则吧。给我五秒钟。"

喉舌开始了新的舞蹈。翻滚起伏的地毯散开了，然后开始学样。

达勒姆转向玛丽亚："这超出了我们的预期。这样一来，他们可以增援我们。他们不仅会停止挑战我们的版本，他们还会参与证实它。”

泽曼斯基说：“他们还没有接受。他们只说，我们告诉他们的第一部分内容单独来看没有意义。他们接下来可能会问到现实世界的物理学。”

达勒姆闭上眼睛，微笑着。他静静地说：“让他们问吧。我们会解释一切——如果有必要的话，直接追溯到大爆炸。”

雷佩托不解地说道：“我觉得他们接受不了。”

达勒姆瞥了一眼兰伯特人群体：“给他们一个机会。他们还没怎么尝试过呢。”

“你说得对。但他们已经发回了一份……反驳。”

兰伯特人群体的新模式强大而简单：一个球体，荡漾着像纬度圈一样的波纹，从一极到另一极。雷佩托说：“软件无法解读它们的反应，我打算让它重新评估所有的旧数据。可能在以前的几个案例观察到过这种舞蹈——但太少了，不具有统计学意义。”

玛丽亚说：“也许我们犯了某种语法错误。搞砸了句法，所以他们在嘲笑我们——而根本没考虑信息本身。”

雷佩托说：“恐非如此。”他皱着眉头，就像一个人在努力具象化某个棘手的问题。喉舌开始呼应球形阵列。玛丽亚感到她的极乐世界肠子里有一股寒意。

达勒姆尖锐地说：“你在做什么？”

“只是讲究一下礼貌。确认收到了他们的信息。”

“什么信息？”

“你也许并不想听。”

“如果有必要，我可以自己搞清楚。”他向雷佩托走了一步，与其说是威胁，不如说是不耐烦。一团蚊蚋似的微小蓝色生物从草地上飞了起来，大声地鸣叫着。

雷佩托瞥了一眼泽曼斯基，两人之间仿佛有电光闪过。玛丽亚感到困惑——他们无疑是一对恋人。她之前一直没有注意到。不过，也许以前信号是通过其他渠道传递的，她看不到。直到现在——

雷佩托说："他们的回复是，TVC的规则是错误的——因为那些规则所描述的系统会永远存在下去。他们拒绝了我们告诉他们的一切，因为这导出了他们认为荒谬的结论。"

达勒姆皱了皱眉头："是你在说荒谬的话，他们拥有超限算术已经有几千年了。"

"作为一种形式，一种工具——某些计算的中间步骤。他们的模型没有一个推导出无限的结果，大多数团队永远不会去尝试交流一个确实有无限结果的模型。这就是为什么这一反应是我们以前很少见到的。"

达勒姆沉默了一会儿，他坚定地说："我们需要时间来决定如何处理这个问题。我们先回去，研究兰伯特文化中无限的历史，找到方法绕过这个问题，然后再回来。"

玛丽亚被视野边缘某种搏动的亮光所吸引。她转头——但不管那是什么东西，它似乎都在以她追踪它的速度绕着她飞过。这时她意识到那是极乐世界的窗口。她几乎已经把它从注意力中驱逐出去了，像一个盲点一样，把它涂抹掉。她尝试着把注意力集中在它身上，却难以理解看到的画面。她把它居中并放大。

置换之城的金色塔楼正从公寓的窗前流过。她惊讶地喊了起来，并举起双手，试图向其他人打手势。建筑物并不仅仅是在移开。它们正在软化、融化、变形。她跪到地上，一方面想要回到她的真身中，去保护它，另一方面又在害怕如果她那样做了会发生什么。她把一只手伸进兰伯特的土壤中。土壤让人感觉真实、坚实、值得信赖。

达勒姆抓住她的肩膀："我们要回去了。保持冷静。那只是一个景观——我们不是城市的一部分。"

她点了点头，打起精神，对抗着有关感知危险来源和她应该逃离的方向的内在本能。克隆公寓看起来和以前一样坚固……而且无论如何，它的消亡本身不会伤害她。她要保护的身体是看不见的：在达勒姆领地远端运行的模型。假装在兰伯特星球上不会比假装在克隆公寓里更安全。

她回来了。

他们四个人无言地站在窗边，而城市在迅速而无声地……内爆。建筑物匆匆而过，放弃了它们的边缘和细节，向着一个中心点汇聚。郊区紧随其后，田野和公园流向一千座塔楼化作的金色球体。雨林在一片墨绿色的模糊中经过。然后，当山麓挤进去之后，场景变成了一片漆黑，将他们的视角埋在了岩壁中。

玛丽亚转向达勒姆："里面的人？"

"他们都会离开。震惊但毫发无伤。没有人*在那里*——在软件里——就和我们一样。"他声音发颤，但听起来挺有把握。

"那有毗邻领地的创始人呢？"

"我会警告他们。每个人都可以来这里，每个人都可以转移。在这里，我们都将是安全的。TVC的网格在不断增长。我们可以一边计划下一步，一边继续转移。"

泽曼斯基坚定地说："TVC网格正在*衰败*。唯一安全的方法是重新开始，将所有东西打包成新的伊甸园配置，并再次启动极乐世界。"

雷佩托说："假如那有可能的话，假如无限仍然有可能的话。"他出生在一个没有限制、没有死亡的宇宙中，但他似乎被兰伯特人的裁决震住了。

远处出现了一团红光，看起来像一个巨大的发光石球。在玛丽亚的注视下，它变亮了，然后分解成一个由灯光构成的图案，灯光之间由细银线连接。一个霓虹灯的迷宫。从空中俯瞰的夜晚的游乐场。颜色是错误的，但形状不可能出错：这是城市的软件地图。唯一缺少的是高速公路，与枢纽的数据链接。

没等玛丽亚开口，图案继续重新排列自身。令人眼花缭乱的光点出现在进程的一个看似随机的子集中，然后移动到一起，聚集成一个紧密联系的核心。在它们周围，一个由其余软件形成的较暗外壳固定为一个对称的形态。系统看上去是封闭的，自成一体。

他们默默地看着它逐渐远去。

31

皮尔转过头来，看着身后。凯特在走道中间停了下来。所有的活力似乎都从她身上流走了。她捂住自己的脸，然后缓缓地跪倒在地。

她平静地说：“他们已经走了，对不对？他们一定是发现了我们……现在这就是他们的惩罚。他们让城市保持着运转……但他们已经抛弃了它。”

“这事我们可说不准。”

她不耐烦地摇了摇头：“他们将制作另一个版本——清除了污染的——供他们自己使用。而我们再也看不到他们了。”三个衣着光鲜的傀儡走过来，径直穿过她，彼此间谈笑风生。

皮尔走到她身边，盘腿坐在她身边的地板上。他已经发送了软件探测器，寻找极乐世界人的踪迹，一无所获——但凯特坚持步行搜寻一座重建版的城市，仿佛他们的眼睛有可能神奇地发现一些被软件忽略的有人居住的迹象。

他轻轻地说：“还有一千种其他解释。可能有人……我不知道……创造了什么令人惊叹的新环境，于是他们都跑去探索它了。那样的时尚像瘟疫一样席卷了极乐世界——不过这里是他们的聚会场，他们的政治中心，他们的一块坚实的土地。他们会回来的。”

凯特抬起脸，用怜悯的眼神看着他：“什么样的时尚会在几秒钟内诱使每一个极乐世界人离开城市？让他们非去体验一番不可的伟大艺术作品，他们又是从哪里听说的呢？我监视着所有的公共网络。在他们集体出走之前，根本没有什么特别的事情。但如果他们发现了我们——如果他们知道我们在偷听——那么他们就不会用公共渠道来宣布这件事，不是吗？”

皮尔想不通为什么不会。如果极乐世界人发现了他们，他们也会知道他和凯特无力以任何方式影响这个城市——更不用说它的居民了。没有理由安排秘密疏散。他很难相信有人会想惩罚两个无害的偷渡者——但更难接受的是，他们直接被“流放”了，而没有被拖入一场精心设计的司法仪式——或者至少在被正式判刑之前，因其罪行而遭到公开斥责。极乐世界人从来不会错过看戏的机会。迅速、无声的惩罚听起来不像那么回事。

他说：“如果与枢纽的数据链接被破坏，无意地——”

凯特不屑一顾：“那现在也应该已经修好了。”

“也许吧。那要看具体是什么性质的问题。”他犹豫了一下，“我失踪的那四个星期……我们仍然不知道我与你断绝联系是因为我们这一层面的软件出现故障，还是更深的地方出了问题。如果城市本身出现了故障，其中一个说不定会切断与极乐世界其他部分的联系。而且解决这个问题可能需要一定的时间。花了七千年时间才暴露出来的东西大概不会那么容易搞定。”

凯特沉默了一会儿，然后说：“有一个简单的方法可以判断你是否正确。增加我们的减速——一直增加——看看会发生什么。用程序设定好，如果有任何极乐世界人的迹象，我们的外自我就会闯入并将我们调回正常速度……但如果这没有发生，就继续向未来推进，直到我们两个都确信我们已经等得够久了。”

皮尔很惊讶。他喜欢这个想法——但他本以为凯特更愿意延长不确定性。他不敢说这是不是个好兆头。这是否意味着她想与极乐世界一刀两断？尽快断掉他们回来的一切残存希望？或者这证明了她是多么迫切地希望他们回来？

他说：“你确定你想那么做吗？”

“我确定。你能帮我编程吗？你是这方面的专家。”

“此时此地？”

“有何不可？关键是让我们自己免于等待。”

皮尔在他们面前的半空中创造了一个控制板，两人一起设置了简单的时间机器。

凯特按下了按钮。

减速一百。走道上的傀儡加速到变成了无形的条纹。减速一万。黑夜和白天缓缓交替，然后忽明忽暗，然后光影闪烁——减速一百万——然后阴阳难辨。皮尔抬头仰望，看着太阳的轨迹弧线随着城市的模拟季节在天空中上下滑动，越来越快，直到被涂抹成一条暗淡的光带。减速十亿。现在的景象是完全静态的。在虚拟的天空中不再有长期的虚假天文周期程序。没有建筑物崛起或倒塌。这座无懈可击的空旷之城除了重复自己，再无其他事情可做：存在，存在，存在。减速一万亿。

皮尔转向了凯特。她以一种专注的姿势坐着，抬着头，斜着眼睛，仿佛找寻着什么声音。某个极乐世界超智能体，十亿年自我导向的突变的终点，前来涵盖整个TVC网格？发现他们的命运？审判他们，宽恕他们，给他们自由？

皮尔说：“我认为你已经赌赢了，他们不会回来了。”他瞥了一眼控制板，感到一阵眩晕。标准时间已经过去了一百多万亿年。但如果极乐世界与他们断绝了所有关系，标准时间就毫无意义了。皮尔伸手想阻止他们的加速，但凯特抓住了他的手腕。

她静静地说：“何必呢？让它一直攀升下去吧。它现在只是一个数字而已。”

“是的。”他俯身在她的额头上吻了一下。

“每个世纪一条指令、每千年一条指令，没有什么区别。你终于得偿所愿了。”

他把凯特搂在怀里，而极乐世界的漫长岁月在悄然流逝。他抚摸着她的头发，仔细观察着控制板。只有一个数字在上升。除了“已流逝的标准时间”这个奇怪的虚构数字，其他一切都保持着完全不变。

不再与极乐世界的发展联系在一起，这个城市在各个层面都不再变化。反过来，这也意味着，卡特为他们嵌入软件的基础设施也停止了扩展。运行它们的模拟“计算机”，由城市零零散散的冗余组成。它现在成了一部有限的“机器”，拥有数量有限的可能状态。

他们恢复了必死之身。

这是一种奇怪的感觉。皮尔环顾空荡荡的走道，低头看着怀里的女人，感觉就像从一个漫长的梦中醒来——但当他在自己身上寻找某种用来框定醒着的生活的暗示时，却什么也没有找到。大卫·霍桑是一个死去的陌生人。那个和凯特一起在慢速俱乐部游历的副本，就像那个木匠、数学家、编剧一样遥远。

我是谁？

在不打扰凯特的情况下，他创建了一个私人屏幕，上面有数百张相同的大脑解剖图。这是他的精神参数菜单。他点击了名为“明晰”的图标。

他生成过一千个随意的生活理由。他已经把他的哲学几乎推到了可以达到的极限。但还有最后一步要走。

他说：“我们要离开这个地方，启动一个我们自己的宇宙。这是我们早就应该做的事。”

凯特发出了一声忧伤的叹息：“没有极乐世界人，我将如何生活？我无法像你那样生存下去：重塑自己，强加幸福。我做不到。”

“你不必那样。”

“已经七千年了。我想再次生活在人们当中。”

“那么你将生活在人们当中。”

她满怀希望地看着他：“我们要创造他们吗？运行个体生成软件？创造一对属于我们自己的新世界的亚当和夏娃？”

皮尔说：“不，我将成为他们。一千、一百万，无论你想要什么。我将成为唯我论国家。”

凯特与他拉开距离：“成为？那是什么意思？你不一定要成为一个国家。你可以和我一起建立它——然后坐下来，看着它成长。”

皮尔摇了摇头：“我已经变成什么了？一连串不同的人，无数的人——每一个都有他自己快乐的理由。最微弱的记忆之线将他们联系在一起。为什么让他们继续分散在时间上？为什么要继续假装有一个‘真正的’人，经历并忍受着所有这些随意的变化？”

“你记得你自己，你相信你是一个人。为什么说这是一种假装？这就是事实。”

“但是我不再相信了。我创造的每个人都被印上了仍然身为这个被称为‘我’的想象之物的错觉——但那并不是他们身份的真实组成部分。这是一种分心，一种困惑的来源。没有理由继续这样做了——或者说让这些独立的人在时间上相继出现。让他们都生活在一起，彼此见面，与你为伴。”

凯特抓着他的肩膀，看着他的眼睛：“你不可能成为唯我论国家。那是胡说八道，那是来自一出老剧的修辞。它只会意味着……死亡。你离开之后，软件所创造的那些人在任何方面都不会是你。”

“他们会开心的，不是吗？时不时地？为了他们各自奇怪的原因？”

“是的，但是——”

“现在，那就是我了。那就是我的全部定义。因此，当他们快乐时，他们就会成为我。”

32

“十七个了，还差一个。”

达勒姆已经把自己变得冷静而高效，以处理疏散的问题。仍然没有被修改的玛丽亚，带着令自己厌恶的宽慰感，看着他最终把艾琳·肖、她的七亿后代和他们相当于四个星球的环境装进了正在形成、壮大中的伊甸园进程。沿着达勒姆为了绕过可疑的枢纽而创建的数据路径，整个文明的压缩快照流淌着——沿着十几条独立的路线，每一步都经过验证和再验证——直到越过屏障，进入新极乐世界正在形成的区域。

到目前为止，还没有迹象表明网格的腐化正在进一步蔓延——但最后一次城镇会议只给了达勒姆六个小时的标准时间来组装和启动新的种子。玛丽亚对他们任命他来做这项工作感到震惊，因为正是他对兰伯特星球的秘密访问催化了整个灾难（他们还留下了——无意识的——看门狗软件，用以监视他的行动，并在他失败时接管任务）……但他仍然是建造和启动极乐世界的人，而且显然他们更相信他而不是其他任何人，能将他们从瓦解的宇宙中拯救出来，就像他将创始人从传说中恶化的地球拯救出来一样。

创始人中三个“隐士”中的两个——艾琳·肖和佩德罗·卡拉斯——已经回应了从枢纽发送到他们金字塔的紧急信号。尽管沉默了几千年，但他们并没有将自己的世界完全封闭起来而不与极乐世界的其他地方联系。

托马斯·黎曼，则显然是那样做的。

玛丽亚查看了界面窗口上的时钟。他们还剩下十四分钟。

几个小时前，达勒姆设置了一个程序，试图闯入黎曼的金字塔。他成功地建立了与处理器的新联系，然而如果没有黎曼的个人代码，任何输入的指令都会被忽略——而由于每次错误尝试都会引发时间锁定，扫描所有九十九位数的组合是不切实际的。因此，达勒姆指示一个元编程员建立一个TVC“机器”，以隔离和剖析黎曼的一个处理器，仔细筛查其内存内容，在其中被高度加密的测试中推导出代码。

程序专注于寻找最终结果时，玛丽亚尖锐地问道：“你也可以对我的金字塔这么做，对不对？并让我睡觉？”

达勒姆摇了摇头，没有看她。“从哪里做？我没有办法进入边界。只因为其他创始人授予我全权，这事才有可能。”

“我认为你总可以想出某种办法钻过去，只要你下定决心。”

他沉默了一会儿，然后承认道：“也许我可以做到。我确实希望你能看到兰伯特星球。我真诚地相信，我没有权利让你在睡眠中错过接触。”

她想找一个带有适当挖苦意味的回答——然后放弃了，疲惫地说：“你没有权利叫醒我——但我很高兴看到了兰伯特人。”

破解密码的程序说：“已经进入。”

已经没有时间来解释危机和说明撤离的理由了。达勒姆发布了一连串的命令，冻结所有金字塔中正在运行的软件，对其进行分析，提取所有关键数据，并将其捆绑到新的伊甸园中。黎曼和他的孩子们永远不需要知道这些区别。

软件有其他的想法。它认可了访问代码，但拒绝停止。

玛丽亚转到一边，干呕起来。*那里面有多少人？几千？几百万？*没有办法知道。如果网格的变化吞噬了他们，会发生什么？他们所居住的世界会不会内爆并消失，就像已经没有生命的置换之城？

她鼓起勇气再次观看时，达勒姆已经平静地改变了策略。他说：“我正试图打破通信的锁。看看我是否能在任何层面上进入，至少能与某个人交谈。也许他们在内部会有更多的控制权。我们无法停止他们的软件并将其全部下载，但是他们自己说不定可以做到。”

“你有十一分钟。”

“我知道。”他犹豫了一下，“如果有必要，我可以留下来，分别启动这些人。我想他们并不关心他们是否与其他极乐世界人在同一个宇宙中。”

“*留下来*？你是说克隆自己，然后和我们其他人一起启动一个版本？”

“不是，泽曼斯基组织了一百个人从内部验证启动情况。我没必要在那里。”

玛丽亚被吓坏了：“但是——为什么把自己排除在外？为什么要冒这个险？”

他转向她，平静地说：“我不会分裂自己，再也不会了。我已经在二十四个地球上受够了自我分裂。我只想要一个生活，一个历史，一个解释。哪怕它终将走到尽头。”

他之前运行起来的程序发出成功的蜂鸣声，并闪现出一条信息。“有一个数据端口，允许与一个环境进行物理互动，而且它看上去是完好的。”

玛丽亚说："派几千个机器人过来，在这个地方扫描生命迹象。"

达勒姆已经在尝试了。他皱起了眉头："不走运，但我在想是不是……"

他在右边几米处创造了一个门洞。它看上去通向一条装饰豪华的走廊。

玛丽亚紧张地说："你还有七分钟。端口不管用：如果一个机器人不能实体化……"

达勒姆站起来，走入门洞，然后跑了起来。玛丽亚盯着他的身影。但"那里"并没有特别的危险——没有额外的风险。运行他们模型的软件都是同样安全的，无论他们假装自己的身体在哪里。

她追上达勒姆时，他正好走到一段华丽的弧形楼梯上。他们似乎位于一栋两层大房子的上层。他拍了拍她的肩膀："谢谢你。下楼去看看，我继续往上走。"

玛丽亚希望她能禁用自己所有的人类代谢限制——但她现在太焦躁了，无法尝试改变，太多的肾上腺素让她只能在走廊上跑来跑去，大喊："有人在家吗？"

在一条通道的尽头，她冲进了一扇门，发现自己来到一处花园。

她绝望地四处张望。这片土地很大——而且显然是荒废了。她站着屏住呼吸，用听觉寻找生命的迹象。她能听到远处的鸟鸣，但没有其他声音。

然后她在草地上发现了一个白色的形体，就在一个种满郁金香的花坛旁边。

她喊道："下到这儿来！"然后匆匆走向它。

那是一个赤身裸体的年轻人，双手抱着头躺在草坪上。她听到身后有玻璃破碎的声音，然后地上传来一声沉重的撞击。她转过身，正好看到达勒姆挣扎着起身，一瘸一拐地走向她。

她跪在那个陌生人身边，拍打着他的脸颊试图叫醒他。达勒姆来了，脸色苍白，显然已经失去了他那份虚假的安宁。他说："我想我扭伤了一只脚踝。搞不好我会摔断脖子。不要冒任何风险——我们的生理机能正在发生一些奇怪的变化。我无法覆写旧世界的默认值了。"

玛丽亚抓住那个人的肩膀，用力摇晃，但没有效果。"这根本没用！"

达勒姆把她拉开："我来叫醒他，你回去吧。"

玛丽亚试图调出一个心灵之眼控制板，把自己传送出去。什么也没发生。"我无法与我的外自我连接了。我出不去。"

"那就从门洞走吧。快跑起来！"

她犹豫了一下——但她并不打算跟随达勒姆做殉道者。她转身冲进了屋子。她努力让自己的头脑保持着空白，一步两级地爬上楼梯，然后沿着走廊狂奔。通往疏散控制室的门洞还在那里——或者至少还能看到。跑向它的时候，她想象着自己会撞上一个无形的屏障——不过抵达门框时，她径直穿了过去。

界面窗口上的时钟显示离启动还有二十秒。

当她坚持要留下来时，达勒姆让她设置了一个程序，可以在瞬间将她打包到新的伊甸园中。它的图标——一个三维的爱丽丝踏入一幅平面的故事书插图——清楚地展示在窗口的一个角落。

她伸手去按它，然后朝通往黎曼世界的门道瞥了一眼。

走廊在移动，慢慢退行。它正在溜走，就像置换之城的建筑。

她喊道："达勒姆！你个白痴！它要内爆了！"她的手在颤抖。她的手指拂过爱丽丝的图标，很轻，没有用上表示同意所需的力道。

还有五秒启动。

她可以克隆自己。把一个版本和极乐世界的其他人一起送走，把另一个版本送进去警告他。

但她不知道怎么做。没有时间去学习怎么做了。

两秒，一秒。

她在图标旁握紧拳头，号啕大哭。巨型立方体的地图闪烁着蓝白色的光芒：新的网格已经开始生长，最外层的处理器正在自我复制。这仍然是极乐世界的一部分——一个新的网格被旧的处理器模拟出来——但她知道看门狗软件不会给她第二次机会。它不会让她停止启动并重新开始。

她往后看进门洞。走廊仍在平稳地滑走，每秒钟几厘米。在门口撞上墙、把达勒姆完全困住之前，它还有多远的距离要走？

她骂骂咧咧地走向它，将一只手伸过去。环境之间无形的边界仍然让她通过。她蹲在边缘，伸手触摸地板。她的手掌接触到了滑动着的地毯。

她害怕得发抖，站起身来跨过门槛。她停下来看了看门洞后面。走廊是一条死路，尽头位于门洞的方向十二米或十五米远处。她最多还有四五分钟的时间。

达勒姆还在花园里，还在试图唤醒那个人。他愤怒地抬头看着她：“你在这里做什么？”

她喘着粗气：“我错过了启动。而这整套东西都在……分离，就像置换之城。你必须出去。”

达勒姆回头看了看那个陌生人：“他看起来像一个再度年轻的托马斯·黎曼，不过他可能是一个后裔。数百人中的一个。搞不好是数百万人中的一个。”

“数百万，都在哪儿呢？看起来他是一个人在这里——而且没有迹象表明还有其他环境。你只发现了一个通信端口，不是吗？”

“我们不知道那意味着什么。唯一能确定他孤身一人的方法是叫醒他并问他。而我叫不醒他。”

“如果我们只是……把他抬出去呢？我知道：没有理由认为那

么做就能把他的模型移到更安全的地方——但是如果我们的模型已经受到这个地方的影响，被迫服从人类的生理学……那就说明这背后所有的逻辑都已经被破坏了。”

“如果还有其他人呢？我不能抛弃他们！”

玛丽亚只想抓着他把他摇醒：“没有时间了！被困在这里，你又能为他们做什么？如果这个世界被摧毁，你就什么都做不了。如果它以某种方式幸存下来……那没有你它也会幸存下来。”

达勒姆看上去被这话刺痛了，但他不情愿地点点头。

她说：“快走吧。你瘸了——我来背睡美人。”

她弯下腰，试图将黎曼——别管是不是托马斯——抬到自己肩上。消防员这么做的时候看起来很容易。已经停下来去观望形势的达勒姆回来帮助她。一旦站了起来，她感觉走路就不太难了。开头的几米不太难。

达勒姆在她身边一瘸一拐。起初，她对他出言不逊，并不诚恳地试图说服他继续前进。接下来她放弃了，屈服于他们所处境遇之荒谬。她面红耳赤、气喘吁吁地说：“我从未想过我能见证……一个宇宙的解体……还背着一个裸体的商业银行家……”她犹豫了一下，“你认为如果我们闭上眼睛，说……我们不相信楼梯，那么也许……”

她在重压下几乎是蹲着上楼梯的。尽管非常希望能放下包袱，休息一会儿，但她确信如果她那么做了，他们就永远走不出去了。

当他们到达走廊时，门洞仍然可见，仍然在稳步地远离。玛丽亚说：“跑到前面去……保持它的开放。”

“怎么保持？”

“我不知道。你就去站在中间……”

达勒姆看上去将信将疑，但还是一瘸一拐地向前走，比她早一步到达门口。他径直走了过去，然后转身，两只脚分别站在两边，向她伸出一只手，准备把她拖上离去的火车。她看到了他的身影被分成了两半，各自血淋淋地扑向一个世界。

她说："我希望这个……浑蛋是一个伟大的……慈善家。他最好……是个该死的……圣人。"

她看向门洞那一侧。走廊封死的尽头只有几厘米远。达勒姆一定是读懂了她脸上的表情。他退到了控制室里。门口碰到了墙，然后消失了。玛丽亚沮丧地吼叫着，把黎曼摔在地毯上。

她跑到墙边，猛击墙壁，然后跪在地上。她将死在这里，死在一个陌生人的内爆幻想中。她把脸贴在冰凉的油漆上。还有一个玛丽亚，在那个旧世界里——不管发生了什么，至少她救了弗朗西斯卡。如果这个疯狂的梦结束了，那就结束吧。

有人把一只手放在她的肩膀上，她震惊地扭过头来，拉伤了脖子上的肌肉——是达勒姆。

"这边走，我们必须绕过去。快点。"

他抱起黎曼——他一定是在极乐世界修复了自己的脚踝，无疑也加强了自己的力量——并带领玛丽亚沿着走廊往回走了一小段路，穿过一间巨大的书房，进入尽头的一间储藏室。门口就在那里，离远处的墙壁有几米远。达勒姆尝试着走过去，把黎曼的头抱在前面。

黎曼的头在越过门口的平面时消失了。达勒姆震惊地喊出声来，并向后退了一步。斩首的效果被逆转了。玛丽亚追上了他们，这时达勒姆转过身来，尝试倒退着穿过门口，拖着黎曼。再一次，黎曼穿过的那部分身体似乎消失了，当他的腋下——达勒姆架住他的部位——消失，他的其余部分摔到了地上。玛丽亚退到门口后面——看到完整的黎曼躺在门槛上。

他们救不了他。这个世界让他们来来去去——以它自己的方式——但对黎曼本人来说，他们创造的出口什么都不是，只是一个空荡荡的门框。

她往回走，跨过他进入极乐世界。随着门口的后退，黎曼的肩膀再次进入视野。达勒姆沮丧地抽泣着，伸手穿过门口，把睡着的人拖了一米远——然后他那看不见的头一定是撞到了看不见的墙，他动不了了。

就在门口变得不透明的时候，达勒姆退入了极乐世界。一秒钟后，他们看到了房子的外墙。随着门洞飞过地面上空，内爆——或者说分离——越来越快，然后整个场景被黑暗所包围，就像玻璃镇纸中的模型，飘向深空。

玛丽亚看着光泡退去，里面的形状融化并重新形成新的事物，距离太远，看不出来是些什么。黎曼现在死了吗？或者只是超出了他们可感知到的能力范围？

她说："我不明白——但别管兰伯特人在对我们做什么，这不仅仅是随机的腐化……这不仅仅是对TVC规则的破坏。那个世界维持着完整，仿佛它的逻辑已经优先于极乐世界的，仿佛它不再需要我们了。"

达勒姆平淡地说："我不相信。"他蹲在门口旁，被失败压垮了。

玛丽亚扶着他的肩膀，他耸了耸肩挣开了。他说："你最好快点启动自己。其他极乐世界人都应该已经被从种子中移除了，但其他一切——所有的基础设施——应该还在。利用它。"

"独自一人？"

"制造孩子，如果你想。很简单的。应用程序都在中央图书馆。"

"然后——怎样？你也会这么做吗？"

"不。"他抬头看着她，坚定地说，"我已经受够了。二十五次生命。我以为我终于发现了坚实的基础——然而现在还是都崩溃了，变成了幻觉和矛盾。我会在一切分崩离析之前自杀：以我自己的方式死去，不留下任何可以在另一次置换中得到解释的东西。”

玛丽亚不知道该如何回应。她走到界面窗口，盘点仍在运作的东西。过了一会儿，她说：“自动域间谍软件已经停止工作——整个枢纽已经死了——但在你为种子制作的中央图书馆副本中还有一些最后一刻的总结数据。”她在雷佩托的分析和翻译系统中搜寻。

达勒姆走过来，站在她身边。他指了指一个高亮显示的图标——一群兰伯特人的风格化图像。

他说：“激活这个。”

他们一起阅读了分析报告。一队兰伯特人发现了一套场方程组——与自动域元胞自动机无关——有三十二个稳定解。每个解对应他们的一种原子。在足够高的温度下，同样的这些方程预测了物质的自发生成——比例恰好可以解释原始云。

舞蹈已被判定为成功。该理论正在获得支持。

玛丽亚在怨恨和骄傲之间纠结：“非常聪明——但他们如何解释被遗弃在草地上的四个人形机器人？”

达勒姆仿佛在忧郁中被逗乐了：“它们是乘坐宇宙飞船来的，对吗？一定是外星人派它们来的，作为特使。一定有其他的恒星——恰好被一团尘埃云遮住了。”

“为什么外星人想要告诉兰伯特人关于TVC元胞自动机的情况？”

“也许他们相信它。也许他们发现了自动域的规则……但是由于仍然无法解释元素的起源，他们便决定将整个事情嵌入一个更大的系统——另一个元胞自动机——引入创造自动域、原始云和一切的不朽生物来完善这个系统。但是兰伯特人会直言：不需要这样一个迂回曲折的假说。”

“而现在自动域就像对待死皮一样把我们甩掉了。”玛丽亚凝视着兰伯特场方程。它们比自动域规则复杂得多，但自有一种奇特的优雅。她自己绝没有能力发明它们。她确信这一点。

她说：“这不仅仅是兰伯特人比我们聪明的问题。关于造物主的整个想法自我瓦解了。宇宙中的有意识生物要么在尘埃中自我发现……要么没有。它要么在自己的条件下理解自己，作为一个自足的整体……要么根本就做不到。永远不可能有，也永远不会有，神。”

她展示了一张极乐世界的地图。标记着停止响应的处理器的黑渍已经从六个公共金字塔扩散开来，吞没了黎曼、卡拉斯、肖、桑德森、雷佩托和冢本的大部分领地。她放大观察黑暗的边缘，它仍在增长。

她转向达勒姆，恳求道：“跟我一起走吧！”

“不，还有什么我能做的？再次陷入偏执狂？一觉醒来，思量着自己会不会只是兰伯特星球人形外星访客这么一个不可信的虚构人物？”

玛丽亚生气地说：“你可以陪着我，让我保持理智。你对我做了那么些事情，这都是你欠我的。”

达勒姆不为所动：“这一点你用不着我，你会找到更好的方法。”

她再次转向地图，大脑一时间因恐慌而变得一片空白——然后她对着越来越大的虚空做了个手势：“TVC规则正在消解，兰伯特人正在摧毁极乐世界——但又是什么在控制这个过程？一定有更深层次的规则，支配着理论的冲突：决定哪些解释是牢固的，哪些要消解掉。我们可以寻找那些规则。我们可以尝试理解这里发生的事情。”

达勒姆讽刺地说：“继续前行，向上探索？寻找更高的秩序？”

玛丽亚已经接近绝望了。他是她与旧世界的唯一联系。没有他，她的记忆将失去所有意义。

“求你了！我们可以在新的极乐世界中争论这个问题。但是现在没有时间了。”

他悲伤地摇了摇头：“玛丽亚，我很抱歉——但我不能跟着你。我已经七千岁了。我努力建立的一切都成了废墟。我所有的确定性都烟消云散了。你知道那是什么感觉吗？”

玛丽亚迎着他的目光，试图理解，试图衡量他疲惫的深度。她能像他一样坚持那么久吗？也许每个人都会有这样的时候，没有办法继续下去，除了死亡没有其他选择。也许兰伯特人是对的，也许“无限”是没有意义的……而“不朽”则是一场海市蜃楼，没有人类该把它当作自己的欲求。

没有人类——

玛丽亚愤怒地转向他：“我知道那是什么感觉吗？你希望是什么感觉便是什么感觉——你不正是那么告诉我的吗？你有能力准确地选择你是谁。旧的人类桎梏已经消失。如果你不想让过往的重量压垮你……那就不要让它得逞！如果你真的想死，我无法阻止你——但是不要告诉我你没有选择。”

有那么一会儿，达勒姆看起来很沮丧，好像她所做的一切都在加重他的绝望，但随后似乎她的咆哮中有什么东西打动了他。

他轻轻地说：“你真的需要一个人，对吧，一个了解旧世界的人。”

“是的。”玛丽亚眨眨眼睛，忍住没有流泪。

达勒姆的表情突然凝固了，仿佛他与自己的身体分离了。他离开她了吗？玛丽亚几乎挣脱了他的控制——但这时候他的蜡像脸又动了起来。

他说：“我和你一起走。”

“什么？”

他对她露出笑容，像个白痴，像个孩子：“我刚刚对我的精神状态做了一些调整。另外我接受你的邀请：继续前行，向上探索。”

玛丽亚无言以对，欣喜若狂。她张开手臂抱住他。他也回抱了一下。他这样做，是为了她吗？重塑自己，重建自己……

没有时间可以浪费了。她走向控制板，赶紧准备启动。达勒姆观看着，仍然带着微笑。他似乎被闪烁的显示屏迷住了，仿佛从未见过。

玛丽亚停住了动作。如果他重建了自己，重塑了自己……那么她认识的那个人还剩下多少？他是否赋予了自己超人类的复原力，并治愈了自己致命的绝望……还是他已经在沉默中、在她的视线之外死去，为她创造了一个伴侣，一个只是继承了其父亲记忆的软件孩子？

分界线在哪里？在从对死亡的渴望到孩子般的惊奇这样翻天覆地的自我转变……和死亡本身，以及把他无法再承担的快乐和负担移交给新的人之间？

她在他脸上寻找答案，但她无法读懂他。

她说：“你必须告诉我你做了什么，我需要了解。”

达勒姆答应她：“我会的，在下一世。”

后记

（不宽恕贫乏）
2052年11月

玛丽亚把三个花圈支在小巷尽头的幻觉壁画上。这不是某个人的忌日，但只要有心情，她就会在那里摆放鲜花。她没有坟墓需要装饰。她的父母都已经火化了。保罗·达勒姆也是如此。

她慢慢地从墙边后退，看着那个画得很粗糙的花园，看着花园里面几乎栩栩如生的柯林斯式柱子和橄榄树。当她走到想象中的大道与真实道路的透视融合的位置时，有人叫道：“玛丽亚？”

她转过身来。是史蒂芬·周，志愿者工作小组的另一名成员，他用一辆小推车拖着气动千斤顶。玛丽亚向他打招呼，并拿起铲子。皮尔蒙特桥路的下水管道又爆裂了。

史蒂芬欣赏着壁画：“它很美啊，是不是？你难道不希望自己能直接走进去吗？”

玛丽亚没有回答。他们默默地一起沿路而行。过了一会儿，她的眼睛开始被臭味熏得流泪。

致谢

这部小说的部分情节改编自1992年7月首次发表于《艾萨克·阿西莫夫科幻杂志》的小说《尘埃》。

感谢黛博拉·毕尔、卡戎·伍德、彼得·罗宾逊、大卫·普林格尔、李·蒙哥马利、加德纳·多佐伊斯和希拉·威廉姆斯。